KB235850

이상문학상 작품집

2004년 제28회 이상문학상 작품집

화장 외

문학사상

제28회 이상문학상 대상 수상작 선정 이유서

문학이 시대의 유행을 좇아 경박하고 찰나적인 흥밋거리로 변질되거나, 아니면 급변하는 시대의 변화를 읽어내지 못하고 속절없이 고사枯死해 가기 쉬운 이 암울한 시대에, 김훈의 〈화장〉은 다시금 우리를 예술의 본질로 데려가며, 문학의 영생과 소생을 확인시켜 주는 보기 드문 탁월한 작품이다. 이 새로운 감각의 소설에서 작가가 천착하고 추구하는 것은, 종래의 문학적 주제인 인간의 영혼이나 정신이 아닌 실체로서의 '몸'이다.

그처럼 몸에 대한 정치한 고찰을 통해 모든 소멸해 가는 것들과 소생하는 것들 사이에서, 삶의 무거움과 가벼움을 동시에 느끼며 살아가는 현대인의 존재 의미를 치밀하고 철저하게 추구한 〈화장〉 같은 작품은 일찍이 보기 어려웠다. 특히 병들어 소멸해 가는 인간의 몸과 젊고 아름다운 인간의 몸에 대한, 적나라하고 세밀한 묘사는 새로운 소설 쓰기의 한 전범典範을 보여준 것이며, 그런 면에서 이 작품은 한국문학사에 길이 기록될 대작 중 하나로 남게 될 거라 확신한다.

이에 심사위원회는 그 문학적 완성도를 높이 평가하여, 김훈의 〈화장〉을 제28회 이상문학상 대상 수상작으로 선정한다.

2004년 1월

이상문학상 심사위원회

이어령 · 김윤식 · 서영은 · 윤후명 · 권택영 · 권영민 · 김성곤

제28회 이상문학상 특별상 수상작 선정 이유서

〈늙으신 어머니의 향기〉는 노모老母와 젊은 아내의 체취를 통해, 세대 간 권력의 갈등과 대립 그리고 힘의 팽창과 몰락 과정을 성찰하면서, 과거의 소중한 가치를 재발견케 하는 탁월한 작품이다. 늙은 어머니의 냄새가 어떻게 숭고한 '여인의 향기'로 승화되는가를 추구하는 데 성공한 이 작품은, 궁극적으로 부모 자식 간의 관계를 떠나 모든 가치관에 대한 신구의 대립과 역사의 순환에 대한 성찰로 확대된다.

누구나 사람들은 잊어버리고 싶은 어두운 과거가 있기 마련인데, 이 작품은 험난한 시대를 살아온 기구한 역정을 통해서 눈물과 땀에 젖은 어머니의 냄새에, 서구적 향기에 젖은 아내의 일상적 냄새와는 단순하게 비교할 수 없는 숭고한 가치가 배어 있음을 소설 미학적 상징 기법으로 완성한 작품으로 높이 평가할 만하다. 또한 작가 문순태의 30년에 걸친 한국문학계에 기여한 크나큰 공훈을 기리는 뜻과 아울러, 심사위원들의 일치된 의견으로 제28회 이상문학상 특별상으로 선정한다.

2004년 1월

이상문학상 심사위원회

이어령 · 김윤식 · 서영은 · 윤후명 · 권택영 · 권영민 · 김성곤

차 례

김 훈

화장

소설가이며 《경향신문》 편집국장을 역임한 언론인이었던 김광주金光洲 씨의
차남으로 서울에서 태어나, 휘문고를 거쳐 고려대학교에서 영문학을 전공,
《한국일보》에 입사하여 미문美文의 민완기자로 일찍부터 언론계의 화제를 모으기도 했다.
특히 그가 《한국일보》에 장기간 연재했던 〈문학기행〉은
해박한 문학 지식과 유려한 문체로 독자들을 매혹한 바 있다.
주요 경력으로 《시사저널》 편집국장, 《국민일보》 부국장 및
《한국일보》 편집위원 등을 역임했고, 현재 전업 작가로 활동하고 있다.
저서로 《내가 읽은 책과 세상》《선택과 옹호》《풍경과 상처》《자전거 여행》
《아들아, 다시는 평발을 내밀지 마라》 등과
중편소설 《빗살무늬 토기의 추억》과 《칼의 노래》 등이 있다.
2001년 《칼의 노래》로 동인문학상을 수상했다.

화장

1

“운명하셨습니다.”

당직 수련의가 시트를 끌어당겨 아내의 얼굴을 덮었다. 시트 위로 머리카락 몇 올이 삐져나와 늘어져 있었다. 심전도 계기판의 눈금이 0으로 떨어지자 램프에 빨간 불이 깜박거리면서 삐삐 소리를 냈다. 환자가 이미 숨이 끊어져서 아무런 처치도 남아 있지 않았지만 삐삐 소리는 날카롭고도 다급했다. 옆 침대의 환자가 얼굴을 찡그리면서 저편으로 돌아누웠다.

2년에 걸친 투병의 고통과 가족들을 들볶던 짜증에 비하면, 아내의 임종은 편안했다. 숨이 끊어지는 자취가 없이 스스로 잦아들듯 멈추었고, 얼굴에는 고통의 표정이 없었다. 아내는 죽음을 향해 온순히 투항했다. 벌어진 입술 사이로 메말라 보이는 침이 한 줄기 흘러나왔다. 죽

은 아내의 몸은 뼈와 가죽뿐이었다. 엉덩이살이 모두 말라버려서 골반
뼈 위로 헐렁한 피부가 늘어져 매트리스 위에서 접혔다. 간병인이 아내
를 목욕시킬 때 보니까, 성기 주변에도 살이 빠져서 치골이 가파르게
드러났고 대음순은 까맣게 타들어 가듯 말라붙어 있었다. 나와 아내가
그 메마른 곳으로부터 딸을 낳았다는 사실은 믿을 수 없었다. 간병인이
사타구니의 물기를 수건으로 닦을 때마다 항암제 부작용으로 들뜬 음
모가 부스러지듯이 빠져나왔다. 그때마다 간병인은 수건을 욕조 바닥
에 탁탁 털어냈다.

"시신은 병실에 두지 못합니다. 곧 냉동실로 옮기겠습니다."

수련의가 전화로 직원을 불렀다. 직원 두 명이 병실로 들어와 아내의
침대 주변과 쓰레기통, 변기에 분무소독액을 뿌렸다. 직원들은 아내의
시신을 벨트로 고정해서 침대를 밀고 나갔다.

아침 일곱 시였다. 15층 병실 창문 밖에는 빌딩 사이로 날이 밝아왔
다. 봄 안개가 거리에 낮게 깔렸다. 청소부들이 거리를 쓸었고 음식점
앞 쓰레기통에 비둘기들이 모여 있었다.

딸에게 전화를 걸까 하다가 좀더 재우기로 했다. 아내의 임종을 지키
며 새운 간밤에도 나는 오줌을 눌 수가 없었다. 아내의 심전도 그래프
가 어느 정도 안정될 때마다 병실을 빠져나와 화장실에 다녀왔지만 오
줌은 나오지 않았다. 여자처럼, 좌변기에 앉아서 오줌을 눈 지가 여섯
달이 넘었다. 남자의 방식대로 서서 오줌이 나오기를 기다리기 힘들었
다. 변기에 앉아서 방광에 힘을 주었더니, 고환과 항문 사이로 날카로
운 통증이 방사선으로 퍼져 나갔다. 성기 끝에서 오줌은 고드름 녹듯
겨우 몇 방울 떨어졌다. 붉은 오줌방울들이었다. 요도 속에서 오줌방울
들은 고체처럼 딱딱하게 느껴졌고, 오줌이 빠져나올 때 요도는 불로 지

지듯이 뜨겁고 쓰라렸다. 몸속에 오줌만 남고 사지가 모두 떨어져 나가는 느낌이었다. 밤새 나온 오줌은 붉은 몇 방울이 전부였다. 배설되지 않는 마려움으로 내 몸은 무겁고 다급했다. 다급했으나 내보낼 수는 없었다. 밤새 다섯 차례나 화장실을 들락거렸지만, 오줌은 성기 끝에서 이슬처럼 맺혔다가 떨어졌다. 죽은 아내의 시신이 침대에 실려 나갈 때도 나는 방광의 무게에 짓눌려 침대 뒤를 따라가지 못했다.

회사에서는 일주일 동안의 휴가를 줄 것이었다. 장례를 치르려면 우선 비뇨기과에 가서 오줌을 빼고 몸을 추슬러야 했다. 비뇨기과가 문을 열려면 두 시간쯤 남아 있었다. 그 두 시간은 난감했다. 혼자서 아내의 병실 앞을 지키고 있을 만한 근력이 남아 있지 않았다. 병원 근처 사우나에 가서 잠을 청해 보기로 했다. 사우나 프런트에서 딸에게 전화를 걸었다.

"아침에 엄마 돌아가셨다."

딸아이는 흑, 숨을 몰아 쉬더니 한동안 대답이 없었다.

"너도 회사에 알리고 준비해서 병원으로 와라. 파출부 아줌마한테 연락해서 집 봐달라고 하고, 오기 전에 개밥 줘라."

"아빠, 고생하셨어요. 소변은 보셨나요?"

딸아이의 목소리가 울음으로 변해 가고 있었다.

"그래 조금. 올 때, 영정에 쓸 사진하고, 아빠 갈아입을 속옷도 챙겨와라."

거기까지 말했을 때, 휴대폰 배터리가 끊어졌다. 휴대폰은 꼬르륵 꼬르륵…… 소리를 내면서 죽었다. 휴대폰이 죽자 나는 아내의 죽음이나, 오늘부터 치러야 할 장례 절차와도 단절되는 것 같았다. 휴대폰이 죽는 소리는 사소했다. 새벽에, 맥박이 0으로 떨어지면서 아내가 숨을 거둘 때도 심전도 계기판에서 그런 하찮은 소리가 났다.

　　사우나 프런트에는 휴대폰 급속 충전기가 설치되어 있었다. 나는 종업원에게 충전을 부탁하고 탕 안으로 들어갔다. 밤을 새운 사내들 몇 명이 물속에 몸을 담그고 늘어져 있었다. 충전기에 물려놓은 휴대폰으로 전화가 걸려 올 때마다 종업원이 탕 안으로 들어와서 사내들을 호명했고, 벌거벗은 사내들은 고환을 덜렁거리며 탕 밖으로 불려 나갔다.

　　뜨거운 물속에서 오줌에 찬 방광은 더욱 부풀어 오르는 듯 했고, 나는 내 몸속의 오줌에 빠져 허우적거리는 꼴이었다. 몸속으로 스미는 더운 증기가 오줌과 삼투되는 느낌이었다. 아내와 살아온 세월들, 잡지사 여기자인 젊은 아내가 벌어온 돈으로 대학원을 마치고, 결혼해서 딸을 낳고, 단칸 전세방에서 시작해서 10억짜리 단독주택을 장만하고 재벌급 화장품회사 말단사원에서부터 상무로까지 승진한 세월들이 애초부터 존재하지 않았던 것처럼 종잡을 수 없이 사우나탕 증기 속에서 풀어졌다.

　　아내의 병은 뇌종양이었다. 발병 초기에는 편두통인 줄 알았다. 아내는 2년 동안 세 번 수술을 받았다. 그때마다 증세는 더욱 악화되었다. 아내는 발작적인 두통을 호소하며 먹던 것을 뱉어냈고, 시퍼런 위액까지 토해 놓고 정신을 잃곤 했다. 아내의 수술을 집도한 의사는 내 대학 동기였다. 학번은 같았지만 전공이 달라서 안면은 없었다. 아내가 병실에 누워 있는 동안 그는 주치의 방으로 나를 불러서 뇌종양 판정을 내렸다. 그때 그는 설명했다.

　　……뇌종양은 암의 계통이다. 인간의 두개골 안에서 발생할 수 있는 종양은 130여 종류다. 조직 내의 모든 신생물이 종양이다. 종양은 어떤 신체조직 안에서도 발생할 수 있다. 종양이 발생하게 되는 환경과 조건은 알 수 없다. 종양은 생명 속에서만 발생하는 또 다른 생명이다. 죽은 조직 안에서 종양은 발생하지 않는다. 종양의 발생과 팽창은 생명현상

이다. 생명 안에는 생명을 부정하는 신생물이 발생하고 서식하면서 영역을 넓혀나간다. 이 현상은 생명현상의 일부인 것이다. 종양과 생명을 분리시킬 수는 없다. 그래서 치료는 어렵다. 고생할 각오를 하고 환자의 마음을 준비시켜라.

그때, 나는 의사의 설명을 알아들을 수가 없었다. 그의 말은 비어 있었다. 그의 말은, 죽은 자는 종양에 걸리지 않고, 살아 있는 자만이 종양에 걸리는 것인데 종양 또한 삶의 증거이기 때문에 이도 저도 아니라는 말처럼 들렸다. 나의 이해가 아마도 옳았을 것이다. 뻔한 소리였고, 하나 마나 한 소리였지만, 나는 그때 그의 뻔한 소리의 그 뻔함이 무서웠다. 그리고 그 무서움은 그저 무덤덤했다. 그의 설명은 뻔할수록 속수무책이었다. 새벽에 아내가 죽고 나서, 팔목에 꽂힌 링거 주사관을 걷어내면서 병원 창밖으로 안개 낀 시가지의 아침을 내려다볼 때, 나는 그 뻔한 소리에 대한 나의 이해가 그다지 틀리지 않았음을 알았다.

주치의가 뇌종양 판정을 내리던 날, 나는 의사의 판정을 아내에게 전했다. '생명현상'을 강조하던 의사의 설명은 전하지 않았다. 환자를 상대로 하나 마나 한 얘기를 하고 싶지 않았다.

"여보, 당신 뇌종양이래. 엠알아이 사진에 그렇게 나왔대."

울음의 꼬리를 길게 끌어가며 아내는 질기게 울었다. 울음이 잦아들 때 아내는 말했다.

"여보, 미안해…… 여보, 미안해."

"만땅꼬입니다."

사우나를 나올 때 종업원은 충전된 휴대폰을 내밀며 그렇게 말했다. 폴더를 열어보니, 배터리 눈금 네 개가 돋아나 있었다. 비뇨기과가 문을 열 시간이었다. 늘 다니던, 회사 근처의 비뇨기과는 거리가 멀었다.

사우나 옆 골목, 교회와 정육점이 들어선 건물 3층에 비뇨기과 간판이 붙어 있었다. 간호사가 물걸레질을 하고 있었고 늙은 의사는 조간신문을 들여다보고 있었다.

"전립선염인데…… 오줌을 좀……."

"저리 누우시오."

나는 의사가 가리킨 침대에 누워서 허리띠를 풀었다. 의사는 옷 위로 내 아랫배를 더듬었다.

"아이고, 어찌 이리 고이도록……."

"어젯밤에 잠을 못 잤소……."

"신경 쓰면 더 안 나옵니다. 연세가 얼마나 되시오?"

"쉰다섯이오."

"전립선염은 나이 먹으면 저절로 생기기도 합니다. 병이라고 할 수도 없는 노화현상이지요. 옛말에 늙으면 오줌줄기가 약해진다는 게 바로 이겁니다. 선생은 증세가 좀 심한 편입니다만."

의사는 물걸레질을 하는 간호사에게 지시했다.

"이봐 최양, 이분 배뇨해 드려. 양이 많다. 시간 좀 걸릴 거야. 오줌통 두 개 준비하고."

간호사가 다가왔다. 간호사는 머리에 흰 두건을 뒤집어쓰고 두 눈만 내놓고 있었다. 나는 누워서 두건 쓴 간호사를 올려다보았다. 밍밍한 향수 냄새와 융기한 젖가슴이 아니라면, 그가 여자라는 것을 알아볼 수 없었다. 간호사는 내 성기를 주무르게 될 자신의 얼굴을 내가 혹시라도 기억하게 될까 봐 흰 두건을 뒤집어쓴 모양이었다.

"허리를 좀 드세요."

나는 허리를 들었다. 간호사가 바지와 팬티를 한꺼번에 끌어내렸다. 간호사는 고무장갑 낀 손으로 애무를 해주듯 손을 움직여 내 성기를 키

왔다. 고무장갑 낀 간호사의 손 안에서 내 성기는 부풀었다. 성기는 내 몸의 일부가 아닌 것처럼 낯설었지만, 내 몸이 아닌 내 성기가 나는 참담하게도 수치스러웠다. 간호사가 성기 쪽으로 고개를 숙이고 성기 끝 구멍을 두 손가락으로 벌렸다. 간호사는 그 구멍 안으로 긴 도뇨관을 밀어 넣었다. 도뇨관은 한없이 몸 안으로 들어갔다. 요도가 쓰라렸고 방광 안에 갇혀 있던 오줌이 아우성을 쳤다.

"움직이시면 안 됩니다. 시간이 좀 걸릴 거예요. 요도에 통증이 심하시면 벨을 누르세요."

간호사가 물러갔다. 도뇨관을 따라서 오줌은 장난감 물총을 쏘듯 간헐적으로 흘러나왔다. 쪼르륵 쪼르륵…… 침대 밑 오줌통으로 오줌이 떨어져 내리는 소리가 들렸다. 방광의 압박이 서서히 줄어들면서, 몰아쉬는 숨이 쉬어졌다. 병원 유리창으로 아침 햇살이 쏟아져 들어왔다. 나는 눈을 감았다. 눈에 해가 비쳐 눈꺼풀 속으로 분홍의 바다가 펼쳐졌고, 그 바다 위에 반점 몇 개가 떠다녔다. 눈꺼풀 속 분홍의 바다 위에서 반점들은 수평선 쪽까지 흘러갔다가 되돌아오곤 했다. 눈꺼풀 밑의 바다는 내 생애로 건너갈 수 없는 낯선 바다처럼 보였다. 쪼르륵…… 쪼르륵…… 오줌 떨어지는 소리가 들렸다. 소리는 멀고도 선명했다. 그 분홍의 바다 저쪽 끝으로 죽은 아내의 상여가 흘러가고 있었다. 방광의 통증이 수그러드는 어느 순간에 나는 깜빡 잠이 들었다.

2

아침 열 시가 좀 지나서 나는 다시 병원으로 돌아왔다. 원무과에서 지정해 준 영안실은 3호실이었다. 아내의 사체는 냉동실로 들어갔고 빈소에는 시체도 문상객도 아직은 없었다. 아내의 영정 앞에서 딸이 엎드려 울었고 까만 양복을 차려입은 딸의 약혼자 김민수가 우는 딸의 어깨를 쓰다듬었다. 딸은 2년 전에 대학을 졸업하고 무역회사에 취직했다. 두 달 후에 결혼해서 유학 가는 신랑과 함께 뉴욕으로 옮겨 살 계획이었다.

딸의 얼굴과 몸매는 죽은 아내를 빼다 박은 듯이 닮아 있었다. 눈이 동그랬고 귀가 작았고 볼이 도톰했다. 쓰러져서 우는 딸은 어깨의 둥근 곡선과 힘없어 보이는 잔등이까지도 죽은 아내를 닮아 있었다. 나는 영정 속의 아내의 얼굴과 쓰러져서 우는 딸의 얼굴을 번갈아 바라보았다. 죽은 사람의 얼굴 표정이 아직 죽지 않은 사람의 얼굴 위에서, 살아서 어른거리고 있었다.

어쩌다가 저녁 식탁에 세 식구가 마주 앉아 있을 때면, 나는 아내와 딸의 닮은 모습에 난감해했다. 그때, 살아서 마주 앉아 밥을 먹는다는 일은 무겁고 또 질겨서 헤어날 수 없을 듯했다. 그러나 죽은 아내의 영정과 죽지 않은 딸의 얼굴이 닮아 있다는 사태는 더욱 헤어나기 어려울 듯싶었다. 오래고 또 가망 없는 병 수발의 피로감에 불과한, 쓸데없는 생각이었다. 아침에 아내의 임종을 관리하던 당직 수련의가 "운명하셨습니다"라고 말하던 순간, 터질 듯한 방광의 무게에 짓눌려서 그 자리에 주저앉아 버리고 싶었던 그 무거움 같은 느낌이었을 것이다.

문상객들은 저녁 일곱 시가 지나서야 한둘씩 나타날 것이고 부산이나 광주에 사는 친척들은 다음 날에나 도착할 것이었다. 친척이라야 내 남동생 부부와 조카들 그리고 미혼으로 늙어가는, 죽은 아내의 여동생이 전부였다. 친척들에게 초상을 알리는 일은 딸이 알아서 할 것이고, 신문에 부음을 내거나 내 고등학교 · 대학교 동창회, 학군단 전우회, 향우회, 거래 은행 임원, 지역대리점 사장, 감독관청 공무원, 동종 업계 임원, 광고매체 간부, 광고제작 대행사, 광고모델, 원료 납품업체 사장, 용기제작사 사장, 어음할인 거래처, 미용 전문 잡지기자, 일간신문 미용담당 기자들에게 알리는 일은 회사 비서실에서 오전 중에 처리할 것이었다. 장례용품과 상복, 육개장을 국물로 주는 접대용 식사와 음료수까지 모두 병원 영안실에 준비되어 있었고, 영안실 직원은 진단서를 첨부해서 사망신고를 제출하는 일과 시립 화장장에 연락해서 화장 순번을 받아내는 일을 맡아주었다. 운구용 버스를 예약하고, 납골함을 구입하고, 납골당의 자리를 교섭하는 일까지도 영안실 직원은 전화 몇 번으로 끝냈다. 아내의 죽음을 몸으로 감당해야 할 사람은 나였지만, 아내의 장례일정 속에서 나는 아무 할 일이 없었다.

　빈소에 설치된 전화기가 울렸다. 병원 경리직원이었다. 경리직원은 고인의 명복을 빈다고 말하고 나서, 아내가 죽기 전 일주일 동안의 치료비와 병실료를 납부해 달라고 요구했다. 아내가 발병한 후 병원비는 3천만 원쯤 들어갔다. 수술을 여러 번 했고, 의료보험이 적용되지 않는 정밀검사와 고액 처치가 많았다. 나와 딸이 병 수발 하느라고 쓴 돈을 합치면 4천만 원쯤 들어간 셈이었다. 환자가 이미 죽었는데, 살아 있던 동안의 마지막 치료비를 내놓으라는 요구는 공정한 거래가 아닌 것도 같았지만, 죽음은 죽은 자 그 자신의 사업일 뿐 병원이 거기에 대해서 책임을 질 수는 없을 것이었다. 나는 지갑에서 신용카드를 꺼내 딸의 약혼자 김민수에게 건네주고 경리창구에 가서 계산을 하도록 시켰다.

　마무리를 추스르는 동안의 긴 울음까지도 딸은 아내를 닮아 있었다. 딸이 내게 물었다.

　"새벽에 엄마 많이 아파하셨나요?"

　"아니, 아주 고요했어. 난 네 어머니 숨넘어가는 것도 몰랐다. 자는 줄 알았어."

　"그동안, 그렇게도 아파하시더니……"라면서 딸은 또 울먹였다. 아내는 두통 발작이 도지면 머리카락을 쥐어뜯고 시퍼런 위액까지 토해

냈다. 검불처럼 늘어져 있던 아내는 아직도 저런 힘이 남아 있을까 싶게 뼈만 남은 육신으로 몸부림을 치다가 실신했다. 실신하면 바로 똥을 쌌다. 항문 괄약근이 열려서, 아내의 똥은 오랫동안 비실비실 흘러나왔다. 마스크를 쓴 간병인이 기저귀로 아내의 사타구니를 막았다. 아내의 똥은 멀건 액즙이었다. 김 조각과 미음 속의 낟알과 달걀 흰자위까지도 소화되지 않은 채로 쏟아져 나왔다. 삭다 만 배설물의 악취는 찌를 듯이 날카로웠다. 그 악취 속에서 아내가 매일 넘겨야 하는 다섯 종류의 약들의 냄새가 섞여서 겉돌았다. 주로 액즙에 불과했던 그 배설물은 흘러나오자마자 바로 기저귀에 스몄고, 양이래 봐야 한 공기도 못 되었지만 똥 냄새와 약 냄새가 섞이지 않고 제가끔 날뛰었다.

계통이 없는 냄새였다. 아내가 똥을 흘릴 때마다 나는 병실 밖 복도로 나와 담배를 피웠다.

"엄마, 이제는 안 아프지? 다 끝났지?"

딸은 아내의 영정을 바라보며 혼잣말로 중얼거리면서 또 울먹였다.

숨이 끝나는 순간, 아내의 몸속에 통증이 있었다 해도 이미 기진한 아내가 아픔을 느낄 수 없었고 아픔에 반응할 수 없었다면 아내의 마지막이 편안했는지 어땠는지는 알 수 없는 일이었다. 아내가 두통 발작으로 시트를 차내고 머리카락을 쥐어뜯을 때도, 나는 아내의 고통을 알 수 없었다. 나는 다만 아내의 고통을 바라보는 나 자신의 고통만을 확인할 수 있었다. 밤새 뒤채는 아내의 병실 밖으로 겨울의 날들과 봄의 날들은 훤히 밝아왔고 병실을 지키는 날 아침에 나는 병원에서 회사로 출근했다. 뇌종양이 '생명현상'의 일부라고 강조하던 주치의에게 아내의 고통과 나의 고통 사이의 상관관계에 대하여 묻는다면, 그는 뻔하고도 명석한 답변을 준비하고 있을 것이었다.

—생명현상은 그 개별적 생명체 내부의 현상이다. 생명은 뒤섞이지

않는다. 생명에서 생명으로 건너갈 수 없고, 이 건너갈 수 없음은 생명현상이다, 라고.

김민수가 계산을 마치고 빈소로 돌아왔다. 김민수는 신용카드와 영수증을 나에게 내밀었다.

"빈소 사용료까지 합쳐서 150만 원이 나왔습니다. 아버님, 어젯밤에도 못 주무셨을 텐데 좀 쉬시지요."

약혼 뒤부터 김민수는 나를 '아버님'이라고 불렀다. 듣기에 쑥스러웠으나 다른 호칭을 일러줄 수도 없었다.

문상객이 몰려오기 시작할 저녁 일곱 시 무렵까지는 긴 하루가 고스란히 남아 있었다. 딸과 김민수를 데리고 사체도 문상객도 없는 빈 빈소를 지켜야 하는 일은 감당하기 어려웠다. 자꾸만 아내의 영정과 겹쳐지는 딸의 얼굴도 견디기 힘들었다.

"너희는 집에 가서 엄마 물건 정리해 놓고 일곱 시께 오너라. 그 전에는 할 일이 없을 거다. 엄마 옷을 골라서 양로원으로 보내라. 동사무소에 물어보면 마땅한 양로원을 소개해 줄 거야. 라면박스에 넣어서 택배로 보내라."

나는 그렇게 딸과 김민수를 빈소에서 내보냈다.

빈소의 한구석에는 작은 부속실이 딸려 있었다. 문상객이 없는 시간에 상주들이 틈틈이 눈을 붙일 수 있는 방이었다. 부속실은 전기 온돌방이었고 창문이 없었다. 나는 부속실로 들어가 누웠다. 출입문을 닫자방 안은 캄캄했다. 어제, 그제 사이에 병원에서 죽은 사람이 아내 이외에는 없었는지, 영안실 전체가 조용했다. 오줌이 빠져나간 방광이 빈들판처럼 느껴졌다. 눈이 쓰라렸고 입이 말라왔다. 아내의 영정 하나가지키고 있는 빈소 옆 부속실의 어둠 속에서 나는 잠들었다.

휴대폰 울리는 소리에 잠이 깼다. 눈을 떴을 때, 내가 어디에 와서 누워 있는지 알 수 없었다. 철 지난 벌레가 울듯이 멀고 희미한 휴대폰 소리가 어둠 속에서 나를 부르고 있었다. 그 희미한 소리가 아내의 죽음과 오늘 저녁부터 시작될 장례일정과 내가 아내의 빈소에 누워 있다는 사실을 일깨워주었다. 바지 주머니에서 휴대폰을 꺼냈다. 사장이었다. 해소에 전 노인의 목소리는 메말랐다.
"오상무, 소식 들었네. 지금 어디 있나?"
"병원 영안실에 있습니다."
"이 박복한 사람아, 그 나이에 상처란 견디기 힘든 거야."
"진작부터 각오했던 일입니다."
"그동안 자네 정성이 유별나서 고인도 여한이 없을 걸세. 자네가 걱정이야. 회사의 기둥 아닌가."
"저야, 하던 일이 있으니 이럭저럭……."
"그 일 말인데 말이야, 여름 광고 전략은 자네가 끝까지 마무리해 주게. 상중이라고 미뤄둘 수가 없는 일 아닌가. 자네한테 면목 없지만, 어쩔 수 없어. 전화로 보고받고 지시할 수 있겠지?"
"모레 중역회의에서 논의되겠지요."
"그야 그렇지만, 회의에서 나온 얘기 대충 들어보고 자네가 판단해서 밀어붙여 주게. 늘 그래왔잖아."
"컨셉이 어느 정도 좁혀졌으니까, 얘기 들어보고 결정하겠습니다."
"고맙네. 난 오늘은 선약이 있고, 내일 저녁 때 빈소에 들르겠네."
사장은 팔십 노인이었다. 무릎관절염이 만성이었다. 사장실을 온돌로 꾸며놓고 여름에도 무릎에 담요를 덮고 있었다. 20평이 넘는 온돌방 한가운데 불상을 모셔놓고 늘 향을 피우고 있었다. 직원들은 사장실을 대웅전이라고 불렀다. 사장은 삼십대 초에 단신 월남해서 기초화장품 세 종류만으로 회사를 차렸다. 세상의 모든 감각들이 관능화되고 세분화되는 세월 동안에 사장의 회사는 번창했다. 지금은 기초화장품 20여 종에 색조화장품 30여 종을 생산하고 유통시키는 시장점유율 1위의 회사로 성장했다. 기초화장품은 클렌징 로션, 폼 클렌징, 스킨로션, 밀크로션, 메이크업 베이스, 자외선차단용 선블록, 리퀴드 파운데이션, 콤팩트 파운데이션 들이었고 색조화장품은 립스틱, 립글로스, 아이섀도, 아이라이너, 마스카라, 블로셔, 매니큐어 들이었다. 색조화장품들이 다시 울트라 마린블루나 쇼킹 핑크 또는 인디언 레드, 헌터스 그린 같은 색의 계통별로 분류되면 출시되는 상품 종수는 훨씬 더 다양했다. 작년부터 사장은 화장품이 아니라 의약부외품인 질 세척제와 질 방향제 연구사업에 개발비 50억을 투입하면서 임원진을 다그쳐왔다. 연구개발 중인 질 세척제는 인체 적용실험에서 많은 문제를 드러냈다.

　세척효과는 좋았으나 젤리 타입의 약물이 멘스의 찌꺼기와 부작용을 일으켜서 질 내부에 염증과 작열감을 일으켰다. 또 질 깊숙이 투입된 약물이 오줌으로 완전히 씻겨 내려가지 않고 자궁 입구에서 악취 나는 침전물로 변질되어 흘러나오는 경우가 있었다. 연구개발실은 원숭이 암컷 수십 마리로 적용실험을 거듭했으나, 그 실험결과는 여성의 질 내부온도와 분비물의 산성농도에 따라 수많은 편차를 드러냈고 개발실은 시제품이 인체에 적용되는 과정에서 발생하는 생화학적 과정의 문제들을 해결하지 못하고 있었다. 중역회의 때 연구개발실장은 여성 생식기의 여러 부위들을 크게 확대한 해부학 사진들을 천연색 환등으로 보여주면서 인체 적용의 난점들을 설명했다. 연구개발실장은 수많은 질들의 개별성을 극복하기가 어렵다고 보고하면서 아마도 질 내부의 산성 정도를 서너 계통으로 분류해서 거기에 맞는 제품들을 별도로 생산해야 할 것 같다는 대안을 제시했다.

사장은 생산비가 두 배 이상 들어가고, 선전에서 추가비용이 발생하며 유통과정 관리가 힘들어진다는 이유로 연구개발실장의 대안을 승인하지 않았다. 질 방향제는 스프레이 타입이었다. 인체 적용에서 문제점은 드러나지 않았으나, 생산 라인을 가동시키는 문제에 대해서 사장은 생각이 달랐다. 사장은 질 내부의 향기를 아무리 절묘하게 만들어놓아도 그 향기가 질 밖으로 발산되는 휘발성 향기가 아니라면 수요는 극히 제한적일 수밖에 없으므로 수요를 창출해 낼 수 있는 선전, 마케팅 전략을 확실히 수립한 다음 생산에 착수하라고 지시했다. 회의석상에서 중역들은 사장의 판단에 대해 일제히 침묵할 수밖에 없었다. 사장이기 때문이 아니라, 그의 판단이 영업적으로 옳았기 때문이었다. 그때 사장은 질 내부의 여러 부위들을 보여주는 환등 화면을 볼펜으로 가리키며 "저게 다 제가끔이란 말이지. 제가끔이라 하더라도 따로따로 맞게 만들어줄 수는 없지 않은가. 시장은 무진장인데, 들어서기가 어렵구만"이라고 중얼거렸다.

회사의 직제는 상무인 내가 회사의 모든 업무를 관장하고 결재하기로 되어 있었으나 연구개발실의 신제품 개발업무는 의사나 약사, 생리학, 약리학 교수들에게 용역발주되어 있었다. 나는 보고를 듣고 영업적 판단을 할 뿐 연구과정에 관여할 수는 없었다.

사장이 아내의 빈소를 지키는 나에게 전화를 걸어서 지시한 사항은 올여름시장에 출시되는 제품 다섯 종의 선전과 마케팅 전략을 기한 안에 확정해서 집행에 착수하라는 것이었다. 작년 하반기부터 대리점들로부터 올라오는 판매대금 회수가 세 달 이상씩 지연되었다. 지방 대리점에서 올라오는 결제대금은 전부가 어음이었는데, 미수율이 10퍼센트였고 부도율은 3퍼센트였다. 지방 대리점들은 담합했다. 미수금 청산을 거절했고, 마진폭 인상을 요구해 왔다. 본사 기획팀을 내려보내

총판장들을 구슬렸으나 성과는 없었다. 미수금 총액이 10억을 넘어서
자 지방 총판장들은 물건을 팔고도 일정 부분은 대금을 받을 수 없는
영업현장의 애로를 본사가 인정해 줄 것을 요구했다. 본사는 미수금을
자꾸만 이월해 나갔지만, 이월된 미수금 액수는 단지 숫자일 뿐 수익은
아니었다. 작년 하반기 이후 회사의 유동자금은 극도로 경색되었고, 금
년 여름에는 단기성 개발비 동결로 시장에 내놓을 신제품이 없었다. 2
년 전에 재고처리했던 쇼킹 핑크 계통의 립스틱 세 종과 울트라 마린블
루와 코발트블루 계통의 마스카라 네 종류와 여름용 선탠크림을 라벨
과 용기와 포장만 바꾸고 15억 원의 선전비를 투입해서 시장으로 떠밀
어 내는 것이 올여름의 영업 내용이었다. 건더기는 없고 껍데기뿐이었
지만, 이 업계에서 건더기와 껍데기가 구별되는 것도 아니었고 껍데기
속에 외려 실익이 들어 있는 경우는 흔히 있었다. 여름시장에 내놓을
이 재고상품 여덟 가지 전체의 선전과 광고에 적용될 리딩 이미지와 문
구를 결정하기 위한 회의는 부서별, 직급별로 다섯 차례 열렸다. 그 회
의에서 논의된 리딩 이미지의 문구는 '여름에서 가을까지—여자의 내
면여행'과 '여름에 여자는 가벼워진다', 그렇게 두 가지로 압축되어 중
역회의에 제출되었다. 장례휴가가 계속되는 일주일 동안 그 둘 중의 하
나를 리딩 이미지로 결정하고, 거기에 따른 포스터와 영상제작, 모델,
촬영기사, 디자이너를 교섭하는 일, 광고매체를 확보하는 일과 전국 영
업조직에 판매전략을 시달하고 훈련시키는 일들을 해당 실무부서에 분
담시켜야 했다.

3

당신의 이름은 추은주秋殷周. 제가 당신의 이름으로 당신을 부를 때,
당신은 당신의 이름으로 불린 그 사람인가요. 당신에게 들리지 않는 당

신의 이름이, 추은주, 당신의 이름인지요.

　제가 당신을 당신이라고 부를 때, 당신은 당신의 이름 속으로 사라지고 저의 부름이 당신의 이름에 닿지 못해서 당신은 마침내 3인칭이었고, 저는 부름과 이름 사이의 아득한 거리를 건너갈 수 없었는데, 저의 부름이 닿지 못하는 자리에서 당신의 몸은 햇빛처럼 완연했습니다. 제가 당신의 이름과 당신의 몸으로 당신을 떠올릴 때 저의 마음속을 흘러가는 이 경어체의 말들은 말이 아니라, 말로 환생하기를 갈구하는 기갈이나 허기일 것입니다. 아니면 눈보라나 저녁놀처럼, 손으로 잡을 수 없는 말의 환영일 테지요.

　당신의 이름은 추은주. 5년 전 신입사원 공채 때 인사과장이 가져온 최종 합격자 이력서에서 당신의 이름을 읽었을 때, 이제는 지층 밑에 묻혀버린 먼 고대국가의 이름이 내 마음에 떠올랐습니다. 그리고 당신의 몸은, 구석자리에서 컴퓨터 자판을 두드리며 결재서류를 작성하고 있던 당신의 둥근 어깨와 어깨 위로 흘러내린 머리카락과 그 머리카락이 당신의 두 뺨에 드리운 그늘은 내 눈앞에서 의심할 수 없이 뚜렷했고 완연했습니다. 아, 살아 있는 것은 저렇게 확실하고 가득 찬 것이로구나 싶어서, 저의 마음속에 조바심이 일었습니다. 당신은 광고파트의 신입사원으로 입사했고, 상무인 저와는 보고계통이나 결재 라인에서 마주칠 일이 없는 업무일선에 배치되었습니다.

　회사가 신축사옥으로 옮겨 가기 전에는 부서별로 방이 없이 칸막이 사무실을 쓰고 있었는데, 내 자리 칸막이 너머로 바라보이는 당신의 둥근 어깨는 공중에 떠 있었습니다. 분기 말마다 미결업무들을 한꺼번에 결재하느라고 직원들은 중국음식을 배달시켜 놓고 야근을 했었지요. 그 분기 말의 저녁에 당신은 아마도 새로 출시된 아이섀도의 소비자 선호조사 보고서나 매체별 광고효과 분석 보고서나 또는 선탠크림 부작

용에 대한 무더기 고발사건의 뒤치다꺼리를 위해 소비자단체와 신문기
자들에게 풀어 먹인 홍보비와 접대비 지출내역 보고서를 작성하고 있
었겠지요. 장맛비가 며칠째 쏟아지던 여름 분기 말의 저녁이었습니다.
당신은 목둘레가 둥글게 파인 블라우스를 입고 있었고, 당신의 목 아래
로 당신의 빗장뼈 한 쌍이 드러났습니다. 결재서류가 올라오기를 기다
리던 나는 내 자리에서 일어서서 칸막이 너머로 당신을 바라보았습니
다. 당신의 가슴의 융기가 시작되려는 그곳에서 당신의 빗장뼈는 당신
의 가슴뼈에서 당신의 어깨뼈로 넘어가고 있었습니다. 그 빗장뼈 위로
드러난 당신의 푸른 정맥은 희미했고, 그리고 선명했습니다. 내 자리
칸막이 너머로 당신의 빗장뼈를 바라보면서 저는 저의 손으로 저의 빗
장뼈를 더듬었지요. 그때, 당신의 몸을 생각했습니다. 당신의 몸속의
깊은 오지까지도 저의 눈에 보이는 듯했습니다. 여자인 당신, 당신의
깊은 몸속의 나라, 그 나라의 새벽 무렵에 당신의 체액에 젖는 노을빛
살들, 그 살들이 빚어내는 풋것의 시간들을 저는 생각했고, 그 나라의
경계 안으로 제 생각의 끄트머리를 들이밀 수 없었습니다. 당신은 흰
블라우스 위로 구슬이 많은 호박 목걸이를 드리우고 있었습니다. 비구
름이 갈라지고, 빌딩의 옥상 간판들 사이로 내려앉는 저녁 해가 당신의
목걸이에 비쳐, 목걸이 구슬마다 해는 저물었습니다. 사위는 잔광 한
줌씩을 거두어가면서 구슬 속으로 저무는 일몰은 위태로웠습니다. 그
때, 저는 저의 생애가 하얗게 지워지는 것을 느꼈습니다. 그때, 지체 없
이 당신의 이름을 부르지 않으면 당신이 당신의 몸속의 노을빛 살 속으
로, 내가 닿을 수 없는 살의 오지 속으로 영영 저물어버릴 것 같은 조바
심으로 나는 졸아들었고, 분기 말의 저녁마다 당신의 어깨는 저무는 날
의 위태로운 노을로 내 앞에 번져 있었습니다. 당신은 부서의 동료들끼
리 중국음식을 배달시키고 나는 설렁탕을 시켜서, 당신은 당신의 자리

에서 먹고 나는 내 자리에서 먹었습니다. 고개를 숙일 때마다 흘러내리는 머리카락을 한 손으로 쓸어 올리면서 당신은 젓가락질을 했습니다. 당신은 휴대백에서 실핀을 꺼냈습니다. 당신은 앞니로 실핀 끝을 벌리고, 그 실핀을 귀밑머리에 꽂아 흔들리는 머리타래를 고정했습니다. 빗장뼈 위로 솟아오른 당신의 목은 흰 절벽과도 같았습니다. 당신은 계속 먹었습니다. 볶음밥을 한 숟갈 입에 넣고 나서 국물을 한 숟갈 떠 넣기를 당신은 반복했습니다. 당신이 밥을 먹는 모습에서는 끼니때를 놓친 시장한 노동자의 식욕이 느껴졌습니다. 당신이 음식을 넘길 때마다 흔들리는 당신의 턱 밑의 흰 살들을 저는 칸막이 너머로 바라보았습니다. 그리고 또 제 손으로 제 턱 밑 살을 더듬어보았지요. 사무실 안에 인공조미료의 느끼한 냄새가 가득 찼고, 당신이 젓가락질을 할 때마다 당신의 목걸이 구슬들은 마구 흔들렸습니다. 당신의 몸속으로 들어가서 당신의 체액과 비벼지면서 당신의 몸속을 흘러가는 볶음밥 낱알들의 행로를 저는 생각했습니다. 아니지요. 그 고대국가의 지층 밑을 저는 엿볼 수 없었습니다. 내 두 눈을 찌를 듯이, 그렇게 확실하게 살아서 머리타래를 흔들며 밥을 먹고 있는 당신의 모습은 매몰된 지층 밑의 유적이나 풍문처럼 아득하고 모호했습니다. 그 확실함과 모호함 사이에서 저는 아둔하게도 저 자신의 빗장뼈와 목 밑 살을 더듬고 있었지요. 그리고 그 확실함과 모호함 사이에서 당신은 계절마다 옷을 바꾸어 입었고 야근하는 저녁마다 볶음밥을 시켜다 먹었고, 입사한 지 여섯 달 만에 청첩장을 돌리며 결혼했고, 동료직원들이 당신의 부푼 배를 위태로워할 때까지 만삭의 배를 어깨끈 달린 치마로 가리며 출근했고, 당신을 꼭 닮았다는 딸을 낳았고, 산후휴가가 끝난 뒤 다시 당신의 자리로 돌아왔습니다. 어쩌다가 회사 복도나 엘리베이터에서 당신과 마주칠 때, 당신의 몸에서는 젊은 어머니의 젖 냄새가 풍겼습니다. 엷고도 비린 냄새였습니다. 가까운 냄새인지 먼 냄새인지 분간이 되지 않는 냄새였지요. 확실하고도 모호한 냄새였습니다. 당신의 몸 냄새는 저의 몸 속으로 흘러 들어왔고, 저는 어쩔 수 없이 당신의 몸을 생각했습니다. 당신이 볶음밥을 먹으며 야근하는 저녁에 저는 저의 자리에 앉아서, 당신의 모든 의식과 기억을 풀어헤쳐서 다만 숨 쉬게 하는 당신의 잠든 몸을 생각했습니다. 당신이 잠들 때, 당신의 날숨이 당신의 가슴에서 잠든 아기의 들숨 속으로 흘러 들어갈 것이고, 아침이 오도록 당신의 방에서 익어가는 당신의 몸 냄새를 생각했습니다. 여자인 당신의 모든 생물학적 조건들 속에 깃드는 잠과 당신이 잠드는 동안 당신의 몸속에서 작동하고 있을 허파와 심장과 장기들을 생각했습니다. 그리고 당신의 몸속 실핏줄 속을 흐르는 피의 온도와 당신의 체액에 젖는 살들의 질감을 생각했습니다. 내 마음속에서, 당신의 살들은 손으로 만질 수 없는 풍문과도 같았습니다. 그 분기 말의 저녁에도 오줌이 빠지지 않는 저의 몸은 무거웠고, 몸 전체가 설명되지 않는 결핍이었습니다. 몇 년 전에 신입사원인 당신이 상무인 내 자리로 찾아와 웃으면서 청첩장을 내밀고 결혼휴가를 청할 때도 저의 몸은 그렇게 무거웠고, 결핍의 덩어리였습니다. 그때 저는 방광의 무게가 힘들어서 자리에서 일어서지 못하고, 아마도, 축하한다, 신랑은 뭐하는 사람인가, 사장 명의로 식장에 화환을 보내줄게, 결혼 후에 아기 낳더라도 회사에 다닐 건가, 결혼식 날 지방출장 갈 일이 있다, 식장에 못 가더라도 섭섭하게 생각하지 말라, 라는 말을 주절거렸던 것 같습니다. 저는 봉투에 수표 두 장을 넣고, 그 봉투 위에 '축 화혼'이라고 써서 당신에게 내밀었지요. 당신은 두 손으로 봉투를 받았습니다. 당신이 고개를 깊이 숙여 절할 때, 당신의 뺨 위로 흘러내리는 머리타래를 저는 외면했습니다. 당신은 뒤로 돌아서서 제자리로 돌아갔습니다. 그때 당신은 결혼을 앞둔 신부의 정장 차림이었습니다. 돌아선 당신의 몸은 블라우스와 스커트 속에서 완연했고 반 팔 블라우스 소매 아래로 노출된 당신의 팔에는 푸른 정맥이 드러났습니다. 당신의 정맥은 먼 나라로 가는 도로처럼 보였습니다. 그 정맥 속으로 내가 확인할 수 없는 당신의 시간이 흐르고, 저와 사소한 관련도 없을 당신의 푸른 정맥이 저의 눈앞에 드러나서 이 세상의 공기에 스치게 되는 여름을 저는 힘들어했습니다. 저는 여름에도 당신이 긴팔 블라우스를 입기를 바랐고, 당신은 여름마다 짧은 팔 블라우스를 입었습니다. 저희 두 사람이 여러 어른과 친지들을 모시고 백년해로의 가약을 맺으려 하오니 부디 축복하여 주시기 바랍니다— 당신이 놓고 간 청첩장에는 그렇게 적혀 있었습니다. 당신이 결혼하던 날 저는 전라북도 지역으로 출장을 떠났습니다. 미리 예정되었던 출장이었지요. 상무인 제가 부하직원의 결혼식에 가지 않아도 좋게 된 이 공식일정에 저는 안도했습니다. 그 무렵, 새로 출시된 피부 미백제가 대량 부작용을 일으켜 전라북도 지방의 소비자단체들이 고발할 움직임을 보이고 있었습니다.

저의 출장 목적은 피해자들을 돈으로 진정시키고 소비자단체 대표들을 구슬려 고발을 막는 일, 그리고 아이섀도와 립글로스의 마진율 인상을 요구해 온 지방 총판장들과 타협을 보는 일이었습니다. 당신의 결혼식이 시작되었을 시간쯤에 저는 군산, 익산 지역을 돌며 피해자들을 만나서 돈을 건네고 '민형사상의 문제를 제기하지 않겠다'는 각서를 받았습니다. 당신이 신혼여행지인 제주도에 도착했을 시간쯤에 저는 김제에서 소비문화보호협회 대표라는 중년여성들을 만나 "제품을 감시하는 여러분들의 노력이 기업을 긴장시키고 있다"라고 치하하면서 돈봉투를 나누어 주었습니다. 저녁에는 총판장들을 김제 시내의 한 룸살롱으로 불러 모아서 술을 마셨습니다. 총판장들은 농산물 개방 이후 농촌 경기는 수렁으로 빠졌으며 주소비층인 젊은 여성들이 모두 사라져

버려서 마진율을 인상하지 않으면 총판이고 대리점이고 영업권을 반납하겠다고 으름장을 놓으면서, 미수금 전액을 본사가 떠맡아 줄 것을 요구했습니다. 저는 마진율과 미수금은 연동시킬 수 없는 전혀 별개의 회계이며, 만성적인 유동성 자금난으로 월급 때마다 단기융자를 끌어다 써야 하는 본사의 어려움을 설명했습니다. 제가 "잘 아시면서 왜들 이러십니까?"라고 말하면, 총판장들도 똑같은 말로 대답했습니다. 아무런 소득도 없이 술에 취했습니다. 여자들이 옷을 벗었고, 술 취한 총판상들이 여자들의 사타구니 밑으로 손을 넣었습니다. "너는 낯짝을 보니까 구멍 속이 인디언 레드겠구나. 너는 쇼킹 핑크겠고." 전주 총판장이 여자 사타구니를 더듬던 손을 코에 대고 냄새를 맡았습니다. "좀 씻고 다녀라, 이 더러운 년아.""사장님 그게 조개 냄새가 좀 나야 맛있는 거예요.""이게 지금 조개 냄새냐? 썩은 곤쟁이젓 냄새지."

　회사 법인카드로 술값과 팁을 계산했습니다. 김제 들판이 끝나는 만경강 어귀의 포구마을에 전주 지사장이 저의 여관을 잡아놓았습니다. 저는 대리운전자를 불러서 여관으로 갔습니다. 당신이 결혼하던 날, 저의 하루 일과는 그렇게 끝났지요. 여관 창문 밖으로 썰물의 개펄이 아득히 펼쳐져 있었고 흰 달빛이 개펄 위에서 질척거리면서 부서졌습니다. 바다는 개펄 밖으로 밀려 나가 보이지 않았고, 거기에는 아무것도 없었습니다. 저승에 뜬 달처럼 창백한 달빛이 가득한 그 공간 속으로 새 한 마리가 높은 소리로 울면서 저문 바다로 나아갔습니다. 저는 제가 어디에 와 있는지 알 수가 없었습니다. 그 여관방에서 당신의 몸을 생각하는 일은 불우했습니다. 당신의 몸속에서, 강이 흐르고 노을이 지고 바람이 불어서 안개가 걷히고 새벽이 밝아오고 새 떼들이 내려와 앉는 환영이 밤새 내 마음속에 어른거렸습니다. 당신의 이름은 추은주. 제가 당신의 이름으로 당신을 부를 때, 당신은 당신의 이름으로 불린

그 사람인가요. 당신에게 들리지 않는 당신의 이름이, 추은주, 당신의
이름인지요.

4

저녁 일곱 시가 지나자 문상객들이 몰려왔다. 사장이 어른 키만 한
조화를 보내왔다. 사장의 조화는 영정 가까이, 거래처 대표들이 보낸
조화는 영정 좌우로 진열되었다. 동창회와 향우회, 전우회에서 만장을
보내와 빈소 입구에 세웠다. 회사 경리직원이 나와서 부의금 접수업무
를 맡았다. 절을 마친 문상객들은 식당으로 가서 그룹별로 모여 앉아
육개장으로 저녁을 먹었다. 저녁 아홉 시가 좀 지나서 추은주가 빈소에
나타났다. 추은주가 결혼하던 날 내가 지방출장을 갔듯이, 아내의 장례
기간 중에 추은주가 어디론가 출장을 가거나 휴가를 가서 빈소에 나타
나지 말기를 나는 바랐다. 추은주는 함께 온 여직원들과 나란히 서서
아내의 영정을 향해 두 번 절했다. 나는 두 손을 앞으로 모으고 바닥에
엎드린 추은주의 몸을 내려다보았다. 추은주는 블루진 바지에, 양말을
신지 않은 맨발이었다. 추은주의 머리가 바닥에 닿을 때 머리타래가 흘
러내렸고 맨발의 뒤꿈치가 도드라졌다. 뒤꿈치의 각질과 엄지발가락
밑의 둥근 살도 보였다. 엎드린 추은주의 등과 엉덩이는 완연한 몸이었
다. 세상 속으로 밀치고 나오는 듯한 몸이었다. 그리고 그 몸은 스스로
자족自足해 보였다. 추은주가 결혼하던 날, 만경강 개펄 가의 여관방에
서 보낸 밤이 생각났다. 나는 고개를 흔들어서 생각을 떨쳐냈다. 생각
은 떨어져 나가지 않았다. 영정 속에서 아내는 엷게 웃고 있었다. 미소
띤 사진은 영정으로 쓰지 말라고 미리 유언이라도 남기고 싶었다. 나는
추은주와 맞절했다. 절을 마친 추은주는 내 앞으로 다가왔다.
"상심이 크시겠습니다. 너무 일찍 가시는군요. 저희 어머님하고 동갑

이신데……"라고 추은주는 말했다.

"뭐, 병원에서 해볼 만큼 다 해봤으니까……."

나는 겨우 그렇게 대답했다. 추은주는 여직원들과 함께 식당으로 물러갔다. 저녁 열 시가 넘어서 광고기획1 과장 박진수와 광고기획2 과장 정철수가 빈소에 나타났다. 그들은 화장품 광고업계의 신예들로 사장이 고액연봉을 주고 스카우트한 사람들이었다. 박진수는 기초화장품 담당이었고 정철수는 색조화장품 담당이었다. 두 과장들은 까만 양복에 까만 넥타이를 매고 까만 양말을 신고 있었다. 병원 영안실에서 빌려 입은 상복이었다. 과장들이 절할 때, 망사처럼 얇은 양말 밑으로 발바닥이 비쳐 보였다. 절을 마친 과장들은 내 팔을 끌어서 빈소 옆 부속실로 데리고 들어갔다.

"황망 중에 예의가 아닙니다만, 여름 광고 이미지 문안을 시급히 결정해 주셔야겠습니다. 경쟁사들이 먼저 치고 나올 기세입니다."

2과장 정철수가 말했다.

"딴 중역들은 별 의견 없으실 겁니다. 상무님하고 저희들이 결정해서 밀어붙이면 될 겁니다."

1과장 박진수가 말했다. 과장들은 스스로 회사의 실력자임을 의식하고 있었다.

"알고 있네. 아침에 사장께서도 전화로 지시하시더군."

2과장 정철수는 까만 양복 윗도리를 벗고 넥타이를 느슨하게 풀었다. 넥타이를 풀 때 그는 고개를 좌우로 힘있게 흔들었다.

"그런데 말입니다, '여자의 내면여행'은 너무 관념적이고 스모키하지 않겠습니까? 오히려 가을 시즌에 맞는 이미지가 아닐까 싶은데. '내면여행'을 채택한다면 영상제작도 쉽지 않을 겁니다. 이미지를 돌출시켜 내기가 어려울 것 같습니다."

"영상연출로 이 관념성을 넘어가야 합니다. 사인화私人化된 정서가 도시 여성에게 어필합니다. 도시로부터 이탈하려는 게 여자들의 여름 정서의 핵심이라고 봅니다."

"그게 문제지요. 밖으로 뛰쳐나가지 못해 안달인 판에 '내면'이란 고루하고 폐쇄적인 느낌이 듭니다. 화장품은 내면사업이 아니라 외면사업입니다. 전 '여름에 여자는 가벼워진다' 쪽으로 가야 한다고 봅니다. 올여름은 유례없이 질퍽거리고 끈끈할 것이라는 예보가 나와 있습니다. 한국 여자들의 심성에는 물기가 너무 많지요. 물주머니들이 돌아다니는 거예요. 여자들은 자신들의 이 대책 없는 물기를 증오하는 겁니다. 그러니, 이걸 거꾸로 타 넘어가려면 역시 '가벼움'의 이미지를 밀고 나가는 게 좋을 겁니다."

"여름엔, 여성 존재의 전환감을 강조해야 합니다. 존재의 전환, 낯섦과 설렘, 이런 쪽으로 가야지요. 그러니 '내면여행'을 영상으로 잘 다듬어내는 것도 좋을 겁니다."

"'내면여행'은 품격 있는 이미지가 될 수야 있겠지만 도발성이 모자라요. 기초에는 어떨지 몰라도 색조에까지 적용하기엔 좀 엉성할 겁니다. 꽉 조여드는 힘이 없잖아요."

"나는 '가벼워진다' 쪽이 오히려 존재의 전환감과 합치된다고 봅니다. 여기에 촉촉함과 메마름의 이미지를 함께 연출해 낼 수 있다면 먹혀들 겁니다. 여름은 무겁고 질퍽거리니까요."

"'가벼워진다'에는 이탈적 정서가 확실히 들어 있기는 하지만, 이 가벼움이 그야말로 너무 가벼워서 중량감이 전혀 없는 게 문제지요. 거기에 비하면 '내면여행'의 중량감은 안정돼 있다고 봐야지요."

'내면여행'과 '가벼움' 사이에서 박진수와 정철수는 오랫동안 갈팡질팡했다. 젊은 과장 둘은 그 두 개의 리딩 이미지 중에서 어느 한 편을 택할 경우에, 거기에 맞는 여자 모델들의 이름을 열거하면서, 머리카락의 질감, 눈동자의 깊이, 눈두덩의 높이, 눈썹의 긴장감, 아랫입술의 늘어짐, 아랫입술과 윗입술이 만나는 두 점의 극한감, 어깨의 각도가 주는 온순성과 애완성을 분석해 나갔다. 두 과장들은 리딩 이미지가 아직 결정되기도 전에 이미 광고 영상제작에 따른 대비를 하고 있었다. 여성의 신체부위의 질감을 분석하고 거기에 이미지를 입히려는 그들의 의견은 때때로 충돌하기도 했으나 '광고는 스모키해서는 안 된다'는 점에는 일치했다. 두 과장들은 또 이미지에 따른 로케이션과 영상 구성의 내용, 손톱, 입술, 눈동자, 허벅지, 장딴지, 눈썹 같은 부분모델을 기용하는 문제와 그 모델들의 신체 특징을 열거해 나갔다. 박진수가 들고 온 가방 속에는 모델들의 신체부위를 찍은 천연색 사진이 수십 장 들어 있었다. 정철수는 지난 1년 동안 TV드라마, 영화, 가요, 패션, 무용에 나타난 여성성의 이미지들을 수집하고 분석한 자료를 꺼내 보였다. 그의 자료는 A4 용지에 깨끗하게 정리되어 바인더에 묶여 있었다.

"모레까지는 결정을 봐야 합니다. 이미지의 내용이 스모키하더라도 표현은 명료해야 할 텐데요."

정철수가 말했다. 그의 어투는 늘 단정했고 단호했다. 모레라면 발인해서 화장하는 날이었다.

"자네들의 판단을 믿고 있네. 그게 늘 워낙 아리송해서 말이야. 다른 임원들 얘기도 좀 들어보고……."

과장들의 말은 돌격을 지휘하는 장교의 언어처럼 전투적이었으나, 그들의 말은 그야말로 스모키하게 들렸다. 헛것들이 사나운 기세로 세상을 휘저으며 어디론지 몰려가고 있는 느낌이었다. 나는 그 스모키한 헛것들의 대열 맨 앞에 있었다. 과장들은 자정 무렵에 자리에서 일어났다. 그들은 영안실 접수창구 옆 의상보관소에서 상복을 반납하고 제 옷으로 갈아입고 돌아갔다. 자정이 넘자 문상객들은 오지 않았다. 부의금을 접수하던 경리과 직원도 명부를 걷어서 돌아갔다. 밤샘을 할 작정인 직원 몇 명과 대학동창생들이 식당에서 고스톱을 쳤다. 추은주도 돌아가고 없었다. 빈소는 또 비었고, 영정 속에서 아내는 엷게 웃고 있었다.

수술 전날, 간호사가 아내의 머리카락을 잘랐다. 간호사는 머리카락을 한 움큼씩 손으로 쥐고 밑둥에 가위질을 했다. 머리통을 간호사에게 내맡기고 아내는 울었다. 머리카락이 잘려 나간 아내의 얼굴은 낯설어 보였다. 간호사가 잘린 머리카락을 흰 보자기에 싸서 들고 나갔다. 그날, 주치의는 나에게 아내의 뇌를 찍은 엠알아이 사진을 보여주었다. 그는 슬라이드 여러 장을 벽에 걸어놓고 설명했다.

"좋지 않습니다. 이 오른쪽에 골프공처럼 자리 잡은 환한 부분이 종양의 핵입니다. 벌써 크게 자리 잡았지요. 종양 속에서 이미 출혈이 시작되었습니다. 이 종양이 뇌를 압박해서 두통을 일으키고, 온갖 신경계통을 교란하게 됩니다. 아직 사진에 나타나지 않았지만, 세포 속에서 진행되고 있는 종양도 있을 수 있습니다."

슬라이드 속에서, 두개골 안쪽으로 들어찬 뇌수는 부유하는 유동체처럼 보였다. 뇌수는 아직 형태를 갖추지 못하고 흐느적거리는 원형질이었다. 인간의 지각과 기능을 통제하는 사령부가 아니라, 멀어서 아물거리는 기억이나 풍문처럼 정처 없어 보였다. 저것이 아내였던가. 저것이 아내로구나. 저것이 두통 발작 때마다 손톱으로 벽을 긁던 아내의 고통의 중추로구나. 슬라이드 속에서 종양이 번진 부위는 등불처럼 환했다. 환한 덩어리 주변으로 반딧불 같은 빛들이 점점이 흩어져 있었다. 뇌수는 아무런 형태감도 없었다. 그것은 그저 안개나 바람 같은, 스쳐 지나가는 기류처럼 보였다. 살아 있다는 사태의 온갖 느낌을 감지하고 갈무리하는 신체기관이라고 하기에는 그곳은 꺼질 듯이 위태로웠고, 그 안에서 시간이나 말이 발생하지 않은 어둠에 잠겨 있었는데, 점점이 흩어져서 반짝이는 종양의 불빛들은 저녁 무렵인 듯싶었다. 수면제의 힘으로 아내가 깊이 잠들어 마음이 소멸하는 밤에도 그 종양의 불빛들은 잠든 아내의 뇌수 속에서 명멸한 것이었다. 그때 의사는 또 말했다.

"어려운 수술이지요. 종양 뒤쪽으로 시신경이 지나고 있습니다. 종양이 시신경을 압박하면 반맹이나 실명이나 착시가 될 수 있습니다. 수술은 다섯 시간쯤 걸릴 겁니다. 두개골을 열고 현미경으로 들여다보면서 0.1밀리미터씩 작업을 하게 됩니다. 가족들도 마음을 단단히 먹어야 합니다."

나는 아내의 뇌수 사진을 들여다보면서 혼잣말을 하듯이 의사에게 물었다.

"수술 후에 재발하지는 않을까요?"

"그러지 않기를 바랍니다. 종양을 제거하면 우선 두통과 구역질은 없어질 겁니다. 뇌종양이라 해도, 병은 환자마다 제가끔입니다. 병은 개인에게 개별적이고도 고유한 징후이지요. 의사가 종양을 들어낼 수는 있어도, 종양을 빚어내고 키우는 환자의 생명에 개입할 수는 없습니다."

의사는 불필요하게 친절했다. 그의 친절한 설명은 종양의 나라를 규율하는 헌법처럼 들렸다.

아내의 두통은 발작이 시작되면 곧 극점으로 치달았다가 서서히 가라앉았다. 두통이 극점에 달했을 때 아내는 헛소리를 하면서 위액을 토했고, 두통이 가라앉을 때 아내는 식은땀을 흘리며 기진맥진하였다. 간병인이 뒤채는 아내의 팔다리를 벨트로 묶었다.

"여보…… 개밥…… 개밥……."

두통에서 겨우 벗어나기 시작했을 때 아내는 묶인 몸으로 가슴을 벌떡거리며 개밥을 걱정했다. 집에 파출부가 오지 않는 날 개는 하루 종일 빈집에 묶여서 굶었다. 누런 털의 순종 진돗개였는데, 콩알처럼 생긴 마른 사료는 거들떠보지도 않았고 국에 말아주는 밥만 먹었다. 딸이 취직해서 출근을 시작하자 집 안이 썰렁하다고 아내가 얻어온 개였다. 아내가 입원한 뒤, 개는 하루 종일 혼자 묶여 있었다. 비 오는 날, 개는 개집 속에 엎드려 앞발을 내밀고 앞발에 떨어지는 빗방울을 혀로 핥았다. 개는 몇 시간이고 그러고 있었다.

"여보…… 개밥 줘야지, …… 개밥."

간병인이 아내의 아랫도리를 벗기고, 두통 발작 때 흘린 사타구니 사이의 똥물을 닦아낼 때도 아내는 개밥을 못 잊어 했다. 개의 이름은 보리였다. 내세에 사람으로 태어나라고, 아내가 지어준 이름이었다. 나는 개밥을 걱정하는 아내의 머리를 두 손으로 감싸주었다. 면도로 민 아내의 머리는 형광등 불빛에 파르스름했다. 종양을 키우고 있는, 작고 따스한 머리였다. 혈관을 흐르는 피의 맥박이 내 손에 느껴졌다. 그 핏줄의 아래쪽 뇌수 속에서 종양의 저녁 불빛들은 깜박이고 있을 것이었다.

"아침은 내가 줬어. 저녁은 미영이가 가서 줄 거야."

내 말이 들리지 않는지, 아내는 개밥…… 개밥을 신음처럼 중얼거리다가 까무룩이 늘어져 실신하듯 잠들었다.

첫 번째 수술은 성공적이었다고 의사는 말했다. 두통과 구역질이 멎었다. 아내는 퇴원해서 집으로 돌아왔고, 개는 끼니때마다 국에 만 밥을 먹었다.

아내의 종양은 여섯 달 뒤에 재발했다. 두 번째 수술을 하기 전날에도 의사는 나를 불러서 엠알아이 사진을 보여주었다. 먼젓번의 종양의 핵심부는 보이지 않았지만, 그 주변에 점점이 흩어져 있던 반딧불 같던 불빛 두 개가 영역을 넓혀가며 자리 잡고 있었다. 의사는 재수술을 결정했다.

"먼젓번 종양은 없어졌습니다. 이건 재발이 아닙니다. 새로 태어난 종양입니다"라고 의사는 말했다.

두 번째 수술이 끝나고 아내가 회복실에서 병실로 실려 왔을 때, 나는 아내가 이제 그만 죽기를 바랐다. 그것만이 나의 사랑이며 성실성일 것이었다. 아내는 삭정이처럼 드러난 뼈대로 다만 숨을 쉬고 있었다. 종양이 뇌 속의 후각중추를 잠식하면 냄새를 맡는 신경이 교란되고 이 증세가 미각에까지 영향을 미치는데, 신경조직 속에서 후각과 미각은 긴밀히 연결되어 있다고 의사는 설명했다. 두 번째 수술 후, 아내는 거의 아무것도 먹지 못했고, 체중은 30킬로그램으로 떨어졌다. 새벽에 목이 마르다고 해서 아이스크림을 떠먹여 주면 아내는 뱉어버렸다.

"아이스크림에서 구린내가 나요"라고 아내는 울먹였다. 나는 냉수를 떠먹여 주었다. 병실 유리창 밖으로 여름의 새벽이 밝아오고 있었다. 빌딩 사이로 새벽은 멀리 울트라 마린블루의 하늘을 펼쳐놓고 있었다. 음식에서 구린내가 나서 입에 댈 수 없다며 아내는 도리질을 쳤다. 간병인이 피자에 얹힌 치즈와 베이컨을 걷어내고 가장자리의 밀가루 빵만 떼어 먹여도 아내는 혀를 내밀어 뱉어냈다. 아내가 가장 견딜 수 없어 했던 냄새는 김이 나는 더운 쌀밥의 냄새였다. 냄새는 혐오할수록 더욱 날카롭게 느껴지는 모양이었다. 아내는 옆 침대 환자가 김 나는 밥을 먹을 때도 고개를 돌리고 구토를 일으켰다.

"더운밥이 구린내가 더 심해요. 냄새가 김으로 퍼지거든요"라며 아내는 간병인을 들볶았다. 아내가 야채즙이나 크림수프를 먹을 때도 간병인은 코를 막아주었고, 아내는 삼키고 나서는 입 안을 물로 헹구어냈다.

아이스크림이나 더운밥 안에 애초부터 구린내가 깊이 숨어 있었던 것인지를 나는 의사에게도 아내에게도 물어볼 수 없었다. 알 수는 없지만, 후각중추가 교란되었기 때문에 음식 자체의 냄새가 바뀌지는 않을 것이다. 알 수는 없지만, 아내의 후각중추가 온전했을 때, 아내가 맡던 냄새가 음식의 본래 냄새였다고 말할 수도 없을 것이었다. 알 수는 없지만, 아내가 치를 떨던 그 구린내는 본래 음식 깊은 곳에 종양처럼 숨어 있던 냄새가 아니었을까. 그래서 뇌가 온전할 때 맡을 수 없었던 그 냄새가 종양이 번지자 비로소 아내에게 감지되는 것은 아닌지, 그래서 누리고 비리고 향긋하고 상큼하던 냄새들이 아내에게는 모두 구린내로 느껴지는 것은 아닌지를 나는 생각했지만, 아무런 생각도 더듬어낼 수 없었다. 먹는 것이 급격히 줄어들자 아내의 똥은 새까맣고 딱딱하게 굳어졌다. 바싹 졸인 환약처럼 물기가 없었고 찌를 듯한 악취를 풍겼다. 아내의 똥은 창자와 음식물 사이의 사투의 고통이 응축된 사리처럼 보였다. 간병인은 아내의 기저귀를 갈아 채울 때마다 향을 피우고 마스크를 썼다. 사지가 늘어진 아내는 기저귀를 갈아 채울 때면 수치심으로 두 다리를 버둥거리며 간병인을 밀쳐내려 했지만, 이내 기진맥진했다. 아내는 제 똥이 발산하는 그 지독한 악취에는 아무런 반응도 보이지 않았다. 아내는 완전히 뒤바뀐 냄새의 세계에서 마지막 날들을 숨 쉬고 있었다.

새벽에 빈소에서 라면을 먹었다. 딸과 약혼자는 자정께 돌려보냈다. 빈소에는 나 혼자뿐이었다. 영정 속의 아내는 여전히 웃고 있었다. 머리카락에 윤기가 돌았다. 라면은 짜고 누리고 느끼했다. 조미료 냄새가 빈소에 퍼졌다. 그 냄새 속에서 아내의 사진은 웃고 있었다. 장례일정의 첫째 날은 그렇게 끝났다.

5

　당신의 이름은 추은주. 제가 당신의 이름으로 당신을 부를 때, 당신은 당신의 이름으로 불린 그 사람인지요. 당신에게 들리지 않는 당신의 이름이, 추은주, 당신의 이름인지요.

　아내의 빈소를 혼자서 지키던 새벽에 당신의 이름을 생각하는 일은 참혹했습니다. 당신의 딸이 두 살인가 세 살쯤 되던 여름에, 직원 몇 명이 회사에 나와서 특근을 하던 어느 일요일이 떠올랐습니다. 그날, 당신은 당신의 어린 딸을 데리고 출근했지요. 당신은 컴퓨터 자판을 두드리며 아마도 소비동향 분석 보고서를 작성하고 있었고, 그 옆자리에서 당신의 딸은 봉제곰을 안고 있었습니다. 그리고 당신의 책상에는 아이에게 먹일 우유와 딸기 몇 알이 놓여 있었습니다. 출근한 직원 몇 명이 아이 옆에 모여서 머리를 쓰다듬었지요.

　그 여름에, 마린블루 계통의 아이섀도와 마스카라는 대박이 터졌습니다. 대리점들은 마진율을 낮춰가며 물건을 요구했고, 광고와 시장관리 업무로 회사는 여름휴가를 연기해 가며 분주히 돌아갔습니다. 그 여름에 제작한 광고 포스터 속에서, 정오의 햇살이 직각으로 내리쬐는 지중해는 생선의 푸른 등처럼 무한감으로 빛났고 수평선 쪽 물이랑 너머로부터 바다는 다시 새로운 색조로 피어나고 있었습니다. 그 무한감의 바다 위로 여자의 눈동자가 클로즈업되고 바람에 주름 지는 물결이 여자의 눈동자 속에서 출렁거렸습니다. 광고담당 부장들의 분석에 따르면, 그해 여름 장마는 유난히 길고 끈끈하고 질퍽거렸으며, 공기 속에 곤쟁이젓국 냄새가 자욱했는데, 마린블루 계통의 광고는 바스락거리는 환절기를 그리워하는 여름 여자들의 감성을 강타했다는 것이었습니다. 그 포스터는 전국 백화점과 헬스클럽과 찜질방과 지방대리점에 나붙었고 아홉 시 뉴스 직전의 TV광고에도 나갔습니다. 저는 판촉비를 풀어서 소비자단체 간부들, 광고매체 간부들, 미용담당 기자들과 매일 저녁 술을 마셨습니다. 또 새로 생긴 주간지나 월간 여성지의 광고담당자, 새로 차린 광고 대행업자들과 쌍꺼풀, 입술, 손톱, 허벅지의 부분모델을 지망하는 여자들의 매니저들은 나를 불러내서 그들의 판촉비로 나에게 술을 먹였습니다. 질퍽거리는, 마린블루의 여름이었지요.

특근하던 그 일요일 아침에, 저는 당신의 옆 통로를 지나면서 당신의 아기를 보았습니다. 저는 놀라서 주저앉을 뻔했지요. 아직 이목구비의 윤곽이 뚜렷이 자리 잡지 못한 그 아기의 얼굴에 당신의 표정이 살아 있었습니다. 눈매인지, 입술 언저리인지, 두 뺨인지 어딘지는 알 수 없었지만, 그 아기는 당신의 생명의 질감과 냄새를 그대로 빼닮아 있었습니다. 그 아기는 땅을 겨우 디디는, 뒤뚱거리는 걸음으로 사무실 안을 돌아다녔습니다. 그 아기의 걸음을 바라보면서, 저는 당신과 닮은 아기를 잉태하는 당신의 자궁과 그 아기를 세상으로 밀어내는 당신의 산도産道를 생각했습니다. 그리고 거기는 너무 멀어서, 저의 생각이 미치지 못했습니다. 등 푸른 생선의 빛으로 빛나면서 또 다른 색조를 몰고 오는 광고 속의 지중해보다도, 아내의 뇌수 속에서 빛나는 종양의 불빛보다도, 그곳은 더 멀어 보였습니다.

그날 점심때, 저는 특근하는 직원들을 모두 데리고 회사 근처 설렁탕 집에 갔습니다. 당신도 아기를 데리고 왔었지요. 직원들이 긴 밥상에 둘러앉고, 당신은 저의 왼쪽 세 번째 자리에 앉았습니다. 설렁탕과 수육이 나왔고, 남자 직원들이 "날씨 더럽게 좋구만"이라고 투덜거리면서 소주를 마셨습니다. 당신은 빈 그릇에 당신의 국밥을 덜어서 아기 앞에 놓았습니다. 숟가락질이 서툰 아기는 밥알을 많이 흘렸습니다. 당신은 손수건을 아기의 턱 밑에 걸어주었습니다. 당신이 숟가락으로 뜨거운 국밥을 떠서 입으로 후후 불어서 식혔고, 당신이 반쯤 먹고 숟가락 위에 남은 밥을 아기에게 먹였습니다. 아기가 입을 크게 벌렸지요. 아기의 입속은 분홍색이었고 젖어 있었습니다. 당신의 아랫입술처럼 아기의 아랫입술이 아래로 조금 늘어져서 입술의 속살이 보였습니다. 작은 혀도 보였지요. 아기의 입속은 피부로 둘러싸이지 않은 맨살처럼 부드럽고 연약해 보였습니다. 코를 들이대면 거기서 당신의 몸 냄새가 날 것 같았습니다. 숟가락이 커서 아기는 자꾸만 밥알을 흘렸습니다. 당신은 아기의 뺨에 붙은 밥알을 떼어서 당신의 입으로 가져갔고 아기의 턱 밑으로 흐르는 국물을 손수건으로 닦아주었습니다. 종업원이 작은 찻숟가락을 가져다주었습니다. 당신은 찻숟가락으로 아기에게 밥을 먹였습니다. 당신은 물에 헹군 무김치를 당신의 이로 잘라서 숟가락 위에 얹어서 아기에게 먹였습니다. 자반고등어도 그렇게 먹였지요. 때때로 당신 가까이서 당신의 생명을 바라보는 일은 무참했습니다. 당신의 아기의 분홍빛 입속은 깊고 어둡고 젖어 있었는데, 당신의 산도는 당신의 아기의 입속 같은 것인지요. 그 젖은 분홍빛 어둠 속으로 넘겨지는 밥알과 고등어 토막과 무김치 쪽의 여정을 떠올리면서, 저의 마음은 캄캄히 어두워졌습니다. 어째서, 닿을 수 없는 것들이 그토록 확실히 존재하는 것인지요. 먹기를 마친 당신의 아기가 밥상 주변을 걸어 다녔습니다. 아기는 넘어질 듯이 아장거렸습니다. 아기가 저에게 와서 저의 어깨를 짚었습니다. 아기를 안아주고 싶은 충동에도 불구하고 저는 몸을 움츠렸지요.

그날 저녁때, 저는 퇴근길에 바로 아내의 병실로 갔습니다. 간병인이 오지 않는 날이어서, 저는 병실에서 딸과 교대했습니다. 아내는 두 번째 수술을 받고 나서 시각중추까지 마비되어 있었습니다. 그날 밤 병실에 딸린 욕실에서 아내를 목욕시켰습니다. 침대에 누인 채로 아내의 옷을 모두 벗겼습니다. 저도 옷을 모두 벗었지요. 아내의 몸은 검불처럼 가벼웠고, 마른 뼈 위로 가죽이 늘어져서 겉돌았습니다. 저는 벌거벗은 아내를 안고 욕실 안으로 들어갔습니다. 아내의 상반신을 저의 어깨에 걸치고, 저는 등을 구부려서 아내의 허벅지와 다리를 씻겼습니다. 습기가 빠진 피부가 버스럭거렸습니다. 유아용 아이보리 비누를 풀어서 아내의 늘어진 피부를 손빨래하듯 씻어냈습니다. "여보…… 미안해요"라면서 아내는 울었습니다. 요강처럼 가운데가 뚫린 의자 위에 아내를 앉혔습니다. 의자 위에서 아내는 사지를 늘어뜨렸습니다. 아내의 두 다리는 해부학 교실에 걸린 뼈처럼, 그야말로 뼈뿐이었습니다. 늘어진 피부에 검버섯이 피어 있었습니다. 죽음은 가까이 있었지만, 얼마나 가까워야 가까운 것인지는 알 수 없었습니다. 저는 의자 밑으로 손을 넣어서 아내의 허벅지와 성기 안쪽과 항문을 비누칠한 수건으로 밀었고 샤워기 꼭지를 의자 밑으로 넣어서 비눗기를 닦아냈습니다. 닦기를 마치고 나자 아내가 똥물을 흘렸습니다. 양은 많지 않았지만, 악취가 찌를 듯이 달려들었습니다. "여보…… 미안해……." 아내는 또 울었습니다. 시신경이 교란된 아내는 옆을 볼 수가 없었습니다. 아내의 시각은 앞쪽으로만 고정되어 있었습니다. 울면서, 아내는 자꾸만 고개를 돌리면서 두리번거렸습니다. 아마도 수치심 때문이었을 것입니다. 저는 샤워 물줄기로 바닥에 떨어진 똥물을 흘려보내고 다시 아내를 의자에 앉혔습니다. 아내의 항문과 똥물이 흘러내린 허벅지 안쪽을 다시 씻겼습니다. 환풍기를 켜서 욕실 안의 냄새를 뽑아냈습니다. 마른 수건으로 몸을 닦아 침대에 뉘었습니다. 아내는 자꾸만 울었습니다. 아내의 울음소리는 가늘고 희미했습니다.

"여보 울지 마…… 내가 있잖아"라고 나는 말해 주었습니다. 나는 선풍기를 틀어서 그루터기만 남은 아내의 머리카락을 말려주었습니다. 자정께 아내는 다시 두통 발작을 일으켰고, 진통제와 수면제 주사를 맞고 잠들었습니다. 아내가 깊이 잠들어서, 아내의 의식이나 수치심이 더

이상 작동되지 않는 시간에 저는 안도했습니다. 아내가 잠든 뒤 저는
다시 욕실로 들어가서, 저의 손에 밴 악취를 비누로 닦아냈습니다. 악
취는 잘 빠지지 않았습니다. 저는 복도로 나와서 담배를 피웠지요. 새
벽 두 시였습니다. 누군가가 또 숨을 거두려는지, 당직 수련의와 간호
사들이 복도 저쪽 끝으로 급히 달려갔습니다. 그 새벽 두 시의 병원 복
도에서 당신의 아기의 입속을 생각했습니다. 당신께 달려가서, 사랑한
다고 말하고 싶었습니다. 사랑한다고, 시급히 자백하지 않으면 아내와
저와 그리고 이 병원과 울트라 마린블루의 화장품과 이미지들이 모두
일시에 증발해 버리고 말 것 같은 조바심으로 저는 발을 구르고 싶었습
니다. 그리고 당신께서 저의 조바심을 아신다면, 여자인 당신의 가슴은
저를 안아주실 것만 같았습니다. 당신의 이름은 추은주. 제가 당신의
이름으로 당신을 부를 때, 당신은 당신의 이름으로 불린 그 사람인지
요. 당신에게 들리지 않는 당신의 이름이, 추은주, 당신의 이름인지요.

6

　유리창 너머에서 마스크를 쓴 화장장 직원이 유족들을 향해 거수경
례를 보냈다. 직원은 버튼을 눌러 소각로 입구를 열었다. 소각로 바닥
에 열판 코일이 깔려 있었다. 소각로는 엘리베이터식이었다. 직원은 아
내의 관을 소각로 안으로 밀어 넣고 입구를 닫았다. 딸이 약혼자의 등
에 기대어 울었다. "소각 중…… 완료 예정시간 오후 두 시"라는 빨간
글자가 소각로 문짝 위에 켜졌다. 염을 할 때, 아내의 몸은 한 움큼이었
다. 염습사는 기를 쓰듯이 염포를 끌어당겨 아내의 시신을 꽁꽁 묶었
다. 염이 끝난 아내의 몸은 긴 나무토막처럼 보였다. 그 나무토막의 아
래쪽에 꽃신이 걸려 있었다.
　소각이 끝나려면 두 시간 이상을 기다려야 했다. 나는 우는 딸을 데

리고 대기실로 나왔다. 대기실에는 유족들 수백 명이 소각완료 시간을 기다리고 있었다. 대기실 왼쪽 구석에 안내판이 설치되어 있었다. 121번 소각완료…… 유족들은 관망실로 오셔서 유골을 수령하시기 바랍니다. 122번 소각완료 예상시간 오후 한 시 삼십 분, 123번 소각완료 예정시간 오후 한 시 사십 분…… 본 화장장은 첨단 완전 소각시설을 갖추어 연기가 나지 않고 공해물질이 발생하지 않습니다. 국토이용 효율화를 위해 화장에 적극 협조하여 주시기 바랍니다. 유족들은 대기실 벤치에 앉아서 왼쪽 구석의 안내판을 바라보고 있었다. 대기실 오른쪽 구석에는 대형 TV가 설치되어 있었다. 미군은 유프라테스 강을 건너 바그다드로 향하고 있었다. TV 화면에서 불기둥을 거느린 미사일들이 어두운 밤하늘로 솟아올랐고, 폭격당하는 시가지들은 화염으로 작열했다. 이라크 군인들이 미군 포로 다섯 명을 붙잡아서 카메라 앞으로 끌고 나왔다. 이라크 군인이 미군 포로를 심문했다. "너는 이라크 군인을 몇 명이나 죽였니?" 미군 포로는 대답하지 못했다. 항공모함은 10초에 한 번꼴로 미사일을 쏟아냈다. 이라크 피난민들이 노새에 짐을 싣고 국경 밖으로 빠져나갔다. 유족들은 왼쪽의 안내판과 오른쪽의 TV 화면을 번갈아 들여다보면서 차례를 기다렸다. '소각완료' 글자가 들어올 때마다 유족들 몇 명이 자리에서 일어나 대기실 밖으로 나갔다. 여기저기서 유족들은 울었다. 소복 차림의 젊은 여자들이 가슴을 쥐어뜯으며 울었고, 울다가 실신한 노인을 밖으로 옮겨갔다. TV 화면에서 전쟁특보는 계속되었다. 바그다드 진공작전이 지연되자 뉴욕 증시에서 주가가 폭락했고, 코스닥 지수도 바닥으로 내려앉았다. 바퀴벌레들이 대기실 바닥을 기어 다녔다. 바퀴벌레는 TV 화면에까지 기어 올라갔다. 파리채를 든 화장장 직원이 바퀴벌레를 때려서 잡았다. 바퀴벌레가 터지면서 생긴 얼룩을 직원은 대걸레로 밀었다. 대기하는 두 시간은 그렇게 지나갔다. 오후 두 시에 아내의 소각은 완료되었다. 염을 한 직후에 아내의 시신은 다시 병원 냉동실로 들어갔었다. 아침에 다시 시신을 꺼내 화장장으로 싣고 왔으니까, 아내의 몸은 아마, 언 상태에서 탔을 것이다. 얼음과 불 사이는 가깝게 느껴졌다. 나는 딸을 데리고 다시 관망실 유리창 앞으로 갔다. "소각완료"라는 글자가 소각로 문짝에 켜져 있었다. 유리창 너머에서 화장장 직원이 다시 거수경례를 해 보였다. 직원은 버튼을 눌러 소각로 입구를 열었다. 바람에 불려 가다가 멎은 듯한 뼛조각 몇 점과 재들이 소각로 바닥에 흩어져 있었다. 뼛조각들은 신체의 어느 부위인지를 알아볼 수 없이 흩어져 있었다. 대퇴부인지 두개골인지 알 수 없이 흩뿌려진 조각들이었다. 희고, 가벼워 보였다. 아내의 뇌수 속에서 반짝이던 종양의 불빛은 보이지 않았다. 유리창 너머로 소각로 속은 아직도 뜨거워 보였다. 빗자루를 든 직원이 소각로 안으로 들어갔다. 그는 땀방울이 유골에 떨어지지 않도록 이마에 수건을 동이고 있었다. 직원이 빗자루로 뼛가루를 쓸어서 쓰레받기에 담아서 유골함에 넣었다. 직원은 가루부터 먼저 담고 큰 뼛조각들은 유골함의 위쪽에 담았다. 유골함 뚜껑을 닫고 나서 직원은 다시 거수경례를 보냈다. 직원은 유골함을 흰 보자기에 쌌다. 유리창 아래쪽 작은 구멍을 열고 직원은 유골함을 내밀었다. 나는 유골함을 받았다. 딸이 울었다.

"상무님, 추은주가 오늘 사직서를 내고 회사를 떠났습니다."
납골당에 유골함을 맡기고 돌아오는 버스 안에서, 거기까지 따라온 인사담당 이사는 그렇게 말했다.
"추은주라면, 그 기획과의 여직원 말인가? 얼굴이 갸름한……."
"그렇습니다. 남편이 외무공무원인데, 워싱턴으로 발령을 받아 간답니다."

“그렇게 됐군……”

“상무님이 상중이라서 말씀드리지 못하고 떠난다고 했습니다.”

“그렇군. 그 친구 근무 평점은 어땠나?”

“뭐, 중하쯤 됐을 겁니다. 담당부장이 별 아쉬워하는 기색도 없더군요.”

“그럼 후임을 충원해야 하는가?”

“아닙니다. 담당부장이 충원 없이 일하기로 했답니다.”

“그렇군, 사표 처리합시다.”

인사담당 이사는 추은주의 사퇴를 내심 반기는 기색이었다. 5년 전 호황 때 인력수요 판단에 착오가 있었다. 그때 신입사원을 너무 많이 채용한 실책을 인사담당 이사도 인정하고 있었다. 금년 연말쯤에 감원을 시행하라고 사장은 은밀히 지시해 놓고 있었다. 아내의 장례가 끝나는 날까지 나는 ‘내면여행’과 ‘가벼워진다’ 사이에서 아무런 결정도 못 내리고 있었다. 초상을 치른 다음 날 나는 출근했다. 여름 광고 이미지 결정을 위한 마지막 중역회의가 있는 날이었다. 인사부 직원이 추은주의 사직서 처리와 퇴직금 정산을 위한 결재서류를 내 책상 앞에 가져다 놓았다. 과장부터 담당이사까지 이미 도장이 찍혀 있었다. 나는 추은주의 퇴사서류에 사인했고, 사직서를 수리했다. 퇴직금 정산서에 ‘신속 집행 요망’이라는 의견을 첨부해서 경리과로 보냈다. 빈소에서 부의금 접수를 맡았던 경리담당 직원이 접수결과를 보고했다. 5천6백만 원이 접수되었다. 경리과 직원은 돈을 수표 한 장으로 바꾸어서 봉투에 넣어 왔다. 부의록 장부를 내 책상 위에 올려놓고 경리과 직원은 돌아갔다. 부의금으로 딸의 혼수를 장만하느라고 빌려 쓴 은행빚을 갚아야겠구나라고 나는 생각했다. 그날 중역회의에서도 여름 광고 이미지는 확정되지 못했고, 사장은 나의 판단과 집행에 따르겠다고 말했다.

나는 판단할 수 없었다. 그날 저녁에는 일찍 퇴근했다. 퇴근길에 비뇨기과에 들러서 방광 속의 오줌을 뺐다. 성기에 도뇨관을 꽂고 두 시간 동안 누워서 오줌이 흘러 나가기를 기다렸다. 침대 밑 오줌통 속으로 오줌은 쪼르륵 쪼르륵 흘러 내려갔다. 오줌이 빠져나간 방광은 들판처럼 허허로웠다.

집에는 아무도 없었다. 묶인 개가 개집에서 뛰쳐나오면서 허리까지 뛰어올랐다. 아내가 없는 집에서 개를 기를 수는 없을 것이었다. 나는 개를 끌고 동물병원으로 갔다. 오랜만의 나들이에 개는 흥분해서 마구 줄을 끌어당기며 앞서 갔다. 나는 수의사에게 안락사를 부탁했다.

"좋은 종자군요. 길러보지 그러십니까."

수의사는 개 머리를 쓰다듬으며 말했다.

"개를 기를 형편이 못 되오. 밥 줄 사람도 없고……."

수의사는 개를 쇠틀에 묶었다. 겁에 질린 개는 온순하게도 몸을 내맡기고 있었다.

"개 이름이 뭡니까?"

"보리입니다."

"보리라면?"

"사람으로 태어나라는 뜻이라고 우리 집사람이 그럽디다."

의사는 개 목덜미살을 움켜잡고 주사를 찔렀다. 의사가 피스톤을 밀자 개는 천천히 아래로 늘어지더니, 굳은살 박인 발바닥을 내밀며 앞발을 쭈욱 뻗었다. 개의 사체는 수의사가 처리해 주었다. 집에 돌아와서 나는 광고담당 이사에게 전화를 걸었다.

"이봐, 지금 지지고 볶을 시간이 없잖아. '가벼워진다'로 갑시다. '내면여행'은 아무래도 너무 관념적이야. 그렇게 정하고, 내일부터 예산 풀어서 집행합시다."

“알겠습니다. 모델과 카메라 모두 스탠바이 상태입니다. 로케이션 섭
외도 끝났으니까 별 어려움 없을 겁니다.”
　그날 밤, 나는 모처럼 깊이 잠들었다. 내 모든 의식이 허물어져 내리
고 증발해 버리는, 깊고 깊은 잠이었다.

김 훈

여자의 풍경, 시간의 풍경
가까운 숲이 신성하다
충무공, 그 한없는 단순성과 순결한 칼에 대하여

《이상문학상 작품집》에는 대상 수상자의 자선 대표작으로
소설 한 편을 수록하는 관례가 있으나,
김훈은 장편 《칼의 노래》,
장편에 가까운 긴 중편 《빗살무늬 토기의 추억》이 있을 뿐이어서,
자선 에세이 대표작 세 편을 수록한다.
문학평론가 김윤식 교수는 이어령의 산문을 가리켜
수필을 문학의 영역으로 끌어올린 최초의 문인으로 평가하였으며,
김훈 역시 당대 제일의 탁월한 명수필가로 꼽았다.
—편집자 주

여자의 풍경, 시간의 풍경

전군가도/사이판

　　사쿠라꽃 피면 여자 생각난다. 이것은 불가피하다. 사쿠라 꽃 피면 여자 생각에 쩔쩔맨다.

　어느 해 4월 벚꽃 핀 전군가도全郡街道(전주—군산 도로)를 자전거로 달리다가, 꽃잎 쏟아져 내리는 벚나무 둥치 밑에 자전거를 세워놓고, 나는 내 열려지는 관능에 진저리를 치면서 길가 나무둥치에 기대앉아 있었다. 나는 내 몸을 아주 작게 옹크리고 쩔쩔매었다. 온 천지에 꽃잎 들이 쏟아져 내리고 있었다. 나무둥치 밑에 쪼그리고 앉아서 바라보면, 만경 평야의 넓은 들판과 집들과 인간의 수고로운 노동이 쏟아져 내리 는 꽃잎 사이로 점점이 흩어져 아득히 소멸되어 가고, 삶과 세계의 윤 곽은 흔들리면서 풀어지면서, 박모의 산등성이처럼 지워져 가는 것이 었는데, 세상의 흔적들이 지워져 버린 새로운 들판의 지평선 너머에는

짐승들의 어두운 마음의 심연 속에서 희미하게 가물거리고 있을 호롱
불 같은 관능 한 점이, 그러나 명료하게도 깜박거리고 있었다. 그 관능
의 불빛 한 점은 쏟아져 내리는 꽃잎 사이를 꺼질 듯 꺼질 듯 헤치면서
지평선 저쪽으로부터 인간에게로 가까이 다가오면서 점점 크고 밝고
뚜렷하게 자리 잡아, 이윽고 태양처럼 온 누리를 드러냈다. 숨을 곳이
라고는 아무 곳도 없었다. 그 관능의 등불이 자전하고 공전함에 따라
이 세계 위에는 새로운 낮과 밤과 계절이 드나드는 듯했다. 꽃잎들은
속수무책으로 떨어져 내렸다. 그것들의 삶은 시간에 의하여 구획되지
않았다. 그것들의 시간 속에서는 태어남과 절정과 죽음과 죽어서 떨어
져 내리는 시간이 혼재하고 있었다. 그것들은 태어나자마자 절정을 이
루고, 절정에서 죽고, 절정에서 떨어져 내리는 것이어서 그것들의 시간
은 삶이나 혹은 죽음 또는 추락 따위의 진부한 언어로 규정할 수 없는
어떤 새로운, 절대의 시간이었다. 꽃잎 쏟아져 내리는 벚나무 아래서
문명사는 엄숙할 리 없었다. 문명사는 개똥이었으며, 한바탕의 지루하
고 시시껍적한 농담이었으며, 하찮은 실수였다. 잘못 쓰인 연필 글자
한 자를 지우개로 뭉개듯, 저 지루한 농담의 기록 전체를 한 번에, 힘
안 들이고 쓱 지워버리고 싶은 내 갈급한 욕망을, 천지간에 멸렬하는
꽃잎들이 대신 이행해 주고 있었다. 흩어져 멸렬하는 꽃잎과 더불어 문
명이 농담처럼 지워버린 새 황무지 위에 관능은 불멸의 추억으로 빛나
고 있었다. 그것은 인간의 육신에 대한 그리움은 아니었으며 여자에 대
한 그리움도 아니었으나, 그 그리움의 대상이 인간의 여자였다 하더라
도 무방했으며, 들개나 염소의 암컷이라 해도 역시 무방했다. 무방하였
다. 그것은 말하자면 종種과 속屬으로 구획되기 이전의 만유萬有의 '우'
에 대한 그리움이었으며, 내가 그 그리움을 감당해 내기 위해서라면 굳
이 인간의 '송'이 아니라도 또 한 번 무방하였다. 내 벗은 몸을 내던져

이 난해한 세계와의 합일에 도달할 수 있다면 나는 수캐라도 좋았고 염소라도, 수탉이라도 좋았다. 만유의 혼음으로 세계와 들러붙으려는 욕망이, 어떻게 인간이라는 종과 속 안으로 수렴되어 마침내 보편적인 여자, 그리고 더욱 마침내, 살아 있는 한 구체적인 여자에 대한 그리움으로 정리되어 오는 것인지에 관하여 나는 아직도 잘 말할 수가 없다. 그러나 단언하건대, 그 만유혼음의 그리움이 인간의 종과 속을 거쳐서 한 여자에게로 와 닿는 여정旅程은 인간이라는 종족의 계통 발생의 여정만큼이나 장구하고도 외로운 것이리라. 그리고 또 말하건대, 인간의 여자에게로 향하는 그 여정에서 짐승의 호롱불 같은 만유관능을 떨쳐버리고 가는 것이 아니라, 그것들을 모두 챙겨서 거느리고 우리는 가는 것이리라.

꽃잎 쏟아져 내리는 벚나무 둥치 밑에서 나는 내 모세혈관 속을 흐르는 저 짐승의 피의 수런거리는 소리를 들었다.

그 후 또 다른 어느 해 4월에, 나는 남태평양의 한 절해고도에서, 바닷가의 저편에서 이편을 향해 걸어오는 한 토인 여자를 보았다. 나는 그 토인 여자에 의하여 내 헤매려는 만유관능의 충동을 인간의 종과 속 안으로 확실하게 편입시킬 수 있었다.

하루의 답사 일과를 마친 저녁이었다. 나는 바닷가 호텔 방 안에서 문을 걸어 잠그고 저무는 바다를 오랫동안 바라보았다. 흐린 날의 그 큰 바다는 한마디로 불가해했다. 그 너머의 대안對岸에 또 다른 인간의 흔적이 있으리라는 추측이 남태평양의 흐린 바다 앞에서는 불가능했다. 물과 하늘과 수평선과 그 너머의 아득한 공간까지도 거대한 어두움 속으로 빨려 드는 것이어서, 바다는 무한대로 뻥 뚫려진 허당일 뿐이었고, 몇 개의 가물거리는 등불로 버티어 있는 섬과 문명은 바다 앞에서 곰팡이나 버섯일 뿐이었다. 물결 높은 해안선이 호텔의 유리창 밑까지 바짝 달려들고 있었고 파도가 인간의 생각의 화살을 튕겨내 버리는 것이어서, 생각의 화살들은 해연海淵의 캄캄한 깊이에까지 닿지 못하고 바다의 표면에 부딪쳐 무참히도 꺾어져 버리곤 했다. 그때 한 토인 여자가 해안선의 저편에서 나타나 호텔 쪽으로 걸어오고 있었다. 나의 시선은 여자의 진행 방향에 따라 서서히 왼쪽으로 이동했다. 여자는 해초류를 따는 여자였던 모양이다. 맨발에 바구니를 끼고 있었다. 그 여자는 익명의 여자였으며 나로부터 문명의 수 세기와 지리의 수억만 리로 격절된 여자였다. 시선이 닿지 못하는, 목측目測 너머의 미지의 공간으로부터 그 여자가 내 시선의 안쪽으로 서서히 걸어 들어옴에 따라 나는 저 낯선 바다, 그리고 시선과 생각의 화살이 가 닿지 못하는 해연의 캄캄한 깊이와 해풍에 멸렬하는 낯선 시간들이 마침내 나에 의하여 감지되고 인식될 수 있는, 그리하여 그 위에다 내가 하나의 삶이나 의미를 세울 수 있는 새로운 시간과 공간으로, 서서히 그러나 확실히, 계절이 바뀌는 것처럼 조용히 그리고 분명히, 바뀌어 오는 것을 느꼈다.

저 익명의 여자를 축으로 삼아 회전하는 세계와 시간의 공전公轉은 따스하고 포근했으며, 비릿하고 달았고, 서늘하고 축축하였다. 여자는 그 하루만큼의 살아가기에 지쳐버린 듯, 느린 걸음을 천천히 옮기며 내 호텔 쪽으로 접근했다. 여자가 한 걸음씩 접근함에 따라 공전으로 바뀌어 드는 세계와 시간의 저 비리고 오련한 질감이 먼동처럼 느리고 느린 확실성으로 굳어져 오는 것을 나는 느꼈다. 이윽고 여자가 내 호텔 유리창 바로 밑을 지날 때 나는 그 여자의 푸대 자루 같은 옷 속에서 젖가슴이 출렁거리는 것을 보았다. 맨발의 뒤꿈치에는 굳은살이 박여 있었다. 아마도 그 굳은살에는 그 여자가 세계의 표면을 디디고 살아온 노역이 갈라진 금으로 파여 있을 것이었고 그 실핏줄 같은 금마다 때가 끼어 있을 것이었다. 그 토인 여자는 문명이나 교육에 의하여 형성된 여자는 아니었다. 그 여자는 오직 종족의 유전자만으로 형성된 여자였고, 해풍에 실려 오는 낯선 시간들을 생명 속으로 받아들여 그 시간들을 새로운 피륙으로 짜냄으로써 삶을 이어가고 있었다. 그 여자의 발뒤꿈치 굳은살과 갈라진 금과 때들은, 연민은 아니었지만, 그것을 연민이라 말해도 무방했다. 발뒤꿈치의 굳은살로, 인식되지 않은 불귀순의 시간과 공간을 헤치고, 세계의 표면을 걸어서 한 걸음씩 내게로 가까이 오는 여자는 내 종족인 인간의 여자였으며, 인간의 젖가슴과 인간의 목소리와 인간의 성기를 가진 여자였다. 여자는 내 호텔 유리창 밑을 지나서 저쪽으로 걸어가고 있었다.

세계의 질감質感은 또다시 공전했다. 따스함과 축축함이, 이제는 등을 보이고 저편으로 사라져가는 여자의 등에 실려 서서히 사라지고, 가을 숲의 잘 마른 오솔길처럼 바스락거리는 서늘함이 세계의 공간 안에 가득 찼다. 나는 그 서늘함이 인간 쪽으로 인식되어질 수 있는 서늘함임을 느꼈다.

여자는 어둠의 저편 끝으로 사라지고 날은 캄캄하게 어두웠다. 나는 커튼을 여미고 자리에 누웠다. 뇌수가 쏟아져 내리는 해조음이 밤새도록 세계의 변방에서 으르렁거렸지만, 그 인기척 없는 바닷가 호텔 방에서 그날 밤 나는 아주 오랜만에 깊고 편한 잠을 이룰 수 있었다. 그날 밤의 잠은 깊고 아늑했고, 빠져 죽을 듯이 곤했다. 세계와의 무섭고도 영원한 작별을 나는 잠 속에서 이루었다. 그날 밤의 잠에 관하여 나는 말할 수조차 없었다. 나는 말할 수 없는 것에 대해서는 말하지 않겠다. 말할 수 있는 것을 겨우겨우 말하기에도, 식은땀을 흘리며 기진맥진한다. 하여튼 아침에 잠에서 깨어났을 때, 나보다 먼저 나를 찾아와서 기다리고 있던 손님은 신선하고 반가운 시간의 손님이었다. 나는 그 손님을 맞아 수줍고도 친밀하게 사귀었다. 우리는 예절 바른 벗이 되었다. 잠에서 깨어난 내 팔다리 속에는 내가 모르던 새로운 힘이 가득 차 있었다. 나는 신생新生했다. 그 힘들은 솜병아리의 부드러움과 귀여움, 그리고 독수리의 강력함과 정확함을 갖춘, 경이로운 힘이었다. 자리에서 일어나 옹크리고 앉아 나는 이 전율과도 같은 힘을 끌어안고 진저리를 치면서 쩔쩔매었다. 한 개씩의 개별적인 음音이 사라지고 다가오면서 선율을 이루듯이, 나는 나에게 찾아온 새로운 힘에 의하여 부드럽게 엉기고 연결되는 시간 위에서의 삶을 이루어낼 수 있을 것 같았다. 나는 그 가능성을 느꼈다. 내가 잠든 사이에 저 토인의 여자가 내 방에 찾아와서 시간 속에서 출렁거리던 그 젖가슴으로 나를 안아주고, 그리고 내가 잠에서 깨기 전에 사라져버린 것이 아니었을까.

내가 깊이 잠들어 있었으므로 그 여자가 다녀간 기척을 알 수 없었지만, 그 여자가 다녀가지 않았다고도 나는 말할 수 없었다. 나는 나에게 찾아온 새로운 힘을 '사랑'이라고 이름 붙였다. 이름을 붙이고 나서 나는 혼자 좋아서 웃었다. 말린 조개를 끓인 수프가 그 바닷가 호텔 식당에서 가장 비싼 아침이었다. 나는 내 시간의 손님을 맞아서 그 조개수프를 주문했다. 나는 빈 의자를 앞에 놓고 혼자서 먹었다. 그 빈 의자에는 내보이지 않는, 그러나 만유에 미만한 젊은 시간의 손님이 나와 마주 앉아 수프를 맛있게 떠먹고 있었다.

사랑을 이룬다는 저 속된 말에 의지해서 인간이 희원하는 것은 과연 무엇이었을까. 문명을 통해서 세계와의 합일, 삶에 대한 직접성, 시간과 더불어 짜이면서 흐르기에 도달하려는 꿈은 문명을 제거함으로써 거기에 가려는 꿈과 나란하다. 그리고 사랑 또는 여자, 여자가 아니라면 그저 '너'에 대한 내 사유의 전체도 이 틀로부터 크게 벗어나지는 못한다. 저 나란함이야말로 내 삶 속의 말하여지지 않는 비극이다. 그리고 그 비극은 아마도 당신들의 비극과 동질의 것이되, 서로 소통되지는 않는 비극이리라.

가까운 숲이 신성하다

안면도

　　　　'숲'이라고 모국어로 발음하면 입 안에서 맑고 서늘한 바람이 인다. 자음 'ㅅ'의 날카로움과 'ㅍ'의 서늘함이 목젖의 안쪽을 통과해 나오는 'ㅜ' 모음의 깊이와 부딪쳐서 일어나는 마음의 바람이다. 'ㅅ'과 'ㅍ'은 바람의 잠재태다. 이것이 모음에 실리면 숲 속에서는 바람이 일어나는데, 이때 'ㅅ'의 날카로움은 부드러워지고 'ㅍ'의 서늘함은 'ㅜ' 모음 쪽으로 끌리면서 깊은 울림을 울린다.

　그래서 '숲'은 늘 맑고 깊다. 숲 속에 이는 바람은 모국어 'ㅜ' 모음의 바람이다. 그 바람은 'ㅜ' 모음의 울림처럼, 사람 몸과 마음의 깊은 안쪽을 깨우고 또 재운다. '숲'은 글자 모양도 숲처럼 생겨서, 글자만 들여다보아도 숲 속에 온 것 같다. 숲은 산이나 강이나 바다보다도 훨씬 더 사람 쪽으로 가깝다. 숲은 마을의 일부라야 마땅하고, 뒷담 너머가 숲이라야 마땅하다.

　서울의 종묘 숲이나 경주의 계림, 반월성의 숲은 신성한 숲이다. 그 숲들은 역사의 정통성과 시원始原의 순결을 옹위하고 있다. 피고 또 지는 왕조들은 썩어서 무너져갔어도, 봄마다 새잎으로 피어나는 그 무너진 왕조들의 숲 속에서 삶은 여전히 경건하고 순결한 것이어서 종묘의 숲과 계림의 숲은 그 숲에 가해진 정치적 치욕에 물들지 않는다. 그 숲은 깊은 산속 무인지경의 숲이 아니라, 사람 사는 동네와 잇닿은 마을의 숲이다. 울창한 숲이 신성한 숲이 아니고, 헐벗은 숲이 남루한 숲이 아니다.

　이 세상의 어떠한 숲도 초라하지 않다. 숲은 그 나무 사이사이에서 새롭게 태어나는 낯선 시간들의 순결로 신성하고, 현실을 부술 수 있는 새로운 삶의 가능성으로 불온하다. 유림儒林의 숲은 불온하고, 유가적 가치와 질서로부터 소외되어 숲으로 모여든 무리로서의 산림山林은 더욱 불온하고, 소외된 무장 집단으로서의 녹림綠林의 불온은 이미 작동하는 불온이다. 가장 늙은 숲이 가장 새로운 숲이다. 숲의 힘은 오래된 것들을 새롭게 살려내는 것이어서, 숲 속에서 시간은 낡지 않고 시간은 병들지 않는다.

　이 새로움이 숲의 평화일 터인데, 숲은 안식과 혁명을 모두 끌어안는 그 고요함으로서 신성하다. 시간을 소생시키는 숲의 새로움은 퇴계와 로빈 후드를 동시에 길러내고도 사람 지나간 자취를 남기지 않는다. 물리적 자연은 근본적으로 몰가치하다. 물리적 자연이 그 안에 윤리적 가치를 내포한다고 말할 근거는 없다. 그것은 영원한 인과법칙의 적용을 받는 자연과학의 자리일 뿐이다. 이 무정한 자연이 인간을 위로하고 시간을 쇄신해 주는 것은 삶의 신비다. 사람의 언어가 숲의 작동 원리를 설명할 수는 없지만, 아마도 숲이 사람을 새롭게 해줄 수 있는 까닭은 숲에 가지 않더라도 사람들의 마음속에서 이미 숲이 숨 쉬고 있기 때문일 것이다.

안면도는 태안반도의 남쪽으로 길게 뻗은 섬이다. 안면교를 건너서 섬으로 들어온 자전거는 섬의 한가운데를 통과하는 649번 지방도로를 따라서 섬의 남쪽 끝인 고남리 젓개포구로 간다.

안면교를 넘어서면 창기리, 정당리, 승언리, 중장리 마을의 산과 들에 소나무 숲이 펼쳐진다. 소나무 숲을 만나면 자전거는 포장도로를 버리고 숲길로 들어선다. 안면도의 소나무 숲은 마을의 숲이다. 대문 밖이 숲이고, 밭이 끝나는 곳이 숲이고, 울타리 너머가 숲이다. 숲의 신성은 멀고 우뚝한 것이 아니라 가깝고 친밀해서 사람의 숨결을 따라 몸속으로 스미는 것임을 안면도 소나무 숲 속에서는 알겠다. 안면도 소나무 숲 속에서는 50년에서 90년 된, 혈통 좋은 소나무들이 우뚝우뚝하고 듬성듬성하게 들어서 있다.

추사秋史는 〈세한도歲寒圖〉 발문에서 "겨울이 깊어진 후에야 소나무, 잣나무의 우뚝함을 안다"라는 공자의 말을 인용했지만, 이것은 사실 소나무에게 좀 심한 말인 듯싶다.

그 말은 소나무의 우뚝함에 바쳐진 말이 아니라 그 말을 하는 사람의 내면의 가파름에 바쳐진 말처럼 들린다. 그래서 〈세한도〉 속의 나무는 소나무도 잣나무도 아니고, 그 그림을 그린 사람의 마음의 나무일 뿐이다. 그 나무는 가파른 이념의 힘으로 이 세계와의 불화를 뚫고 솟아오르는 정신의 나무다. 그 나무는 우뚝한 높이만큼 불우하다.

봄의 안면도에서는 겨울을 다 지난 후에도 소나무의 아름다움을 알 수 있다. 곧고, 높고, 힘센 나무들이 자존自尊의 거리를 정확히 유지하면서 숲을 이루어, 나무들의 개별성은 숲의 전체성 속에 파묻히지 않는다. 안면도의 소나무들은 붉고 곧은 기둥을 높이 올려가다가 맨 꼭대기에서만 가지가 퍼지고 잎이 돋는다. 아무 데서나 가지를 뻗어 늘어뜨리지 않는다.

그 소나무들은 음풍농월의 충동과는 거리가 멀다. 소나무들은 경건하고도 단정하다. 안면도의 소나무들은 밑둥의 껍질은 검고 두껍지만, 사람의 키를 넘는 높이부터는 껍질이 얇아져서 종이 한 장을 바른 정도이고, 거기서부터 나무의 붉은색이 드러난다. 이 붉은색은 빛을 내뿜는 색이 아니라 빛을 나무의 안쪽으로 끌어들여 숨기려는 붉은색이다. 그래서 안면도 소나무 숲 속에서는 앞을 바라보면 붉은 숲이고, 위를 쳐다보면 푸른 숲이다.

봄의 소나무 숲은 다른 활엽수림의 신록처럼 화사하지도 않고, 들떠 있지도 않다. 봄의 소나무 숲은 겨울을 견뎌낸 그 완강한 푸르름으로 진중하고도 깊게 푸르다. 안면도의 소나무들에게는 안면송安眠松이라는 고유 명사가 있다.

이 소나무들은 〈세한도〉 속의 소나무처럼 이념화한 불우의 그림자가 없고, 경주 남산 선덕여왕릉 주변의 구불구불한 소나무들처럼 의고풍擬古風의 비극성이 없고, 산전수전의 귀기가 없다. 나무 꼭대기에 퍼진 잎들은 멀리서 보면 가지를 떠나서 날아갈 듯한 구름 조각으로 떠 있다. 안면도의 소나무들은 과도한 풍류와 과도한 표정을 안으로 다스려가면서, 높고 곧고 푸르다.

안면도에서는 하루 종일 자전거를 타고 달려도 이처럼 잘생긴 소나무 숲이다. 안면도를 떠날 때 비가 내려, 젖은 숲은 젖은 향기를 품어냈다. 숲의 신성은 마을 가까이에 있고, 사람의 마음속에 있다. 오대산의 전나무 숲과 가리왕산의 단풍나무 숲과 점봉산의 자작나무 숲 들도 일제히 깨어나고 있을 것이었다.

중국서 흘러온 한 알의 씨앗

안면도에는 소나무 숲만 있는 것이 아니다. 승언리 방포 해수욕장으로 내려가는 길가에는 모감주나무 숲도 있다. 모감주나무는 백일홍 고목처럼 신기神氣가 어린 듯 구불구불 뻗어 나가고, 밑등과 줄기는 발가벗은 듯이 매끄럽게 윤이 난다. 이 희귀한 나무는 천연기념물 대접을 받고 있다. 절에서는 이 나무를 귀하게 여겨서 그 열매로 염주를 만든다. 모감주나무는 원래 중국 산둥 반도에서만 자라는 나무다. 그 씨앗 하나가 바닷물에 실려 안면도 바닷가로 흘러와 이 숲을 이루게 된 것으로 식물학자들은 보고 있다. 산둥 반도의 모감주나무는 곧게 자라나는데, 안면도 해안가의 모감주나무는 구불구불하게 퍼진다. 키도 2미터 정도를 넘지 않는다. 안면도 모감주나무의 이 같은 생태는 해풍에 견디기 위한 변이일 것으로 학자들은 설명하고 있다. 씨앗 한 개의 해안 표착漂着은 무서운 인연이다. 그 인연은 종교적인 느낌을 준다. 신라 진흥왕 20년(서기 569년)에 인도를 떠난 배 한 척이 인연 있는 땅을 찾아서 수많은 나라의 해안을 표류하다가 신라의 울주 앞바다에 표착했다.

이 배에는 불탑과 불상을 세울 만한 금은보화가 가득 실려 있었다. 이 인연이 황룡사 장육존상이며 동축사東竺寺다(《삼국유사》). 바닷물에 떠돌던 씨앗 한 개가 인연 있는 안면도 해안에서 거대한 숲을 이루었다. 그 씨앗은 서기 569년에 울주 앞바다로 밀려온 인도의 배를 생각나게 한다.《종의 기원》에 따르면 철새의 발바닥에 붙은 씨앗 한 개가 대륙을 건너가 새로운 숲을 이루기도 한다. 안면도 모감주나무 숲은 지금 새의 붉은 혀와 같은 새싹을 내밀고 있다. 씨앗 한 개 속의 숲은 머지않아 푸른 잎으로 덮여서 어둡고 서늘할 것이다.

숲의 표정

여름의 숲은 어둑신하고 서늘하다. 숲 속에서, 빛은 사람을 찌를 듯이 달려들지 않는다. 나뭇잎 사이로 걸러지는 빛은 세상을 온통 드러내는 폭로의 힘을 버리고 유순하게도 대기 속으로 스민다. 숲 속에서, 빛은 밝음과 어둠의 구획을 쓰다듬어서 녹여버린다. 그래서 숲 속의 키 큰 나무들은 그림자도 없이 우뚝우뚝 홀로 서 있다. 스며서 쓰다듬는 빛이 나무와 나무 사이에 가득 내려 쌓여 숲은 서늘한 음영에 잠긴다.

숲 속으로 걸어 들어가면, 숲의 빛은 물러서듯이 멀어지고, 멀어지면서 또 깊어져서 사람들은 더 먼 빛 속으로 자꾸만 빨려 들어간다. 나무와 나무 사이의 거리는 멀지도 가깝지도 않다. 키 큰 나무들은 알맞은 거리로 뚝뚝 떨어져서 서 있다. 식물사회학 책을 보니까, 나무들도 살기 다툼의 결과로써 개체 간 거리를 유지하는 것이라고 쓰여 있는데, 키 큰 나무들 사이의 거리는 오히려 다툼이 아니라 평화의 모습으로 서늘하다. 키 큰 나무들은 저마다 개별적 존재의 존엄으로 우뚝하고 듬성듬성하다.

비가 내리고 바람이 부는 날, 숲의 온갖 나무들은 함께 젖고 함께 흔들지만, 비가 멎고 바람이 잠든 아침에 숲을 찾으면 젖은 나무들은 저마다 비린 향기를 품어내고, 잎 사이로 흔들리는 아침 햇살 속에서 나무들은 다들 혼자서 높다. 나무들은 뚝뚝 떨어져서 자리 잡고, 그렇게 떨어진 자리에서 높아지는데, 이 존엄하고 싱그러운 개별성을 다 합쳐가면서 숲은 저절로 이루어진다.

숲을 문화의 테두리 안에서 해석하려는 말들이 점차 활기를 띠고 있다. 책도 여럿 나왔고 숲이 좋아서 숲으로 가는 사람들의 모임도 생겼다. 숲을 문화적으로 해석하는 사유는 결국 숲과 인간과의 관계를 성찰하는 일이 될 터인데, '숲의 문화론'은 숲이 문화가 아니라 자연이라는 전제에서만 가능할 것이다.

숲은 가까워야 한다. 숲은 가까운 숲을 으뜸으로 친다. 노르웨이의 숲이나 로키 산맥의 숲보다도 사람들의 마을 한복판에 들어선 정발산(경기도 고양시 일산동)의 숲이 더 값지다. 숲은 가깝고 만만하지만, 숲이 사람을 위로할 수 있게 되는 까닭은 그곳이 여전히 문화의 영역이 아니라 자연이기 때문이다.

숲의 시간은 헐겁고 느슨하다. 숲의 시간은 퇴적의 앙금을 남기지 않는다. 숲의 시간은 흐르고 쌓여서 역사를 이루지 않는다. 숲의 시간은 흘러가고 또 흘러오는 소멸과 신생의 순환으로서 새롭고 싱싱하다. 숲의 시간은 언제나 갓 태어난 풋것의 시간이다.

사진작가 강운구가 새로 펴낸 책《사진과 함께 읽는 삼국유사》는 오래되어서 새로운 숲의 빛을 보여준다. 일연一然(1206~1289)의 옛글에 강운구의 요즘 사진을 합친 책이다. 지나간 역사의 무덤 위에, 지금 살아 있는 숲의 빛이 내리쬐고 있다. 계림의 숲과 포석정의 숲이 다르지 않고 반월성의 숲과 남산의 숲이 다르지 않다. 그리고 김춘추 무덤가의 숲과 계백 무덤가의 숲이 다르지 않다. 옛 무덤들은 오늘의 빛으로 푸르게 빛난다.

7세기 통일전쟁의 살육 들판은 백 년이 넘도록 피에 젖어 있어서, 김부식金富軾(1075~1151)의 기록에 따르면, 피가 강을 이루어 방패들이 피에 떠내려갔다. 이 살육의 산하에 뼈를 갈면서, 김춘추와 계백은 그들의 승패와 관련 없이 얼마나 상처받고 고단한 사내들이었으랴. 이 피에 젖은 사내들의 삶은 역사를 이루었고, 그들 무덤가의 숲은 역사를 이루지 않았지만, 지금 저 남쪽의 숲 속에서는 역사가 아닌 것이 역사인 것을 위로하고 있다. 무덤들은 성긴 숲 속에 안겨서 다만 숲의 일부로 귀순하고 있고, 숲은 무덤들의 정치적 갈등을 이미 다 사면해 주었다. 사람이 숲을 사람 쪽으로 끌어당기려 할 때 숲은 사람을 숲 쪽으로 끌어당기는 것인데, 이 밀고 당기기 속에 위안은 있다.

　1996년 봄의 고성 산불은 무서웠다. 산꼭대기에서 발화한 불은 산맥을 넘어가는 바람을 올라타고 바다 쪽으로 내려갔다. 그때 불에 타서 죽어버린 숲은 이제 겨우겨우, 그러나 기어이 다시 살아나고 있다. 사람들이 나무를 옮겨 심지 않은 산비탈이나 고지에도 땅속에 숨어서 죽지 않은 움이 솟아오르고, 바람이나 새똥에 실려 온 풀씨들이 뿌리를 박고 싹을 틔웠다. 풀뿌리들이 자리를 잡자 빗물에 씻기는 모래가 덜 흘러내리게 되었고, 머지않아 키 큰 나무들이 저절로 들어서게 될 것이다. 죽었던 숲은 자신을 치유하는 재활의 힘으로 새로운 살림을 예비하기 시작했다. 불에 타 죽은 나무들은 바람 부는 방향으로 모조리 쓰러져 시커멓게 썩어가고 있다. 개미 떼만 들끓는 이 과거의 숲 속에서도 미래의 키 큰 나무들은 듬성듬성하고 우뚝우뚝할 것이다. 숲은 의사도 없이 저절로 굴러가는 재활병원이고, 사람들은 이 병원의 영원한 환자인 셈이다.

　여름휴가의 풍경은 피난 행렬과도 같다. 남부여대해서 어린아이 손을 잡고 젖병 물병 얼음통을 챙겨서 가고 또 간다. 생활을 좀 밀쳐내기란 이처럼 어렵다. 지금 오대산의 전나무 숲이나 치악산의 소나무 숲, 담양의 대나무 숲은 얼마나 깊고 푸르고 그윽할 것인가. 너무 멀고 또 길이 막히니 갈 수 없기가 십상이다. 산다는 일의 상처는 개별성의 훼손에서 온다. 삶은 인간을 완벽하게도 장악해서 여백을 허용치 않는다. 멀고 깊은 숲에 갈 수 없다면, 우리 마을 정발산 숲 속으로 가자. 숲은 마을 숲이 가장 아름답다. 거기서 삶과 인간들을 멀리 밀쳐내고 키 큰 나무처럼 듬성듬성 우뚝우뚝 서서 숨을 좀 쉬어보자. 정발산에는 키 큰 나무가 많다.

산을 오르는 사람들

지금, 5월의 산들은 새로운 시간의 관능으로 빛난다. 봄 산의 연두색 바다에서 피어오르는 수목의 비린내는 신생의 복받침으로 인간의 넋을 흔들어 깨운다. 봄의 산은 새롭고 또 날마다 더욱 새로워서, 지나간 시간의 산이 아니다. 봄날, 모든 산은 사람들이 처음 보는 산이고 경험되지 않은 산이다. 그리고 이 말은 수사가 아니라 과학이다.

휴일의 서울 북한산이나 관악산은 사람의 산이고 사람의 골짜기다. 봉우리고 능선이고 계곡이고 간에 산 전체가 출근길의 만원 지하철 안과 같다. 평일 아침저녁으로 땅 밑 열차 속에서 비벼지던 몸이 휴일이면 산에서 비벼진다. 휴일의 북한산에서는 사람이 없는 코스를 으뜸으로 치고, 점심 먹을 자리를 찾을 때도 사람 없는 곳을 명당으로 여긴다. 사람들이 다들 저도 사람이면서 한사코 사람 없는 자리를 다투다가, 사람 없다는 코스로 너도나도 몰려들어 인산인해를 이루니 가엾은 일이다. 이래저래 비벼지게 마련이다. 산은 적막하지 않으면 산이 아니다. 산의 아름다움은 오직 적막을 바탕으로 해서만 말하여질 수 있다. 서울의 산은 적막하지 않다. 서울의 산은 도심과 가깝고, 일상과 잇닿아 있다. 노적봉이나 만경봉 꼭대기에는 어린이들도 올라와서 논다. 휴일의 산이 군중으로 뒤덮이는 인산人山이라 하더라도 산에는 여전히 적막과 일탈의 유혹이 있다. 삶이 고단하고 세상이 더럽고 마음속에서 먼지가 날릴수록 산의 유혹은 더욱 절박하다. 그 유혹은 흔히 하산 길에 깨어져 버리는 몽환이기도 하지만, 새로운 삶에 대한 유혹이 없다면 누가 비지땀을 흘리며 이 만원 지하철 속 같은 인산을 오르겠는가. 똑같은 등산화와 등산모 차림의 군중 틈에 끼어 앉아 마른 김밥을 씹으면서도 우리는 저 빛나는 백운대, 만경봉, 인수봉, 노적봉, 원효봉, 의상봉 들과 독대獨對할 수 있다.

라인홀트 메스너는 유럽 알피니즘의 거장이다. 그는 히말라야에 몸을 갈아서 없는 길을 헤치고 나갔다. 그는 늘 혼자서 갔다. 낭가 파르바트의 8천 미터 연봉들을 그는 대원 없이 혼자서 넘어왔다. 홀로 떠나기 전날 밤, 그는 호텔 방에서 장비를 점검하면서 울었다. 그는 무서워서 울었다. 그의 두려움은 추락이나 실종에 대한 두려움은 아니었다. 그것은 인간이 인간이기 때문에 짊어져야 하는 외로움이었다. 그 외로움에 슬픔이 섞여 있는 한 그는 산속 어디에선가 죽을 것이었다. 길은 어디에도 없다. 앞쪽으로는 진로가 없고 뒤쪽으로는 퇴로가 없다. 길은 다만 밀고 나가는 그 순간에만 있을 뿐이다. 그는 산으로 가는 단독자의 내면을 완성한다. 그는 외로움에서 슬픔을 제거한다. 그는 자신의 내면에 외로움의 크고 어두운 산맥을 키워나가는 힘으로 히말라야를 혼자서 넘어가고 낭가 파르바트 북벽의 일몰을 혼자서 바라본다. 그는 자신과 싸워서 이겨낸 만큼만 나아갈 수 있었고, 이길 수 없을 때는 울면서 철수했다.

퇴계는 평생을 산이 가까운 고향 마을에서 살았다. 산 가까이 살기 위하여 그는 무려 40여 차례나 임금에게 사직서를 보냈다. 퇴계는 안동의 청량산을 즐겨 찾았고 멀리 갈 때는 풍기의 소백산까지 다녔다. 제자들을 데리고 다니며 산수의 의미를 가르쳤는데 한 번 산행에 며칠씩 걸렸다. 퇴계는 도피와 일탈로서의 산행을 나무랐다. 산속에서 '청학동'을 묻는 자들의 몽환을 퇴계는 꾸짖었다. 산에 가서 '안개와 노을을 마시고 햇빛을 먹으려는 자들'을 퇴계는 가까이하지 않았다. 산에 속아 넘어가서 결국 자신을 속이게 되는 인간들을 퇴계는 가엾게 여겼다. '스스로를 속이지 않겠다'는 것이 산에 처하는 퇴계의 마음이다. 산이 인간의 마음을 정화하고 그 정화된 마음으로 다시 현실을 정화할 수 있을 때 산은 아름답다. 산에 관한 퇴계의 글들은 그렇게 말하고 있는 것 같다. 퇴계의 산은 이 세상의 한복판에서 구현되어야 할 조화의 산이다.

우리는 메스너의 길을 따라서 산에 오를 수도 없고 한산자나 도가의 길을 따라서 산에 오를 수도 없다. 메스너를 따라가자니 외로움과 싸울 일이 두렵고, 한산자를 따라가자니 몽환의 열정이 모자라기도 하고, 우선 생활이 발목을 잡는다. 아마도 우리는 퇴계의 멀고 먼 뒤를 따라서 겨우 산에 오를 수 있을 터이다.

퇴계의 산행은, 돌아서서 산과 함께, 산을 데리고 마을로 내려오기 위한 산행이고 인간의 마을을 새롭게 하기 위한 산행이다. 마음속으로 산을 품고 내려오려 해도 산은 좀처럼 따라오지 않는다. 휴일의 날이 저물고 사람들 틈에 섞여 산을 내려올 때, 성인은 벌써 산을 다 내려가서 마을에 계신다. 천하에 무릉도원은 없다.

충무공, 그 한없는 단순성과 순결한 칼에 대하여

진도대교

자전거는 해남 우수영에서 출발해서 진도대교를 넘는다. 진도는 올망졸망한 작은 산을 수없이 품고 있다. 그 산들의 능선을 자전거로 오르고 내릴 때 산하는 음악으로 변한다. 나는 아직도 그 음악을 해독하지 못한다.

진도대교 밑에서 바다는 겨울 들판을 건너가는 눈보라 소리를 낸다. 흰 갈기를 휘날리는 물살은 출정하는 군마軍馬처럼 우우 함성을 지르며 명량鳴梁 해협을 빠져나가 목포 쪽으로 달려간다.

이 해협의 폭은 가장 좁은 거리가 293미터이고 최고 유속은 10노트이다. 여기가 한반도 전 해역에서 가장 사나운 물길이다. 이 물길은 하루에 네 번 역류한다. 해남반도에서 목포 쪽으로 달려가던 북서해류는 돌연 거꾸로 방향을 바꾸어 남동쪽으로 달리기 시작하는데, 명량 해협

은 하루에 네 차례 이 엎치락뒤치락을 거듭한다. 물길이 거꾸로 돌아서
는 사이마다 바다는 문득 잔물결 한 점 없이 거울처럼 고요해지고, 질
풍노도를 예비하는 이 적막의 순간에 바다는 더욱 무섭다.

무인의 길

18번 지방도로는 진도대교로 명량 해협을 건너간다. 이순신의 전라
우수영과 벽파진의 이순신 전적비가 해협을 사이에 두고 마주 보고 있
다. 18번 도로는 삼별초의 용장산성을 지나서 남도석성에 닿는다. 삼
별초 대장 배중손裵仲孫은 이 남도석성에서 전사했고, 몽고대장 홍다구
의 칼에 맞아 죽은 삼별초 임금 왕온王溫은 이 도로변 아산의 무연고 분
묘들 틈에 묻혀 있다. 진도는 노래와 그림의 섬일 뿐 아니라 무인들의
삶과 죽음이 명멸한 섬이다.

충남 아산 현충사에 보관된 이순신의 칼에는 "한 번 휘둘러 쓸어버리
니, 피가 산하를 물들이는구나—揮掃蕩 血染山河"라는 검명이 새겨져 있
다. '물들일 염染' 자의 공업적 이미지는 이순신의 무인다운 내면의 한
본질이라고 할 만하다. "펜은 칼보다 강하다"라는 말은 펜을 쥔 자들의
엄살이거나 자기기만이기 십상이다. 그 말은 정치적이다. 칼을 쥔 자들
은 '칼이 펜보다 강하다' 라고 말하지 않는다. 문文은 세계를 개조하는
수단으로서의 무武를 동경한다고 말하는 편이 오히려 정직하다.

이순신의 칼은 인문주의로 치장되기를 원치 않는 칼이었고, 정치적
대안을 설정하지 않는 칼이었다. 그의 칼은 다만 조국의 남쪽 바다를
적의 피로 '물들이기' 위한 칼이었다. 그의 칼은 칼로서 순결하고, 이
한없는 단순성이야말로 그의 칼의 무서움이고 그의 생애의 비극이었
다. 그리고 이 삼엄한 단순성에는 굴욕을 수용하지 못하는 인간의 자멸
적 정서가 깔려 있다. 그는 당대 현실 속에서 정치적 여백이 없었다. 그

가 남긴 시문 중의 한 절창은 이렇다.

가슴에 근심 가득 뒤채이는 밤憂心輾轉夜
새벽달 창에 들어 칼을 비추네殘月照弓刀

'비출 조照' 자 속에서, 달과 칼 사이에서, 무수한 아수라를 돌파하는 자의 살기는 극도로 억눌려 있다. 이 내면의 억눌림이 그의 외로운 전쟁을 버티어준 마음의 힘이었다. 이순신의 글은 영웅다운 호탕함이나 과장이 없고 무협의 장쾌함이 없다. 그는 악전고투 끝에 겨우겨우 이긴다. 그는 영웅 된 자의 억눌림의 비극을 진술할 때는 단호하게도 말을 아끼고, 온갖 정한情恨에 몸을 떠는 한 필부의 내면을 진술할 때는 말을 덜 아낀다.

한바탕의 전투를 치르고 바다에서 돌아온 날 저녁마다, 전 함대를 전투 배치한 출정의 새벽마다 몸에 병이 깊은 그는 요가 젖도록 식은땀을 흘리며 기진맥진하였다. 절망에 맞서는 그의 마음의 태도는 절망을 절망으로 긍정하고 거기에 일체의 정서를 개입시키지 않는 방식이다. 그때 그의 내면은 무섭게 억눌리고 그의 글은 칼의 삼엄함에 도달한다. 그는 많은 부하들을 베어 죽였다. 부하를 죽인 날 그의 일기들은 "아무개가 거듭 군령을 어기기로 베었다. 바다는 물결이 높았다"라는 식의 문체를 보인다.

백의종군을 시작하던 1597년 5월 16일의 일기는 "맑음, 오늘 옥문을 나왔다"로 시작된다. 그는 자신을 가두고 때리면서 사형의 빌미를 찾으려 했던 정치권력의 정당성 여부와 그 원한에 관하여 끝끝내 일언반구도 말하지 않았다. 그는 조용히 남해안 일대를 돌면서 망가진 배 열두 척을 수습해서 명량 해협의 우수영에 포진했다. 명량 해전을 보름

앞둔 1597년 10월 12일 새벽에 경상수사 배설裵楔은 탈영해서 도주했다. 고급 지휘관의 적전 탈영은 절망적인 사태였다. 이날 삼도수군통제사 이순신의 일기는 다만 한 줄이다. "맑음, 오늘 새벽에 배설이 도망갔다."

그의 일기에 나오는 "부안 사람"이라는 여자는 그의 첩이거나 애인이었던 모양이다. 이 여자는 이순신의 병영 가까운 곳에 거주했던 것 같다. 1594년 9월 15일의 일기는 "꿈에 부안 사람이 아들을 낳았다. 달수를 따져보니 낳을 달이 아니었다. 그래서 내쫓아 버렸다"라고 기록했다. 여자의 정절을 의심하지 않을 수 없는 악몽인데, 꿈속에서도 그의 마음은 여전히 가파르고 단호하다. 그는 절망을 부인하지 않고 절망을 중언부언하지도 않는다.

명량 해협에서, 이순신의 싸움은 일인 대 만인의 싸움이었다. 정찰병들은 적선의 숫자를 보고하지 못했다. "헤아릴 수 없이 많은 적선들이 명량으로 몰려온다"라는 것이 제1보였다. 이 바다가 아군에게 유리하고 적군에게 불리한 바다는 아니었다. 양쪽 지휘관 모두 이 바다의 생리를 잘 알고 있었다. 왜장 마다시의 작전 목표는 교전이 아니라, 이 해협을 통과해서 서해안으로 진공하는 것이었다. 그래서 그의 함대는 목포 쪽으로 흐르는 북서류에 올라타서 명량으로 들어왔다.

1597년 10월 26일 해남 앞바다는 상오 일곱 시께 큰 사리의 만조를 이루었다. 마다시 함대는 이 만조의 앞자락을 타고 해남에서 발진했다. 마다시 함대는 오전 열한 시께 명량으로 진입했는데, 이때 해협은 최강 유속을 이루었다. 우수영에서 발진한 이순신 함대 열세 척은 적의 진로를 정면으로 막아섰다. 이 좁은 해협에서는 피아간에 우회로가 없다. 물살은 이순신에게는 역류였고, 마다시에게는 순류였다.

이순신의 적은 우선 일본 군대가 아니라 겁에 질려 도망가는 자신의 부하들이었다. 그는 절망을 절망으로 긍정하는 죽음의 힘으로 이 아수라를 돌파한다. 그는 죽음 앞에서 대안을 설정하지 않았다. 그는 달아나는 부하들은 붙잡아 놓고 그 대안 없음을 가르쳤다. 이 아수라 속에서 살길은 애초부터 없는 것이다. 싸우다 죽든지, 달아나다 죽든지, 군율에 죽든지 죽음의 방식만이 선택의 길이다. 명량은 적에게나 아군에게나 사지死地다.

해협의 물살이 바뀔 때 이순신은 공세로 전환한다. 명량 바다로 나가는 그의 마음은 칼에 시 한 줄을 새기는 그 단순성이다. 그리고 삶을 수식하지 않는 그 삼엄함이다. 대안 없는 운명 속에 대안은 있었다. 진도대교 밑에서 삶과 죽음은 대척점에서 서로 겨누며 한 방향으로 흘러가고 있었다. 바다는 수억 년을 이쪽저쪽으로 뒤치고 있다.

이순신의 탈정치성

옥포만玉捕灣은 거제도의 동쪽 포구다. 바다가 자루처럼 오목하게 섬의 안쪽을 파고들어, 외해로 드나드는 수로의 폭은 1.6킬로미터에 불과하다. 가파른 해안 단애가 만의 안쪽을 뺑 둘러서 막아섰으니 일찍부터 사람 사는 마을들은 절벽이 물러서는 물가를 골라서 들어섰다. 해안 단애가 물밑으로 뻗어 내려가 바다의 수심은 벼랑처럼 갑자기 깊어지고 원양을 흔드는 파도는 여기까지 밀려들지 못해 이 깊은 물은 늘 고요하다. 만은 퇴로가 없이 오목한 형국인데, 이 갇힌 바다에서 해전이 벌어지면, 만 안쪽 해안에 포진한 수세守勢의 함대는 전투대열이 허물어질 때 물러설 자리가 없고, 좁은 수로를 넘어 들어온 공세攻勢의 함대는 뒤쪽의 수로 입구를 역봉쇄당하면 물러서지 못한다. 쳐들어가기는 쉬워도 빠져나오기는 어려운 이 바다는 병서에서 말하는 '괘'의 형국인데, 이런 형국을 향해 공세를 몰아가려면 아군을 우회해서 후방을 봉쇄하려는 적의 진로를 차단하고 신속히 작전을 끝낸 후 뒤로 방향을 돌려 수로 입구를 재빨리 빠져나와야 할 터다.

옥포해전은 임진왜란 개전 초기에 벌어진 조·일 해군의 첫 번째 교전이었다. 전라 좌수영 전함 스물네 척은 1592년 5월 4일(음력) 오전 두 시, 모항인 여수항에서 발진했다. 전투 보조 목적으로 징발한 어선 46척이 뒤를 따랐다. 이순신의 함대는 동진했다. 5월 7일 정오께 옥포만 안쪽으로 정찰을 나갔던 조선 척후병들이 정박 중인 적의 함대를 발견했다. 척후병들은 조선 함대 쪽을 향해 '적 발견'을 알리는 신호 화살을 쏘아 올렸다. 옥포만 어귀에 머무르던 조선 함대는 즉각 옥포선창을 향해 만 안쪽으로 달려들었다. 적이 가까워지자 이순신은 아직 실전 경험이 없는 장졸들을 향해 이렇게 외쳤다. "경거망동하지 마라. 너희는 태산과 같이 진중하라!"

우리는 퇴계退溪(1501~1570)의 삶의 미세한 무늬들과 마음의 결을 알 수 있듯이 그렇게 이순신의 마음을 헤아릴 수는 없다. 퇴계에게는 일상의 삶을 가까운 거리에서 함께하고 거기에 인문적 해석을 부여할 수 있는 문인 제자들이 구름처럼 모여 있었다. 그 제자들이 퇴계의 마음을 후세에 전한다. 이순신의 문하는 제자가 아니라 지휘복종의 관계에 있는 부하들이었다. 그들은 무인이었으므로 현실을 설명하기보다는 현실을 주물러서 개조하려 했다.

이순신의 정치의식을 우리는 알 수 없다. 그는 의주로 달아난 피난정권 내부의 당쟁에 관한 정치적 견해를 발설하지 않았고, 기록으로 남기지도 않았다. 그의 충성은 당파성과의 관련 위에 설정된 것이 아니었고, 정치권력과의 밀월 관계 위에 설정된 것도 아니었다. 그는 정치권력에 복속되어 있었지만, 그 정치적 복속 관계가 외적을 무찌른다는 군사적 국면을 손상하지는 않았다.

군대 작전이나 진퇴, 또는 군대 운영이나 관리에 관한 한 그는 철저히도 탈정치적이었다. 그는 다만 아군의 사실과 적군의 사실에만 입각해 있었다. 압록강 가의 피난 정권은 바다의 현실에 전적으로 무지했다. 임금은 어린아이처럼 보챘다. 꾸물거리지 말고 속히 함대를 몰고 나가 적을 격파하라는 교서가 연일 남쪽 바다로 내려왔다. 조정에 종이가 떨어졌으니 종이를 구해 보내라는 명령도 내려왔다. 바다에서 싸우는 해군이 어떻게 종이를 만들거나 구할 수가 있었을까. 이순신은 종이를 조정으로 보냈다.

그러나 이순신은 조정의 조바심을 위로하고 복종 태도를 과시하기 위한 정치적 목적으로 군대를 움직이지 않았다. 함대는 다만 군사적 이익을 위해서만 나아가고 물러났다. 전투를 포기하고 군대를 해산해서 고향으로 돌아가라는 명明의 외교적 요청에 대해 이순신은 격렬하게 저항했다. 그의 분노는 정치적 분노가 아니라 군사적 분노다. 전쟁의 목적은 나라의 원수를 갚고 '적의 종자를 없애는 것'이며 이미 돌아갈 고향도 없다고 그는 임금에게 보낸 글에서 말했다.

이순신은 자신의 지휘권 밖에 있는 군관이나 지방 수령들의 무능과 비리, 토색질, 전투기피증, 군수물자 유용, 징모 부정, 적전 근무이탈을 임금에게 알리기를 주저하지 않았다. 그는 이 한심한 관리들을 처형하거나 경질해 줄 것을 문서로 작성해서 임금에게 요청했다. 그가 보낸 문건은 조정에서 공개되었다. 그는 남을 죽여야 한다는 자신의 주장이 공개되는 사태에 대한 정치적 두려움이 없었다. 그는 자비로운 지휘관이 아니었다. 그는 무자비한 지휘관도 아니었다. 그는 다만 군율을 어긴 부하들을 조용히 목 베었다. 적전 초소 이탈, 정보 유출, 투항 미수, 부녀자 강간, 영내 절도, 군수물자 횡령, 작전 명령 불복종, 공문서 변조, 유언비어 유포, 허위 보고와 민간인의 개를 잡아먹은 부하들을 그는 목 베고 가두고 때렸다. 전투에서 달아나 고향에 숨어 있는 자들은 그 은신처까지 형리를 보내서 기어코 목 베었다. 그의 일기에서 부하들을 목 벤 일은 바다의 날씨를 기록하는 문장과 똑같이 단순명료하다.

그는 정치를 두려워하지 않았지만, 그가 정치에 대한 두려움이 없었기 때문에 정치는 그를 두려워했다. 이것이 그의 비극의 근원이었다. 그는 일찍이 사석에서 말했다. "장수 된 자는 작은 공로만 있어도 목숨을 보존하지 못하는 경우가 많다." 정치란 도대체 무엇이며, 무엇이어야 하는가, 이순신은 그런 회의를 품지 않았다.

그러나 그의 글을 읽는 후인들은 그런 회의를 끝내 떨쳐버릴 수가 없다. 정치는 그에게 손댈 수 없었다. 그는 기나긴 전쟁이 끝나던 날 적탄에 맞아 숨겼다.

무사와 카게무샤

일본 대중문화 개방의 은덕으로 서울에서 〈카게무샤〉를 볼 수 있었다. 그 영화가 보여준 16세기 일본 무사들의 갑주甲冑(요로이 가부토)는 놀랍게도 장식적이었다. 그들의 갑옷은 온갖 색깔과 문양을 교직한 정교한 공예품처럼 보였다. 무사의 지위가 높아질수록 그 장식적 현란함은 더욱 심해져서, 전투 지휘관이나 영주들의 갑옷은 군대의 유니폼이 아니라 독자적 개성과 위엄의 상징체계를 드러내는 개인 패션이었다.

적의 창검으로부터 몸을 보호하기 위한 실용적 목적만으로는 그 갑옷의 탐미적 열망을 이해할 수 없었다. 강력하고도 세련된 웅성雄性의 삼엄한 기상을 표출하는 것이 그 갑옷들의 공통된 지향점이겠지만, 그 웅성의 긴장미를 드러내는 방식은 제각기의 극한으로 가고 있었다. 그들 갑옷의 기능적 본질은 방어이지만, 미학적 외양은 공격이다. 패션은 수세守勢의 본질 위에 공세攻勢의 외양을 덧씌우는 과정을 따라서 전개

되는데, 이 패션의 수공守攻 전환은 갑옷의 머리 부분에서 양식적 완성을 보인다. 그 투구와 장식은 밀리터리한 아름다움의 한 전형이라고 할 만하다. 영화 〈카게무샤〉가 보여주는 일본 무사들의 갑옷은 구로사와 감독의 치열한 완벽주의 정신에 의해 엄격히 고증된 것이라고 한다.

16세기 일본 사무라이 계급은 시대의 중원으로 진출했다. 중앙 통제적인 정치의 권위가 부재하는 시대에, 그들은 다만 피로써 피를 씻는 판쓸이의 방식으로 전국全國을 정리했다. 사무라이 계급은 그들의 호전성의 외곽을 귀족 문화의 탐미주의로 치장했고, 탐미주의와 호전성의 결합은 무사의 교양의 중요한 패턴으로 자리 잡게 되었다.

살아서 움직이는 것은 개나 닭까지도 모조리 베고 찌르는 살육의 싸움터에서 돌아온 저녁에, 저 피에 젖은 무사들은 덧없는 삶의 허무와 끝없는 싸움의 비애를 읊조리는 격조 높은 단가를 지어낼 수도 있었다. 그들의 시심詩心은 정갈했고 그들의 언어는 새파랗게 날이 서 있었다. 갑옷과 투구는 그 탐미적 호전성을 조형으로 완성한다. 아름다운 갑옷은 그들의 자존심을 상징했고, 삶과 죽음의 무게가 실린 숨 막히는 도락이었으며, 그 갑옷의 조형미 속에서 전쟁은 무사의 개인적 미의식에 따라서 패션화하고 있었다.

〈카게무샤〉가 상영되던 1998년 지난해 '12월의 문화인물'은 이순신이었다. 서울 세종로 네거리에 동상으로 서 있는 이순신의 갑옷은 장식적 미의식과는 아무런 관련도 없어 보인다. 이순신의 갑옷은 투박하고도 단순하다. 그의 갑옷은 공격적 기상을 조형화하지 않는다. 이순신의 갑옷은 일본 무사들의 갑옷처럼 날아오르지 않고, 억눌려 있다. 그 갑옷은 다만 적을 죽이기 위해서 죽지 않아야 하는 사람의 자기 방어의 실용성만으로 고요하다. 그의 갑옷을 억누르는 것은 시대와 역사 전체를 혼자서 책임져야 하는 사람의 한없는 경건성이다.

영화 〈카게무샤〉는 패션화한 전쟁의 웅장한 스펙터클을 보여준다. 푸르른 무사들은 싸움닭처럼 용맹하고 영롱하다. '헛것'이 그 빛나는 싸움닭들의 전쟁을 지배한다. 관동關東의 패권을 다투던 다케다 신겐이 죽자 다케다 가문의 무사들은 다케다의 죽음을 은폐하려고 다케다를 닮은 한 불량배를 영주의 자리에 앉힌다.

다케다의 '허깨비'인 그 불량배는 사인화私人化한 권력의 비극을 희극적으로 보여준다. 그 헛것을 정점으로 힘이 집결되고 이 헛것이 모든 권위와 법절과 질서의 근원으로 자리 잡았다. 다케다 가문의 무사들은 헛것의 권위 아래서만 전쟁을 수행할 수 있었고, 다케다의 적들은 헛것이 두려워서 군사를 움직이지 못한다. 이 헛것의 정체가 드러나고 허수아비가 쓰러지자 다케다의 진영은 궤멸했다.

사인화한 권력은 조직의 기능과 역할에 따라서 권위를 분배하지 않는다. 권위는 최고 권력자에 대한 근접도에 따라서 분배된다. 이 사인화한 권력이 '헛것'의 지배를 가능케 한다. 사무라이들의 전쟁이 강렬한 장식과 상징물로 패션화하는 배경도 권력의 사인화와 무관하지 않을 것이다. 그들의 전쟁은 이민족과 싸우는 조국 수호 전쟁이 아니라 언제나 무가 가문들 사이의 패권 다툼이었다.

다케다 신겐의 진영이 헛것과 함께 궤멸하자 천하는 오다 노부나가의 수중으로 들어간다. 오다는 용맹한 멋쟁이 무사였다. 그는 '천하포무天下布武'라는 네 글자를 도장으로 사용했다. 그의 도장 속에서 권력의 폭력적 본질로서의 '무武'는 알몸뚱이를 드러내고 있다. 오다는 부하의 칼에 죽었다. 오다가 횡사하자 그 휘하의 일개 부장이었던 도요토미의 권력 밑으로 전 일본의 조직된 무력은 일사불란한 지휘 체계를 이루며 집결했고, 이 가공할 군사력 전체를 적敵으로서 감당해 내야 했던 무인은 이 무덤덤한 갑옷의 이순신이었다.

이순신의 내면은 무겁게 짓눌려 있고 삼엄하게 통제되어 있다. 그는 이 통제된 내면의 힘으로 무수한 아수라를 돌파한다. 《난중일기》와 그가 조정으로 보낸 전황 보고서들은 무인다운 글쓰기의 전범이라고 할 만하다. 그는 정치적 불운에 목숨을 저당 잡힌 상태에서 전쟁을 수행했다. 그러나 《난중일기》는 의주 피난 정부에서 벌어지는 이전투구의 전황을 일언반구도 언급하지 않는다. 그는 바다의 사실에만 입각해 있었다. 매일매일 바다 날씨의 미세한 변화를 그는 기록했다. 그는 늘 병고에 신음했고, 슬픔과 기쁨에 몸을 적시는 정한의 인간이었다. 그러나 그의 슬픔은 "나는 오늘 슬펐다"라고까지만 기록하는, 통제된 슬픔이었다. 그의 슬픔과 기쁨에는 수사적 장치가 없다. 이 통제된 슬픔의 힘이 '저녁 무렵에 동풍이 잠들고 날이 흐렸다. 부하 아무개가 거듭 군율을 범하기로 베었다' 같은 식의 놀라운 문장들을 쓰게 한다. 바람이 잠든 것과 부하를 죽인 일이 동등한 자격의 사실일 뿐이다.

이순신의 죽음이 '의도된 전사'였으며, '위장된 자살'이었다는 주장은 매우 신빙성 있는 정황 증거들을 제시하고 있다. 그에게는 전후의 권력 재편 속에서 살아남을 수 있는 정치적 여백이 없었다. 다케다 신겐이 허수아비를 앞세우고 통과해 나간 아수라를 이순신은 자신의 죽음으로 정리했다. 영웅이 아닌 우리는 이도 저도 할 수 없다. 역사는 모순이며 비애다. 우리는 억눌림 없는 세상에서 살고 싶다. 우리는 패션이 공격 무기가 되는 세상에서 살기 싫다. 우리는 아름다움의 힘이 현실을 개조할 수 있는 세상에서 살고 싶다. 〈카게무샤〉는 슬픈 영화다.

특·별·상·수·상·작

문 순 태

늙으신 어머니의 향기

1941년 전남 담양 출생.
조선대 국문과 및 숭실대 대학원 국문과 졸업.
1965년 《현대문학》에 시 〈천재들〉 추천 발표.
1974년 《한국문학》에 〈백제의 미소〉로 등단.
소설집 《고향으로 가는 바람》《징소리》《인간의 벽》
《문신의 땅》《시간의 샘물》《된장》,
장편소설 《타오르는 강》《걸어서 하늘까지》《느티나무 사랑》 등.

늙으신 어머니의 향기

아파트 현관문을 따고 들어서자 어머니 냄새가 포연砲煙처럼 훅 기습해 왔다. 나는 역겨움 때문에 자신도 모르게 표정이 납작하게 일그러졌다. 냄새는 순식간에 공격하듯 온몸에 달라붙었다. 어머니의 냄새는 너무도 강렬해서 질식할 것만 같았다. 내가 회사에서 돌아올 때마다, 기다렸다는 듯이 나를 맞는 것은 언제나 아내가 아닌, 어머니의 냄새였다. 아내는 어머니 냄새 때문에 잠시도 집에 붙어 있으려고 하지 않았다. 아내는 일주일째 집에 돌아오지 않았다. 이혼하고 혼자 사는 언니가 아파서 병구완을 해야 하기 때문이라고 하지만 그것은 핑계에 지나지 않는다. 아내가 돌아오지 않는 것은 어머니의 냄새 때문이라는 것을 나는 잘 알고 있다.

"어머니의 냄새는 보통 냄새가 아니어요. 두엄 썩는 냄새, 아니 제초제 냄새를 맡고 있는 것 같아요. 집에 있으면 냄새 때문에 식욕도 떨어지고 생머리가 지끈거려요. 병이 나겠다니까요. 꼭 무서운 바이러스 같다고요."

내 귀에서는 언제나 아내의 짜증 섞인 투정이 윙윙거리게 마련이다.

"세상에, 제초제 냄새라니……."

나는 아내의 엄살이 좀 지나치다 싶었다. 하기야 온종일 어머니의 냄새에 파묻혀 집 안에 들어박혀 지낸다는 것은 고역임을 알고 있다. 그렇다고 어머니의 냄새를 바이러스와 제초제에 비유하다니.

어머니는 아직 노인정에서 돌아오지 않았다. 오늘은 토요일이라 일찍 돌아올 것이다. 기실 어머니는 낮 동안은 거의 노인정에서 보낸다. 내가 출근할 때쯤 몸단장을 하고 노인정에 나갔다가 날이 어둑해져서야 돌아온다. 아내가 집에 없는 날은 저녁밥을 짓기 위해 여느 날보다 두어 시간쯤 빨리 서둘러 귀가한다.

집에 돌아온 나는 베란다 창문부터 훨쩍 열었다. 태풍이 몰려온다는 예고와 함께, 온 세상이 삐걱거릴 정도로 아침부터 바람이 거칠게 불었다. 바람 소리가 마치 제재소 기계톱 돌아가는 소리처럼 날카롭다. 나는 주방의 작은 창을 비롯해서 안방과 서재, 어머니의 방문 등 집 안의 바람구멍이라고 생긴 것은 모두 열어젖혔다. 어머니는 노인정에 갈 때마다 먼지가 무섭다면서 창을 꼭꼭 닫았다. 그 때문에 어머니의 냄새는 더욱 온 집 안에 찐득거릴 정도로 무겁게 가라앉았다.

창을 열고 바람을 맞아들였지만 어머니의 냄새는 좀처럼 기세가 꺾이지 않았다. 이제 어머니의 냄새는 집 안 구석구석에 고약처럼 끈끈하게 달라붙어 있어 모든 틈새에서 여러 가지 냄새를 한꺼번에 내뿜고 있다. 어쩌면 냄새가 살아서 숨을 내쉬고 있는 것인지도 모를 일이다. 현관이며 거실, 주방과 안방, 서재, 화장실은 물론 거실의 소파, 식탁, 벽,

텔레비전에까지 냄새가 켜켜이 짙게 배어 있었다. 집 안의 모든 가구와 방바닥, 벽에 걸린 장미꽃 그림에서까지 어머니의 냄새가 났다. 냄새는 이제 유기체처럼 조직적으로 일사불란하게 움직이는 것 같았다. 나는 이제 그 냄새의 발원지가 어디인 것조차 알 수 없었다.

일주일 전, 아내가 집에 있을 때까지만 해도 어머니의 냄새가 이렇듯 온 집 안을 빈틈없이 장악하지는 않았었다. 그때까지만 해도 냄새는 어머니의 방과 현관, 어머니가 주로 쓰는 거실에 딸린 화장실과, 어머니 자리로 정해진 거실의 소파 주변에 진을 치고 있었다. 그러던 것이, 아내가 나가고 나자 하루 이틀 시간이 갈수록 그 냄새는 야금야금 영역을 넓혀갔고 닷새쯤 지나자 온 집 안을 완전히 장악해 버렸다. 어머니의 냄새에 점령당한 우리 집의 어디에도 이제 아내의 냄새는 남아 있지 않았다.

나는 날이 갈수록 더 깊어져가는 냄새에서 어머니의 강한 숨결을 느낄 수가 있었다. 어머니는 팔십이 넘었지만 아직 생의 욕망이 왕성하다. 식탐도 많고 시기심이며 질투심도 대단하다. 오십 줄의 아내보다 오히려 어머니의 기세가 왕성해 보였다. 아내는 그런 어머니의 기세에 오랫동안 눌려 살고 있다.

나는 허드레옷으로 갈아입고 거실 소파에 앉아 나의 하루 동안 쌓인 피로의 무게만큼이나 깊숙이 침잠하듯 파묻혔다. 냄새가 여러 겹으로 친친 나를 에워쌌다. 내가 냄새에 꼼짝없이 결박당하고 있다는 것을 느낄 수가 있었다. 열어놓은 베란다 창문으로, 툭 트인 외곽 도로를 휩쓸고 달려온 바람이 뭉텅뭉텅 떼 지어 몰아쳐왔다. 15층 베란다 창문을 들이밀고 들어온 초가을 오후의 거친 바람의 냄새는 다소 눅눅하면서도 싫지 않을 만큼 차가웠다. 나는 코끝으로 바람의 냄새와 어머니의 냄새를 확연히 구별할 수가 있었다.

"지난번에 우리 집에 왔던 내 친구 정자는 화장실 변기에서 시궁창 썩는 냄새가 올라오는 것 같다고 하더라고요. 내내 코를 쥐어 막고 있다가 냄새 때문에 오래 못 있겠다면서 금방 갔어요. 날씨가 후텁지근할 때는 더 심하다니까요. 이제는 냄새가 진득찰처럼 내 몸에 쩍쩍 달라붙어요. 밖에 나가면 친구들이 자꾸 나한테서 냄새가 난다고 할 정도라고요. 향수를 뿌려봐도 날마다 아침저녁으로 목욕을 해봐도 소용없어요. 비누와 향수로는 어머니 냄새를 제압할 수 없어요. 목욕으로는 내 몸에 깊숙하게 밴 냄새를 벗겨낼 수가 없다니까요. 우리 집은 소금에 전 간 고등어처럼 온통 어머니 냄새에 푹 절어 있어요."

나는 아내의 푸념을 떠올렸다. 아내는 그러면서 상반신을 부르르 떨며 진저리를 치곤 했다. 그때마다 나는 귀를 틀어막고 싶었다. 솔직히 아내가 드러내 놓고 어머니의 냄새에 대해 짜증을 내는 것이 듣기 싫었다.

"우리도 늙으면 냄새가 나게 돼 있어."

"사람마다 자기 냄새를 갖고 있지요. 그렇지만 남의 영역을 침범하지는 않아요. 어머니는 유별나요. 노인들의 고약한 냄새는 다 욕심에서 나온다구요. 친정어머니는 깨끗하게 마음을 비우고 사시니까 냄새가 안 나지 않아요."

"우리 어머니는 욕심이 많아서 냄새가 난다 이거야?"

"욕심이 많지요. 특히 생에 대한 집착이 너무나 강해요. 몸에 좋다는 약이라면 무엇이든지 사서 드시는 것 몰라서 그래요? 얼마나 더 살고 싶은지 원, 개 고기며 흑염소 고, 붕어즙에, 관절에 좋다니까 고양이 고까지 드셨지 않아요. 지금 냉장고에는 드시다가 만 사슴 육골즙 팩이 널려 있다니까요."

"그건 몸이 약하시니까…… 젊어서 워낙 고생을 많이 하셨어……"

　"옷 욕심은 또 얼마나 많다고요. 친정어머니는 죽을 날이 가까운데 무슨 새 옷이냐면서 절대 옷을 사 입지 않아요. 지난 추석에 친정에 가서 장롱을 열어봤더니 헌 옷을 다 없애버렸더라고요. 죽을 때 자식들이 불태우려면 힘들다면서 미리 없애버렸다나요. 한데 당신 어머니는 지금도 자식들이 용돈만 드리면 새 옷부터 사 입으신다고요. 어머니 장롱 한번 열어볼래요? 팔순 노인이 무슨 옷 욕심이 그리 많으신지."

　나는 아내의 말에 더 할 말이 없었다. 어쩌면 아내의 말이 맞을지도 몰랐다. 어머니는 동물적 본능에 가까울 정도로 생에 대한 집착이 강했다. 조금만 아프거나 배고픈 것도 참지 못했다. 노인정에서 점심 먹은 것이 조금 부실한 날은 해가 떨어지기도 전에 허기진 모습으로 집에 돌아와서 숟가락을 들고 밥통부터 찾곤 했다. 이 때문에 우리 집 전기밥통에는 언제나 밥이 준비되어 있게 마련이다. 밥이 없으면 아무렇지 않은 일에도 까탈을 부리며 심하게 며느리를 닦달했다. 어머니한테 밥은 곧 생명이며 에너지원이다. 어머니는 또 몸의 컨디션이 조금만 나빠도 아이들처럼 엄살을 떨며 당장 병원에 찾아가 주사 맞는 것을 좋아했다. 노인네들이 항생제 주사를 많이 맞는 것이 좋지 않다는 말을 해도 듣지 않았다. 우리 가족들 중에서 해마다 가장 먼저 독감 예방주사를 맞는 것도 어머니다.

　어머니가 젊었을 적에는 그렇지가 않았다. 배고픈 것도 잘 참았고 아무리 아파도 자리보전하거나 약을 먹지도 않았다. 몸살이 나서 꿍꿍 앓으면서도 휘청거리며 호미를 들고 밭에 나가는 모습을 자주 보았다. 젊었을 적 어머니는 자신의 몸을 전혀 돌보지 않았다. 아무리 배가 고파도 먹을 것이 있으면 자식들 입에 먼저 넣어주는 것으로 행복해하였다. 자신보다 가족을 위해서 희생하는 것을 삶의 보람으로 생각하는 것 같았다. 어머니의 삶은 궁핍과 땀과 희생과 인종의 그것이었다. 한창 젊은 시절에는 아버지한테 소박을 당해 눈물 대신 땀을 흘리는 것으로 외로움을 참았다. 첩질이나 하면서 세월을 보냈던 반거충이 아버지가 세상을 뜨자, 어머니는 남은 식구들의 생계를 떠맡았다. 계속된 궁핍의 고통 속에서도 우리 식구가 살아남을 수 있었던 것은 순전히 어머니의 희생 때문이었다. 우리 식구의 생명줄을 머리에 이고 버둥거렸던 어머니의 모습은 내 가슴속에, 이 세상에서 가장 아름답고 강한 존재로 살아 있었다.

그러던 어머니가 달라진 것이다. 곰곰이 생각해 보니 나이가 들고 자식들이 저마다 앞가림하고 살게 되자, 특유한 어머니의 냄새를 피우기 시작한 것 같다. 더 정확히 따져보면 도시로 나와 아들 며느리와 함께 살기 시작하면서부터인지도 모른다. 따로 살 때는 그렇지 않았는데 함께 살면서부터 고부 사이가 서서히 버그러지기 시작했다. 아내의 짜증섞인 투정질에서 그것을 느낄 수가 있었다. 그 무렵부터 말로 형언할수 없는 어머니의 냄새가 솔솔 풍기기 시작했다. 내 코에 어머니의 냄새는 오래된 신 김치에서 나는 군내 같기도 하고, 쿠리한 된장 냄새, 시지근한 땀 냄새, 퀴퀴한 곰팡이 냄새, 고리고리한 멸치젓 냄새, 꿀꿀한 두엄 썩는 냄새, 짭조름한 오줌버캐 지린내, 고리착지근한 발가락 고린내, 생고등어 비린내, 시금털털, 고리탑탑, 쓰고 시고 짜고 매운 냄새 등이 적당한 비율로 뒤섞여 있는 것 같았다.

나는 어머니의 냄새가 역겹다고 느껴질 때마다 젊었을 때의 어머니를 떠올리곤 한다. 젊은 시절 어머니의 냄새는 풀잎 향기보다 상큼했다. 아내가 외출할 때 몸에 뿌리는 불란서 향수보다 더 향기로웠다. 어머니의 냄새가 너무 좋아 잠시도 떨어져 있기가 싫었다. 친구들과 싸움질을 하다 얻어맞고 분이 머리끝까지 치솟아 있을 때도 어머니 냄새를 맡고 있으면 마음이 차분하게 가라앉으면서 스르르 잠이 들곤 했다.

아버지가 문지방 위 널빤지에 가지런히 올려놓은 흰 고무신을 꺼내 칼칼하게 닦는 날에는 어머니도 어김없이 친정 나들이를 서둘렀다. 아버지가 흰 고무신을 닦아 신고 옥색 두루마기 자락 펄럭이며 코 재 너머 난초네 집에 가고 나면, 어머니 또한 새뜻하게 몸단장을 하고 친정 나들이를 하게 마련이었다. 그때마다 어머니는 나를 데리고 화난 걸음으로 길을 떠났다. 연분홍 치마에 연두색 저고리를 곱게 차려입은 어머니한테서는 달콤한 박하 분 냄새가 솔솔 내 콧속을 간질였다.

봄에 산나물을 캐러 간 어머니는 어김없이 찔레와 송기를 꺾어 왔다. 한보따리의 산나물을 머리에 이고 해 질 무렵에 돌아온 어머니한테서는 쌉쏘름한 찔레순 냄새와 들큼한 송기 냄새가 났다. 송기 껍질을 벗겨 먹으면서 나는 생큼한 송기 냄새에 취해 연신 코를 킁킁거렸다. 깊숙한 산에 들어가 산나물을 캐 나르는 봄철 내내 어머니의 몸에서는 아카시아 꽃향기보다 더 알큼한 취나물 냄새가 눅진하게 배어 있었다. 봄 내내 산나물 냄새가 온 집 안에 가득 흘렀다.

부엌에서는 언제나 진간장과 된장 냄새와 함께 어머니 냄새가 풍겼다. 어머니의 냄새는 배고픔을 없애주었다. 부엌에서 나는 어머니 냄새는 솥뚜껑을 열었을 때 연기처럼 훅 솟구치는 뜨거운 김과 함께 회를 동하게 만든 구수한 밥 냄새와 같았다. 그 시절 부엌은 어머니에게는 또 하나의 방이었다. 어머니는 집에 있을 때 대부분의 시간을 부엌 안에서 지냈다. 들에서 농사일을 하고 지친 몸으로 돌아온 어머니는 부엌에 들어가기만 하면 생기를 되찾곤 했다. 어머니는 부엌에서 끝이 뭉뚝하게 탄 부지깽이로 부뚜막을 두드려가며 육자배기 가락으로 신세타령을 흥얼거리기도 하고, 때로는 내 눈을 피해 옆으로 살짝 돌아앉아 옷고름으로 눈물을 찍어내기도 하였다.

한여름 한낮, 해 뜨기 전에 밭에 나간 어머니는 온종일 콩밭을 매고

해가 져서야 지쳐서 돌아오곤 했다. 질퍽하게 땀에 젖은 어머니는 몸을
씻지도 못하고 설거지를 끝내자마자 나무토막처럼 쓰러져 곤하게 잠이
들곤 했다. 그때 나는 어머니의 땀 냄새가 조금도 싫지가 않았다. 오히
려 잘 익은 개똥참외 냄새처럼 달콤하기만 했다.

"이놈아, 징그럽다. 냉큼 손 치워라."

석유 등잔불을 끄고 어머니한테 바짝 모로 붙어 누워서 젖가슴을 만
지작거릴라치면 어머니는 한사코 거칠게 내 손을 뜯어내곤 했다.

"엄니 냄새가 겁나게 좋다."

"어따 이놈에 자슥, 땀 냄새 쉰 냄새가 멋이 좋다고 그려."

"그래도 나는 엄니 냄새를 맡고 있으면 잠이 솔솔 잘 온당께."

"시방은 그래도 후제후제 색시 얻으면 늙어빠진 어매 냄새 싫어헐 거
다."

"아녀, 나는 엄니 냄새만 좋아헐겨."

"두고 볼텨."

"두고 봐. 엄니 냄새를 맡고 있으면 배고픈 것도 목마른 것도, 더운
것도 추운 것도 다 잊을 수가 있어. 그렁께 엄니 냄새는 마술 냄새여."

지난날을 떠올리던 나는 씁쓸하고 공허하게 웃었다. 왠지 부끄러움
으로 심신이 위축되는 것 같았다.

내가 신문사에 취직이 되어 어머니를 도시로 모셔 오던 해의 초여름
이었다. 아침에 집을 나간 어머니가 저녁식사 때까지도 돌아오지 않았
다. 나는 얼마나 섭섭하게 했으면 어머니가 집을 나갔겠느냐며 애먼 아
내만 닦달했다. 길도 잘 모르는 어머니가 해가 지도록 연락이 없자, 걱
정이 되어 온 식구가 찾아 나섰다. 어머니는 밤이 되어서야 큰 보퉁이
를 머리에 이고 헐근거리며 돌아왔다. 나는 신경질을 부리며 빼앗다시
피 하여 보퉁이를 풀어보았다. 어머니의 보퉁이 속에는 보리 이삭이 빵

빵하게 들어 있었다. 온종일 보리밭에서 보리 이삭을 줍느라 날 저문 것도 몰랐다고 했다. 나는 어이가 없어 허파에서 바람 빠지는 소리를 내며 헛웃음을 쳤다. 아내는 어머니의 그런 행동에 대해 창피하다면서 남들이 알까 두렵다는 말을 했다.

"이삭 줍는 것을 부끄러워하면 천벌을 받는겨."

어머니는 오히려 아내를 꾸짖었다. 어머니는 어쩔 수 없는 농사꾼이었던 것이다. 어머니는 곡식알은 땅의 혼령이라는 말을 자주했다. 어머니는 곡식 알갱이를 혼령 대하듯 소중히 했다. 농사를 지을 때, 콩 타작하는 날이면 대꼬챙이와 종지를 들고 쪼그리고 앉아 마당에 박힌 콩알을 낱낱이 파 모으곤 했던 어머니였다.

다음 날 어머니는 2층 옥상에서 보리 이삭을 말리고 방망이로 두들기거나 손으로 비벼 탈곡을 한 다음, 알갱이를 빻아서 볶아 미숫가루를 만들었다. 어머니가 주워온 이삭으로 손수 만든 보리 미숫가루는 혀끝이 간질간질하도록 꼬소름했다. 미숫가루를 타 먹었던 그해 여름 동안 어머니한테서는 참기름보다 더 고소한 냄새가 내 입맛을 자극했다. 그리고 어머니의 이삭줍기는 몇 년 동안 계속되었다. 그만두라고 사정하며 말렸지만 소용이 없었다.

이듬해 봄, 나는 《오래된 향기》라는 첫 시집을 내고 출판기념회를 열었다. 친지들이 보낸 축하 화분을 집으로 옮겨놓았다. 동백, 홍매화, 산철쭉이 좋았지만 그중에서도 가지가 찢어지도록 흰 배꽃이 활짝 핀, 앙증맞은 분재가 마음에 들어 거실과 안방에 들여놓았다. 그런데 다음 날 아내와 내가 부부 동반 동창회에 나갔다 돌아와서 화분의 꽃이 모두 뿌리째 뽑혀져버린 것을 보고 놀랐다. 화분에는 꽃 대신 한 뼘 길이쯤의 가지와 고추 모종이 심어져 있었다.

"우리헌테 꽃이 무신 소용이여. 들이나 산에 가면 얼매든지 볼 수가

있잖여. 도회지에서는 흙 한 주먹이 참말로 아쉬워야. 꽃만 보랗고 있
으면 뭣 헌다냐. 꽃 대신에 까지나 고치를 심어서 반찬 해 묵어야제.”

어머니는 화분의 꽃들을 가위로 가지런하게 잘라서 실로 친친 묶은
다음 벽에 걸어놓았다며 그렇게 말했다. 그것뿐이 아니었다. 어머니는
빗물받이 함석 홈통 아래, 마당에 깔린 두껍고 단단한 시멘트를 깨고
흙을 북돋은 다음 그 자리에 호박을 심었다. 물을 뿌리고 닭 전 머리 기
름집에 가서 얻어온 깻묵을 거름으로 주어, 호박은 튼실하게 줄기를 뻗
었다. 어머니는 아이들 방 유리창에 바자를 세우고 호박 넝쿨을 2층 옥
상으로 올렸다. 2층 양옥이 온통 호박 넝쿨로 푸르게 뒤덮이게 되었다.
아내가 한사코 말렸지만 어머니는 끝내 듣지 않았다. 호박 넝쿨 때문에
아내와 어머니는 여러 차례 충돌이 있었다. 고부간의 갈등 속에서 호박
넝쿨은 그해 여름 내내 어머니의 왕성한 삶처럼 줄기차게 뻗어 올랐다.
드디어 노란 호박꽃이 피고 벌들이 날아들었다. 어머니한테 집의 외관
따위는 문제가 되지 않았다.

“이제야 사람 사는 집 같구나. 고약시런 쎄멘트 냄새만 맡다가 호박
꽃 냄새를 맡으니께 맥힌 가슴이 뻥 뚫리는 것만 같구만.”

어머니는 아내의 눈 흘김 따위는 신경을 쓰지 않고 흐뭇한 얼굴로 호
박 넝쿨을 바라보았다. 그해 여름 우리 집 식탁은 풋고추와 가지나물,
애호박나물, 호박잎 된장국 등으로 푸짐했다. 특히 뜨거운 물에 살짝
데친 호박잎에 밥을 싸고 참깨 버무린 양념간장을 곁들여 먹는 호박잎
쌈은 별미였다. 나는 이 무렵 어머니한테서 오랫동안 잊고 살아왔던 흙
냄새를 흠씬 맡을 수 있었다. 오랜만에 맡아본 흙냄새는 매운 풋고추
맛처럼 코끝을 싸하게 훑어내렸다. 젊었을 적 어머니가 머리에 이고 온
산나물 보퉁이에서 나는 찔레 냄새와 송기 냄새를 다시 맡아본 느낌이
었다. 그러고 보니 어머니가 고향의 땅을 버리고 도시에 온 후부터 달

라진 것 같았다.

아이들도 호박잎 쌈을 잘 먹었다. 그러나 아내는 어머니가 가꾸어 만든 반찬은 아예 입에 대지도 않았다. 이때부터 아내와 어머니 사이에 냄새 전쟁이 시작되었다.

"그렇게도 맛나요? 그래요, 어디 잘 먹어봐요. 그러면 내년에도 우리 집은 호박 넝쿨로 뒤덮이게 되겠네요."

아내는 입을 비쭉이고 눈을 흘기며 그렇게 비아냥거렸다. 나와 아이들이 어머니가 만들어준 반찬을 맛나게 먹는 것에 대해 노골적으로 불만을 토했다. 아내는 시장에서 사온 야채와 고기로 따로 반찬을 만들었다. 어머니는 당신이 화분에서 손수 가꾼 채소로, 아내는 아내대로 따로 시장을 보아 반찬을 만들었기에 식탁은 늘 성찬이었다. 아내는 아이들 구미에 맞추기 위해 고기를 주재료로 썼다. 처음에는 할머니가 만들어준 반찬을 맛나게 먹던 아이들도 불고기나 튀김 등 제 엄마 요리 쪽으로 기울어졌다. 어머니가 자신 있게 만드는 반찬은 된장국과 호박나물, 가지무침이고, 아내의 핵심 메뉴는 불고기와 돼지고기 김치찌개, 닭튀김이었다. 나는 어머니의 된장국을 좋아했다. 쌀뜨물에 된장을 알맞게 풀고 애호박과 호박잎, 풋고추를 담방담방 썰어 넣은 다음 멸치를 동동 띄워 보글보글 끓인 된장국은 냄새도 구수하거니와 매큼들큼한 맛이 일품이다. 된장국은 뜨거울 때 호호 불어가며 떠먹어야 제 맛을 느낄 수가 있다. 젖을 뗀 후부터 줄곧 먹어온 어머니의 된장국 맛은 이제 내 체질과 성격을 만들었다. 물론 아내의 돼지고기 김치찌개도 맛이 좋다. 얼큰한 김치찌개를 먹고 나면 온몸이 후끈 닳아 오르면서 기분이 개운해진다. 나는 아내가 끓여주는 김치찌개를 먹을 때면 소주 한잔 생각이 간절해진다.

아내와 어머니는 소리 없는 전쟁을 하고 있는 것 같았다. 내 입장은 난처해졌다. 나는 어머니의 반찬과 아내의 반찬을 적당히 섞어가며 먹었다. 아이들도 처음에는 눈치를 못 채고 입맛에 따라 반찬을 선택해가며 먹었지만, 할머니가 만든 반찬과 어머니가 만든 반찬을 구별하기에 이르렀고 젓가락질을 할 때마다 은근히 엄마와 할머니의 눈치를 보는 것 같았다. 그리고 이때부터 아내와 어머니 사이에는 서로 주방을 점유하기 위해 노골적인 암투가 시작된 듯했다. 주방을 점유하기 위한 처음 단계는 냉장고 반찬 진열에서부터 시작되었다. 어머니는 아내가 밖에 나간 사이에 냉장고 안의 반찬들부터 어머니식으로 위치를 바꿔 버린다. 아내가 이것을 용납할 리가 없다. 집에 돌아온 아내는 먼저 냉장고부터 열어보고 아내식대로 진열을 다시 하게 마련이었다. 어머니의 주방 출입이 잦아진 것도 이때부터였다. 어머니는 아내가 외출해서 조금만 늦을라치면 기회는 이때다 싶게, 혼자 주방을 독점하고 서둘러 저녁을 짓고 반찬을 준비하느라 바쁘다. 어머니의 주방 독점을 위한 노력은 생에 대한 집착만큼이나 집요했다. 이 때문에 아내는 차츰 살림에 짜증을 내기 시작했고 의식적으로 밖으로만 나돌았다. 그러다가 아내는 이래서는 안 되겠다 싶으면 외출을 했다가도 서둘러 귀가해서는 어머니가 노인정에서 돌아오기 전에 저녁밥 준비를 하곤 했다. 이런 날의 식탁은 풍성했다. 마침내 아내가 주방을 점유하게 되면 어머니는 한 발짝 물러나서 다시 호시탐탐 권토중래의 기회를 엿보다가 재빠르게 탈환한다. 이렇게 하여 주방 점유를 둘러싼 아내와 어머니 사이의 숨 가쁜 쟁투는 계속되었다. 어머니의 냄새가 부쩍 심해진 것도 이때부터였다.

바람이 드세어졌다. 기계톱 같은 이빨로 으르렁거리며 유리창을 물어뜯었다. 열어놓은 집 안의 모든 유리창들이 몸살 나도록 덜컹거리면서 벽에 걸린 달력이 날아갔다. 아무래도 태풍이 곧 상륙할 모양이다.

창문을 닫아야 할 것 같았다. 그때 어머니가 힐근거리며 노인정에서 돌아왔다.

"하느님이 미쳤구만. 저놈에 바람 땜시 애써 키운 나락 다 씨러지겄다. 하늘도 매정허시제, 한 열흘만 더 참어주시지 않고."

어머니는 나는 안중에도 없는 듯 베란다의 창문을 닫으며 푸념을 늘어놓았다. 고향을 떠나 도시로 나온 지도 10여 년이 지났건만 어머니는 지금도 농사 걱정이다.

이틀 뒤, 태풍은 상륙하기 전에 바다에서 소멸을 했다고는 하나 여전히 바람이 윙윙거렸다. 나는 바람이 부는 동안 집 안의 모든 창문을 열어두고 거센 바람이 냄새를 휩쓸어가 버리기를 바랐다. 그러나 바람은 냄새를 조금도 약화하지 못했다. 그 어떤 강한 바람도 어머니의 냄새를 잠재우지는 못했다. 시간이 흐를수록 어머니의 냄새는 더욱 깊고 무겁게 집 안의 구석구석으로 더끔더끔 짜들어갔다. 하루가 다르게 코끝으로 냄새의 부피와 두께를 느낄 수가 있었다. 방학이 끝나 아이들까지 서울로 떠나고 없어, 어머니의 냄새는 무섭도록 강렬하게 확산했다. 나는 어머니의 냄새가 집 안을 완전히 장악하는 것을 언제까지나 방치해두고 있을 수는 없다고 생각했다. 질식할 것만 같은 어머니의 냄새를 약화하는 방법은 아내를 집으로 데려오는 길밖에 없었다. 나는 다음 날 처형 집으로 가서 다짜고짜 설명도 없이 아내를 차에 싣고 돌아왔다.

"당분간 동생 집에 가 계시도록 할 테니, 당신은 제발 집에 있도록 해."

"동생이 어머니를 모시기라도 한답디까?"

반 강제로 떠밀리다시피 하여 차에 탄 후 말 한마디 없이 뚱해 있던 아내가 내 말을 비아냥거렸다.

"당분간이라도 모시도록 하겠어."

"당분간이라고요?"

"그래. 집 안에 찌든 냄새를 없앨 동안만이라도."

"냄새를 없앤다고요? 어떻게요?"

아내의 불만은 여전히 턱 끝까지 차올라 있었다. 나는 자동차 안에서 아내한테 냄새를 없애겠다고 거듭 약속을 했다. 오랜만에 집에 돌아온 아내는 잔뜩 주눅이 들어 어깨를 움츠리고 숨을 죽인 채 우묵한 눈을 연신 껌벅거리며 어머니 눈치를 살폈다.

"살림허는 여자가 집을 멀리허면 종당에는 공중에 뜨고 마는겨."

예상했던 대로 어머니는 가시 돋친 목소리로 한바탕 쏘아댔다. 아내는 얼굴이 창백해지더니 현기증을 일으키며 흐물흐물 쓰러지고 말았다. 가까스로 안방으로 기어 들어가서는 이불을 뒤집어쓰고 누워버렸다.

"냄새 때문에 숨을 쉴 수가 없어요."

아내가 이불을 뒤집어쓴 채 물기 젖은 목소리로 힘없이 말했다.

나는 그런 아내를 탓할 수가 없었다. 온종일 누워 있어도 좋으니 집에 있어주는 것만으로 만족해야만 했다. 나는 우선 창문부터 열고 코끝이 아리도록 안방에 라벤더 향수를 듬뿍 뿌려댔다. 아내가 누워 있는 사이 어머니는 기세 좋게 주방에서 달그락거리며 저녁을 준비하고 있었다. 예상했던 대로 아내는 주방에 나와보지 않았고 저녁을 먹지도 않았다.

"네 처 또 아프냐?"

식탁에 마주 앉아 저녁을 먹던 어머니가 마뜩찮은 표정으로 뚜벅 물었다.

"어머니 목욕은 자주 하세요?"

나는 대답 대신 밥그릇에 시선을 박은 채 생뚱맞게 물었다.

"왜? 에미헌테서 냄새날까 싶어서?

“어머니는 우리 집에서 아무 냄새도 못 맡으세요?”

“냄새? 사람 사는 집에서 사람 냄새가 나겄제잉. 그러고 살림살이 냄새도 날 것이고. 아무 냄새도 안 나면 워디 사람 사는 집이간듸, 그것이사 귀신이 사는 집이제잉.”

“어머니한테서 나는 냄새는 무슨 냄새지요?”

“나헌테서 냄새가 나냐?”

“모르셨어요?”

“나헌테서 무신 냄새가 난다고 그려.”

“아주 심해요.”

“어떤 냄새? ”

“모르겠어요.”

어머니는 고개를 좌우로 돌려가며 자신의 몸에서 나는 냄새를 맡느라 연신 코를 벌름거리며 킁킁거렸다.

“아무 냄새도 안 나는듸. 절대로 내 몸에서 나는 냄새가 아녀.”

어머니는 ‘절대로’라는 말에 힘을 주어 단호하게 부인했다.

“자, 어디, 한번 맡어봐.”

그러면서 어머니는 상반신을 내 앞으로 바짝 꺾으며 재촉했다. 나는 더 할 말이 없어 부지런히 숟가락질만 해댔다.

“이놈아, 에미한테서 나는 냄새는 에미가 자식 놈들을 위해서 알탕갈탕 살아온, 길고도 쓰디쓴 세월의 냄샌겨.”

어머니는 깊은 한숨을 섞어가며 말했다. 쓰디쓴 세월의 냄새라는 어머니의 말이 명치끝을 후벼 팠다. 길고도 쓰디쓴 세월의 냄새라니…….

다음 날 새벽, 나는 세탁기 돌아가는 소리에 퍼뜩 잠이 깼다. 밖에 나가보니 집 안의 모든 창문이 활짝 열려 있었다. 아내는 세탁기에서 탈

수가 된 옷가지들을 꺼내 베란다 빨랫줄에 널다 말고 나를 보더니 싱긋 웃어 보이기까지 했다. 순간 아내의 돌변한 태도에 놀란 내 동공이 확대되었다. 어제저녁까지만 해도 숨을 쉴 수 없다면서 기력이 빠져 있던 아내였는데 갑자기 이슬 머금은 풀잎처럼 싱그러워 보였다. 세탁을 끝낸 아내는 진공청소기를 끌고 다니며 구석구석 청소를 하기 시작했다. 청소를 끝내자 아침을 준비하느라 부산을 떨었다. 경쾌한 도마질 소리와 개수대에서 그릇 달그락거리는 소리, 매큼한 김치찌개 냄새가 온통 집 안을 뒤덮고 있었다. 아내가 돌아오자 집 안은 생기가 넘쳤다. 아침 식사 시간이 다 될 때까지도 어머니는 방에서 나오지 않았다. 어머니는 아마 아내 때문에 밀려난 냄새와 함께 기회를 엿보며 방 안에서 또아리를 틀고 있는 것이 분명했다. 밥상을 다 차려놓은 후에야 밖으로 나온 어머니는 몇 숟갈 뜨는 둥 마는 둥 하고 쌩하게 찬바람을 일으키며 노인정으로 갔다.

　아내가 집에 돌아온 후부터, 집 안을 장악했던 어머니의 냄새가 조금씩 약화되기 시작했다. 안방은 아내의 냄새를 완전히 회복했고 주방과 거실에서는 소강상태였다. 점점 세력이 약화된 어머니의 냄새는 주방과 거실에서조차 오래 버티지 못했다. 닷새가 지나자 어머니의 냄새는 어머니의 방과 어머니가 혼자 사용하는 화장실 안으로 뒷걸음질 쳐 기어 들어가고 말았다. 나는 어머니의 냄새가 아내의 냄새에 위압당해 가는 동안 숨 가쁜 긴장감을 느꼈다. 마치 파워 게임을 하고 있는 것 같았다. 두 여자의 냄새를 통해서 나는 힘의 팽창과 몰락을 온몸으로 느꼈다. 그리고 그 힘은 삶의 욕망이고 생존의 몸부림이라는 것을 알았다. 그것은 참으로 치열한 생명의 몸부림 같은 것이었다. 그런데 이상한 것은 아내의 냄새는 어머니의 냄새를 물리친 다음에 스스로 소멸한다는 것이었다. 일단 냄새로 냄새를 평정한 다음에는 무색무취無色無臭의 상

태에서 방어를 유지했다. 그러니까 아내의 냄새는 제취제除臭劑 역할만
을 한 셈이었다.

나는 아내가 돌아온 것을 계기로, 무취의 상태로 돌아간 아내의 냄새
처럼 어머니의 냄새를 완전히 소멸해 버릴 생각을 했다. 나의 이 같은
계획은, 내 정년이 가까워지면서 조금씩 침잠해 가고 있는 우리 집의
분위기를 활성화하고 싶었기 때문이었다.

그날 밤 나는 새 아파트를 분양받아 이사한 동생 집을 찾아가, 자세
한 이유는 묻지 말고 한 달 동안만 어머니를 모셔달라고 부탁을 했다.
동생은 무엇 때문이냐고 거듭 물었다. 나는 동생 부부한테 어머니의 냄
새 때문이라는 말을 차마 할 수가 없었다. 동생 부부는 서로의 얼굴을
쳐다보며 난감한 표정을 지었다. 지금까지 동생은 단 한 번도 어머니를
모셔보지 않았다. 어머니도 동생 집에 가면 겨우 하룻밤을 넘기고 서둘
러 돌아와 버리곤 했다. 작은아들 집은 불편하다는 것이었지만 속내는
밥 한 끼라도 축내고 싶지 않은 어머니의 배려 때문이라는 것을 나는
잘 알고 있는 터였다. 나는 어머니를 모실 동안 반찬 값이라도 보태라
면서 준비해 간 돈 봉투를 내놓았다. 마지못해 동생은 제수와 함께 잠
깐 조카들 방으로 나갔다 오더니 한 달 동안 약속을 꼭 지켜야 한다는
다짐을 받고서야 내 요청을 받아들여 주었다.

동생 부부는 다음 날 저녁 약속대로 우리 집에 와서 한사코 싫다며
떼를 쓰다시피 한 어머니를 억지로 모셔 갔다.

"어머니가 안 계시니 한결 냄새가 덜한 것 같죠?"

아내가 진공청소기를 밀며 약간 달뜬 목소리로 말했다. 그러나 나는
냄새의 정도 차이를 전혀 느낄 수가 없었다.

동생이 어머니를 모셔 간 다음 날부터 나와 아내는 본격적으로 어머
니의 냄새 제거 작업을 시작했다. 먼저 어머니의 방을 여러 차례 쓸고

걸레질을 했다. 나는 난생 처음으로 어머니의 방을 청소하면서, 어렸을 적 할아버지 방에서 빈대를 잡던 기억을 떠올렸다. 할아버지를 생각할 때마다 빈대 냄새가 내 머릿속의 틈새를 후벼 파는 것 같았다. 할아버지가 혼자 거처하던 건넌방에서는 언제나 담뱃진 냄새와 빈대 냄새가 진동했다. 수수 알갱이만 한 크기에 진한 밤색의 동글납작한 빈대는 낮 동안에는 벽과 문, 목침 등 방 안의 모든 틈새에 죽은 듯 숨어 있다가도 밤만 되면 구물구물 기어 나왔다. 할아버지는 빈대 잡는 방법을 잘 알고 있었다. 한밤중에 불을 켜고 벽이고 방바닥에 기어 다니는 빈대를 파리채로 후려친 다음 손톱으로 잔인하게 꾹꾹 으깨어 죽였다. 그 때문에 벽에는 온통 빈대 핏자국으로 얼룩져 있었다. 할아버지는 또 틈새에 담배 연기를 입으로 불어넣어 빈대가 기어 나오게 했으며 화롯불에 벌겋게 달군 부젓가락을 목침이나 문 틈새에 쑤셔대기도 했다. 매캐한 연기와 함께 빈대가 타는 노린내가 진동했다. 새까맣게 그을린 틈새에는 한동안 빈대가 살지 않았다. 그러나 얼마 못 가서 다른 빈대가 들어와 살았다. 이럴 때 할아버지는 틈새에 코를 갖다 대고 냄새를 맡아 빈대가 있음을 알아차리고 다시 부젓가락을 쑤셔댔다. 결국 빈대는 냄새 때문에 죽음을 당하고 말았다. 나는 냄새 때문에 죽은 바보 같은 빈대가 불쌍했다. 그런데 빈대가 죽을 줄 알면서도 냄새를 피우는 것은 생존을 알리는 메시지 같은 것일지도 모른다는 생각을 했다. 나 여기 살아 있다고 하는 아우성 같은 것일지도 모른다는 생각을. 빈대 잡으려다 초가 삼간 태운다는 속담을 대할 때마다 할아버지가 부젓가락으로 빈대를 잡던 그때 일이 떠오르곤 했다. 할아버지는 빈대 잡는 것을 은근히 즐기는 것 같았다. 할아버지가 세상을 뜨자 건넌방 빈대 냄새도 사라졌다. 건넌방 빈대들은 대들보가 컹컹 울릴 정도로 해묵은 할아버지의 밭은기침 소리를 들어가며 할아버지와 생존을 같이했다. 아마 그중 몇 마리는 무덤까지 따라갔을지도 몰랐다.

나는 어머니 방 벽에 향수를 뿌렸다. 화장실에 아로마 향 촛불을 켜고 방 구석마다 준비해 온 숯을 놓아두었으며 녹차 찌꺼기까지 방바닥 여기저기에 널어놓았다. 어머니의 방 안에 있는 반닫이며 TV, 보료, 이불, 옥돌 전기장판, 베개, 가방, 사각 거울, 벽에 걸린 액자, 뻐꾸기 벽시계, 헌 옷가지 등도 베란다로 꺼냈다. 그리고 반닫이 안에 들어 있는 옷이며 버선 한 짝까지도 모두 집게로 집어 빨랫줄에 널고 바람을 쐬었다.

"여보 여보, 이게 다 뭐죠? "

어머니의 반닫이 속에 있는 것들을 꺼내던 아내가 낡고 희부옇게 색이 바랜 무명천 보따리를 풀어보다가 다급하게 소리쳤다. 나는 어머니 방에 걸레질을 하다 말고 베란다로 나왔다. 아내는 오른손으로 코를 쥐어 막고 있었다. 풀어헤친 보따리에서 이상한 냄새가 훅 덮쳐왔다. 보따리 속에는 녹슨 호미와, 오래된 손저울, 함석 젓 주걱, 판자로 짠 손때 묻은 되, 때에 전 흰 다후다 천의 돈주머니, 짙은 밤색의 나일론 머플러, 땟국에 전 앞치마 등이 들어 있었다. 나는 검정 고무줄로 친친 묶여 있는 돈주머니를 풀고 그 속에서 손바닥만 한 수첩을 꺼냈다. 네 귀퉁이가 희치희치 닳고 종이 보푸라기가 푸수수한, 낡고 희누르스름하게 빛이 바랜 수첩에는 뭉뚝한 연필 심지에 침을 발라가며 꾹꾹 눌러 쓴 어머니의 서투른 글씨들이 삐뚤빼뚤 꿈틀거리고 있었다. 안골 큰 점백이네 간고등애 한 손. 쑥실 은행나무집 며루치 한 되빡. 샛골 양철대문집 양재물 두 근. 쌩오지 키 작은 과수댁 빨랫비누 두 장. 그 수첩은 어머니의 외상 장부가 분명했다. 내가 대학에 다닐 무렵 어머니는 도부 장사를 시작하여 아들 뒷바라지를 했다. 도부 장사를 그만두고 농사만 짓게 된 것은 내가 대학을 졸업하고 취직을 하면서부터였다.

"이게 다 뭐예요?"

아내가 주걱처럼 생긴 젓 주걱을 들고 물었다. 나는 어머니가 여자의 몸으로 젓 지게를 지고 딸랑딸랑 종을 울리며 마을을 떠돌면서 젓 주걱으로 새우젓을 떠서 팔던 모습을 떠올렸다. 그 무렵 어머니한테서는 푹 삭은 젓국 냄새가 진동했다. 젓 주걱에서는 그때의 어머니 냄새가 강하게 풍겼다. 어머니가 나를 대학에 보내기 위해 오랫동안 도부 장수며 젓 장수를 했다는 것을 알 턱이 없는 아내는 냄새나는 보따리 속의 이상한 물건들에 대해 의문을 갖기에 충분했을 것이다.

"노망나신 거 아녜요? 어디서 이런 쓸데없는 물건들을 주어다 놓은 거죠?"

아내는 젓 주걱으로 녹슨 호미며 손저울과 되를 쿡쿡 쑤셔대며 거듭 물었다. 나는 말없이 녹슨 호미를 집어 들었다. 오랜 세월 손때 먹은 호미 자루가 번질거렸다. 물로 칼칼하게 씻은 듯 흙이 묻지 않은 호미 날 쪽에 불긋불긋 녹이 슬어 있었다. 예전에 어머니는 농사꾼 집에서 호미나 낫 등 농기구에 쇠꽃이 피면 집 안이 망한다는 말을 입버릇처럼 되뇌곤 했었다. 나는 호미를 들고 냄새를 맡아보았다. 손때 먹은 자루에서는 시지근한 땀 냄새가 났고 녹슨 날에서는 비릿한 녹내가 났다. 그러고 보니 어머니가 오랫동안 간직해 온 보따리에서는 고리고리한 새우젓국 냄새를 비롯해서 짭조름한 간고등어 냄새, 시큼한 쇠꽃 냄새, 비리척지근한 멸치 냄새가 한데 어우러져 참으로 묘한 냄새를 만들고 있었다. 여러 가지 냄새들은 저마다의 색깔로 치장을 하고 소리를 내며 꿈틀대는 것 같았다. 그 냄새들이 아우성치며 내 뼛속으로 파고들고 있었다. 냄새는 타오르는 불꽃처럼 따뜻하게 나를 감쌌다. 나는 그 냄새의 한 부분이라도 되는 것처럼 모든 거부감이 일시에 사라졌다. 나는 그때서야 어머니 냄새의 진원지를 확실하게 알 수 있게 되었다.

“보따리 당장 갖다 버려야겠어요.”

나는 아내의 그 말에 심한 저항감을 느꼈다. 나와 아내는 어머니의 보따리를 버려야 한다거니 버려서는 안 된다거니 한동안 실랑이를 했다.

“도대체 이런 허섭스레기를 버리지 못하겠다는 이유가 뭐예요?”

“뭐? 쓰레기?”

“아니면 보물이라도 되나요?”

아내의 목소리가 도전적으로 변했다. 그때 전화벨이 울렸고 동생의 다급한 목소리가 떨려왔다.

“형님, 혹시 어머니 집에 오시지 않았어요?”

“어머니가 우리 집에 오시다니, 무슨 소리야?”

나는 그 순간 불길한 예감에 휘감겼다.

“큰일 났네. 어머니가 없어졌어요.”

“없어지다니, 자세하게 이야기해 봐.”

“우리 집에 오신 후 맥이 빠진다면서 밥도 안 드시고 방 안에만 누워 계셨거든요. 그런데 아침에 일어나보니 안 보여요.”

나는 할 말을 잊고 한숨만 길게 내쉬었다. 갑자기 머릿속에 어머니의 얼굴 윤곽이 그려지지가 않았다. 동글납작한 얼굴에 끝이 살짝 매달린 가느다란 눈도, 뭉뚝한 코도, 크고 도톰한 입도 떠오르지 않았다.

“혹시 너, 어머니한테 냄새난다고 했냐?”

나는 생뚱스런 질문을 하고 나서 곧 후회했다.

“무슨 냄새? 그런 말 안 했는데요. 어머니한테서 어머니 냄새가 나겠죠 뭐.”

“알았다. 어머니 꼭 찾아야 한다.”

나는 전화를 끊고 허둥지둥 옷부터 꿰입었다. 갑자기 현기증이 일면서 가슴이 떨려왔다. 자동차를 몰고 집을 나섰다. 어디로 가야 어머니를 찾을 수 있는지는 알 수 없었으나 우선 도시를 빠져나가야 한다는 생각이 스쳤다. 큰길을 향해 달리는 동안 어머니가 했던 말이 뇌리에서 자꾸 부스럭거렸다. 그 냄새는 몸에서 나는 것이 아니라 당신이 살아온 쓰디쓴 세월의 냄새라는 말이 벌겋게 달궈진 부젓가락처럼 오목 가슴을 뜨겁게 파고들었다. 젊어서 남편을 잃고 병든 시아버지와 어린 두 자식을 위해 짐승처럼 살아온 어머니. 그것은 어머니가 살아온 신산한 세월이 발효醱酵하면서 풍겨져 나온 짙은 사람의 향기였다. 고통스러웠던 긴 세월의 더께 같은 것. 어머니의 냄새는 팔십 평생 동안 푹 곰삭은 삶의 냄새이며, 희로애락의 기나긴 시간에 의해 분해되는 유기체의 냄새가 분명했다. 나는 갑자기 어머니의 냄새가 내 몸의 모든 핏줄 속에서 꿈틀거리는 것을 느꼈다.

도시를 빠져나온 나는 무작정 고향으로 가는 국도를 타고 달렸다. 황금빛 들판에는 벼들끼리 온몸으로 서로에게 부대끼며 물결치고 있었다. 땅의 혼령들로 가득한 그곳에서 어머니의 냄새가 바람처럼 훅 덮쳐왔다. 나는 국도 변에 차를 세우고 길게 숨을 들이켰다. 어머니의 향기로운 냄새가 아우성치며 온몸의 핏줄 속으로 빨려 들어왔다. 어머니의 향기가 사무치게 그리웠다.

그리운 것들은 등 뒤에 있다
—내 문학의 '또 다른 시작' 위한 불씨

지금의 세상이 진정 내가 꿈꾸었던 세계는 아니다. 이제, 내가 꿈꾸었던 미지의 세계, 그 끝자락이 눈앞에 뚜렷하게 보인다. 나는 비로소 내 등 뒤에 내 인생의 그리운 것들, 잃어버린 소중한 것들이 옴씰하게 남아 있다는 걸 알았다. 소설은 낡고 오래된 것 속에서 새롭고 아름다움을 찾는 미학일지도 모른다.

궁벽한 산골에서 태어난 나는 어려서 산과 들, 북두칠성과 무지개를 싫도록 보며 외롭게 자랐다. 밤하늘에 반짝이는 별들과 눈부신 햇살 속을 가로지른 찬란한 무지개를 보면서, 나는 아름다운 미지의 세계를 꿈꾸었다. 알 수 없는 세계에 도달하기 위해 지금까지 숨 가쁘게 달려왔다. 그러나 지금 살고 있는 세상이 진정 내가 꿈꾸어 왔던 세계가 아닌 것이 분명한 것 같다.

이제, 내가 꿈꾸어 왔던 미지의 세계, 그 끝자락이 눈앞에 뚜렷하게 보인다. 그 대신 지금까지 달려왔던 길의 뒤끝은 아스라이 보이지 않는다. 이 때문에 습관적으로 자꾸 뒤를 돌아보게 된다. 나는 비로소 내 등 뒤에 내 인생의 그리운 것들, 잃어버린 소중한 것들이 옴씰하게 남아 있다는 것을 알았다.

세상이 변한 만큼 소설도 달라져야 한다고 한다. 소설쓰기 버전을 새롭게 하지 않으면 살아남기 어렵다고들 한다. 서사 중심의 전통적 소설은 이제 문학의 중심권으로부터 밀려나게 될지도 모른다는 위기의식마저 느끼고 있다. 그러나 '새롭다'는 것은 무엇인가. 단순히 형식의 틀과 시간의 잣대로 낡은 것과 새로운 것을 가려낼 수 있단 말인가. 아니면 의식이나 감각, 해석의 차이란 말인가. 낯설고 실험적인 것, 자극적이고 감각적인 것만을 새롭다고 할 수 있을 것인가. 소설은 낡고 오래된 것 속에서 새롭고 아름다움을 찾는 미학일지도 모른다.

어떤 예술가도 기존의 형식과 내용만으로 작품을 창작하지는 않는다는 것이다. 기존의 가치 체계를 존중한다든가, 기존의 가치 체계를 근간으로 당대의 보편적 삶의 지향점을 찾는 것을 낡은 방법이라고 단정해서는 안 된다.

엄밀하게 말해서 이 세상에는 낡지 않은 것도 새롭지 않은 것도 없다. 축적된 전통에서도 얼마든지 새로운 것을 찾아낼 수 있고, 최첨단 과학 안에서도 낡은 것을 발견할 수가 있는 것이다. 작가에게 실험정신도 중요하지만 옛것 안에서 가치 있는 것들을 찾아내고 가꾸는 노력도 작가는 외면하지 말아야 할 것이다. 세상 사람들이 모두 실험적 의식이나 새로움만을 찾으며 살아가지는 않는다. 보편적 삶을 살아가는 사람들의 보편적 정서와 가치도 존중되어야 하지 않겠는가.

나는 한동안 역사로부터 자유롭지 못했다. 6·25전쟁은 아직 끝나지 않았으며 광주민주화운동도 6·25전쟁의 연장선상에서 일어날 수 있는 비극이라고 생각했다. 그러나 이제는 역사로부터 한 걸음 물러서서 보다 객관적이고 변증법적 역사관으로 현실을 보려고 한다. 그것은 내가 감상적으로 역사에 매몰되기보다 이 땅에 살았던 사람들의 삶의 정서 속에서 삶의 진정성을 찾아내고 그것을 소중하게 간직하는 일도 매우 아름다운 작업이라고 생각하기 때문이다.

서울 중심의 문단 세력권으로부터 비껴나 있는 나로서는 이상문학상 특별상이 매우 특별한 의미로 받아들여진다. 다섯 차례나 이상문학상 본상 후보에 오른 뒤에 받게 된다는 감격보다는, 이번 상이 내 문학에 '또 다른 시작'을 위한 불씨가 되리라 믿기 때문이다.

2004년 1월
문순태

구 효 서

밤이 지나다

1957년 경기 강화 출생.
목원대 국어교육과 졸업.
1987년 《중앙일보》에 소설 〈마디〉로 등단.
소설집 《확성기가 있었고 저격병이 있었다》《깡통 따개가 없는 마을》
《그녀의 야윈 뺨》《도라지꽃 누님》《아침 깜짝 물결무늬 풍뎅이》,
장편소설 《늪을 건너는 법》《슬픈 바다》《전장의 겨울》《라디오 라디오》
《비밀의 문》《남자의 서쪽》《악당 임꺽정》《애별》
《내 목련 한 그루》《오남리 이야기》 등.
한국일보문학상 수상.

밤이 지나다

 여자는 아이를 바라보았다. 아이는 수첩에다 무슨 글자들인가를 적고 있었다.

 —독일 AMP의 ED-Apo 203/1800 CNC 굴절 망원경.

 집을 출발할 때 아이가 가장 먼저 챙겨 들었던, 목에 걸게 돼 있는 수첩이었다.

 —유효구경 : 203mm, 지름 : 270mm.

 생태학습장엘 갈 때도, 토양관찰하러 갈 때도 아이는 그 수첩을 잊지 않았다. 아이는 수첩을 목에 걸고 다니며 무언가를 적는 걸 좋아했다.

 주망원경의 제원을 옮겨 적는 아이의 모습은 제법 진지해 보였다. 아이 스스로도 자기의 탐구 태도에 만족해하는 것 같았다. 모름지기 예비과학자의 몸가짐이란 그래야 하는 거라고 생각하는 것 같았다. 아이는 초등학교 5학년이었다. 겉멋이라고 말해 버리기엔, 아이의 모습엔 사뭇 엄숙한 기품마저 서려 있었다.

"엄마도 홍염…… 봤지요?"

수첩을 접으며, 아이가 물었다.

"봤고말고."

여자가 대답했다.

"아빠는요?"

아이 곁에 서 있던, 여자의 남편이 대답했다.

"봤지. 태양의 흑점도 보았는걸."

아이는 천천히 고개를 끄덕였다. 새로운 경험에 대한 감격이 아이의 눈빛에 고스란히 남아 있었다.

"천문대에 함께 와주셔서 고마워요."

감격은 아이의 말투마저 어른스럽게 했다.

대안렌즈에 시력보호용 필터를 끼고 태양의 흑점과 홍염과 백반을 관찰했다. 해를 보는 동안 천문학과 아르바이트생이 태양의 생성과정과 활동에 대해 설명했다.

그 태양이, 서쪽 먼 산 위로 막 떨어져 내리고 있었다. 자취를 완전히 감추자 산들이 검게 변했다. 하늘은 온통 붉은색으로 물들었다. 높이 뜬 구름만 그때까지도 태양빛을 반사하고 있었다.

여자는 한 무리의 유치원생 천문체험학습단이, 돔이 위치한 중앙 건물 쪽으로 몰려드는 것을 바라보았다. 인근의 콘도에 여장을 풀고 일찌감치 저녁을 먹고 별을 보기 위해 걸어 올라온 아이들이었다. 입성으로 보아 하룻밤 묵을 작정인 듯했다. 한 아이는 보육교사의 등에 업힌 채 눈물을 흘리고 있었다. 엄마, 라는 소리가 그 아이의 입에서 여리게 터져 나오고 있었다.

"저것 좀 봐요."

여자의 남편이 하늘을 가리켰다. 두 가닥의 가느다란 흰색 선이 붉은 하늘을 평행으로 가로지르고 있었다. 2인조의 제트 편대. 초음속으로 인해, 엔진이 뿜어낸 배기가스가 대기 중에 흩어지지 않은 채로 남아 선형을 이루고 있었다. 그 흰색 선 뾰족한 앞쪽 끝이 이따금씩 반짝 하고 빛났다. 제트기의 동체가 태양을 반사하는 것이었다. 땅 위에서는 이미 져버린 해를, 저 파일럿들은 아직도 보고 있겠지, 라고 여자는 생각했다.

"깜짝 놀랐어요. 전 혜성인 줄 알았어요."

아이가 말했다. 남편이 하하, 웃었다.

"대기 중에 저런 혜성이 나타날 정도라면 지구는 몇 초 안에 멸망하는 거야."

여자는 하늘로부터 시선을 거두고 무심코, 천문대의 부대시설인 수영장 쪽으로 고개를 돌렸다. 계곡물로 채워진 풀은 바라만 보아도 몸서리가 처질 만큼 차갑게 느껴졌다. 나지막한 다이빙 스탠드 옆에 한 남자가 서 있었다. 검은 바지와 검은 드레스셔츠 그리고 그의 흰색 재킷이, 어른거리는 물에 반사되었다.

남편의 손이 여자의 오른쪽 어깨를 감싸 안았다. 아이와 남편의 얼굴은 하늘빛으로 붉게 물들어 있었다. 낮에 주망원경으로 보았던 태양의 빛깔이었다. 문득 그들이 낯설었다. 목에 걸린 아이의 수첩이 바람에 불렸다. 초점거리 : 1800mm라고 쓴 글씨가 언뜻 보였다. 여자는 다시 수영장 쪽으로 시선을 돌렸다. 그곳엔 시퍼런 물이 저녁 기운을 빨아들이고 있을 뿐 아무도, 아무도 보이지 않았다. 수면의 일렁임이 무서웠다. 천문대 난간에 기대선 채, 여자는 잠시 공간감각을 잃었다. 어째서 이곳에 서 있는 걸까. 무엇이 이곳으로 이끈 것일까. 천문대에 가보지 않겠냐고 했던 건 예비 과학자인 아이가 아니었다. 여자였다.

아이는 거실에 앉아 자주 인터넷에 빠져 들었다. 초등학교 아이치고는 게임을 즐기지 않는 편이었다. 아이가 열어놓은 화면에는 이따금씩 밤하늘이 떴다. 점점이 별이 보였고, 확대된 토성이 보였다. 아이는 여자에게 "공전주기라는 게 뭔지 아세요?"라고 묻기도 했다. 그리곤 저 스스로 서둘러 말했다. "어떤 혜성은요, 3천만 년 만에 지구에 돌아온대요." 3천만 년이라니. 여자는 혼자 생각했다. 그런 걸 누가 계산해 내는 걸까.

아이 때문에 토성의 띠가 작은 돌멩이들이라는 걸 알았다. 토성띠의 폭이 지구 직경의 세 배라는 것도.

아이는 컴퓨터 끄는 것도 잊은 채 제 방에 들어가 혼자 일기를 쓰기도 했다. 가끔씩 여자가 컴퓨터를 꺼야 했다. 모니터 속에는 어지러운 별자리가 그려져 있었다. 여자로선 이해하기 힘든, 혜성 궤도 요소에 대한 설명도 있었다.

새벽인지 저녁인지 모를 하늘에 커다란 별이 긴 꼬리를 뿜으며 지나가는 사진이 있었다. "근일점 통과는 1908년 12월이고, 포물선 궤도를 가졌으며, 다시 돌아오지 않는 혜성이다. 꼬리가 매우 길었고, 그 모양의 변화가 컸던 것으로 알려져 있다"라는 문구를 읽었다. 3천만 년 만에 돌아오는 혜성도 있다지만 '다시 돌아오지 않는 혜성'도 있다는 걸 여자는 알았다.

혜성의 배경은 암청색과 보라색이 뒤섞인 하늘이었다. 청색보다는 보라색이 더 어둡고 멀고 깊어 보였다. 하늘 사진에 함께 잡힌 검은 밤나무 나목이, 지구에서 촬영했다는 유일한 증거였다. 다른 사진에는 검은 산기슭이, 또 다른 사진에는 역시 검고 뾰족한 산봉우리가 밤나무를 대신했다. 사진 한 귀퉁이를, 실수처럼 비집고 들어온 밤나무와 산기슭과 산봉우리가 슬프도록 고즈넉하고 외로워 보였다. 여자의 몸속에서 무언가가 출렁였다.

"달 착륙 아폴로 우주선 승무원들에게 과학적 달 탐험 훈련을 시키고 '슈메이커 – 레비9' 혜성을 처음 발견했던 미국의 천체지질학자 유진 슈메이커의 유해가 오는 31일, 인간으로서는 최초로 달에 묻히게 된다. 지난 97년 호주에서 교통사고로 사망한 슈메이커는 화장된 뒤 유해의 일부가 지난해 1월 소형 우주선인 '루나 프로스펙터' 호에 실려 달을 향해 출발했는데 이 우주선은 1년 반의 여행 끝에 오는 31일 달의 한 분화구 속으로 충돌할 예정이다. 그의 유해를 담은 캡슐도 이때 함께 분화구 속에 묻히게 되는 것. 그의 부인이며 동료학자였던 캐롤린 슈메이커는 지난해 루나 프로스펙터호의 발사 직전 '유진이 자신의 재가 달에 묻히게 되리라고는 꿈에도 생각지 못했을 것' 이라며 '그는 감격할 것' 이라고 말했다. 그녀는 또 '우리는 달을 볼 때마다 항상 유진이 그곳에 있다는 것을 생각할 것' 이라고 말했다."

달의 분화구 사진을 물끄러미 바라보다가 여자는 시스템을 종료시켰다. 아이는 언제나 과학점수가 제일 좋았다. 숙제도 과학숙제를 가장 먼저 했다.

몸속에 뭔가가 차오르기 시작하면 여자는 2년 전에 완공된 도시 밖의 물막이 둑으로 차를 몰았다. 담수호 밖으론 바다가 일렁였다. 몸에 차오르는 것의 정체를 여자는 알지 못했다. 슬픔 같기도 하고 외로움 같기도 했으나, 자신의 삶 속에서 그것들의 요인을 도무지 찾아낼 수 없었기에 여자는 그것을 슬픔이라고도 외로움이라고도 말할 수 없었다. 그것은 생리증후군과도 같아서 의지로써 어찌 해볼 문제가 아니었다.

그것은 샘물처럼 부지불식간에 그녀의 몸 안에 고이기 시작했다. 주의를 기울이면 수면의 상승속도가 느껴지지 않았다. 빨래를 하고 찌개를 끓이느라 미세한 징후들로부터 주의력이 멀어질 때 그것은 소리 없

이 들어찼다. 시장을 걷거나 엘리베이터 버튼을 누르다 문득 각성되곤
하는 그것은 어느 사이 가슴께를 지나 턱 밑까지 다다라 있곤 했다. 그
것의 질량을 감당하지 못하여, 차를 갓길에 세우고 한참 동안 심호흡을
해야 했다. 신호등이 바뀌었는데도 차를 출발시키지 못해 애꿎은 차들
을 길 위에 늘어서게 했다.

마침내 눈 밑까지 차오르면 여자는 차를 몰고 해가 저무는 물막이 둑
으로 내달리듯 나섰다. 곧고 긴 길 끝에 갈대밭이 있었다. 그곳에 옹크
리고 앉아 바닷물의 수면이 한껏 차오르기를 기다렸다. 붉은 노을이 갈
대밭을 적시고 여자의 몸을 적시고 일렁이는 해수면을 피처럼 물들일
때, 여자는 눈물을 터뜨렸다. 머리 위로 높게 높게 상승하는 해수면이
그녀를 압도하도록, 짓누르도록 내버려두었다. 거대한 해수의 중력이
육신을 구석구석 눌러 몸속의 무언가를 남김없이 짜내도록 내버려두었
다. 나오는 것이라곤 눈물뿐이었다. 석양이 다 사그라질 때까지 여자는
하염없이 눈물을 흘렸다. 그리곤 간질에서 깨어난 사람처럼 힘없이 집
으로 돌아왔다.

몸 안에 차오르는 것의 수위를 전혀 눈치 채지 못할 때도 있었다.
〈The Hours〉라는 영화를 혼자 보고 돌아왔던 날 저녁, 여자는 현관에
들어서자마자 게우듯 눈물을 쏟아내기 시작했다. 울음이 제어되기는커
녕 갈수록 심해져 남편은 몹시 당황했고, 아이는 119에 신고했다. 119
대원들이 도착하기 직전 다행히 울음은 멈추었으나 여자는 밤새도록
한잠도 자지 못했다. 남편도 여자 곁에서 뜬눈으로 지새웠다. 무슨 일
이 있었던 거냐고 남편이 물었으나, 아무 일도 아니라는 여자의 한마디
에 남편은 더 이상 묻지 않았다. 밤새 여자의 등을 쓰다듬고, 걱정스레
이마를 짚어줬을 뿐이었다.

언제부터인지 알 수 없을 만큼 오래전부터, 여자는 '어디 저 먼 곳'

을 바라보았다. 그것은 언제나 하늘이거나 땅이었다. 구름이거나 지평선이란 뜻이 아니었다. 그 사이에 있는 인간, 인간의 삶, 인류나 문명이 아닌 것으로서의 하늘과 땅이었다. 여자는 사람들을 바라보지 않았다. 그들의 삶을 바라보지 않았다. 여자의 시선은 늘 '저 너머 어디'에 있었다. 그것은 언제나 산을 넘고 강을 건너는 현재형이었다. 구름을 뚫고 대기권을 넘는, 멈출 줄 모르는 진행형이었다. 여자는 그 그리움을 막연히 비욘드Beyond라고만 이름 하였을 뿐 그 내용과 까닭은 알 수 없었다. 결혼 따위는 할 수 없을 거라고 여겼으나 서른네 살의 나이에 분에 넘치는 남편을 만났다. 아이도 낳았다. 행복했다. 눈물이 차오르기 시작했다.

별자리들과 혜성과 달의 분화구를 본 뒤부터였을까. 여자는 알 수 없는 심연에 빠져 눈물을 흘릴 때마다 사진 한 귀퉁이에 실수처럼 박혀 있던 검은 밤나무와 어둔 산기슭과 봉우리를 떠올리는 자신을 깨달았다. 암청색과 보라색이 뒤섞인 밤하늘을 배경으로 외롭게 서 있던 것들. 그것들은 그곳에 붙박여 선 채 한없이 멀고 깊고 어두운 하늘을 응시하고 있었다. 자신들의 존재가 다할 때까지 그러고 있을 것만 같았다. 여자는 그것들 곁에다 자신의 검은 실루엣을 세웠다.

아이가 집에 없을 때도 여자는 혼자 컴퓨터를 켜고, 아이가 등록해 놓은 즐겨찾기의 주소를 클릭하곤 했다. COMETS. "단주기 혜성은 카이퍼의 띠라고 하는 혜성의 무리에서 온다고 생각한다. 이 띠는 태양계의 가장 바깥쪽에 있는 명왕성 너머에 있다. 장주기 혜성은 오르트 구름에서 오는데, 오르트 구름은 명왕성의 궤도보다 천 배나 멀리 떨어진 혜성들이 모여 있는 곳이다……"

꼬리별들은 하나같이 아름답고 신비했다. 1976년 3월 9일, 존 라보데라는 아마추어 천문학자가 찍은 웨스트 혜성은 화려했다. 흰 제비가 빠른 속도로 날아가는 것 같았다. 웨딩드레스를 입은 신부가 무중력의 공간을 떠도는 것 같기도 했다. 애리조나대학 행성연구팀이 1974년에 촬영한 코호테크 혜성에는 "그리운 이를 향해 질주해 가는 영혼의 열정"이라는 설명이 붙어 있었다. 밤나무와 어둔 산기슭 위를 떠돌던 별은, 헤일 봅이란 이름을 가진 혜성이었다.

사진에 담긴 별들은 볼수록 추상의 깊이를 더했다. 사진으론 기껏 몇 밀리미터 간격으로 박혀 있지만, 그 각각의 별과 별 사이의 실제 거리는 얼마나 될까. 아득한 암흑의 틈새 속으로 자신의 온 존재가 빨려 들어갈 것 같았다. 흠칫흠칫 뒷걸음질 칠 때마다 여자는 절망감으로 눈시울이 젖곤 했다.

어느 날, 여자는 어떤 혜성이 지구에 근접해 오고 있다는 소식을 접했다.

"엥케 혜성. 1786년 프랑스의 P.메생에 의해 처음 관측되었다. 1818년 독일의 J.F.엥케가 공전주기를 계산했다. 최초로 발견된 단주기 혜성. 우리나라에서는 금년 5월에 관측이 가능하다."

여자는 학교에서 돌아온 아이에게 말했다.

"너, 당장 천문대 가고 싶지 않니?"

5월이었다.

유치원생들이 시청각자료실에 옹기중기 모여 앉았다. 여자와 남편과 아이도 한 귀퉁이에 자리를 잡았다. 천문학과 아르바이트생이 실내조명을 껐다. 지구 상에서 가장 규모가 크다는 커크 천문대의 모습이 스크린에 펼쳐졌다. 유치원생들의 얼굴이 푸르게 물들었다.

"이것은 세계에서 가장 큰 망원경이에요. 렌즈를 사용하는 굴절 망원경이 있는가 하면, 이처럼 거울을 사용하는 반사 망원경이라는 것도 있어요. 봐요, 거울이 정말로 크지요?"

원생들이 일제히 예,라고 대답했다. 아이도 고개를 끄덕였다. 흰 가운을 입은 연구원이 망원경의 둥그런 거울 한복판에서 경면의 상태를 점검하고 있는 슬라이드였다. 거울이 너무 커서 연구원인 듯한 사람이 상대적으로 작아 보였다. 흰 가운을 입고 있는 모습이 마치 실험용 생쥐 같았다.

여자는 창문 쪽으로 고개를 돌렸다. 오렌지색 커튼이 어둠에 묻혀 있었다. 살짝 벌어진 커튼 사이로 흑단 같은 유리창이 빛났다. 창문을 열고 싶다는 간절한 충동이 일었다. 유리창 밖에는 어둠을 한껏 머금은, 풀장의 차가운 물이 일렁이고 있을 터였다. 그러나 아무것도 보이지 않았다. 풀장의 물도, 낮은 다이빙 스탠드도, 그곳에 서 있던 흰색 재킷의 남자도. 다만 여자의 몸속의 수위가 10센티미터쯤 쑥 자라 올랐을 뿐이었다.

"보세요……."

아르바이트생이 물었다.

"거울이 큰 거예요, 사람이 작은 거예요?"

"사람이 작은 거예요."

유치원생들이 일제히 대답했다. 듣고 있던 남편이 허허 웃었다. 그리고 그때까지 창문을 바라보고 있던 여자의 어깨를 툭 쳤다.

여자가 놀라 남편을 바라보았다. 남편이 귓속말로 물었다.

"거울이 큰 거야, 사람이 작은 거야?"

"사람이 작은 거지요."

당연하다는 듯이 여자가 대답했다. 남편이 말했다.

"당연히 사람이 작지. 저 친구는 거울의 크기를 강조하기 위해 그렇게 물었지만 질문법이 잘못됐어. 분명 사람이 작아. 거울은 그냥 보통의 크기로밖에 안 보이잖아?"

아르바이트생은 원생들의 우렁찬 대답에 잠시 난감해하다가 말했다.

"실제로는 거울이 큰 거예요."

듣고 있던 아이가 혼잣소리로 말했다.

"진작 실제로라는 말을 했어야지⋯⋯."

여자와 남편은 서로를 바라보며 웃었다.

여자가 아이의 컴퓨터 모니터에 떠오른 많은 별과 태양계의 행성들을 넋 놓고 바라볼 때마다 아이는 실제로라는 말을 많이 썼다. 혜성의 핵과 꼬리가 빛나는 것처럼 보이지만 실제로는 태양빛을 반사하는 거예요. 유태의 역사가 요세푸스는 이스라엘 상공에 1년 내내 칼이 드리워지고 있다고 했는데 실제로는 서기 66년에 나타난 핼리 혜성이었던 거예요⋯⋯.

아이의 혼잣소리를 들었던지 아르바이트 강사는 그때부터 유난히 실제로라는 말을 많이 썼다.

"옛날 할아버지 할머니들은 달 속에 옥토끼가 살았다고 했잖아요. 서양 사람들은 큰발게가 산다고 했어요. 봐요. 정말로 토끼 같기도 하고 게발 같기도 하죠? 하지만 실제로는 우주 속에 떠돌던 이름 없는 작은 행성들에 부딪힌 상처예요. 조금 있다가 그 상처들을 망원경을 통해서 실제로 볼 거예요."

스크린에는 성운과 성단들이 차례로 비쳐졌다. 가장 어린 푸른 신성의 나이가 6억 살 정도 된다고 하자 원생들이 탄성을 질렀다.

여자는 위도의 기억을 떠올렸다. 별이 아름답다는 전라북도 부안군 앞바다의 위도. 그러나 이태 전 가족과 함께 갔을 때는 별을 볼 수 없었다. 흐린 하늘을 바라보는 여자에게 민박집 할아버지가 무슨 비밀인 양 넌지시 말했다. 바다 끝까지 걸어 나가면 별을 볼 수 있어⋯⋯.

　바다 끝이 어딘지도 몰랐을뿐더러, 배도 없이 걸어 나간다니 이해가 되지 않았다. 그러나 밤이 되자 여자는 민박집을 나섰다. 끝없이 펼쳐진 모래밭을 그냥 걸어 나갔다. 바닷물이 발에 닿을 때까지 걸어 나갈 작정이었다. 주위는 칠흑같이 어두웠다. 멀리 파도 소리가 들려오기 시작했다. 하늘과 땅을 분간할 수 없었다. 그때 내딛는 발끝에서 별들이 부서지기 시작했다. 여자는 촉촉하게 젖은 모래를 한 움큼 쥐어 멀리 던졌다. 모래가 떨어져 부서지며 별이 되었다. 푸른 별빛이 가루가 되어 퍼졌다. 여자는 미친 듯 모래를 흩뿌려 대기 시작했다. 사방에서 인광이 튀었다. 여자는 별 속에서 춤을 추었다. 얼마나 지났을까. 파도 끝이 여자의 발을 적셨을 때 여자는 울음을 터뜨렸다. 파도가 울음을 모조리 삼켜버려 여자는 맘 놓고 오래오래 울 수 있었다.

　“여보.”

　남편이 여자의 어깨를 감싸 안았다. 여자는 그때까지 어둠뿐인 창밖에 시선을 박아두고 있었다.

　“혜성을 보러 가야지.”

　여자는 남편의 손에 이끌려 주관측실인 천문대 돔 계단을 아이와 함께 오르기 시작했다.

　주말이어선지 얼추 밤이 깊었는데도 콘도는 사람들로 북적였다. 흰 페인트를 덧칠한 오래된 건물이었다. 불빛이 새어 나오는 객실 유리창 밖으로 지중해식 작은 난간들이 설치되어 있었다. 그래서였을까. 근처 어딘가에 깊고 푸른 바다라도 있을 것 같았다.

　여자는 현관과 주차장 사이에 자리한 제법 널따란 테라스에 앉아 있었다. 둥근 테이블과 의자들이 모두 흰색이었다. 천문대에서 보았던 유치원생들이 보육교사를 따라 테라스 아래를 지나쳤다. 재잘거리는 소리가 콘도 건물의 외벽에 부딪치며 어둠 속으로 흩어졌다. 사람들이 지나다닐 때마다 나무 재질의 테라스 바닥에서 쿵쿵 소리가 났다. 아이들의 목소리와 사람들의 발자국 소리가 여자에게는 왠지 저 아득히 먼 다른 세상의 소음처럼 들렸다. 옆 테이블에 앉은 사람들은 가격에 비해 맛이 형편없었던 저녁 메뉴에 대해 지나치게 큰 소리로 떠들고 있었다. 한 보육교사는 주차장에서 작은 조약돌을 던지며 놀고 있는 원생들을 부르느라 목청을 높였다.

그런 소리들이 여자에게는 조금도 거슬리지 않았다. 어둠 때문이었는지, 산속 기운 때문이었는지, 소음에는 귀를 자극하는 어떤 날카로움도 없었다. 남편과 아이는 천문대에서 봤던 엥케 혜성에 대해 말하고 있었다. 남편과 아이 모두 대화에 열중했다. 아이도 어떤 천체지질학자의 유해가 달에 묻혔다는 사실을 알고 있었다. 아이는 남편에게 물었다.

"유해 상자 안에 무엇이 들어 있었는 줄 아세요?"

언제나 그랬듯이 아이는 스스로 서둘러 대답했다. 상자는 그가 아내와 함께 마지막으로 발견한 헤일 봅 혜성의 사진과 아폴로 우주인들의 훈련장면을 촬영한 사진으로 장식됐으며, 그 안에는 유해와 함께 아내와의 사랑을 기리기 위해 셰익스피어의 〈로미오와 줄리엣〉의 한 구절이 들어 있다고.

아이의 말은 장황해지고 있었다. 그러나 장황해질수록 아이와 남편의 음성은, 여타 다른 소음들과 더불어 여자의 귀에서 멀어졌다. 여전히 그들 곁에 앉아 있었으나 여자는 그들로부터 2백 미터쯤 뚝 떨어져 있는 것 같았다.

독일제 굴절 망원경의 대안렌즈에 눈을 댔을 때 혜성은 오른쪽으로 긴 꼬리를 드리운 채 우주 한복판에 외로이 떠 있었다. 육안으로 봤을 때보다 더 커 보이지는 않았으나 빛은 분명 더 강렬했고, 주변의 다른 별들과의 거리가 느껴져 입체적으로 보였다. 여자는 렌즈에서 눈을 떼지 못했다. 혜성은 망원경의 미세한 흔들림에도 크게 출렁였다. 몸을 조금만 움직여도 혜성은 시야 속에서 모습을 감추었다. 좀더 분명하고 안정된 모습의 혜성을 보기 위해 여자는 렌즈에다 더 가까이 눈을 들이댔다.

자꾸 그러시면 망원경의 각도가 흔들려서 다음 사람은 볼 수가 없습니다. 아르바이트생이 주의를 주었으나 여자는 아랑곳하지 않았다. 남편이 그녀의 허리 위에다 가만히 손을 얹었다. 여자는 남편의 손을 슬그머니 뿌리쳤다. 여자의 뒤쪽으로는 유치원생들이 줄을 서 기다리고 있었다.

혜성의 섬광에 눈이 타버린 듯, 망원경에서 떨어져 나온 뒤로도 여자의 망막에는 오랫동안 혜성의 모습이 사라지지 않고 있었다. 아이와 남편은 혜성의 잔광을 장황한 말로 풀어내고 있었지만 여자는 혜성의 잔광을 침묵으로 감싸고 싶었다. 아이들에 밀려 어쩔 수 없이 관측대에서 내려왔을 때는 화마저 났다. 겨우 20여 초, 길어야 1분 남짓 별에 매달릴 수밖에 없었던 것이 못내 아쉬웠다. 미진함 정도가 아니라 천문대에 온 것이 후회될 만큼이었다. 별 관측에 대해 누구보다 기대가 컸던 아이도 그 짧은 순간에 충분히 만족했건만.

여자는 테라스의 하늘을 올려다보았다. 아무것도 보이지 않았다. 뭔가 자꾸 절박해지기만 했다. 아이와 남편의 말소리는 들리지 않았다. 오가는 사람들로 주위는 여전히 분망했으나, 움직임만 느껴질 뿐 소리는 소거되어 들리지 않았다.

여자는 하늘에서 시선을 거두었다. 그리고 테라스 끝 난간에 기대어 서 있는 남자를 바라보았다. 검은 바지와 검은 드레스셔츠 그리고 흰색 재킷.

남자는 혼자였다. 언제부터인지 남자는 그곳에 서 있었다. 어두운 산
쪽을 바라보고 있었다. 뒷모습과, 약간의 옆모습이 여자의 눈에 들어왔
다. 검은 머리카락이 귀를 살짝 덮고 있었다. 양 팔꿈치를 테라스 난간
에 얹고 고개를 꼿꼿이 세운 채, 멀리서 들려오는 음악 소리에 귀라도
기울이는 것처럼 보였다.

주말 가족 콘도에 혼자라니. 여자는 남자의 정체가 문득 궁금해졌다.
그러나 어둔 저녁 테라스 난간에 홀로 기대서 있는 남자에게서 알아낼
수 있는 건 아무것도 없었다. 큰 키, 몸에 잘 맞는 옷, 가지런히 빗어 넘
긴 머리카락, 선명한 콧등과 입술선, 오십이 살짝 넘었음 직한 나이. 그
것이 전부였다. 그러나 그것으로 충분했다.

여자는 꼼짝할 수 없었다. 의자에 얼어붙듯 가만히 앉아 있게 만든
것이 그 중년 남자의 존재이기라도 한 듯이.

바람이 불었고, 남자의 머리카락 몇 가닥이 살짝 흔들렸다. 남자는
한동안 더 그렇게 난간에 기대서 있다가 천천히 테라스를 빠져나갔다.
여자의 귀에는 그의 발자국 소리만 들렸다. 주위의 모든 소음들은 여전
히 소거된 채였다.

다섯 개의 테라스 계단을 내려가 땅에 발을 막 딛기 전, 남자는 여자
를 바라보았다. 감마선에라도 피습당하듯 여자는 몸을 떨었다. 몸속 수
면이 출렁였다. 남자는 느린 동작으로 건물 현관으로 걸어 들어갔다.
건물 안에서 뿜어져 나오는 불빛이 그의 모습을 지웠다. 그도 오늘 밤
이 건물에 머무는 것일까. 여자는 속으로 중얼거렸다. 남자가 사라진
현관 쪽을 여자는 언제까지고 바라보았다. 더 이상 남자의 모습은 나타
나지 않았다.

그의 모습이 사라지자 멀리 어둠 속으로 도망갔던 소음들이 다투어
튀어나왔다. 한 유치원생이 테라스 아래쪽에서 울고 있었다. 울음 따위

아랑곳 않고 네댓 명의 아이들이 그 아이 곁을 떠들며 지나갔다.

　객실의 불빛들이 하나 둘 꺼지기 시작했다. 여자는 남편과 함께 지중
해식 작은 발코니에 앉아 와인을 마셨다. 6층이었다. 아이는 침대에 기
대앉아 텔레비전을 보고 있었다.
　불빛이 줄어들자 희미하게나마 별들이 보이기 시작했다. 그때까지
불이 꺼지지 않고 있는 창은 여남은 개에 불과했다. 그의 방은 어디일
까. 여자는 이미 불이 꺼진 창과, 그때까지 불빛이 새어 나오고 있는 창
들을 번갈아 바라보았다.
　"별을 보니까…… 위도 생각이 나는군."
　남편이 말했다.
　"그때 당신, 바다에 나가 울었었지."
　"알고 있었던 거예요?"
　여자가 물었다.
　남편은 말없이 웃으며 들고 있던 와인 잔을 입으로 가져갔다.
　여자는 고개를 돌려 밤하늘을 올려다보았다.
　"밤에 당신이 혼자 나가는데 어찌 나 혼자 방에 남아 있을 수 있었겠
어."
　"근데 어째서 묻지 않았죠? 어둠 속에서 혼자 울고 있는 여자…… 귀
신같지 않았나요?"
　"귀신이라니…… 천사 같았지."
　"천사?"
　"아니, 선녀라고 해야 하나? 왜 있잖소, 나무꾼이 옷을 감추는 바람
에 하늘로 올라가지 못하고 매일 울었다는 그……."
　"선녀로 보였단 말이죠?"

"언제나 그랬소, 당신은. 당신은 가끔 내가 알 수 없는 이유로 울곤 했지. 나 때문이 아니란 걸 알고 있었기에 묻지 않았소. 이유는 이 땅에 있지 않았어. 있다면 그건 천상의 이유였겠지. 안 그래?"

여자는 대답하지 않았다. 들고 있던 와인 잔을 천천히 기울여 잣 알갱이만큼 목구멍으로 흘려 넘겼을 뿐이었다.

"12년 동안 살면서 당신과 나는 불화하지 않았어. 단 한 번도. 인정해요?"

남편이 물었다. 여자는 가슴 깊이 숨을 들이마셨다가 한꺼번에 내뿜었다.

"그랬지요."

"당신은 갈등이나 불화 따위에 대한 혐오 같은 걸 갖고 있어. 그런 거라면 참질 못하지. 땅 위의 사람들과 섭슬리는 것 자체를 기피했던 거요. 그래서 당신을 선녀라고 하는 거야. 사람들과 섭슬려 갈등하느니 차라리 참고 견디자는 것이겠지. 나와 아이와도…… 왜 그래야 하는지는 모르겠지만, 어쨌든 그래서 우린 싸움 한 번 하지 않고 살아왔어. 그 이유를 알고 싶은 게 아니라, 그래서 당신께 고맙다는 말을 하고 싶은 거요. 그리고……."

"그리고요?"

"뭔가를 늘 견디는 당신이 안쓰러워 난 언제나 마음이 아팠다는 거요."

"미안해요. 하지만 나도 몰라…… 고마워요."

나는 아주 오래전부터 하늘과 땅만 봐왔어요. 사람들은 보지 않았어. 그 말은 포도주와 함께 삼켰다.

"어려서부터 고개를 외로 틀고 살았는걸요. 사람들과 마주치는 게 그냥 쑥스럽고 부끄러웠어. 이웃 어른들을 만나도 인사할 줄 몰랐어요.

반장으로 뽑힌 다음 날부터 학교엘 가지 않았어요. 조장으로 뽑혔다는 이유로 대학교 때는 학술답사에도 가지 않았는걸요…… 그 연장이겠지요."

객실의 불빛이 더 줄었다. 그만큼 별빛이 선명해졌다. 여자는 물끄러미 밤하늘의 별 하나를 쳐다보았다. 자신의 어떤 행복한 일평생의 기억을 고스란히 간직하고 있는 듯한, 슬프고, 멀고, 작은 별.

가슴속을 오래도록 옥죄고 있던 긴장의 끈이 툭 소리를 내며 풀리는 것 같았다. 여자의 눈에 눈물이 어렸다. 미안해요. 여자는 혼자 속으로 말했다. 지금 나는…… 다만 하룻밤이라도 당신과 아이와…… 모든 것을 포기하고 싶어요. 삶에 대한 계획과 아이의 장래까지도…….(영화 〈아이즈 와이드 셧〉에 나오는 니콜 키드먼의 대사. 세 차례 더 인용되나 각주는 생략한다.)

그리고 그와 함께하고 싶은 거예요. 그가 어디론가 떠나버리기 전에…… 나는 그를 몰라요. 검은 바지와 드레스셔츠와 흰 재킷밖에는. 가지런히 빗어 넘긴 머리카락, 선명한 콧등과 입술선밖에는.

남편의 커다란 손이 여자의 턱과 얼굴을 감쌌다. 엄지손가락으로 여자의 젖은 눈 밑을 쓸었다. 남편은 여자가 들고 있던 와인 잔을 받아 탁자에 내려놓았다. 어둠 속에서도 여자의 눈은 터질 것 같은 간절함으로 빛났다. 텔레비전을 보던 아이는 잠들어 있었다. 여자의 눈물은 그치지 않았다. 테라스를 내려가 땅에 발을 딛는 순간 그가 나를 바라보았어요. 나를 바라보았다구요. 그 순간 난 지금의 모든 현실을 체념할 수 있었는걸요. 이 건물 어딘가에 그가 있어요. 여보, 제발…….

"난 분단장도 한 번 못해 봤는걸 뭐."

남편이 말했다. 여자가 손등으로 눈가를 훔쳤다.

남편은 아이를 깨워 옆방의 작은 침대에 데려다 뉘었다. 텔레비전에

선 스코틀랜드 에든버러라는 곳의 풍경들이 펼쳐지고 있었다. 처음 보는 풍경들이었으나 부감촬영된 화면이 낯익었다. 여자는 침대에 앉아 텔레비전을 뚫어져라 바라보았다. 아이가 켜놓은 컴퓨터 화면으로 무작정 빨려 들 때같이 몸이 새처럼 가벼워지는 걸 느꼈다. 끝 모를 허공을 떠돌 때는 먼지 같다는 생각마저 들었다. 방 안은 브라운관이 뿜어내는 푸른빛으로 가득 찼다. 허공에 높이 뜬 느낌이었다.

여자는 유리문을 열고 발코니로 나왔다. 남편은 벽 쪽으로 돌아누운 채 깊이 잠들어 있었다. 흰색 칠을 한 건물이 온통 푸른 달빛에 젖어 있었다.

여자가 마시다 남긴 붉은 와인도 달빛에 물들어 검게 빛났다. 여자는 발코니 난간에 두 손을 얹고 하늘을 올려다보았다. 언제나 그랬듯 남편의 몸놀림은 느리고 깊고 부드러웠다. 오래오래 여자를 안았다. 그리고 어느 한순간 몸을 떨며 격렬하게 사정했다. 당신과 사랑을 나눌 때도 줄곧 그만 생각했어요. 여자는 손바닥으로 자신의 팔꿈치를 감싸 쥐었다. 조금 전까지만 해도 여자는 그 팔로 남편의 몸을 끌어안았고 손으론 남편의 등을 쓸고 있었다. 당신에 대한 내 사랑도 부드러웠지만, 슬픈 거였어요. 당신이 날 사랑할 동안, 나는 낯선 별에 불시착해 있는 거였어요. 당신은 낯선 행성이었는걸요.

여자는 눈을 들어, 자신의 행복한 일평생을 남겨두고 온 것만 같은 별을 찾았다. 검은 숲 위로 별똥별이 떨어져 내렸다.

천문대를 향해 올 때, 여자는 카스테레오에서 흘러나오는 음악을 들으며 해바라기를 생각했다. 온통 해바라기로 뒤덮인 지평선이 떠올랐다. 어디쯤이었을까 그곳은. 프랑스 남부 피레네 산맥에서부터 스페인 서안의 산티아고까지 이어진다는 1천 킬로미터의 순례의 길. 언젠가

보았던 그곳 사진 중의 하나엔 '해바라기의 바다'라는 설명이 붙어 있었다. 보이는 것이라곤 푸른 하늘과 노란 해바라기뿐이었다. 사로잡힌 듯 오랫동안 사진을 들여다보던 기억이 음악과 함께 되살아났다. 지표면이 온통 해바라기 꽃잎으로 뒤덮인 별도 있을 거란 생각을 했다. 태양의 반사광이 아닌, 눈부신 해바라기 꽃잎으로 스스로 빛나는 별. 그 광활한 해바라기 숲 속에서 문득 길을 잃고 싶었다. 트롬본의 부드러운 음색이 바람처럼 흘렀다.

—이 영화음악 기억나요?

여자가 물었다. 남편은 아무 대답이 없었다. 남편은 음악을 듣거나 영화를 즐기는 사람이 아니었다. 아이는 차창 밖으로 흐르는 한여름 풍경이 지루한 모양이었다. 휴대폰 액정화면에 오랫동안 코를 박고 게임을 했다.

—노란색을 띤 별들의 나이는 적어봤자 2백억 살이래요.

언젠가 아이의 즐겨찾기 사이트에서 봤던 내용이 떠올랐다. 남편은 전방을 주시하면서, 여자의 말을 듣고 있다는 표시로 빙긋 웃었다. 2백억 년이란 시간의 단위를 떠올리기만 해도 여자의 머릿속은 텅 비어버렸다. 계산할 수도 가늠할 수도 없는 시간이었다. 당장 밤하늘에서 볼 수 있는 별들이라 할지라도 그것은 이미 수년 혹은 수억 년 전에 우주에서 자취를 감추어버린 것일 수도 있다고. 지금 보고 있는 것은 그 별이 일생 동안 남겨놓은 빛의 자취거나 흔적에 지나지 않는 것일 수도 있었다. 별은 간데없고, 다만 그것이 남긴 찬란한 빛만이 시간이라는 이름의 긴 띠로 우주공간을 가로지르고 있는 거였다. 사랑이란 당신의 마음이 감당할 수 없는 만큼의 눈물이죠……. 바람처럼 흐르는 트롬본 위로 노랫말이 젖어들었다. 그때의 날들은 찬란했지요. 지금 내겐 무너진 하늘만 보이고, 한 줄기 빛도 찾을 수 없어요…….

차창 밖으론 여전히 한여름의 풍광이 흐르고 있었다. 이곳의 빛은 너무도 밝고 무례하고 잔인해요. 그 말을 삼키자니 목구멍이 아파 눈물이 나왔다. 여자는 신음하듯 한숨을 뱉었다.

—어서 밤이 왔으면…….

시간이 흐르면서 방위각이 달라졌는지, 망원경으로 봤던 혜성의 위치를 여자는 찾을 수 없었다. 남편은 어느새 몸을 틀어 벽을 등지고 누워 있었다. 푸른 어둠 속에, 접근할 수 없는 주검처럼 누워 있었다. 남편은 언제까지나 그곳에 그런 모습일 것 같았다. 여자 자신도 언제까지나 그곳에 그런 모습일 것 같았다.

밤이 깊어 새벽으로 흐르는 것이 두렵고 안타까우면서도 여자는 발코니에 혼자 서 있는 것이 좋았다. 밤이 여자에게서 잠을 앗아갔다. 살갗에 닿는 밤기운이 차가웠다. 모두들 잠든 새벽 추운 발코니에 홀로 깨어 있는 일이란 은밀하면서도 무섭고, 충일하면서도 결핍된 그 무엇이었다. 복잡하고 혼돈스럽고 신비한 느낌이 여자를 깨어 있게 했다. 단 한 번뿐일 밤 같았다. 그러면서 여자는 내내 두려운 마음으로, 어느 방엔가에 머무르고 있을 남자를 생각했다.

밤하늘 어디엔가 흐르고 있을 혜성. 그것은 어쩌면 다시 오지 못할 별이 될지도 모르는 일이었다. 1772년에 발견된 비엘라 혜성은 공전주기 6.6년의 단주기 혜성이었다. 그 혜성은 1845년에 두 개의 핵을 가지고 나타났고, 1852년에는 두 핵 사이의 거리가 더 멀어진 쌍혜성이 되어 출현했다. 그 이후에는 더 이상 관측되지 않았다. 그 후 지구가 비엘라 혜성의 궤도를 지나치는 매년 11월 14일에는 찬란한 유성우가 관측되었다. 티끌로 붕괴된 별의 흔적들이 지구의 대기와 부딪쳐 타버리는 현상이었다.

어떤 기척이 느껴져 여자는 고개를 돌렸다. 담갈색 고양이 한 마리가 발코니 난간을 타고 이쪽으로 조심스럽게 건너오고 있었다. 여자와 눈이 마주치자 고양이는 동작을 멈추고 그 자리에 가만히 꿇어 엎뎠다. 여자가 하늘 쪽으로 시선을 돌리면 가만가만 다가왔다. 매우 신중해 뵈는 몸놀림이었다.

여자는 고양이의 진행을 방해하고 싶지 않았다. 모른 척 하늘을 바라보았다. 상관 말고 지나가길 바랐다. 고양이는 소리 없이 여자 쪽으로 접근했다. 한밤중 들고양이와의 조우가 기분 좋을 리 없었다.

고양이가 가까이 다가올수록 여자는 무기물처럼 서 있으려고 했다. 실제로 온몸이 돌처럼 굳었다. 마침내 고양이는 와인 잔이 놓여 있는 테이블까지 다가왔다. 힐끔힐끔 여자의 눈치를 보는 것 같았다. 아무려나 여자는 고양이가 어서 제 갈 길로 가주었으면 싶었다. 그러나 고양이는 멀어지지 않았다. 오히려 옆걸음질 쳐 여자 가까이로 오더니, 주인 곁에 앉듯 한껏 온순해졌다. 고양이와의 거리가 너무 가까워 여자는 어찌할 바를 몰랐다. 터무니없이 친근한 야생 고양이의 접근이 여자에게는 더 징그럽고 무서웠다. 옆구리에 소름이 돋았다. 살갖이 갑작스레 수축됐다.

잘못 움직였다간 고양이가 와락 달려들 것 같았다. 달려들진 않는다 하더라도 여자가 움직이는 대로 따라 움직일 것 같았다. 방까지 따라 들어올 것 같았다. 방에 들어서서 재빠르게 미닫이창을 닫는 광경을 여자는 연상했다.

고양이가 눈치 못 채게 여자는 가만히 뒷걸음질 쳤다. 고양이는 꼼짝 않고 테이블 위에 웅크리고 있었다. 살며시 뒷걸음질 치는 여자를 언뜻 바라본 것 같기도 했다. 아무려나 여자는 숨을 죽이고 유리문을 열었다. 방에 들어서서 유리문을 닫았다. 그때까지도 고양이는 테이블 위에 앉아 있었다.

고양이의 뒷모습이, 문득 외로워 보였다. 자기를 외면하고 있다는 걸 고양이는 알고 있는 듯했다. 달빛이 고양이의 굽은 등 위로 떨어져 내렸다.

오랫동안 유리문 밖의 고양이를 바라보다가 여자는 커튼을 닫았다. 세상모르고 자고 있는 남편 곁에 누웠다. 자신을 안던 남편의 열기가 그때까지도 침대 위에 남아 있었다.

잠을 이루지 못했다. 눈을 감을 때마다 남자의 모습이 어른거렸다. 시트의 촉감이 낯설었다. 단 한 번뿐일 밤이 흐르고 있었다. 아이의 잠꼬대가 이따금씩 들려왔다.

얼마나 시간이 지났을까. 여자는 침대에서 일어나 창가로 다가갔다. 커튼을 걷고 발코니를 내다보았다. 테이블은 비어 있었다. 여자가 마시다 만 와인 잔이 달그림자를 드리운 채 정물로 놓여 있을 뿐이었다. 고양이는 정말로 내 곁에 왔었던 걸까. 여자는 커튼을 닫지 못하고 유리문 앞을 서성였다. 다시 남편 곁으로 가 누웠다. 여자가 침대를 오르내려도 남편은 깨지 않았다.

여자는 끝내 잠들지 못했다. 모아 쥔 자신의 손등에 뺨을 대고, 웅크린 채 밤을 보냈다. 마침내 아침빛이 창유리에 와 닿았을 때 여자는 누군가를 타이르듯 말했다. 밤이 지났어. 밤이 지난 거야.

누군가가 여자에게 하는 말 같기도 했다.

그러나 여자는 위안이 되지 않았다. 오히려 여자의 맹렬한 불안을 깨웠다. 그와 다시 부딪칠지도 모른다는. 식당이나 커피숍, 테라스나 주차장에서 그를 다시 보게 될지도 모른다는. 밝고 무례하고 잔인한 빛 속에서. 아니, 다시는 그를 볼 수 없을지도 모른다는. 그의 부재를 확인하게 될지 모른다는.

그가 떠났을까. 그가 떠나는 게 두려운 건지 남는 게 두려운 건지, 여자는 알 수 없었다. 무작정 두려웠다. 밤은 그렇게 지나가 버리고 만 것이었다.

여자는 긴 복도를 걸어 엘리베이터 앞에 섰다. 푸른 유도등 불빛이 카펫 위에 떨어져 내리고 있었다. 청바지에 티셔츠 차림이었다. 맨발에 샌들이었다. 남편과 아이는 그때까지 잠들어 있었다.

햇빛이 방 안을 침범해 들어올 때까지 가만히 앉아 있을 수 없었다. 도망치듯 방을 빠져나왔다. 야행성 동물이거나 밤의 정령처럼 아침이 불안했다. 엘리베이터는 곧장 1층에 닿았다. 문이 열리며 밝은 빛이 쏟아져 들어왔다. 지구의 빠른 자전에 현기증이 일었다. 투신하듯 여자는 빛 속으로 나아갔다. 빛을 피해 빛 속으로 걸어 나갔다.

식당 입구와 기념품 판매점 앞에 몇몇 사람들이 모여 있었다. 웅성거리는 소리가 로비의 천장을 울렸다. 빛에 기력을 빼앗긴 여자는 비틀거리며 로비의 대리석 바닥을 가로질렀다. 아이 하나가 풍선 뽑기 기계 앞에서 갑자기 환호성을 질렀다. 모든 것이 불명확하고 어지러웠다. 여자는 무엇에 이끌리듯 현관을 나섰다.

커다란 산 하나를 넘은 것처럼 지쳐 있었다. 더 이상 걸음을 내딛을 수 없을 만큼 숨이 가빴다. 몸 안에서 빠져나온 기운이 여자가 딛고 있는 땅 위를 흥건히 적시는 것 같았다. 오른손을 간신히 뻗어 테라스의 난간을 잡고, 고개를 꺾은 채 고통스럽게 호흡했다. 눈에 보이는 것이라곤 위태롭게 몸을 지탱하고 있는 자신의 발등뿐이었다. 그 몸마저 곧 산화되어 가뭇없이 사라질 것만 같았다.

별빛과 와인과 고양이로 임했던 지난밤은 풀과 나뭇잎에 맺힌 이슬로 겨우 남아 있었다. 그 흔적들마저 빠르게 사라지려 하고 있었다. 이미 사라지고 없는 별의 잔광이 수억 년 동안이나 허공을 가로지르고 있는 것이라면, 허망하게 자취를 감추어버린 지난밤도 무언가의 그늘엔가 오래오래 깃들지 않을까. 여자는 절박한 심정으로, 아침 햇살에 슬며시 드러나기 시작하는 이런저런 그림자들을 응시했다. 깃들 곳이 없다면, 누군가의 어두운 맘속에라도 머물겠지.

여자는 연거푸 큰 숨을 들이켰다. 남자가 여자 곁을 바람처럼 스쳐 지나갔다. 저절로 오금이 접혔다. 여자는 땅 위에 웅크리고 앉았다. 무섭고도 강렬한 기시감에 온몸을 떨었다. 식도와 기도가 한꺼번에 콱 막혔다.

검은 바지와 검은 드레스셔츠와 흰색 재킷. 전날보다 더 선명해 보였다.

남자는 천천히, 그러나 매우 활기찬 걸음걸이로 주차장을 향했다. 흰색 중형 승용차 안으로 사뿐히 들어가 앉았다. 연기 같았다. 시동이 걸리고, 차가 서서히 움직였다. 후진으로 몸을 뺀 승용차는 이내 주차장을 벗어나기 시작했다. 여자는 간신히 고개를 들고 리조트 입식간판 아래를 지나는 남자의 차량을 물끄러미 바라보았다.

차는 벚나무 가로수 밑을 지나고 세미나 현수막 아래를 지나고 서든 데스 골프장 잔디밭 너머로 차츰 자취를 감추었다. 다시는 돌아올 것 같지 않으면서도, 여자의 기시감 속에서는 남자의 승용차가 문득 차머리를 돌려 되돌아오고 있었다. 불안과 두려움이 다시금 여자의 온몸을 휘감았다.

더 이상 남자의 흰색 승용차가 보이지 않게 되었지만 불안과 두려움은 여전히 가시지 않았다. 여자는 허청거리며 다급하게 현관 계단을 뛰어올랐다. 시야가 위태롭게 흔들렸다. 프런트 데스크의 여직원이 자신에게 접근해 오는 여자를 물끄러미 바라보았다.

제복 입은 여직원이 걱정스레 물었다.

"도와드릴까요?"

여자가 말했다.

"조금 전에 나간 사람 있지요? 흰색 재킷 입은 남자……."

여직원이 고개를 끄덕였다.

"갔나요, 그 사람? 간 건가요?"

여직원이 투숙객 명단을 훑었다.

"예…… 체크아웃 하셨습니다."

여자는 막혔던 숨을 토해 냈다. 몸에서 빠져나갔던 기력이 차츰 다시 들어차는 것 같았다. 서글픈 위안이 여자의 몸을 훑고 지나갔다.

여자는 비로소 6층 어딘가의 객실에 그때까지 세상모르고 자고 있을 남편과 아이를 떠올렸다. 마음이 놓이면서도, 밀려오는 슬픔은 어찌할 수 없었다.

6층 몇 호실이었는지 여자는 기억할 수 없었다. 여자는 여직원에게 남편의 이름을 댔다. 여직원이 말했다.

"6층이 아니라, 5층입니다. 5층 508호실."

우·수·상·수·상·작

김승희

진흙 파이를 굽는 시간

1952년 전남 광주 출생.
서강대학교 영문학과 졸업. 동대학원 국문과 박사학위 취득.
1973년 《경향신문》에 시 〈그림 속의 물〉로,
1994년 《동아일보》에 소설 〈산타페로 가는 사람〉으로 등단.
소설집 《산타페로 가는 사람》, 장편소설 《왼쪽 날개가 약간 무거운 새》,
시집 《태양 미사》《왼손을 위한 협주곡》
《달걀 속의 생》《어떻게 밖으로 나갈까》
《세상에서 가장 무거운 싸움》《빗자루를 타고 달리는 웃음》,
산문집 《33세의 팡세》《너를 만나고 싶다》 등.

진흙 파이를 굽는 시간

카시오페이아, 나, 조지아야. 왜 계속 전화를 받지 않니? 무슨 일이 있는 거야? 너 자신이 바로 대구 지하철 방화사건의 범인이라고 말해서 나는 설마, 하고 부정하면서도 혹시나, 하고 마음 졸였는데 대구 지하철 방화범이 잡힌 지 오래되었더라. 텔레비전에서 방화범의 모습을 보았는데 그냥 평범한 중늙은이 아저씨더라. 중풍을 앓은 지 오래되어서 몸이 자유롭지 못하대. 마스크를 쓰고 야구 모자를 푹 눌러쓰고 있어서 아닌 게 아니라 누가 누군지 모르겠더라. 미리 보도를 통해서 중년의 남자라고 들어서 그렇지 그 화면에 등장한 모습만 가지고는 남자인지 여자인지 피부가 하얀 편인지 검은 편인지 선한 표정인지 아니면 표정부터가 잔혹한 편인지 아무리 해도 감을 못 잡겠더라. 너는 왜 네가 그 지하철의 방화범이라고 생각하는 거야? 그것을 막지 못했기 때문에? 그렇다면 그것을 막지 못한 모든 사람이 다 방화범

이 된다는 논리가 되는데, 방화의 욕망을 가지고 있기 때문에? 약국에
있는 모든 약을 다 써도 고칠 수 없는 우울증을 앓고 있기 때문에? 우
리 모두가 다 방화범이 된다는 논리인데, 그래서 말인데 네 말도 맞겠
다 싶어. 텔레비전 화면에 방화범, 아니 방화 용의자의 용모가 철저하
게 가려져서 누가 누군지 알 수 없게 감추어져서 나온 모습을 보니 그
가려낼 수 없는 익명성이 바로 우리 모두의 정체성일 수도 있겠다 싶어
졌어.

　우리 모두는 버려진 인간이야. 너도, 나도, '십자매 팬티'의 스펀지
도, 안드로메다도. 버려진 인간들의 모습은 어딘가 비슷비슷하잖아. 모
습은 비슷비슷해도 또 각자 버려진 양태는 다르지. 그런데 오늘 밖을
보니 개나리, 벚꽃, 목련이 십 리나 피었어. 아니 십 리의 두 배, 왕십리
나 피었어. 카시오페이아. 내가 요즈음 집필하고 있는 논문 중에 김소
월에 관한 것이 있어. 아니, 요즈음은 일거리가 거의 없어. 지난번 텔레
비전에 대서특필로 나온 것 보았지? 학위 논문 대리 집필이 성행하고
있다고. 우리 사회의 참을 수 없는 부패가 가장 신성해야 할 대학까지
썩게 만들고 있다고. 어제오늘 시작된 일처럼 대서특필을 하고 기를 쓰
고 목청을 돋우어가며 난리 법석을 떠는데 며칠 그런다고 누가 눈이나
깜짝할까? 아니, 잠시 눈은 깜짝하지. 그래서인지 논문 의뢰가 거의
좀, 소강상태야. 당장 내가 손해를 보고 있지.

　마음에 비는 내리는데…… 십 리 십 리 왕십리…… 어느 비 내리는
날, 내가 비를 내려다보며 생각해 봤는데 김소월의 〈왕십리〉는 왕십리
라는 장소에 비가 온다는 뜻이 아닌 것 같아. "십 리 십 리 왕십리 비가
오네"는 '십 리를 가도 가도 가도' 비가 온다, 이런 뜻인 것 같아. 왕往
이란 '갈' 왕이잖아, 그래서 거기는 '십 리 십 리 또 간다 십 리 더'로
그러니까 십 리를 세 번, 곧 삼십 리를 가도…… 이런 뜻이 아니야? 삼

십 리를 가도 비가 온다…… 십 리가 몇 킬로미터지? 일 리가 0.4킬로
미터이니까 삼십 리는 별거 아니네, 하지만 그러나 그 시에선 가도 가
도 온 천지에 비가 온다…… 이렇게 되는 것 아니야? 울고 있는 마음은
언제나 왕십리야.

　내 남편이 교수다 보니 별것에 다 아는 척을 하네. 그러나 내가 교수
는 아니지만 나도 논문 대필을 하려면 교수보다 더 많은 지식이 필요
해. 남편이 지방에 있는 동안엔 남편의 서재가 곧 내 도서관이잖아, 요
즈음 신랑감 중 으뜸은 지방대 교수라더라. 남편이 지방대 교수면 지방
에 있는 시간이 많지, 또 빈 서재를 여유 공간으로 남기고 가지, 게다가
책까지 공짜로 볼 수 있지. 별로 간섭 안 하지, 끼니때마다 밥 안 줘도
되지, 또 등등…… 아무튼 난 십대, 이십대 땐 김소월을 안 좋아했는데
요즈음 막 김소월이 좋아지는 것 있지? 〈나무리벌 노래〉인가? 그런 시
알아? 그런데 정말 웃기는 건, 어제 텔레비전에서 말하는데, 대리 집필
한 부실 논문을 가지고 학위를 도둑질한…… 그런 말을 하는데 정말
웃기지, 대리 집필한 논문이면 모두 부실 논문이야? 그런 말이 어딨
어? 자기들이 다 읽고 조사해 봤어?

　또 교수들이 쓰는 논문은 별거야? 요즈음 논문이란 그냥 형식만 갖
추면 되는 거야. 좀 유명한 학자들의 좀 괜찮은 듯한 말을 인용한 뒤 꼭
각주를 달고 뒤에 꼭 참고문헌을 붙이면 되는 거야. 원서를 꼭 참고문
헌에 넣도록 하고. 가급적 영어 책이 많으면 많을수록 좋을걸? 그래야,
뭐, 좀, 식자깨나 먹은 것 같잖아. 그리고 요즈음엔 꼭 또 유행으로 영
문 초록을 뒤에 붙이더라. 그런데 내가 볼 때 그 논문 평생 가야, 아니
동해물과 백두산이 마르고 닳아도, 영어권 학자가 단 한 번이라도 읽어
볼 가망과 필요가 없는 논문인데도, 왜 꼭 영문 초록을 붙이는지, 난 정
말이지 우스워죽겠어. 영문 초록을 좀 읽어보면 영어도 엉망이고 뭐가

뭔지 알 수도 없어. 난 정말이지 논문 대리 집필을 하면서 느낀 건데 교수 논문도 별거 아니라는 거야. 형식만 갖추면 돼. 그리고 어떤 학술지에 냈느냐에 따라 평가가 달라지기 때문에 논문 내용은 신경 쓸 필요도 없대. 거지 같은 논문도 큰 학술지에 실리기만 하면 그냥 점수가 높다는 거야. 질적 평가는 못하니까 브랜드가 좋은 옷만 걸치면 된다는 거지. 브랜드가 좋은 옷을 사 입으려면 먼저 돈이 있어야 하잖아. 그러니까 돈을 벌려고 십대 아이들까지 매춘 시장에 나서는 거 아니야.

옹? 교수들이 브랜드가 있는 학술지에 논문을 실으려면 돈을 내야 하냐고? 아니, 그러진 않을걸? 그런 게 아니라 논문의 내용을 평가하지 못하고 형식만, 그리고 그것이 실린 지면만 평가한다는 것이 세계 명품 브랜드만 쫓아다니는 십대들의 심리와 뭐가 다르냐는 것이지. 그만큼 껍데기를 평가하는 시대라는 거야. 논문도 형식만 갖추면 된대. 그러니까 나같이 대학 중퇴한 사람도 밥 먹고 사는 거지만. 한때 탈식민주의적 글쓰기라는 논쟁이 있었잖아. 난 그 논쟁 참 좋아했었거든? 가장 독창적이어야 할 교수들이 쓰는 논문에서 왜 꼭 각주를, 그것도 가급적 외국 저서에서 인용을 해서 각주를 붙여야 하고, 얼마나 외국 논저를 인용했느냐에 따라 지식의 등급이 형성되는 듯한 분위기, 그런 식민주의적 형식을 꼭 따라야만 논문이 형성된다는 허위의식, 그런 가짜 지성 의식이 우리 학문 풍토를 병들게 하고 있다고, 젊은 교수들이 주축이 되어 탈식민주의적 글쓰기 논쟁을 일으켰는데 흐지부지되고 말았지. 그런 논쟁이 불붙듯이 일어나서 한국의 모든 교수들이 남의 눈 빌리지 않고 자기 눈으로 독창적인 사고와 글쓰기를 해야겠다고 각성을 한다면 사실 나 같은 곰팡이는 발붙일 수가 없게 되는 거지. 그러나 걱정 마. 탈식민주의 글쓰기라…… 그런 자생적 각성을 하는 사람이 얼마나 되겠니.

카시오페이아. 너를 만나려면 어서 가을이 와야 하나? 너는 가을에 북쪽 하늘에 보이는 별자리의 하나. 다섯 개의 별이 'W' 자 모양을 이루며, 북극성을 중심으로 북두칠성과 대칭적 위치에 있잖아. 카시오페이아의 별칭이 닻별이라지? 너는 닻을 원하는 거야? 너는 닻별이다—왜 그런 이름을 지었지? 그런 이름의 중요성을 알아챈 것은 롤랑 바르트야. 롤랑 바르트는 그런 이름을 환칭이라고 불러. 환칭換稱이란 영어로 엔터너메이저antonomasia야. 그것은 등장인물의 이름을 완곡하게 특징을 나타내는 일반명사로 대체하는 기법이지. 즉 인간의 고유명사를 없애고 일반명사로 갈아치우는 거야. 예를 들어봐? '사랑의 독재자' '수전노', 또는 '위선자' 등을 들 수 있는데 이것은 표현적이고 인물의 심리상태를 분명하게 나타낸다고 야후 백과사전을 보면 나와 있어. 프랑스의 평론가 롤랑 바르트는 고유명사에 함축되어 있는 의미가 풍부하고 사회성을 띠고 상징성을 가지기 때문에 늘 주의 깊게 관찰해야 한다고 말하였대. 요즈음은 무식하려야 무식할 수가 없잖아. 인터넷 조금만 하면 다 알 수 있고 인용할 수 있고 각주 처리도 할 수 있는걸, 뭐. 그러니까 내가 조금 인터넷 뒤져서 쓴 논문을 가지고 석사 학위도 받고 그러잖아. 내가 참 학위가 없어서 그렇지 나도 참 학위깨나 배출한 사람이야. 그러고 보면 나도 참 굉장하지. 쓰레기보단 나아. 식빵에서 피어난 곰팡이, 더러운 유리창에 번져가는 흐린 눈물.

울지 마. 결코 울지 마. 네가 말했잖아. 울면 네 몸이 묽어진다고. 그러면 진흙이 흘러내린다고. 우리는 간신히 버티고 있는 진흙 파이잖아. 물기가 없어 버석버석하긴 하지만 울면 진흙이 흘러내려. 진흙이 마구 흘러내리면 우리는 자신을 잃게 되잖아. 굽자. 굽자. 또 굽자. 흘러내리려는 내 몸을 굽기 위해 나는 너에게 전화를 거는 거야. 비 내리는 마음의 왕십리에서…… 진흙 파이를 굽기 위해. 구워야만 해. 구워야만 하지. 비 내리는 왕십리를 헤쳐 나가기 위하여.

하긴 너도 흘러가고 있어. 흘러가는 육체야. 아니, 육체는 없고 흘러가는 목소리야. 네 목소리 들으면 정말 근사해. 네 목소리는 옷을 벗기는 목소리라고 그때 왜 전화방 주인 남자가 말했잖아. 정말 그래. 네 목소리는 옷을 벗기는 목소리고 네 목소리를 듣고 있노라면 정말 옷을 벗고 싶어져. 하나하나 옷을 벗고 꽃술에 손을 가져갈까? 네 목소리를 들으며 남자들은 또 하나하나 옷을 벗고 자기 꽃술을 닦으며 황홀에 잠기나?

잠깐만, 회사 전화가 울린다. 전화 좀 받고 또 전화할게.

전화기를 들면 나는 연인이 된다. 남자들은 다 내 목소리가 얼마나 멋지며 은근하며 깊은지 감탄하며 칭찬해 준다. 나와 연결되는 남자는 대부분 지식수준이 높은 사람들이다. 하긴 나도 대학 중퇴이자 학위 논문도 많이 배출한 경력인데 학벌로나 지식으로나 나는 누구에게도 꿀릴 게 없는 사람이다. 또 내 문화와 수준에 맞게 회사에서 손님 배당을 해주는지도 모른다. 조지아와 남자의 대화는 텅 빈 말이 아니다. 꽉 찬 에너지의 말이며 리비도가 출렁이는 말이다. 실체와 분리된 표류하는 말이며 미끄러지는 파도 거품, 춤추는 음악일 뿐.

남자와 여자는 얼굴이 안 보이는 전화선을 통해 스스럼없이 고백을 주고받는다. 옷의 솔기가 터지면서 눈부신 맨살이 드러나듯이 간신히 영혼을 봉합해 놓았던 사회적 실이 터지면서 무언가 분노를 닮은 기쁨이, 억압받은 것들의 슬픔과 자유가, 무의식의 검은 물결들이 따스하게 막 올라와 흘러넘친다. 인간은 누구나 외롭다는 명제에서 전화는 시작되고, 인간은 누구나 남모르는 상처와 격정이 있다는 명제에서 통화는 진행된다. 말을 애무하고 말을 포옹하고 말을 입 맞추고 말을 학대하고 말을 채찍으로 때리고 말을 침대에 묶어놓고 칼로 찌르고 말을 쓰다듬고 말을 입 안 가득 삼키고 말을…… 말을…… 말을…… 입가에 거품이 묻어 나올 때까지 대화는 진행되고 말과 말 사이 어찌 보면 사도마조히즘이 오고 가고 먼 혁명의 봉화가 일어나고 어쩌면 시디신 네크로필리아가 일어나기도 한다.

어떤 날은 달콤하고 어떤 날은 쌉쓸하며 어떤 날은 역겹고 어떤 날은 흥분되며 어떤 날은 슬프고 어떤 날은 혐오스럽다. 말들이 교미하게 내버려두며 나는 남자들이 조지아라고 부르면서 어떤 일종의 허영심을 느끼는 것을 느낄 수 있다. 남성처럼 뻣뻣한 이름이면서도 어딘지 또 에로틱한 이름이어서 무언가 정복하기 어려운 것을 정복했다는 그런 심리를 조지아란 이름이 주는지도 모른다. 흔히 개 이름을 메리나 세라라고 부르는 것이 자연스럽듯 나도 자연스럽게 그 이름에 적응한다.

남자를 다 벗기면 버터 스틱이 되고 여자를 다 벗기면 복숭아가 된다. 무르익은 복숭아 속으로 버터 스틱을 찔러본다. 버터가 묻은 손가락을 빨아보면 아무 맛이 없다. 말이 훨씬 더 맛있고 에로틱하다.

이 꽃술과 저 꽃술은 만날 길이 없다. 평화롭다.

조지아. 나야. 난 지금 항아리 속에 들어왔어. 난 요새 계속 항아리 속에 들어앉아 있어. 계속 굶어서 지금 기운이 하나도 없어. 정신도 어지럽고 머릿속엔 노오란 개나리꽃 무리가 어울거려. 어울어울. 개나리꽃 무리가 십 리도 더 어울거리며 펼쳐져 있어. 십 리, 십 리, 하고 거리를 세지. 십 리, 십 리, 왕십리인가, 가도 가도 개나리 꽃밭인데…… 개나리 꽃밭 어느 지점에선가 경찰이 잠복하고 있는 거야. 경찰이 나를 체포하러 튀어나올 것만 같은데 그가 튀어나오기 전에 기척만 들리면 내가 먼저 외칠 것만 같아. "내가 지하철 방화범이에요. 나예요. 바로. 내

가, 내가 여기 있어요"라고. 대구 지하철 방화사건의 용의자가 잡혔다
고? 그럴 리가. 난 지금도 분명히 기억해. 내가 그날 배낭에 석유통을
넣어가지고 그 지하철에 탄 것 같아. 참 이상하지. 지금도 내 손가락엔
석유 냄새가 묻어 있고 내가 라이터를 꺼내서 석유 엎지른 지점에다 불
을 붙이려고 할 때 옆에서 어느 남자가 내 팔을 사납게 붙들었는데 지
금도 그 팔 할퀸 자국이 남아 있고 꽉 잡힌 데가 시퍼렇게 멍이 들었어.

　사람이 극한 상황에 처하면 힘이 어디에서 그렇게 나오는지는 몰라
도 갑자기 위험에 처하거나 너무 큰 고통에 처하면 자기도 모르는 괴력
이 나오나 봐. 내가 왜 명옥이 낳을 때, 산고에 시달리던 중 엄마가 좀
늦게 병실에 왔는데, 내가 침대 위에서 엄마 팔을 꽉 잡았는데 그게 그
렇게 시퍼렇게 엄마 팔뚝에 남아 있더라. 꽤 오래 남아 있던데? 그때
지하철에서 내 팔을 잡았던 남자도 그랬던지, 어, 어, 미친 여자 등등
소란을 떨면서 라이터를 켜는 내 팔뚝을 심하게 비틀어 잡았는데, 내
오른쪽 팔뚝에 그것이 시퍼런 자국으로 남아 있는 거야. 가만히 멍을
들여다보면…… 잘 보이지도 않아. 고개를 외로 심하게 비틀어야만 보
이는데, 아무튼 무청처럼 시퍼런 색이 가장자리로 연두가 되면서 번지
고 있어. 검은 녹색 가운데에서부터 연한 연두 약한 색으로 번져가는
푸른 멍. 멍. 멍. 멍. 왜 '멍'이란 말에서는 개 짖는 소리가 들릴까. 지
금 내 팔은 계속 멍―멍―멍…… 하는 소리가 들려와. 항아리 속에 있
으니 소리가 더 울리는 것 같아.

　이 항아리? 아니, 답답하지 않아. 내가 왜 너에게 말했잖아. 언젠가
교외 지역을 차를 타고 가다가 어느 흙 항아리 만드는 예술가의 공방을
지나친 적이 있다고. 그 남자 되게 근사하더라. 머리카락을 길러서 뒤
로 묶고 인디언 목걸이 하고 다니잖아. 그때 내가 상당히 큰 흙 항아리
하나를 맞추었잖아. 유약을 바르지 않은 것으로. 난 그냥 그 흙의 살결

을 무척 사랑해. 유약을 바르지 않은 그 부드러운 흙의 살결. 흙……
그것은 나에게 많은 여자들의 이야기를 들려주는 것 같아. 왜 그럴까.
흙을 만지면 왜 여자들의 살결, 뼈, 골분, 속삭임이라는 생각이 들지?
아니, 여자들의 이야기는 민담이지. 구술口述이고 설화야. 그 민담의 목
소리가 흙 속에 주절주절 만져지는 거야. 흙 한 톨, 한 톨…… 흙을 한
톨이라 말할 수 있을까? 또는 한 올? 베로? 그 한 올, 한 올에 여자들의
목소리, 여자들의 웅얼거림, 여자들의 혀의 전설이 들려오는 거야. 여
자들의 언어는 혀인 것 같아. 나불나불 주절주절…… 남자들의 언어는
성대이고. 남자들의 언어는 어딘지 어디선가 깊은 데서 울려 나오는 게
있고, 말하자면, 배 힘이 있어서 거기서부터 성대를 거쳐 나오는 것 같
은데 여자들의 말은 왜 혀에서 나오는 것으로 비하되지 않아? 그래서
인가? 흙은 여자들의 혀의 베틀이야. 한 올 한 올 엮어서 베를 만들듯
그 산화된 목소리가 흙이 된 거라고…….

그런데 그 항아리 만드는 예술가 남자가 그러는 거야.

"조금만 몸을 웅크리면 이 항아리 속에 들어가 앉아 있을 수도 있답
니다"라고.

그리고 장난인 양 그러는 거야.

"항아리 뚜껑에다 구멍을 뚫어드릴까요? 이 흙 항아리는 스스로 숨
쉬는 항아리이지만 공기가 좀 많이 통하도록?"

그래서 내가 그랬어. 나도 장난기가 동했지.

"구멍을요? 그러면 카시오페이아 별자리 모양으로 뚫어주실래요?"

남자가 말했지. 장난처럼.

"카시오페이아 별자리로요? 카시오페이아 별자리가 무슨 모양이더
라?"

내가 말했어. 장난기가 동하여.

"영어로 대문자 W 모양이 아닐까요?"

그 공방 남자가 작은 끌과 망치를 가지고 왔어. 항아리의 복부에다 한번 도구를 대보더니 그러더니 고개를 흔들며 "아니요. 지금 이 항아리로는 안 되지요. 다시 만들어야지요. 굽기 전, 말랑말랑할 때 구멍을 뚫어야 확실히 뚫리지요" 하는 거야. 나도 다시 장난기가 동했어.

그것이 내가 카시오페이아 별자리 모양으로 다섯 개의 구멍이 뚫린 뚜껑을 가진 항아리를 갖게 된 사연이야. 그리고 그 카시오페이아 별자리 구멍을 가진 흙 항아리를 만들어준 그 남자하고 알게 된 거고. 그 남자는 나에게 안식과 타락을 동시에 주었어. 그 남자가 아니었더라면 혹시 그 전화방 일을 시작하지 않았을지도 모르지. 그 남자가 에로 전화를 사용하고 있었어. 내 목소리가 참 근사하다고, 나더러 옷을 벗고 싶게 만드는 목소리라고 하더라. 그 남자가 전화방 주인 남자냐고? 아니? 그들은 친구인가 봐.

아니, 요즈음 세상일은 모든 것이 다 매춘 조직과 연관되어 있는 것 같아. 아침마다 전자메일함을 열어봐라. 정말 낯 뜨거워 볼 수 없는 살덩어리 직설적인 영상들이, 그것도 동영상으로 눈앞으로 쏟아져 나오지. 포르노 코리아. 움직이는 성기들. 엉덩이와 남근들. 너무 많은 남근들은 오히려 아무 느낌도 안 주지. 요즘 같은 시대엔 모든 길이 다 매춘으로, 포르노로 통하는가 봐. 우리 시대의 로마는 돈이야. 그러니까 모든 길이 포르노로 흘러가는 거야. 나는 이 항아리 속에 앉아 있으면 참 기분이 좋아. 졸음이 밀려오지. 이 항아리는 나에게 엄마의 몸이야. 카시오페이아 별자리를 머리에 이고 엄마의 자궁 같은 흙 항아리 속에 그윽이 웅크리고 있으면 나는 나를 용서하고 싶어져. 나를 버리고 떠난 남편도 용서할 수 있을 것 같아.

IMF가 참 여러 사람 이상하게 만들었지. 우리 남편도 IMF만 아니었으면 지금쯤 자기 애니메이션 영화 많이 만들고 우리 가정도 그 모습 그대로 평탄하게 흘러갔겠지. 명옥이도 당연히 음악대학 가서 지금쯤 바이올리니스트로 이름을 날리고 있을지도 모르고. 옛날 우리 살던 아파트 위층에 어느 여교수가 살고 있었는데 그 여자가 아침마다 몇 시간씩 연습하는 명옥이의 정열에 감탄하여 "명옥이는 바이올린으로 꼭 성공할 거예요"라고 말한 적이 있어. 바이올린 연습 소리가 얼마나 스트레스를 주니. 머리채를 막 휘어잡고 질질 끌고 가는 것 같잖아. 그런데도 그 여교수는 시끄럽다고 타박하기는커녕 일부러 내려와서 초인종을 누르고 그 말을 해주는 거야. 우리 명옥이는 그런 애야. 걔는 정말이지 뛰어난 애야.

그런데 그 IMF 때문에 명옥이가 대학을 못 갔잖아. 그 IMF 때문에 걔 아빠 미국으로 도망가고, 그때 어찌어찌 가지고 있던 미국 비자 기한이 살아 있어서 이런저런 생각 없이 막 미국으로 도망갔잖아, 우리한테 빚더미 피해 안 주려고. 그나마도 지금 생각해 보면 사랑이야. 그때는 그게 가족에 대한 그의 사랑이었어. 그것밖에 없었지. 도망가서 할리우드 만화영화 하청 받아서 일하는 교포 애니메이션 회사에서 하루 열여덟 시간씩 만화만 그린다고, 많이 그려서 빚 갚고 우리 세 식구 행복하게 다시 합쳐 살자고 했는데, 팔목 뼈가 시큰시큰할 정도로 혹사를 시키는데 정말이지 혀를 모래 바닥에 콱 박고 죽고 싶더래. 그만큼 일하는데, 그러다 비자 기간 끝났지. 교포들도 불법체류 동포 등쳐먹고 사업하는 놈들이 많은 모양이야. 뼈 빠지게 일 시켜먹고도 고작 최저 생계비 정도 주지, 비자가 죽었으니 다른 데로도 못 가지, 그러다 그 여자 만나서 그저 합법 체류자만 되려고, 오직 그것만 생각하고 그 여자 만나서 공식적으로 살게 된 거지. 비공식적인 것은 모르겠어. 어쨌든 돈 많이 벌어서 다시 합쳐 살기는커녕 제 한 몸 구하기도 어려워서 그렇게 된 거야. 나는 잘 알 것 같아. 그의 마음을. 마음으로 그냥 알아. 그는 악한 사람은 아니거든.

그런데 우리 명옥이……. 우리 명옥이는 지금도 음악 학원에서는 제일 알아주는 명강사인데, 물론 그 학원 학생들은 다 명옥이가 서울 음대 나온 줄 알지, 정말 걔는 바이올린의 혼을 불러내서 그 혼을 향유할 줄 아는 애거든. 학생들은 다 명옥이가 서울대학 나온 줄 안대, 그만큼 뛰어나니까, 아니 원장이 그렇게 광고했겠지. 학원가에선 다 서울대학 출신이라고 하니까, 그렇게 날리는 명강사인데도 명옥이는 삼류 대학 다니는 강사들보다 월급이 적어. 학생들은 다 명옥이한테 레슨 받으려고 새벽에 엄마들이 나와 등록하고 난리인데도 명옥이는 대졸 강사, 아무리 멍청이 같은 대졸 강사들보다도, 월급이 적어. 걔 밤에 보면 혼자 울더라. 혼자 울고 있어. 정말 줄리어드 음대 나왔다고 해도 세상 사람들이 다 믿어줄 그런 실력인데.

울지 마라, 울지 마. 나는 말하지. 울면 네 진흙 파이가 엉망이 되고 말지. 엉망이 되어 흘러내리면 자기를 잃고 말아. 울지 마, 울지 마, 진흙 아가야.

그런데 내가 왜 그때 그날 대구 지하철에 타고 있었을까? 난 지금 생각해도 이상해. 내가 조지아, 처음 너를 만났을 무렵 나는 남편을 자유롭게 풀어주려고 가정법원에 갔었어. 미국에서 건너온 서류들과 내가 준비한 서류들을 제출하고 돌아온 지 몇 달 만에 그들의 결혼 수속도 끝났다는 편지를 받았어. 남편의 언어는 차가울 정도로 공식적이고 어색할 정도로 엄숙했어.

"당신의 커다란 희생으로 나는 또 하나의 미래를 준비하게 되었소. 사실 막다른 골목에서 또 하나의 막다른 골목으로 이사 가는 것뿐인지도 모르오. 그러나 명옥이, 우리 명옥이는 하나의 새로운 미래를 가지게 될 것이오. 여기서 보니 이민 1세대야 성공했다 해도 비참하다면 비참하고 외롭다면 외로운데 이곳 1.5세대 아이들은 바르게 잘 자란 것 같소. 1.5세대 아이들은 정말 성공한 축도 많고 영어도 잘하고 적극적이고 멋있는 것 같아요. 당신은 명옥이를 그렇게도 사랑했으니 아이가 아메리칸드림을 품고 위로 커다랗게 올라가는 나무처럼 상승하는 미래를 가질 수 있도록 인내심을 가지고 축복해 주시오. 수속이 끝나 곧 영주권을 얻게 될 것이오. 그러면, 그때가 오면, 그날이 오면, 그러나…… 친자 초청에도 시간이 많이 걸린다고 하니 명옥이가 좀 기다려야만 하겠소. 그동안 당신에게 고생을 또 시켜야 하오."

그런데 그 대구 지하철 방화범이 잡혔다고? 응? 정말이야? 어떻게 그런 일이 있을 수가 있을까? 내 팔에 피멍이 시퍼렇게 아직 물들어 있는데…… 명옥이는 정말 레슨 시간에 쫓겨 끼니도 굶고 공기도 나쁜 학원에서 부엉부엉 악기를 가지고 씨름을 하는데, 아메리칸드림…… 어쩌고 하는 편지는 환각에 지나지 않지. 환각이야. 그리고 명옥이가 뭐 지금 십대 소녀야? 그렇다면야 아메리칸드림 어쩌고 하는 환각에 속아볼 수도 있겠지만 명옥이가 벌써 나이가 얼만데. 미국에 불법체류하는 그 시간부터 남편의 시계는 멈추어버린 것 같아. 자기가 떠날 때 그대로 우리 나이도 멈추어 있는 줄 알더라.

그런데 그렇게 만난 그 여자가 무서운 여자인가 봐. 그렇게 냉혹하고 계산에 밝을 수가 없대. 모르지. 착취의 방법에는 여러 가지가 있을 테니까. 하긴 미국의 국시가 기브 앤 테이크라던가? 내가 주었으니 나도 받아야지. 뭐 그런 철학이겠지? 철학은 무슨 철학, 미국 같은 나라에 뭐 철학이 있겠어? 기브 앤 테이크만 알면 되지. 기브를 했는데도 테이크 할 것을 안 주려고 하는 것이 도둑놈 심보겠지, 기브 앤 테이크 자체야 나쁘겠어? 왜? 모르겠어. 판단 중지야. 왜? 요즈음엔 판단 중지가 너무 많아서 오히려 생각을 안 하고 살아도 돼.

잠깐, 회사 전화가 온다. 항아리를 나가야겠네. 전화 좀 받고 또 이야기하자.

입이 고픈 시간.

마음이 고픈 시간.

위장이 고픈 시간.

입이 고픈 시간.

창자 속의 회가 동하는 것처럼 우울이 발광하는 시간.

카시오페이아와 손님의 대화는 서로를 어루만질 수 있다. 귀신과 귀신의 대화에 가까운 그 말은 하염없이 서로의 아픈 데를 만져주고 외로운 데를 따스하게 만들어줄 수 있다. 쓰레기 같은 카시오페이아와 쓰레기 같은 그 남자의 대화는 애잔한 혀의 무도회다. 부드러운 혀, 미친 혀, 광폭한 혀, 빙빙 도는 혀, 춤추는 혀, 이마를 짚는 혀, 머리를 쓰다듬는 혀, 술과 용연향 향기가 복도 굽이굽이 넘쳐 흘러나는 혀, 골짜기 속을 헤매는 혀, 산자락 밑에서 우는 혀, 육으로 만든 언덕 등성이에서 금빛 하프를 뜯는 혀, 몇천 겹 나부끼는 양귀비가 하아얀 사발 위로 흩어지는 혀……

나, 스펀지야. 얘, 조지아, 너 카시오페이아. 너희들은 왜 요즘 '십자매 팬티'에 나오지 않니? 너희들이 안 나오니까 나하고 안드로메다하고 우물 속으로 가라앉는 것 같아. '십자매 팬티'는 항상 '왕십리'에 있어. 비 오는 곳은 항상 '왕십리'잖아. 우물 속으로 떨어지는 빗소리, 들어봤니? 그러나 바깥은 대도시의 소음으로 가득 차 있어. 이 도시의 모서리는 밤이면 취객들의 왕래로 가득 차고 술 먹고 거리에 앉아 있거나 누워 있는 사람들이 많아. 그래서 심야엔 아리랑치기가 빈번하게 일어나는 그런 곳이지. 그러나 이 내부는 괴괴할 정도로 조용해. 가게 셔터를 내리고 그 좁은 방에서 코가 닿을 듯이 둘이 마주 앉아 인형을 만들고 있으면 인형 뼈 맞추는 소리만 또각또각 들리고 하나하나 인형 관절뼈를 맞추는 우리의 일이 귀신 작업처럼 느껴져. 탁자 위에 쌓아놓은 인형 얼굴이며 팔 다리 어깨 손가락 발목 발가락, 금발 머리, 검은 머리, 핑크 머리, 파란 머리들이 흩어져 있을 때면 정말 귀신 집처럼 보이지. 그러나 우리가 팔 다리 어깨 허리 뼈를 다 맞추고 그 위에 얼굴을 세우고 손가락 발가락 관절들을 다 맞추고 머리카락들을 붙이고 예쁜 코스튬까지 입히고 나면 하나하나가 얼마나 예쁘고 신기한지. 인형들이 주욱 늘어서 있는 이 방은 공원묘지처럼 보이지만 그것들에게 갖가지 사랑스러운 포즈를 주욱 주고 나면 얼마나 신기한지 몰라. 다들 자식같이 느껴져. 그러나 이것들이 말을 못한다는 점에서 내 아이들보다 더 귀엽기도 하지. 아이들은 입만 열면 반항을 하잖아.

안드로메다, 약국에 있는 모든 약을 다 먹어도 병을 고칠 수 없는 안드로메다가 요새도 너무 힘들어서 금요일 저녁에 나와도 일에 진척이 없어. 천식 기운이 요사이는 너무 심해서 기침만 하다가 돌아가지. 그래도 안드로메다, 약국에 있는 모든 약을 다 먹어도 고칠 수 없는 병을 가진 안드로메다는 인형을 만들어야 밥을 먹는데 그렇게 진행이 어려우니 걱정이야. 안드로메다가 십자매 팬티를 만들었던 때를 기억하니? 우리가 맨 처음 인형과 인형 옷 등을 만드는 일을 시작하게 된 것이 십자매 팬티에서부터잖아. 그래서 지금 가게 이름도 '십자매 팬티'로 붙인 거지만. 아파트 사람들이 베란다에 새장을 놓고 십자매를 기르는데 그러면 나무와 나무 사이를 날아다니는 십자매 때문에 숲 속의 정취가 난다고 한때 십자매 기르기가 유행이었잖아. 그런데 배설물을 아무 데나 싸서 집 안을 어지럽히기 때문에 걱정이라는 말을 들은 안드로메다가 십자매 팬티를 만들어본 것이 우리 사업의 독창적인 시작이니까. 십자매에 팬티를 입혀 자유롭게 집 안을 날아다니게 하자 깊은 숲 속처럼 분위기가 너무 좋다고 아파트 사람들이 광적으로 십자매 팬티를 샀잖아. 그게 그렇게 붐을 일으켰잖아. 그때 참 귀여운 십자매 팬티 많이 만들어 팔았지. 돈도 좀 만들었지. 안드로메다도 그때가 좋았지. 아들도 어렸고 아직 정신 이상 증세를 보이지 않았잖아.

어제도 안드로메다 아들은 왜 자기 눈썹을 없앴느냐고 씨도 안 먹힐 말을 몇 시간씩 늘어놓더니 급기야 엄마 얼굴을 쥐어뜯으며 마구 여기 저기를 구타하기 시작하더라. 주먹으로 얼굴을 치고 발로 차고 마구 목을 졸라. 안드로메다의 눈썹을 마구 뽑다가 눈썹 주위를 마구 짓이기면서 허우적대는 엄마를 죽어라 때리더니 급기야 땅바닥에 쓰러뜨려서 모가지를 발로 척, 누르는 거야. 숨이 막혀 죽게 된 안드로메다가 젖 먹던 힘을 다해 아들을 밀쳤어. 내가 막으려고 해보았지만 그 애의 힘을 당해 내진 못해. 나도 가게 유리창에 부딪쳐 허리를 다쳤는걸? 그래도 내가 막 밀치고 안드로메다의 모가지를 누른 발길을 빼내려고 하니까 금세 호주머니에서 손전화기를 꺼내더니 엄마가 자기 목을 졸라 죽이려고 한다고 경찰에 신고를 하는 거야. 경찰은 처음엔 엄마가 아들을 죽이려고 목을 졸랐다고 하니까 존속 상해? 하면서 경청하는 거야. 요즈음 왜 우울증 때문에 자기 아이들 죽이고 자기도 죽으려다가 엄마는 미수에 그친 사건이 더러 있었잖아. 주변에서는 그 애 엄마가 우울증이라는 사실을 전혀 알지 못했다고 하지? 그런데 아들의 말이 진행될수록 그가 정상이 아니라는 것을 알게 되지. 씩 웃으며 안드로메다의 아들을 정신병원으로 끌고 가지. 사이렌 소리가 울리고 구급대가 와서 안드로메다의 아들을 실어 가고 나는 또 그녀의 눈물에 흡수되어 무거운 스펀지가 되고 말아.

약국의 약을 다 먹어도 고칠 수 없는 병을 가진 안드로메다, 그녀의 아들을 정신병원으로 보내고 나는 집으로 들어갔어. 온몸이 허물어질 것처럼 흐물흐물했지. 집에는 새어머니가 또 거실에 누워 계시지. 효는 그녀의 독점 품목이야. 효의 담론을 쥐고 있는 한 삼강오륜과 풍습과 저널리즘이 모두 그녀의 보호자야. 언젠가 빌 게이츠의 마이크로소프트가 독점 금지법을 어겼다고 하여 재판에 회부되었다가 패소하여 엄청난 벌금을 물고 회사를 쪼개라는 판결을 받았을 때 빌 클린턴이 이렇게 말한 것을 나는 기억하지.

"우리는 한 사람의 빌 케이츠보다는 수천, 수만의 빌 게이츠를 원한다. 한 사람의 빌 게이츠가 시장을 독점하는 것을 내버려둔다면 수천, 수만의 미래의 빌 게이츠가 죽게 되기 때문에 우리는 마이크로소프트사의 독점을 용납할 수 없으며 대법원의 판결을 긍정한다."

나는 독점을 반대한 클린턴을 좋아했었어. 그것이 어떤 독점이든지, 독점이란 나쁘지. 게다가 진리를, 진리라는 것을 누구 한 사람이 독점한다는 것처럼 나쁜 것은 없어. 클린턴의 극점에 서 있는 분이 바로 당신이지. 나는 피식, 웃음이 나오고 말아. 어머니를 클린턴에 비교한다는 자체가 좀 부당하다고 생각되기 때문이야. 더구나 어머니는 섹스 스캔들 때문에 클린턴을 금발의 동물로 보고 있거든. 인륜을 어긴 놈. 금발, 아니 백발의 푸른 눈을 한 짐승. 그렇게 인륜은 언제나 어머니의 편이야. 지엄하신 효의 병풍을 머리 위에 거느리고 어머니는 그렇게 하루 종일 거실에 누워 텔레비전을 시청하신다.

"내가 친엄마면 너희들이 이렇게 하겠느냐?" 이 담론은 힘이 세다. 사실 무얼 그렇게 잘못한 일이 없는데도 이 말은 누구나 그녀의 발 앞에 엎드리고 말게 하는 위력을 가지고 있지. 이상하게도 이 말엔 사람의 가슴을 찌르는 데가 있어. 우리 형제들의 마음속엔 고생스러웠던 시절 급환으로 일찍 돌아가신 생모에 대한 절절한 그리움이 있거든. 그 절절한 그리움, 천하에 사무치는 애절한 사랑 때문에, '아아, 만일 엄마가 살아만 계신다면 나는 가슴살이라도 베어서 엄마를 드렸을 거야. 꿈에도 그리운 어머니'라고 생각하고 있기 때문에, "내가 친엄마라면 너희들이 이렇게 하겠느냐?"라는 말에 선뜻 비수에 찔린 것처럼 피가 철철 흘러내리는 거야. 그렇게 해서 천륜과 인륜은 마냥 어머니의 편이 되었어.

칠순이 넘었는데도 그녀의 얼굴은 정말 수레국화처럼 아름답지. 처녀 때 다녔던 학교에서도 6월의 미녀로 뽑혔다는 당신. 저 남쪽 지방에서 생산되는 유명했던 소주 공장의 사장 딸로 태어난 당신. 화려한 당신. 없는 것 없이 자라나 결핍이라고는 절대로 못 참는 당신. 모든 풍속적 담론까지 독점하고 있는 당신.

동생 연수의 시어머니도 그랬어. 그 아이는 왕산 이씨 16대 독자獨子의 집으로 시집간 지 4년 만에 결혼생활에 종지부를 찍었잖아. 결혼 초 연수의 남편은 박사 과정 공부를 하느라고 경제력이 없었고 신당동에 있는 27평짜리 개인 주택이 그와 어머니가 가진 전 재산이었어. 연수는 두 팔을 걷어붙이고 남편이 공부할 동안 살림을 살겠다고 나섰고 중고생들에게 수학이며 영어, 국어 개인 교습을 하여 간신히 생활을 꾸려가고 있었지. 그런 와중에서도 법도에 바른 그 시어머니는 삼시 세끼 식사를 며느리의 손으로 받아야 했고 시시 철철이 한약을 드셔야 했어.

"언니, 책상이 밥상 위에 있다고 생각해? 밥상이 책상 위에 있어야 한다고 생각해? 둘 중 하나를 딱 고를 순 없지만 책상이 밥상 위에 올라앉아 있는 건 정말 힘들어. 책상이 밥상보다 초월적 가치를 가졌다……? 남자의 책상은 여자의 밥상보다 더 절대적 가치를 가지고 군림해도 좋다……?"

만삭의 몸으로 과외 교습을 하러 이 동네 저 동네로 다니다가 급기야 택시 안에서 피를 쏟고 유산을 하고 만 것이 두 번이나 되었지. 두 번째 유산을 하던 날 연수는 피 묻은 옷을 입고 친정이라고 우리 집으로 기어 들어왔지. 자기 남편의 집으로, 아니 시어머니의 집으로 갈 수가 없더래. 유산한 몸으로 집에 들어가서 낙태했다는 비난을 들으며 부엌에서 밥까지 해야 할 그것이 너무도 두렵더래.

"언니. 내가 밥하기가 무서워서 집을 나왔다면 누가 믿겠어? 하혈을 한 몸으로 부엌에 들어가 김치며 된장찌개를 끓일 나 자신이 무섭고 싫어서 다신 들어갈 수가 없는 거야. 시어머니는 이 집은 보통 집이 아니다. 왕산 이씨 16대 독자의 집이다. 손이 귀한 집인데 허구한 날 피를 쏟는 대체 너는 어떻게 된 애냐고…… 또 그렇게 말하실 분이란 말이야."

연수는 독하게 마음먹고 미국 유학을 갔고 갖은 고생 끝에 박사 학위를 받아 이젠 캘리포니아의 작은 커뮤니티 칼리지에서 여성복지학을 가르치는 교수가 되었어. 그래도 우리 새어머니는 연수를 비난해. 그 집 귀신이 되지 못한 것 자체가 연수의 결함이라는 거야. "연수가 그 집 귀신 안 되기가 얼마나 다행이에요?"라고 그녀에게 대꾸하면 그녀는 지금도 여전히 자신의 견해를 고수할 뿐이야. 어머니는 여전히 그 집 귀신 담론을 진리로 떠받들고 있지. 엄마, 나는 정말 귀신처럼 살고 있어요…… 나는 꿈속의 생모에게 대들지. 머리를 마구 풀어헤치며 발악하듯 대들어. 그 집 귀신이 되지 않기로 결행한 연수가 난 부러워요. 연수는 능력이 있지요. 그러나 난 아무 능력도 없고 새 팬티나 인형이나 만들고 있으니…….

연수야, 넌 그렇게…… 이제, 어차피, 잘되었어…… 그러나 백인 혼혈아를 낳았다니 어떻게 된 거야? 아기 아빠는 누구야? 아니, 넌 그리

쉽게 다시 결혼이라는 제도를 받아들일 순 없을 거야. 연수야, 그래도 아무리 미국이라 하지만 미혼모 되기를 결심하기까지가 쉬웠겠어? 어떻게 된 건지? 그 남자가 아이를 책임지지 않겠대? 네 아이는 아버지를 모른 채 ET처럼 자신의 근원을 모르고 그렇게 해서 어떻게 되는 거야? 하긴 꼭 아버지만이 근원이고 원천인 것은 아니야. 그래도 그 아이가 자랄 때 도저히 채워질 수 없는 결핍을…… 아니, 난 모르겠어…… 캐롤린……? 보고 싶다. 그런데 안드로메다의 아들을 보면 아버지 없다는 것이 그렇게 큰 장애를 일으키나? 세상의 담론에 동의하고 싶은 생각은 없지만 안드로메다 아들을 보면 아버지 없이 양육된다는 것이 보통 일은 아닌 거 같더라. 그 아이가 관계 형성 결핍으로 성격 장애를 보인다는 거야. 정신병은 아니래. 캐롤린? 너의 성을 땄다고 했지? 네가 사는 방식에 전적으로 동의할 순 없지만 적어도 네가 귀신의 생활을 벗어났다는 것만은 인정할 수 있고 축복해 주고 싶어. 그건 잘된 거야. 네 책상을 밥상으로 삼을 수 있으니 넌 위대한 여인이고…….

유선 방송이 당신의 탯줄이다. 당신은 하루 종일 누워서 모든 수발을 시키며 수십 개가 넘는 채널을 빙빙 돌려가며 방송을 시청한다. 모르는 것이 없는 당신. 그래서 매일매일 더 유식해져만 가는 당신. 새로운 시대의 패륜의 흐름을 통탄하고 그에 따른 인류의 필요성을 누구보다도 강조하는 당신. 남편은 말했다.

"난 말이야, 정말 맏사위 노릇 하기 힘들어서 견딜 수가 없어. 당신 어머니는 어쩌면 저렇게 이기적인 분일까. 당신 오빠들도 그래. 그래도 아들들인데 아무리 계모라고 해도 자기 집으로 모셔 가지 않고. 우리 엄마는 내가 밖에 나갈 때면 미소를 지으며 하염없이 문간에서 나를 바라보곤 했었지. 밤에 공부하다가 배고프다고 하면 그 깊고 어두운 재래식 부엌에서도 싫다 않고 잔치국수를 만들어다가 쟁반에 받쳐 얼른 먹여주던 분이야. 그 쟁반엔 열대 과일들이 그려져 있었는데. 난 그 따스한 쟁반을 지금도 잊을 수가 없어. 그런 어머니를 보다가 당신 어머니를 보면 정말이지 미칠 것만 같아서……."

어머니가 만들어주던 잔치국수는 당신의 토템, 아니 당신의 패티시지. 잔치국수를 만들어주지 않는 장모. 제때에 빨리빨리 잔치국수를 만들지 못하는 아내. 그래서 당신은 맏사위 노릇이 힘들어서 밖으로 나돌기만 하고 가정을 돌보지 않는다. 그래도 당신은 당당할 수 있다. 잔치국수를 말아주지 않는 장모의 맏사위라는 알리바이를 나한테 쳐들 수 있기 때문에.

이 작은 9평짜리 가겟방, 거리를 오가는 사람들을 바라다볼 수 있는 이 모퉁이 가게 자리를 바라보았을 때 난 문득 태胎자리란 말을 생각했어. 아주 어린 시절부터 사실 난 집을 잃어버렸었거든. 사업을 하던 아버지가 부도가 나서 잠적해 버린 뒤 집안은 엉망으로 무너져버렸어. 날마다 빚쟁이들이 안방에 쳐들어와 패물이며 장롱이며 피아노며 아이들 책상이며 심지어 쌀독에까지 붉은 딱지를 붙이고 패악을 부렸지. 그런 충격의 세월 속에 생모는 심장병으로 온몸이 퉁퉁 부어오르고 또 자궁으로 피를 쏟으며 몇 달을 앓다가 그만 돌아가시고 말았지. 부모 없는 우리들은 여기저기 흩어져 먼 친척의 이 집 저 집으로 보내져 애보개도 하고 빨래도 하고 신문 배달도 하며 아이들이 할 수 있는 모든 일을 다 하며 학교나마 근근이 다니고 있었어. 내 이름이 스펀지인 게 달리 그런 게 아니고 어릴 때부터 하도 눈물을 흘려서 가슴이 물 먹은 스펀지처럼 되어서 그래.

은신 중에 지금의 새어머니 되시는 분을 사업상 만난 아버지는 그 미모와 능력에 반해 살림을 차려 함께 살았대. 몇 년이 지난 후 여기저기 친척집에 흩어져 드난살이 비슷한 삶을 살고 있던 자식들을 한데 규합한 아버지 옆에는 수레국화처럼 씻은 듯한 얼굴에 고급스러운 패물을 몸에 잔뜩 지닌 지금의 어머니가 계셨어. 그 다음 이야기는 알고 싶지도 않고 알지도 못해. 다만 그녀가 나의 새어머니가 되었다는 것만을 기억해. 《장화홍련전》 같은 옛날이야기 속의 계모란 모두 가부장 사회에서 악역을 여성에게 맡기려고 했던 남성중심주의적 여성 왜곡이라고 생각하려고 했던 나에게 어머니의 존재는 무언가 이론만으로 해결할 수 없는 인간성의 문제에 대한 숙제를 남겼어.

　이민을 가고 싶었지만 가지 못한 오빠에게는 깊은 병이 생겼지. 키가 크고 마르면 기흉氣胸이란 병에 약하다는 말을 들은 적이 있는데 그가 기흉에 걸린 거야. 조금만 신경을 쓰면 폐 윗부분의 공기압이 높아지면서 허파 꽈리가 터지고 기흉이 생겨. 폐의 표면에 공기구멍이 뚫리면서 폐와 흉벽 사이에 공기가 차는 병이지. 그는 곧잘 가슴 통증을 호소하며 호흡 곤란에 씩씩거리곤 해. 기흉은 그의 알리바이가 되었어. 그 역시 환자인 거야. 이런 처지를 보다 못한 친이모가 새어머니를 양로원이나 요양원으로 모시자는 말을 한 후 또 한차례 빗발치는 질타의 폭풍이 몰아쳤지. 〈나무리벌 노래〉라고? "왜 왔드냐 왜 왔드냐 자곡자곡이 피땀이라 고향 산천이 어듸메냐 황해도 신재령 나무리벌 두 몸이 김매며 사랏지요 올벼논에 다은물은 츠렁츠렁 벼자란다 신재령에도 나무리벌."

　어머니는 막내 연서를 좋아했지. 초등학교 들어가기 전부터 자신이 키웠으니 마음으로는 당신 딸이나 같다고 생각하였어. 아무 때나 막내 집으로 가고 싶으면 가셨다가 오고 싶으면 나에게 오시고 하였지. 막내는 성품도 착하지만 빈틈없는 강남 주부로 모든 일이 야무졌어. 어머니의 눈에 하나도 차지 않는 것이 없었지. 연서의 남편도 착해. 범절도 바르고 무엇보다 싹싹한 데다 대기업체의 이사로 있어 유능하고 아주 능력가야. 몇 년 전에 연서의 시아버지가 돌아가셨지. 제부의 직책도 직책이려니와 사람이 하도 자상하고 의리가 있어서 여러 사람의 신망을 사다 보니 부친상 때 문상객들이 구름같이 많이 오고 조위금도 8천 만원에 가깝게 들어왔다는 거야.

그 말을 들은 어머니의 머릿속엔 번개와도 같이 자기 보호의 영감靈感이 스쳤지. 막내 사위뿐만 아니라 다른 딸들 사위도 괜찮은 직책을 가졌으려니와 대기업 무슨 부장인 아들네까지 합하면 조위금이 얼마나 많을 것인가. 거기에 생각이 미친 그녀는 아들과 딸과 사위들을 모아 놓고 하나의 제안을 내놓았지. 항상 환자처럼 누워 있기만 하던 때와는 달리 꼿꼿하게 앉아서 당당하게 말하였어.

"내가 지금은 이렇게 재산도 없이 딸네에 구차하게 얹혀살고 있지만 옛날에는 나도 알아주는 소주 공장 창업주의 딸이요, 부모 돌아가신 후 가산이 쇠하여 지금 남동생도 가진 것이 별로 없지만 그래도 옛날 세도 하던 시절이 있었고 친정과 아는 집들이 모두 명망가요 부자들이라, 만일 내 죽거든 조위금이 만만치 않을 것이다. 그러니 이제 내가 너희들의 효를 가늠하여 임종할 집을 정하려고 하노니, 내가 거하다 죽은 집의 자식이 조위금 전액을 갖는 것으로 하며……."

이 어처구니없는 발표가 있고 난 뒤부터 그래도 자주 어머니 수발을 도와주던 올케들도 아예 발길을 끊었고 오빠들과 사위들은 모욕감과 수치심으로 괴로워했어. 그런저런 이유로 어머니는 온전히 맏딸인 내 앞에 짐 보퉁이처럼 떨어져 내려앉게 되었어. 그 뒤 우리 집은 아무도 오지 않는 집이 되었고 어머니 또한 아무에게도 갈 수 없는 신세가 되었지. 그리하여 조위금에 관심을 가진 사람은 나밖에 없다고 판명한 어머니는 나에 대한 행동거지가 완전히 달라진 거야. 상전이 하인을 대하는 위엄 있는 태도로 굳어진 것이지. 난 정말이지 어떤 때는 어머니를 택배 회사 직원을 불러서 어디 먼 곳으로 부쳐버리고 싶다니까. 아직도 그걸 못해서 우리 집 거실에는 아직 결재되지 않은 조위금 지폐들이 날아다니고 있어. 아아, 돈이구나. 이게 얼마인가? 그 돈을 잡으려고 앞치마를 입은 내가 잠자리채를 들고 팅커벨처럼 허공을 날아다니는 꿈을 꾸기도 해. 잘못 구성된 가족들. 우리는 이렇게 타인의 눈을 통해 모두 자신을 나쁘게 보는 마술에 걸려 살아가는 건지도 몰라.

안드로메다, 그 항아리 만드는 예술가의 친구 있잖아. 에로 전화방 하는 사장 말이야. 그 남자가 며칠 전 '십자매 팬티'로 찾아왔었어. 나에게 새로운 제안을 하더라. 사업상 필요해서 생각해 본 거래. 우리 둘이 관절 인형 만들면서 동시에 새로운 인형을 하나 은밀하게 만들어보는 게 어떠냐는 거야. 리얼 돌real doll이라고…… 여성 대용 인형이래. 유통망만 잘 뚫으면 수요가 엄청 폭발적일 거라고 하던데? 나도 그 제안에 솔깃했어. 요즈음 우리가 너무 수입이 없지 않니. 일하는 속도가 느리기도 하지만 말이야. 그 리얼 돌이란 미래형 더치와이프Dutch wife 라고 한대. 미국에서 개발된 것으로 할리우드 영화의 특수 메이크업에 사용되는 고급 실리콘으로 만들어지기 때문에 볼륨과 촉감 면에서 나무랄 것이 없대. 감촉과 유연성이 사람하고 똑같대.

그런데 뭐 지금은 전문적 기술이 없으니 실리콘으로까지는 아직 못하더라도 지금 우리가 만드는, 마음대로 구부러지는 관절 인형에 특수한 용도의 입과 성기를 만들어달라는 거지. 몰라, 변태들이 사용하겠지, 뭐. 생각해 보자. 관절 인형은 재료비만 해도 엄청나게 비싸기도 하고 또 너무 공력이 많이 들어가고 시간도 많이 걸리고 거기에 비한다면 몇백만 원씩 받는다 해도 가격이 비싼 것도 아니잖아. 요즈음은 재료비도 지불 못하고 인형들 안구眼球 값이랑 가발 값이랑 옷값, 액세서리 값들이 외상으로 밀려가고 있는데 한번 리얼 돌을 만들어볼까? 수입을 가지기 위해선 새로운 사업상의 도전을 받아들일 필요가 있지. 너도 아들 병원비도 벌어야 하잖아.

우리 둘이서 하다가 수요가 늘어나면 사람도 더 두고 본격적으로 만들어보는 거야. 우리나라에선 에로 산업보다 더 유망한 직종은 없다고 봐야 해. 모든 길이 에로 산업으로 통하고 있어. 끔찍할 정도로 포르노 한국이지. 끔찍한 포르노 왕국이야. 안드로메다. 우리 한번 생각해 보자, 응? 만일 하다가 사업이 잘되면 조지아하고 카시오페이아도 같이 하자고 그래야지. '십자매 팬티'를 우리 한번 키워보자. 카시오페이아는 함께 할 수 있을 것 같아. 모르지, 조지아는 어떨지 모르지만 그래도 논문 대필해 주는 거나 전화방 일보다는 이 새로운 사업이 낫지 않을까? 정직하잖아. 손으로 만들고 몸으로 직접 살아가는 것이 언어를 혹사하는 것보다는 낫지 않을까?

요즈음 우리 아이들은 집에서 거의 말을 안 해. 말을 하게 되면 남편과 나처럼, 나하고 외할머니처럼, 안드로메다하고 그 아들처럼 난폭하게 싸울까 봐 그러는 것 같아. 자기 둘이 이야기를 할 때면 수화를 한다? 얼마나 예쁜지 몰라. 수화를 하면서 차차로 얼굴이 환하게 피어오르는 것을 바라보면 정말이지 나도 마음이 얼마나 환해지는지 몰라. 열 손가락을 확 펼쳐서 머리 위에 사슴뿔처럼 올려놓는다든가 오른쪽 손바닥을 활짝 펼쳐서 왼편 가슴 위에 살풋 얹는다든가 열 개의 손가락을 서로 맞물리게 해서 가슴 위에 살풋 걸쳐놓을 때나 한 개의 손가락을 곧게 세워서 왼쪽 뺨 위에 살짝 얹을 때의 그 순결하고 고혹스러운 모습이라니 나는 정말 아이들이 너무나 예뻐서 사과처럼 한입 물어보고 싶다니까.

아마도 아담과 이브가 사과를 따 먹기 이전 그렇게 대화를 했을 거야. 사과를 먹기 이전, 죄를 모르던 시절, 아무 일도 안 해도 먹을 것이 동산에 그득하고 향기가 공기 속에 가득하고…… "사람아, 너는 진흙에서 태어났으니 언젠가 진흙으로 돌아가리라…… "라는 신의 음성을 듣기 이전. 사과를, 그 사과를 따 먹기 이전에. 물먹은 스펀지가 물먹은 스펀지가 아니고 온 몸뚱이에서 흘러내리는 진흙이 진흙인 것을 인식하지 못했던 때, 우리 몸이 진흙이라는 것을 느끼지 못하고 골격의 스탠드에 우리 몸이 견고하게 붙어 있었던 그 시절.

그 시절의 언어를 나는 아이들의 수화에서 보았어. 손가락 사이사이에서 샛노란 개나리 꽃잎 같은 금빛 무늬들이 튀어나오고 연둣빛 어린 속잎들이 눈뜨고 겹벚꽃나무 흰 분홍 꽃잎들이 펄펄 휘날리는 거야. 펄펄 휘날리는 흰 분홍 꽃잎들이 불현듯 땅을 들고 하늘로 둥실둥실 올라가는 거야. 나는 눈을 감고 말아. 세상의 모든 벚꽃이 다투어 피어나 펄펄 꽃잎이 휘날리는 시간, 그런 우화羽化의 시간. 물먹어 땅 아래로 처져 있던 스펀지 같은 몸이 아스피린처럼 사각사각 울리며 따끈하게 쏟아지는 햇빛을 받아 점점 포릉포릉해지는 거야. 물먹은 몸이 바싹바싹 건조되는 그 시간, 울던 사람들 모두 울음을 멈추고 햇빛이 몸 안에 꽉 찬 견고한 몸으로 햇빛이 하얗게 타오르는 길 위로 쏟아져 나와 서로서로 자매인 듯 그렇게 서로 마주 보며 환하게 웃을 때. 진흙 파이가 따끈따끈하게 굳는 그런 시간. 쭉 뻗은 견고한 육체로 정오의 태양을 향해 그림자 하나 없이 웃고 있는 시간. 그 시간, 어듸메냐…… 두 몸이 김매며 사랏지요…….

우·수·상·수·상·작

전 성 태

존재의 숲

1969년 전남 고흥 출생.
중앙대학교 문예창작학과 졸업.
1994년 《실천문학》 신인상에 소설 〈닭몰이〉로 등단.
창작집 《매향埋香》.
신동엽창작기금 수혜.

존재의 숲

나는 이 이야기를 문지방에 기대어 들었다.

그 오두막 뒤란이란 데가 원체 밤중 같았다. 이끼며 지네고사리가 내려와 우북하고 쥐며느리나 꼽등이, 노래기같이 축축한 벌레들이 들끓어서 문 열기도 싫었다. 더러 담배 매운 내를 몰아내느라 뒷문을 밀면 개울 넘어온 골바람이 좋기는 하였다. 어느 날부터 거기 뜰방에 동네 할머니들이 피서 삼아 찾아 앉곤 하였다. 다 살아버린 것 같은 목소리들이 둘도 되었다가 셋도 되었다가 했다. 워낙 이야기 좋아하는 나라도 좀 억울하였다. 제 방에 앉아 창호지 하나로 엿듣는 꼴이 되었으니 말이다. 일찍이 선생이 나를 이 두메로 보낼 적에 혀를 물고 귀를 씻으라는 깊은 뜻이 있었을 것이다.

졸지에 뒤란이 노인정같이 되어버렸으니 외진 방의 고적한 맛은 사라졌다. 이 무람없는 노인네들은 방에 들어 공부하는 사람은 아랑곳없이 저희들끼리 떠들고 웃고 했다. 더러는 총각 듣기 민망한 얘기를 해 놓고는 "누구 듣겠네" 웃어젖히곤 하였다. 한 나흘을 그렇게 골려대더니 "구신이 씌었나? 이 삼복더위에 방문을 처닫어놓고 살게" 하며 제법 골이 난 목소리 하나가 들려왔다. 부러 들으라는 소리 같아 나는 기침을 놓고 뒷문을 열었다. 속이 다 시원하였다.

"구신은 아니네."

노인 하나가 눈을 흘기며 말했다. 껄껄한 목소리의 노인은 문밖에서 소리친 장본인 같았다.

"아, 예전에 여기 든 청년 하나가 구신에 씌어서 미쳐 나갔다고."

그네들과는 그렇게 어울리게 되었다. 그렇다고 이 무섭고 슬픈 이야기를 뜰방을 찾은 노인네들한테만 다 들은 건 아니다. 더러 말 한마디 나누지 못하고 먼발치로만 만난 영감이라든가 동네 개라든가 숲이라든가, 하다못해 바람이나 비까지도 거들어준 이야기다. 그해 여름하고 가을 두 철을 그 문지방에 기대어 이야기를 듣고 나니 허리가 휘고 왼쪽 팔꿈치에 단단한 돌이 박여 있었다.

어떻게 왔느냐, 무슨 공부를 하느냐며 노인네들은 틈만 나면 볶듯이 했다. 그건 단순한 호기심이라기보다는 마치 오랫동안 누군가를 기다려온 사람들처럼 집요한 데가 있었다. 나는 속내를 시원히 털어놓지 못해 답답하였다. 말 못할 사연이라서 그런 건 아니었다. 우선 내 복잡한 사정을 잘 전달할 수 있을지 자신이 없었다. 나오는 말이 다 들리는 말이 되는 건 아니다. 적어도 나의 문제는 형이상학에 속한 거였다. 그렇다고 촌부들이 무지해서 그런 것을 모르리라고는 생각지 않는다. 그들은 모든 것을 몸으로 체득한 사람들이다. 단지 그것에 대해 소통할 수 있는 그네들의 언어가 따로 있다는 데 문제가 있었다. 일테면 나는 그 노인네들이 죽음과 관련한 어떤 얘기를 이렇게 하는 걸 들었다.

"그 영감 산에 올라간 지 꽤 됐지? 한 10년이 넘었을걸?"

"그렇지. 이태 전에 저 산으로 옮겨 갔으니 띠가 돌았네."

"그럼 이쪽 나이로 올해 셋인가?"

"가만있자, 남의 나이로 세 살이 맞네."

꼭 저쪽 세상 사람들이 나누는 이야기 같았다. 뒤에 알고 보니 죽은 그 영감님네 나이 여든셋이었다. 여든까지가 한 사람의 생이 닿을 수 있는 나이이고 그 뒤로 사는 건 남의 나이를 빌려다가 대신 먹는 거라고 했다. 나 자신 곧고 휘고 돌고 엎어지는 말의 묘미를 좇아 살지만 그네들의 풍성한 은유와 비유 앞에서 내 언어는 초라하였다. 어찌어찌 해서 다 이해를 시킨다고 쳐도 문제는 또 남았다. 그네들은 내 공부를 밥 안 되는 공부라고 대번에 비웃어버릴 게 뻔했다. 그래서 몸이 안 좋아서 쉬러 왔다고 둘러대고 말았다.

기왕 나온 얘기이긴 하지만 내 공부 이야기란 게 워낙 무료해서 더 해도 되는지 모르겠다. 나는 정식으로 개그맨이 되고 일곱 해를 넘겼는데도 시쳇말로 뜨지 못했다. 텔레비전에도 간간이 내비친 얼굴을 알아보는 노인네가 없을 정도였으니까. 그럼 개그맨으로서 자질이 부족했는가. 그렇지도 않았다. 나는 모 정치인의 성대모사로 풍자의 언변이 촌철살인이라는 평을 받으며 당당히 데뷔한 경력의 소유자였다. 나는 밤낮으로 정치와 세태를 풍자하는 소재를 만들고 혀에 익혔다. 그런데도 객석의 반응은 늘 신통치 않았다. 혹자는 정치가 시세없으니 그 개그인들 먹히겠느냐고 했다. 인기를 먹는 연예인이 매일 상심을 먹고 사니 모처럼의 출연 기회에서도 억지웃음만 끌어내다가 쓸쓸하게 무대를 내려와야 했다. 오죽이나 답답했으면 점쟁이를 찾았겠는가.

그를 두고 더러 사기꾼이네, 사이비네 깔아뭉개는 축들도 있었지만 점집이나 출입한 사람들한테는 그 명성이 꽤나 알려진 점쟁이였다. 이미 스물일곱이라는 어린 나이에 우주의 섭리를 달통했다는 소문도 있었다. 그를 찾아 나선 나의 심정은 위안이나 삼자는 거였다. 젊은 점쟁이라는 말은 들었지만 그가 마흔이 갓 된 사내인 것을 보고는 놀라지 않을 수 없었다. 어쨌든 신통력이 나이를 따져 드는 건 아닐 터이므로 나는 적당히 긴장하고 앉았다.

그러나 첫 대면은 실망이었다. 손님이 찾아온 연유를 알아맞히는 신통력까지는 바라지 않았더라도 적으나마 눈썰미가 있다면 내 얼굴쯤은 알아봐 주길 원했다. 그는 그저 손 안 대고 코 풀겠다는 심보로 이것저것 캐묻는 말이 더 많았다. 비감에 젖어 나는 찾아온 사연을 털어놓았다. 가만히 듣고 앉았던 그가 자신을 한번 웃겨보라고 했다. 황당하고 불쾌한 마음에,

"나는 남 웃겨주는 일로 먹고사는 사람입니다."

했지만 나는 복채 주기 아까워서, 갈고닦은 개그를 몇 개 보여주었다. 역시나 그는 무슨 심사위원처럼 앉아 입매 한쪽 씰룩이지 않았다.

"말이 입에 올랐으되 삶을 밟고 있지는 못한 형국이군요."

나는 심히 불쾌하였다. 사주점괘나 푸는 주제에 도인 흉내였던 것이다.

"내 오늘 평생 글을 다뤘다는 노인을 만났는데 그 이야기를 해드리리다."

이건 또 무슨 꿍꿍이인가 해서 나는 저절로 눈초리가 돌아갔다.

"그 노인네 평생 소원이 문장이 사라지고 이야기만 남는 글을 짓는 거라는데 그걸 못했답디다. 말에 매여서 헤어나지 못하더란 것이오. 하물며 세상을 조롱하고 비판하는 일이야 어쩌면 쉬운 일 축에 들지 모르지요. 말 다루는 사람이라니까 내 하는 말이오. 재미없더라도 더러 와서 나랑 얘기나 나눕시다."

이야기 끝에 그는 그렇게 말했다. 그의 말이 가슴에 와 닿는 바 있었다. 남 웃기는 사람이 되되 울며 웃게 하는 개그맨이 되는 게 나의 꿈이었다. 그 뒤로 가끔 그를 찾을 때마다 그는 방문객들한테서 들은 희한한 이야기를 하나씩 들려주며 내 의견을 묻곤 하였다.

"가끔 신수점이나 풀고 가는 시골 부인네가 하나 있는데 착실한 남편이 옆집 과부와 바람이 났다는군요. 담을 두고 서로 눈을 찡긋거리는 현장이 그 부인네한테 발각된 모양인데 그거야 어디 하는 말일 테고…… 아무튼 남편이라는 사내가 좀 잘았던 모양이오. 둘러댄 말이 내 눈에 귀신이 씌었는갑네, 저 여편네가 막 손짓을 한단 말이여, 했답디다. 옆집 여자는 또 얼마나 비참했겠소. 그 부인네가 셋 다 덜 다치는 방향으로 일을 수습했으면 하는데 어떻게 하면 좋겠소?"

"셋 다 덜 다치는 방향으로 말입니까?"

그는 꾹 누른 눈으로 고개를 끄덕였다.

"그냥 담에다가 구멍을 내주라 하시지요."

"그것도 재밌구려." 그는 설핏 웃었다. "그러나 아내의 다친 자존심은 어떡하오?"

"그럼 무슨 수가 있습니까? 어쨌든 하나는 뒤집어써야지요."

"나는 무당을 불러다가 굿을 하라 일러줬소. 동네 사람들 들어보소, 우리 서방이 귀신에 홀려서 옆집 여편네를 유혹했다네! 굿이란 그런 것이니까. 그 여편네 그래도 남편한테 당한 배신감이 안 풀릴 것 같다고 합디다. 그래서 벌로 한 석 달 실성한 사람 행세를 하게 해보라고 했소. 그 여편네 좋아라 하고 돌아갔습니다."

나는 웃기는 했지만 그 뜻을 헤아려서 그런 건 아니었다. 바람피운 벌로 미친 사람 행세를 시킨다는 발상이 재미있었다.

바람난 집에 굿이라, 풍경이 사뭇 기괴하였다. 나는 그 굿으로 세 사람이 어떤 이득을 볼 수 있을지 곰곰이 따져보았다. 우선 남편의 외도를 온 동네에 굿으로 까발리는 아내한테는 무슨 이득이 있을까? 바람난 두 사람을 톡톡히 유세시켰으니 분풀이는 좀 될 테고, 그 판국에 연애질은 더 못할 테니 확실하게 막음은 될 것이다. 무엇보다도 남편이 정으로 옆집 과부에게 눈을 돌린 게 아니라 미혹에 그랬다고 만방에 알림으로써 자존심을 회복할 수 있겠지. 남편이나 옆집 과부 입장에서야 잠시 우스갯감은 되겠지만 일이 그만한 선에서 매듭져 천만다행일 테고, 정분난 데서 정이 쏙 빠지니 구질구질하고 비참한 감정 따위는 어느 정도 덜리라. 그제야 무릎이 탁 쳐지게 웃음이 나왔다.

"선생, 해학은 어떻게 얻을 수 있습니까?"

어느덧 나는 그를 선생으로 부르며 제법 진지해져 있었다.

"글쎄올시다. 캄캄한 삶을 밟아야겠지요. 그러면 말이 자연히 따르지 않겠소? 요새 사람들, 캄캄한 이야기를 싫어할 것 같지만 실상은 없어서 못 듣는 것이리다."

"그럼 흔한 말로 진창에서 구르며 겪어봐야 한단 말입니까?"

"나는 그 말을 안 믿소. 자기 연민은 공연히 억지가 되기 십상이지. 그저 남 이야기나 재미나게 듣는 수밖에. 절실하면 남 얘기가 내 얘기가 되는 것 아니겠소?"

"이야기를 주워야 한다는 말씀인 것 같은데 그런 좋은 데가 있습니까?"

"나야 여기서 줍고 있소. 날마다 기막힌 사연들이 이 책상머리에서 풀어지지요. 난 스물일곱에 어느 북쪽 골짜기에 들었다가 큰 별똥을 주워온 적이 있소. 그 뒤로 남 이야기 듣는 재미로 이렇게 살고 있고."

그는 영문 모를 소리만 해댔다. 별똥을 주워 오다니 무슨 큰 이야기를 주워 왔단 말인가.

"거기가 어딥니까?"

내 물음에 대답은 않고 그는 그저 그늘 비낀 얼굴로 웃기만 하였다.

그와의 교류가 한 석 달이나 지났을 무렵, 그가 약도 한 장을 그려주며 말했다.

"별똥이 많이 떨어진 골짜기니 재수 좋으면 하나쯤 주울 수도 있겠지만 욕심은 내지 마오. 오랫동안 말에 시달렸으니 그저 입 닫고 명상이나 하다 오든지."

이제 해야 할 이야기는, 그러니까 이 오두막에서 홀로 살다 간 실성한 어느 여인네와 그네의 아들 이야기다. 여인네 죽고 이태쯤 지나서 한 청년이 바람처럼 찾아와 한 서너 달 지내다가 갔다고 한다. 7년도 더 된 이야기다. 그 청년을 두고 죽은 여자의 아들이라 이르는 이는 아무도 없었다. 이야기를 꿰어가다 보니 맥락이 그렇게 잡혔을 뿐이다.

노인네들의 이야기를 들으며 제일 곤혹스러운 건 무시로 말에 얹히는 지명들이었다. 무바우골, 절골, 지름바우등, 큰재, 재미테, 시느커리, 생마골, 이끼바우, 무골, 된등, 촛대뱅이, 고무닥골, 관음골, 여우골 하는 지금은 사라지고 이름만 남은 산 너머 화전민촌이었다. 화전민들은 정확한 위치를 공유하기 위해 유달리 지명 짓기에 집착했다는 이야기를 어디에선가 읽은 기억이 났다.

두루 그 어미를 부르는 호칭이 여끌댁이었다. 그이는 원래 이 골짜기 사람이 아니라 산 너머 여우골에서 나온 사람이었다. 부르기 좋게 여끌댁이 된 듯하였다. 여우골은 화전 부치던 사람들도 깊다고 하는 그런 외진 데였다. 그 여편네 복이 없어서 갓난애 하나 둔 새댁 나이에 서방을 병마에 잃었다. 스물넷이나 나이 많은 무바우골 농부가 쟁기질 같은 거친 일을 해주고 소실로 거두었다. 화전민들이 하나 둘 산 밖으로 나앉을 때 소실댁도 영감을 따라 이 마을로 왔다. 그때부터는 본처와 한 지붕 아래에서 지냈다. 영감 살아 있을 때는 두 여편네가 서로 투덕거리기도 했지만 영감 보내고 난 뒤에는 자매간처럼 서로 위하며 지냈다. 본처마저 혈압으로 쓰러지자 그 병시중을 다 해주었는데 누운 지 다섯 해 만에 본처가 돌아가시자 영감 곁자리를 내주었다.

여꼴댁에게 별호가 있었으니 뻥쟁이 할멈이었다. 두 됫박 말이 그 집에 들면 두 말이 되더라고 했다. '여꼴댁 거짓말 두 말' 이라는 말이 근동의 속담이 되어 회자될 정도였다. 여꼴댁 생애 최고의 뻥은 무장간첩 허위신고 사건이었다. 무장공비가 두 명이나 집에 들어 솥에 남은 죽을 퍼먹고 내뺐다는 여꼴댁의 제보를 처음 접했을 때, 마을 사람 누구 하나 그네를 의심하지 않았다. 무장공비 하면 온 나라가 발칵 뒤집히고, 전 국민이 일손을 놓다시피 텔레비전 수상기 앞으로 몰리던 시국이었다.

여꼴댁과 이 골짜기 마을이 며칠 동안 뉴스를 도배하다시피 했다. 가을볕이 토방을 두드리고 있는 추레한 오두막. 연달아 카메라는 굴진이 시커멓게 엉겨 동굴 같은 부엌으로 돌진했다. 죽그릇으로 사용한 보온 밥통 속 용기가 화면을 가득 채웠다. 찌그러진 그릇 안에는 검붉게 엉겨 붙은 팥죽 자국이 선명하게 남아 있었다. 카메라는 사진을 박듯 그 그릇을 꽤나 오랫동안 들여다보았다. 이어서 붉은 담요와 베개가 지저분하게 뭉킨 안방 아랫목, 그리고 도주로를 지목하는 여꼴댁의 손길을 따라 집 곁의 옥수수 밭과 숲이 연달아 펼쳐졌다.

주민들은 마을과 전답을 군인들에게 내주고 출입도 삼간 채 무장공비가 하루바삐 잡히기만을 기다렸다. 그들은 수색작전의 진척에 귀를 기울였고, 간첩신고자에게 주어진다는 기천만 원의 보상금을 입에 올리곤 했다. 연일 계속된 수색에도 불구하고 발자국 하나 찾아내지 못하고 나흘을 넘기자 비로소 주민들은 신고의 진의를 의심하기 시작했다.

군경軍警이 주민들을 상대로 여꼴댁에 대한 시시콜콜한 정보를 탐문하고 다녔다. 뒷산을 이 잡듯 뒤지던 군인들과 헬기, 그리고 밭둑까지 차고앉은 방송국 중계차들이 철수하던 날 드디어 여꼴댁은 읍내 경찰서로 잡혀갔다.

"우리 새끼 보라고, 에미 이리 사는 거 어디서 보고 혹시나 올까 해서 그랬소. 하, 후회시럽소. 일이 이리 된 건 하나도 안 부끄럽소만 아들 생각하니까 인제 왜 그랬나 싶은 것이…… 형사 양반도 그 죽그릇 보셨소? 내가 그 아이라도 정나미 떨어져서 안 올 것이요."

보상금 탐나서 한 짓에 자식 핑계 댄다고 사람들은 분개했다. 여꼴댁은 보름 남짓 구류를 살았다. 그동안 마을에서는 주민회의를 해서 여꼴댁을 동네에서 내보내기로 결정했다. 그러나 그네가 다 죽게 된 물송장이 되어 돌아옴으로써 그 계획은 수포로 돌아갔다. 고등학교 다니는 이장네 작은아들이 푹 젖은 여꼴댁을 자전거에 싣고 나타났다. 학교에서 돌아오는 길에 개울로 뛰어드는 그네를 발견하고 건져오는 길이라고 했다. 노인네들은 그 자살미수 건도 다 꾸민 일일 거라며 혀를 찼다.

그렇게 다시 눌러앉았으나 사람들은 별로 취급을 안 해줬다. 혼자 돌며 들일을 하고 조용히 살았다. 죽기 다섯 해 전에는 실성을 해서 산에 불을 지르기도 했다. 동네에 돌봐줄 이 없이 혼자 사는 풍 맞은 영감이 있었는데, 여꼴댁이 조석으로 드나들며 밥상도 봐주고 요강도 닦아주며 지냈다. 그 역시 자기 영감으로 착각한 그 실성기로 그랬으리라 한다. 하루 낮에 밤 주우러 산 너머 골짜기로 간다던 그녀는 돌아오지 않았다. 실종되고 나흘 만에 여우골에서 시신으로 발견되었는데 사람들은 수구초심이라 하였다. 망자 당년 71세였다.

이태 뒤에 바람처럼 나타났다는 그 청년이 아들이었음에 틀림없다. 그는 신분을 못 드러내고 골짜기에서 어미의 흔적을 찾으려 애썼던 모

양이다. 많은 빈집 중에 하필 찾아든 집이 여꼴댁의 오두막이었을 거
며, 하고많은 이야기 중에 유독 귀를 세우는 말이 여꼴댁 얘기였을 것
인가. 청년은 주민들도 발길을 끊은 산 너머 화전민촌을 사흘이 멀다
하고 드나들었다고 한다. 오두막 처마에 매달린 해묵은 씨옥수수자루
를 본 청년이 소리 죽여 우는 모습을 보았다는 노인네도 있었다.

그는 세상 끝으로 가는 심정으로 이 골짜기에 들었을 것이다. 버스
정류장에서는 바로 지척으로 보이던 마을이 막상 걷다 보니 멀었을 테
고, 군부대를 만나 그도 나처럼 군인에게 길을 물었는지 모른다. 북쪽
골짜기를 향해 그는 나락이 패기 시작한 들판을 가로지르고 다리를 건
넜을 것이다.

골짜기 오르막길에 펼쳐진 옥수수 밭을 보고 하, 그도 한숨을 쉬었을
라나. 수꽃을 올린 키 큰 옥수수나무들이 촘촘하게 숲을 이뤄 밭가를
지날 때면 갈대밭에라도 든 것처럼 시야가 좁아졌다. 밭머리에서는 어
김없이 축사 딸린 농가가 나왔다. 열댓 가구쯤 되는 농가들이 골짜기
양지바른 곳을 찾아 띄엄띄엄 앉아 있었다. 하나같이 지붕 개량을 한
뒤로 전혀 손을 안 본 집들처럼 낡고 볼품없어서 다 사람이 들어 사는
집인지 의문스러웠다.

이십여 분 골짜기를 더듬어 오르자 산마루가 바짝 다가와 마을이 끝
나는가 싶더니 서쪽 골짜기에서 개가 짖었다. 개 든 집은 안 보이고 아
름드리 밤나무 한 그루가 언덕바지에 한껏 벌어져 있었다. 나는 밤나무
를 찾으라는 선생의 말을 상기했다. 선생의 말대로라면 그 아래 어디쯤
낮은 슬레이트 지붕이 하나 있을 거였다. 알밤을 한 가마니는 줍는다는
선생의 말처럼 제법 밤송이도 달려 있었는데 모르긴 해도 이 마을에서
는 가장 늙고 큰 나무가 아닐까 싶었다.

누렁이 한 마리가 나타나서 어찌나 으르렁대는지 나는 길에서 나뭇

가지를 집어 들고 걸어야 했다. 빈집이라고 들었으니 풀어놓고 기르는 동네 개인 모양이었다. 내가 오두막에 이를 때까지 개는 일정한 거리를 두고 뒷걸음질 치며 짖어대더니 옥수수 밭으로 숨어 들어갔다.

묘하게도 그날 내가 마을에서 만난 주민은 단둘뿐이었다. 둘 다 노인이었는데 만났다기보다는 먼발치로 그저 바라본 것이나 다름없었다. 골짜기를 반이나 올랐을 때 나는 머리 허연 할머니 하나가 채마밭 울타리의 고욤나무에 사다리를 세우고 올라서 있는 것을 보았다. 노인은 고욤나무 둥치에 매달려서 톱질에 열중이었는데 볕을 가리고 선 나뭇가지를 치는 모양이었다. 그 일을 며칠째 하고 있는지 잎이 시든 나뭇가지들이 밭둑에 수북했다. 다음으로 만난 주민은 풍에 걸린 영감님이었다. 노인은 고추밭과 콩밭 사이로 난 농로에서 지팡이를 짚고 몽그작이고 있었다. 무슨 로봇처럼 한 발 한 발 내딛는 걸음걸이가 힘들고 위태로워 보였다. 주위에 농가가 없는 것으로 보아 노인은 그 걸음새로 오래전에 집을 나선 것 같았다. 그것은 운동이라기보다 무슨 형벌 같았다. 그 광경을 멀리서 지켜보던 나는 혐오감이 치밀었다. 사지가 뒤틀린 노인에 대해서라기보다는 노인을 뙤약볕에 나서게 한 그 악착같은 생의 집착에 불현듯 반감이 들었는지도 모른다.

그들 외에 달리 만난 주민은 없었다. 해가 서쪽으로 기운 지 한참 되었기 때문에 농부들이 더위를 피해 오두막에 들었다고는 보기 어려웠다. 마을이 그처럼 괴괴한 데다가 만난 두 노인네마저도 그 모양이어서 이 골짜기가 비현실적인 공간으로 여겨질 정도였다.

지내면서 알게 된 사실인데, 인근에 골프장이 새로 들어서서 주민들이 봄부터 거기로 잔디 심는 일을 다니고 있다는 거였다. 골짜기는 저녁 무렵이나 되어야 사람 사는 동네같이 시끄러워졌다. 옥수수 밭 너머로 소 몰아가는 소리가 들리고 여물 쑤는 연기로 골짜기가 자욱해졌다.

부식차도 해 질 녘에 뽕짝 가락을 울리며 올라왔다.

며칠 뒤 이장이라는 고씨가 찾아왔다. 그날은 온종일 비가 내렸다. 전날 나는 마당에 우북한 망초며 강아지풀을 맸다. 날벌레 꼬이고 정신 산란해도 웬만하면 그냥 지내려고 했던 것인데 무슨 마음이 동했는지 무심코 풀 한 포기 뽑아 든 일이 그만 마당 소제로 커져버렸다. 굳은 땅에 뿌리내린 풀들이라 여간해선 잘 뽑히지 않았다. 때로는 삽질을 해야 할 정도였다. 풀뿌리에서는 조개껍데기처럼 썩은 밤톨들이 묻어 올라왔다. 풀매기를 마친 마당은 마치 갈아엎은 밭 같았는데 비가 오자 잔잔해졌다. 점심을 먹고 설핏 낮잠이 들었을 때 고씨가 찾아왔다. 이장이라고 밝힌 중늙은이는 비에 쫓기듯 성큼 방으로 들어와 벽에 기대고 앉았다.

"죄다 골프장으로 일들을 나가서 되게 심심할 거요. 일당이 4만 5천 원이라 젠장, 농사는 부업이 되었소. 나락 바심 때나 돼야 끝난다는데……."

고씨는 오랫동안 혼자 이야기했다. 이웃에 놀러 온 사람처럼 너무 자연스러워서 이상할 정도였다. 그는 객지생활도 해보았고 파월 용사에다가 한때는 한우를 삼십 두나 길러 재미를 본 적이 있다고 말했다. 주로 젊었을 적 이야기였다.

"다 역마살 씐 소싯적 이야기지만 내 그때는 피가 끓어 이 골짜기를 못 견디겠는 거라. 농한기 정월에 동무하고 둘이서 먼 눈길을 걸어 장락골 탄광으로 갔지. 막사마다 전국에서 몰려온 장정들로 바글바글했지. 꽁꽁 언 날씨에 궤도차를 갱에서 몰고 나오면 쇠바퀴에 맺힌 물방울이 차가운 레일에 닿아서 바로 얼어붙어. 그러면 두 사람이 밀어도 꿈쩍 안 해. 젠장, 기껏 하루 품삯 270원 받자고 하는 고된 일에 몸이 성해나간."

그의 이야기는 또 맥락 없이 자신이 폐병 걸린 이야기로 넘어갔다. 아마 그는 내가 몸이 안 좋아서 왔다는 소리를 어디서 들은 모양이었다. 그때 병들어 돌아왔지만 돈은 좀 모아서 오두막 곁의 옥수수 밭도 장만했다. 고씨가 가끔 담뱃불을 붙이려고 말을 멈추는 동안 뒷문으로 비에 수런거리는 옥수숫잎 소리가 들려왔다. 뒷문 창호지가 아래부터 젖어 올라왔다.

"내 폐병은 어머니가 다 고쳐놨는데 뱀이네 지렁이네 안 먹어본 게 없다니까. 오죽했으면 뒷간 구더기까지 먹었지. 거 어떻게 먹는 줄 아쇼? 장 담그는 큰 독 있잖소? 거 독에다가 똥개를 한 마리 잡아서 넣고 뒷간 뒤에 놔둔단 말이오. 한 열흘도 안 돼서 독에 구더기가 바글바글해. 그걸 털어서 볶아 먹지. 꼭 숯가루 맛이요. 그렇게 고쳤네. 우리 노인네 보셨소? 그 양반이 그렇게 보여도 지금 암 환자요. 노인네라 진행이 늦다지만 칼 안 대고 죽겠다고 고집을 부려 손도 못 쓰고 지내오. 벌써 5년째요."

그도 지치는지 간간이 하품을 했다. 이야기를 듣다 보니 그의 노모가 바로 채마밭에서 가지 치던 노인임을 알고 나는 다소 놀랐다. 고씨가 오후내 끝날 것 같지 않던 말을 뚝 자르고 일어났다. 얼굴에 잠기가 그득했다.

"올해 몇이요?"

방을 나서기 전에 그가 불쑥 물었다.

"서른셋입니다."

"힘내쇼! 젊어서 병이야 마음으로 때려잡는 것 아니겠소."

난데없이 그렇게 말한 그는 내 어깨까지 툭 쳐주었다.

그가 돌아가고 나서 나는 아궁이에 군불을 지폈다. 고씨를 생각하니 괜히 수염이 까칠해진 얼굴로 손이 올라갔다.

　그날 밤늦게 화장실을 가려고 나섰을 때였다. 나는 아궁이 앞에서 어둠 속으로 순식간에 달아나는 검은 형체 하나를 목격했다. 나는 기겁을 해서 빗물 도랑에 엉덩방아를 찧고 주저앉았다. 옥수숫잎이 쓸리는 소리가 났다. 그쪽으로 손전등을 비춰보았지만 너울너울한 옥수숫대 위로 물안개만 자욱할 뿐 아무것도 보이지 않았다. 아궁이 앞 땅바닥이 수건 한 장만 하게 젖어 있었다. 무슨 산짐승이라도 내려와 웅크렸다가 간 흔적 같았다. 나는 이 골짜기를 좀 만만하게 본 것을 처음으로 후회했다.

　다음 날 아침 나는 아궁이 앞에서 그 짐승을 다시 보게 되었는데, 집 곁을 배회하던 누렁이였다. 놈은 꼬리를 사린 채 축축한 옥수수 밭 속으로 사라졌다. 꽤 지쳐 보였다. 나는 아침밥을 빈 그릇에 덜어서 놈이 드나드는 밭가에 내놓았다. 점심 무렵에 나가 보았더니 그릇은 깨끗이 비워져 있었다.

　골짜기에서 가장 변화무쌍한 물상이 있다면 그건 옥수수 밭이었다. 옥수수나무는 더위에 가장 먼저 지쳤다. 잎들은 시르죽은 듯 늘어져서 밭에서 여물 냄새가 나는 것 같았다. 소나기라도 두둑이고 지나가면 언제 그랬냐는 듯 빳빳하게 생기가 올라 골짜기를 한결 녹음 깊게 가라앉혔다. 달밤에는 달빛 한 낱 한 낱이 옥수수 밭에 칼처럼 꽂혀서 밤새 나가 주울 것도 같았다.

　옥수수 밭 풍경에는 늘 그 풍 맞은 노인이 있었다. 노인은 개울 건너 적갈색 양철집에서 들고 났다. 아침을 먹고 나섰다가 정오까지 동네 한 바퀴를 돌고, 오후 세 시경에 다시 나와 저녁때까지 또 그만큼 걸었다. 간혹 소나기라도 내리면 노인은 길 위에서 속절없이 맞기도 했다. 노인이 하루 동안 걷는 거리는 기껏해야 동네 두 바퀴였다. 그러나 노인은 그 일을 하루도 거르지 않았다. 노인을 관찰하는 것만으로도 나는 가보지 못한 마을길들을 훤히 그릴 수 있을 것 같았다. 첫날 받아놓은 기괴하다는 인상은 어느새 사라지고 이제는 고된 수행을 바라보는 마음이 되곤 하였다.

여꼴댁이 마지막 몇 해 수발을 들어준 노인네라는 데 생각이 미치자 10년 세월이 아득하게 다가왔다. 그래도 수발 들어주는 손이 새로 생겨서 양철집 옆 개울에서 요강을 씻어 가는 할머니가 가끔 눈에 띄기도 했다. 나는 부식차에서 떨이로 넘기는 수박을 사서 개울에 담가두곤 했는데 요강 씻는 노인을 피하느라 한 굽이 돌아 올라 자리를 잡아야 했다.

하루는 그 양철집 할머니가 뒤뜰에 동무도 없이 혼자 와 앉았다. 마침 수박을 쪼개서 먹고 있던 참이라 나는 노인 앞으로 소반을 내밀었다. 얼굴이 작고 눈매가 깊어서 순박하고 겁 많아 보이는 할머니였다. 수박을 든 손마디가 거칠었다. 노인은 먼산바라기를 하고 수박만 먹었다. 설겅설겅 먹고 남은 껍데기를 아무 데로나 휙휙 내던졌다. 수박 껍데기는 길과 토방에 아무렇게나 버려졌다. 서먹서먹해서 그러나 싶어 나는 조심스럽게 말을 붙여보았다.

"할아버지하고 두 분이 지내시나 봐요?"

그런데 또 상대는 기척이 없었다. 나는 노인네가 귀가 멀었거나 벙어리일 거라 생각했다.

잠시 어색한 침묵이 흘렀다. 나는 마을 쪽 길을 더듬어보았다. 양철집 노인네는 어느 옥수수 밭 너머로 숨었는지 보이지 않았다.

"아, 옥시기 한번 원 없이 묵었네."

내내 말 없던 그 노인네가 마지막 수박 껍데기를 휙 내던지며 난데없이 내놓은 말마디가 그랬다. 잘못 듣지 않았다면 천생 망령 든 노인이었다. 그런데 그 노인이 벌떡 일어서며 버럭 고함을 치는 거였다.

"네이, 개새끼!"

깜짝 놀란 나는 수박에서 입을 뗐다. 나한테 하는 욕인 줄 알았는데 노인의 시선은 옥수수 밭 쪽을 향해 있었다. 밭가에 그 누렁이가 나와 있었다.

"망할 놈의 새끼!"

노인은 소리치며 돌멩이를 집어던졌다. 누렁이는 끼잉, 소리를 내고 옥수수 밭으로 줄행랑을 쳤다. 노인은 밭가까지 쫓아가 옥수숫대 밑을 들여다보며 예의 그 욕설을 퍼부어댔다.

"집에 안 기어 들어올 거여? 꽁치 통조림을 까놔도 제 집구석을 마다해? 왜 내 손을 안 타?"

옥수수 밭가에 쪼그려 앉아 못 알아들을 소리를 꿍얼거리는 개 주인은 몹시 섭섭한 눈치였다.

어느덧 골짜기에 가을이 찾아오고 있었다. 낮은 30도를 오르내릴 정도로 아직 볕이 따가웠지만 밤으로는 선선해졌다. 옥수숫잎 서걱대는 소리가 가슬가슬해져 갔다. 밤나무에서는 우듬지 쪽 밤송이가 하나 둘 벌어졌다. 고씨가 옥수수 밭 한쪽에서 참깨를 거둬들이기 시작했다. 가을걷이 작물 중 제일 일렀다. 머잖아 찰옥수수를 베고 고추를 딴다고 했다. 더위가 한풀 꺾이면 콩이며 호박이 누렇게 익어갈 것이다.

고씨는 골프장에 일 나가기 전 아침 시간을 이용해 조금씩 참깨를 베어냈다. 이틀째에는 나도 낫을 들고 밭으로 나가 보았다. 고씨는 거름을 제대로 못해 올해는 대가 짜리몽땅하다며 묶어 세울 수나 있을지 모르겠다고 했다. 줄기와 잎이 아직 푸릇푸릇한데도 고씨는 추수가 늦어졌다고 속상해했다. 나는 며칠 전부터 이 깨 밭에 비둘기 떼가 부쩍 날아드는 걸 보았다. 나는 고씨 옆에서 낫질을 거들었다. 워낙 날이 무디어서인지 깔린 비닐 위로 깨알이 싸락싸락 쏟아져서 주인 볼 면목이 없었다. 그래도 마음 여린 고씨는 싫은 내색을 하지 않았다. 금방 또 일터로 가야 한다며 고씨가 낫을 내려놓았고, 나는 낮 동안에 틈틈이 베어놓겠노라 했다. 그러자 고씨가 깻대는 이슬 걷히기 전에 베어야 한다고 말렸다. 베어놓은 깻대는 그의 노모가 올라와 묶었다. 다음 날 아침 고씨는 날을 잘 벼린 낫을 가져와 나에게 주었다. 나흘 만에 추수가 끝나고 다섯 이랑에서 거둬들인 깻대가 밭가에 묶어 세워졌다. 해가 기울어 서늘해지면 그의 노모가 깻단을 털었다. 초벌 털이를 마친 노인은 함지를 보이며 두 됫박밖에 안 나왔다고 고개를 절레절레 흔들었다.

나는 평범하기 짝이 없는 이 골짜기에 슬슬 지쳐갔다. 여꼴댁이 살다 간 고단한 삶이야 얼마든지 흔한 이야기였다. 그의 아들도 마찬가지였다. 회한과 향수로 찾아든 곳이니 돌 하나 풀 한 포기인들 예사로 보였겠는가. 내 아무리 그의 심정이 된다 해도 신파 같은 이야기일 뿐이었다.

부쩍 골짜기를 오르내리는 낯선 발길들이 많아졌다. 그들은 저녁나절이면 가마니를 하나씩 짊어지고 산에서 내려왔다. 화전민 부락이 있었던 산 너머 골짜기에서 알밤을 주워오는 사람들이라고 했다. 그들을 보면서 나는 여꼴댁을 떠올리고 그의 아들을 생각했다. 저 길 너머 어딘가에 청년의 고향이자 어미가 죽은 여우골이 있을 거라 생각하자 가슴이 아련해졌다.

오두막 언덕바지의 밤나무도 툭툭 소리를 내며 알밤을 떨구었다. 저녁 무렵에 바가지를 들고 언덕에 올라 알밤을 줍는 일이 내 일과가 되었다. 그러나 밤은 몇 알 되지 않았다. 떨어진 빈 밤송이는 제법 많았는데도 땅으로 꺼졌는지 알밤은 몇 개 보이지 않았다. 처음에는 다람쥐와 청설모가 들끓어서 그런가 보다 했다. 어느 날 저녁나절에 풀숲을 헤치다가 나는 풀숲을 헤친 손길이 내 것 하나만이 아니라는 사실을 알아챘다. 나무막대기로 풀숲을 헤쳤는지 흙 위로 드문드문 막대기 끝을 찍은 흔적이 보였다. 나는 집 곁에서 작은 기척이라도 들리면 문을 열고 언덕을 살폈다. 며칠을 그렇게 감시했지만 밤을 주워가는 사람은 보이지 않았다. 그런데도 여전히 누군가 밤에 손을 대고 있었다.

어느 새벽녘이었을 것이다. 뒷문으로 지팡이 짚는 소리와 신발 끄는 소리가 들렸다. 나는 밤도둑임을 직감했다. 문구멍으로 살펴보니 아주 조심스러운 걸음으로 지나가는 사람이 있었다. 놀랍게도 그는 양철집 영감이었다. 그이는 불룩한 비닐봉지 하나를 허리춤에 차고 있었다. 나는 노인네보다 먼저 일어나 밤을 주워야겠다고 맘을 먹었지만 번번이 지팡이 짚는 소리에 깨어나곤 했다. 나는 아예 밤을 줍는 일을 그만두었다. 괜히 며칠 동안 그런 일로 예민하게 날이 서 지낸 자신이 우스웠다.

대신 나는 하루 낮에 가마니를 들고 마을 뒷산으로 올랐다. 밭길을 한참 오른 자리에서 산길이 시작되었다. 산길 초입에 무덤 하나 든 묵정밭이 있었고, 나는 그곳에서 잠시 숨을 돌리며 돌멩이를 집어 들었다. 아까부터 누렁이가 저만치 뒤를 따르고 있었다. 돌멩이를 집어 던지자 놈은 꼬리를 사리고 되돌아 내뺐다. 산 중턱쯤 올랐을 때 나는 여전히 누렁이가 뒤를 쫓고 있음을 알아챘다. 나는 놈과 동무할 생각이 전혀 없었다. 다시 돌을 집어 던졌고 놈이 이번에는 숲으로 도망갔다.

산마루에 이르자 첩첩 봉우리들이 굽이굽이 펼쳐졌다. 노인들은 시느커리나 생마골에 들어야 밤을 주울 수 있을 거라 하였다. 나는 막막했다. 그 골짜기들이 어디쯤인지 가늠할 수 없었던 것이다. 왼편으로 벌써 그늘이 내린 경사면의 산자락이었고, 낙엽송 숲이 골짜기 아래까지 내려가 있었다. 주위의 두루뭉술한 지형과 물상 속에서 날카롭게 선 낙엽송 숲을 바라보며 나는 왠지 위안을 받는 기분이었다. 나는 가본 적 없는 지구 북쪽의 침엽수림대를 오랫동안 동경하며 지냈다. 뽀드득

거리는 눈길과 코끝이 쨍할 정도로 차가운 공기 속으로 걸어 들어가 고개를 쳐들면 시푸른 하늘을 찌르고 선 전나무를 보게 될 것이다. 정신마저도 고드름처럼 예봉을 세우는 침엽수의 숲. 그 숲으로 간다면 힘이 솟을 것 같았다. 낙엽송 숲을 보자 시베리아에라도 막 당도한 듯한 느낌이 들었다.

낙엽송 숲길로 접어들었을 때 언제 나타났는지 누렁이가 앞서 걸어가고 있었다. 놈은 내 기척을 느끼고 내리막길로 내달렸다. 그제야 나는 녀석이 내 뒤를 따른 게 아니라 제 길을 가고 있다는 사실을 깨달았다. 송진 냄새와 나뭇잎 썩는 냄새가 섞인 공기가 코끝에서 습습했다. 종종 나는 걸음을 멈추고 하늘을 올려다보았다. 쭉 뻗은 나무줄기 끝에 꿰인 하늘이 가없이 깊었다. 경외심을 주는 풍경 앞에서 느끼는 존재의 고독감이란 게 이런 것일까. 나는 서글퍼졌다. 이것이 선생이 주웠다는 큰 별똥인가 그런 생각도 들었다.

숲을 거의 다 내려왔을 때 계곡물 소리가 들려왔다. 나는 깜박 잊었던 누렁이를 기억하고 주위를 둘러보았다. 오솔길은 계곡을 버리고 왼쪽으로 휘어지고 있었는데 누렁이는 보이지 않았다. 나는 계곡으로 내려갈 생각으로 길을 벗어났다. 나무 틈 군데군데에서 밭이나 집 주위로 둘렀을 돌담들이 보였다. 어느 순간 나는 그만 다리가 걸려 넘어지고 말았다. 돌부리인가 해서 들여다보았더니 꽤 썩은 나무등걸이었다. 석탄처럼 거뭇거뭇한 흔적이 보이는 게 불에 깊게 탄 것 같았다. 오른발을 삐었는지 통증으로 발을 딛기가 괴로웠다. 나는 절뚝거리며 계곡으로 내려가 신발과 양말을 벗고 발을 담갔다. 계곡 주위에 화전민이 살았던 흔적 같은 건 보이지 않았다. 밤나무 숲 같은 것도 없었다. 거기는 시느커리도 생마골도 아닌 모양이었다. 사람의 자취가 없으니 거기에서 주워갈 만한 큰 별똥 같은 이야기가 있을 것 같지 않았다.

나는 빈손으로 마을로 돌아왔다.

하루 저녁에는 고씨가 집으로 초대했다. 큰아들이 입대를 하게 돼서 동네 사람들하고 저녁을 하게 되었노라고 했다. 마당에는 멍석이 깔리고 볕에 그을린 마을 농부들이 스물 남짓 옹개옹개 앉아 있었다. 뒤뜰을 찾는 노인네들은 보이지 않고 고씨 노모가 그나마 임의로운 사이라고 손짓을 했다. 나는 노인 옆에 앉았다.

"근일간 우리 옥시기를 거둘 텐데 총각이 좀 도와주오."

나는 흔쾌히 그러마고 대답했다.

마당 한편에서는 장작불을 그러넣은 국솥이 끓고 있었다. 머잖아 고깃국이 한 그릇씩 나왔다. 돼지라도 한 마리 잡았는가 보다 했는데 고씨가 도마 위에서 썰어 내놓는 고기는 돼지고기가 아니었다.

"올여름도 그냥 넘겼는데 고씨 덕에 보신을 다 하네."

옆에 앉은 농부 하나가 소주병을 따며 말했다.

"아들 덕인가 손자 덕이지."

"맞아요, 할머님."

사내는 고씨 노모의 잔에 술을 따르고 나에게도 권했다.

"매어두고 기른 개하고는 맛이 다른걸요."

농부가 그렇게 말했을 때 나는 기분이 이상해서 젓가락을 놓고 주위를 둘러보았다. 양철집 할머니가 장작불 일렁이는 솥 앞에 홀로 침울하게 앉아 있었다.

"혹시 양철집 누렁이예요?"

나는 농부에게 물었다.

"양철집도 무슨 개를 기르나? 거 예전에 여꼴댁 할망구라고 그 노인이 기르던 개요. 주인 죽고 나서 동네를 싸돌아다니며 남의 개밥이나 훔쳐 먹었지. 이장이 아침에 공기총으로 잡았소. 늙어서 영물이 다 된

놈인데 밖으로만 돌아서 고기가 질기지는 않소."

　나는 솥을 건 자리를 돌아보고 소름이 쫙 돋았다. 얼마 전까지도 앉아 있던 노인네가 보이지 않았던 것이다.

　나는 이튿날 일부러 개울을 내다보았다. 매일같이 거기 앉아 요강을 씻던 노인네가 보이지 않았다. 노인네들한테 물어볼까 하고 기다렸으나 그네들도 무슨 약속이나 한 듯 나타나지 않았다. 나는 혹시 지금껏 허깨비를 본 게 아닌가 하는 마음에 혼란스러워지기 시작했다.

　골짜기를 뒤덮은 옥수수 밭이 하나 둘 베어져 사라져갔다. 그에 따라 숨은 마을길들이 점점 드러났다. 양철집 노인이 그 길을 걷고 있었다. 길은 여전히 노인에게 멀어 보였다. 나는 그 노인을 찾아가 볼까도 생각했다. 그러나 마음 한구석에서 불길한 생각이 자꾸 들었다. 그 역시 허깨비이면 어쩌나 하는 의심이었다. 나는 뒷문을 걸어 잠갔다.

　고씨네 옥수수 밭을 베는 날이 돌아왔다.

　"어디 아퍼?"

　낫을 들고 밭으로 들자 고씨가 물었다.

　"얼굴이 해쓱한 게 많이 아픈 것 같구먼."

　나는 괜찮다고 손을 저었다.

　낫을 당기다가 나는 옥수숫대 껍질에 손가락을 베었다. 금방 쏨벅거리면서 핏방울이 맺혀 올라왔다. 손가락을 물고 고개를 들었을 때 그간 보지 못한 풍광이 눈에 들어왔다. 뒷산 한복판이 꽤 너른 낙엽송 숲이었던 것이다. 옆의 잣나무 숲과는 뚜렷이 구분되는데도 그간 알아채지 못한 것 같았다.

　"산불이 났었나 보죠?"

　나는 고씨를 보며 무심히 물었다. 고씨는 건성으로 고개를 들었다가 떨구며,

"여꼴댁 할망구라고, 밭둑을 태우다가 산까지 홀러덩 태워먹었지. 한 10년이나 됐나" 했다.

"그래요? 꽤 불이 컸겠는데요?"

"암, 저 너머 생마골까지 타고 넘었지."

며칠 전 걸어 넘었던 낙엽송 숲도 그 화재 때 조성한 숲인 모양이었다.

"군인들까지 동원됐어. 그 할망구 고스란히 콩밥을 먹었을 텐데 여느 사람들이 중간에 들어서 살려줬어."

"살려줬다니요?"

고씨는 군청과 경찰서에서 조사를 나오자 마을 사람들이 여꼴댁을 보호할 생각으로 실성한 노인이라고 둘러대었다고 말해 주었다.

"실성한 노인 행세를 시켰단 말인가요?"

"암, 그래서 별일 없었지. 여꼴댁도 겁이 나설랑 미친 행세를 제법 했고. 근데 지금까지도 수수께끼란 말이야. 한 석 달 하고는 그만 해도 됐는데 그 할멈 영영 정신을 안 돌려놓고 죽었어."

그렇게 말한 고씨는 다시 옥수수 밭 속으로 숨어 들어갔다. 나는 오랫동안 산을 바라보고 서 있었다. 그 노인네며 아들의 캄캄한 속이 떠오르자 가슴이 서늘해졌다.

고씨네 옥수수 밭을 다 못 베고 나는 짐을 쌌다.

짐을 싸는 동안 뒤란이 웅성웅성 소란스러워졌다. 나는 뒷문을 열지 않고 곧장 마당을 가로질러 오두막을 나왔다. 개울 곁을 지나면서 보니 예상대로 그 노인이 요강을 씻고 있었다. 나는 곧장 걸었다. 등 뒤에서 개 짖는 소리가 들렸지만 돌아보지 않았다. 멀리 옥수수 밭가를 양철집 영감이 걷고 있었다. 이마에 닿는 공기가 서늘했으나 바람 한 점도 나는 믿을 수 없었다. 오직 나는 씀벅거리는 손가락만 꾹 누르고 걸었다.

고은주

칵테일 슈가

1967년 부산 출생.
이화여대 국문과 졸업.
1995년 《문학사상》 신인상에 소설 〈떠오르는 섬〉으로 등단.
장편소설 《현기증》《여자의 계절》《아름다운 여름》 등.
오늘의 작가상 수상.

칵테일 슈가

어둠이 내려앉은 야외 결혼식장은 밀회를 즐기기에 적합한 장소다. 넓은 주차장의 한 귀퉁이에 멈춰 선 자동차가 조용히 라이트를 잠재우면, 잠시 후 또 한 대의 낯익은 자동차가 바로 옆으로 미끄러져 다가온다. 어느 쪽이 먼저 도착했든 문은 항상 남자의 자동차에서 먼저 열린다. 여자의 자동차 문이 열리는 것은 남자의 매끈한 구두가 땅에 닿는 순간이다.

어디선가 웨딩 마치라도 들려오는 듯 그들은 서로의 손을 잡고 천천히 잔디를 밟는다. 하지만 그들이 멈춰 서는 곳은 단상의 앞이 아니라 뒤쪽이다. 여자가 먼저 주례사라도 할 것처럼 잔디밭을 바라보며 단상에 손을 얹으면 남자가 그 뒤로 바짝 다가선다.

여자의 눈이 어둠에 점차 익숙해져 가는 동안 남자의 눈은 점차 초점을 잃어간다. 여자를 뒤에서 끌어안은 남자의 손길은 수없이 반복된 프로그램을 따라 여자의 몸 위에서 움직이고 있다. 이윽고 단상에 얹혀 있는 여자의 손 위로 남자의 손이 겹쳐지면서 그들의 몸은 함께 출렁이기 시작한다. 흔들리는 여자의 눈 속에 어느덧 하객들이 가득하다.

성장을 한 하객들 사이로 순백의 웨딩드레스를 차려입은 신부가 다가올 때, 그들은 단상 아래로 무너져 내린다. 신부가 단상 앞에 올라섰는지 어떤지는 알 수 없는 일이다. 예복을 입은 신랑이 어디에 있는지도 알 수 없다. 그들은 단상 뒤의 바닥에 뒤엉키면서 소리 죽여 키득거린다. 정말 저 잔디밭에 하객들이 가득한 것처럼.

"와이프랑 똑같은 걸 산 건 아니겠지?"

남자가 건네준 향수를 무릎 근처에 뿌리면서 여자는 투정하듯 말한다. 남자의 자동차 안에 오리엔탈 계열의 향기가 가득 들어찬다. 말은 그렇게 했지만 상관없는 일이다. 여자는 남자가 여행을 다녀오면서 선물을 잊지 않은 것만으로도 충분히 만족하고 있다.

"넌 남편이랑 계속 살 생각이야? 헤어질 계획은 없어?"

여자가 농담처럼 던진 말이 남자의 심기를 건드린 것은 아니다. 남자도 괜히 시비를 걸어보는 것이다. 여자는 말없이 자동차의 문을 열고 자신의 차로 향한다. 그리고 곧 되돌아온 여자는 투명한 비닐에 싸인 막대 사탕을 남자에게 불쑥 내민다.

"요즘 네이밍 작업 중인 제품이야. 칵테일 슈가라는 건데, 커피 잔 속에 넣어 녹여 먹는 설탕이래."

무색투명한 작은 사탕 조각들이 가느다란 나무막대의 절반을 빙 둘러가며 다닥다닥 붙어 있다. 한 뼘 크기의 막대 끝에 달린 동그란 나무 장식이 여자의 손에서 남자의 손으로 옮아간다.

"이거, 모양이 느낌표를 닮았지? 느낌표의 달콤함만 즐겨봐. 심각한 물음표는 만들지 말고."

말한 뒤 여자는 자동차의 문을 닫고 자신의 차로 다시 걸어간다. 물음표 따위는 농담으로라도 던지지 말아야겠다고 다짐하면서.

여자의 자동차는 가을밤의 차가운 공기를 가르면서 야외 결혼식장을 빠져나간다. 뒤이어 남자의 자동차도 천천히 움직이기 시작한다.

매끈한 구두를 현관에 벗어놓고 집으로 들어서면서 남자는 무심결에 주머니에 손을 넣는다. 부스럭거리는 비닐봉지가 손에 잡히자 잠시 주춤하지만 그 속의 길고 딱딱한 것을 감지하자 여유 있게 그것을 주머니 밖으로 꺼내놓는다.

불빛 아래에서 확인한 그것은 단순한 설탕 덩어리에 불과했다. 얼음 사탕의 조각을 모아놓은 듯한, 혹은 무색의 커피 슈가를 뭉쳐놓은 듯한.

"그게 뭐야?"

어느새 다가온 아내가 양복저고리를 받아 들면서 묻는다.

"커피에 녹여 먹는 설탕이래."

"막대 설탕? 슈가 스틱?"

아내는 잡아채듯 그것을 손에 쥐고 호기심 어린 눈을 빛낸다.

"칵테일…… 슈가랬지, 아마?"

"누가 그랬어? 누가 준 거야?"

잇달아 묻고는 있지만 사실 아내는 그런 것들이 궁금하지 않다. 칵테일 슈가라는 이 특이한 물건을 어디에 쓸지 궁리하고 있을 뿐.

"이거, 모양이 느낌표를 닮았지? 느낌표의 달콤함만 즐겨봐. 심각한 물음표는 만들지 말고."

방금 전에 여자로부터 들었던 말을 그대로 되살려 반복하면서 남자는 흡족해한다. 이런 상황에서 아주 적합하게 쓸 만한 대응이라는 생각이 든다. 역시나 아내는 더 이상 남자에게 아무것도 묻지 않는다. 엊그

제 사다 준 향수의 효력인지도 모르겠다고 남자는 생각한다.

골프를 치러 나갔던 해외여행에서 새삼 면세점을 기웃거렸던 건 향수를 좋아하는 그 여자 때문이었다. 하지만 그 순간에도 남자의 머릿속엔 아내의 얼굴이 함께 떠오르고 있었다. 10여 년 전, 같은 학교에 다니는 그 여자를 매일 만나면서도 매주 교회에서 마주치는 여학생의 모습을 떨쳐버릴 수 없었던 그때처럼.

같은 학교를 다니던 그 여자는 향수를 좋아했고 욕심이 많았다. 그 여자가 꿈꾸는 결혼이란 남편의 적극적인 외조를 받으면서 아이도 낳지 않고 멋진 커리어우먼으로 살아가는 것이었다. 남자는 당연히 그 꿈의 조력자가 되고 싶지 않았다. 하지만 그 여자는 충분히 매력적이었으므로 남자는 대학 시절 내내 그녀를 만났다. 교회의 여학생에게는 과묵한 모습만을 보여주면서.

졸업 즈음에 그 여자와 헤어지고 교회의 여학생과 결혼하면서 남자는 자신의 선택에 만족했다. 아내는 예상했던 것 이상으로 현모양처의 역할을 충실히 해내었고 남자는 그 내조에 힘입어 작은 사업체를 튼실하게 꾸려갈 수 있었다. 그리고 10년 만에 더 짙어진 향수 냄새와 더불어 그 여자가 찾아왔을 때, 남자는 자신에게 주어진 기회를 움켜쥐었다.

그 여자는 예전에 꿈꾸던 생활을 실현하고 있다고 말했다. 남자는 예전과 마찬가지로 고개를 갸웃거렸다. 아이도 낳지 않고 집안일도 소홀히 하면서 직장 일에만 매달려 있는 여자라니. 게다가 이렇게 외도까지 하다니.

자신도 외도를 하는 처지였지만 그것과는 경우가 다르다고 생각하는 남자였다. 충분한 돈을 벌어다 주는 것으로 남편의 역할을 완벽하게 하고 있다는 사실이 그 남자가 생각하는 면죄부였다. 1년에 한 번쯤은 가족여행을 다니고, 한 달에 한 번쯤은 섹스도 한다. 그러니까 아내에게 미안할 일은 전혀 없는 것이다. 그래서 남자는 오늘도 떳떳하게 아내에게 묻는다.

"사당동엔 다녀왔지?"

"통증 클리닉까지 모셔다 드리고 왔어."

"영어 캠프는 더 알아봤고?"

"아무래도 국내에는 마땅한 게 없어. 해외로 보내면 좋겠는데 아직 어려서……. 내가 따라 나가면 안 될까?"

"안 돼. 나 혼자 어떻게 한 달을 지내라고……."

"파출부 부르면 되잖아."

"아무튼 안 돼."

이 집이 파출부의 무성의한 손에 맡겨진다는 것은 생각만 해도 불쾌하다. 게다가 매일 앓는 소리를 하는 노모는 누가 돌볼 것이며 구두는 또 누가 매끈하게 닦아놓을 것인가. 남자는 안방으로 들어가면서 소리 나게 문을 닫는다.

남편의 구두를 매끈하게 닦아놓고 그녀는 집을 나선다. 핸드백 속에 들어 있는 칵테일 슈가를 다시 한 번 확인하면서.

턱없이 화를 내며 안방으로 들어가 버린 남편을 외면하면서 어젯밤에 그녀는 핸드백을 챙겼다. 거기에 맞는 옷이며 구두까지 함께 생각해 두었다. 그리고 그녀는 어린 아들의 방 한구석에 쪼그리고 앉아서 어떤 남자를 생각했다. 그 남자에게 아주 잘 어울리는 인디고 색상의 넥타이를 다시금 떠올리면서.

결혼 전에는 과묵한 줄로만 알았던 남편이 작은 일에도 집착하며 버럭 역정을 내는 성격임을 알게 되었을 때, 그녀는 많이 난감했다. 하지만 얼마 지나지 않아 그녀는 그럴 때마다 다른 곳에 관심을 쏟으며 상황을 회피하는 방법을 터득할 수 있었다. 가계부와 영수증을 챙기며 잔소리를 해대는 남편 앞에서도 그 방법은 주효했다. 게다가 이제는 이중 가계부에 허위 영수증까지 만들어낼 줄 아는 그녀다. 남편의 성격 따위는 이제 그녀에게 더 이상 상관이 없는 것이다.

어젯밤에도 남편은 여자 향수 냄새를 묻히고 들어왔다. 최근 들어 자주 있는 일이었다. 이번 향수는 며칠 전에 자신에게 사다 준 것과 똑같아서 마음에 걸렸지만 그녀는 이내 평상심을 회복했다. 파운데이션이나 앙고라 털 따위를 양복에 묻혀 올 때보다는 확실히 덜 번거롭다는 것을 그나마 다행으로 여기면서.

술을 마시는 것도 아니고 밤늦도록 함께 있는 것도 아니면서 주기적으로 남편을 만나는 그 여자가 누군지 궁금하지 않은 것은 아니다. 하지만 남편이 그 여자에 대해 노골적으로 드러내지만 않는다면, 그 여자가 자신의 결혼생활을 본격적으로 위협하지만 않는다면, 그녀에게는 아무런 상관이 없다.

매끈한 구두의 아내, 그녀에게 상관없지 않은 것은 오로지 남편의 사업뿐이다. 남편의 사업이 부진해진다면 그녀의 삶도 틀림없이 많이 달라질 것이다. 하지만 전혀 그럴 기미가 보이지 않는 지금, 그녀는 나름대로 행복하다. 하기도 싫고 되지도 않는 공부에 매달리기보다 교회에서 마주치는 명문대 남학생에게 잘 보이려고 노력한 것은 역시 현명한 선택이었다.

그녀의 아이는 이제 겨우 아홉 살이지만 최고 수준의 교육을 받으며 자라고 있다. 빨리 결혼해서 탈출하고 싶었던 가난한 친정에는 가끔 용돈을 보내며 생색도 낼 수 있다. 집안일은 힘들지만 직장 일보다는 덜 힘들 것이다. 직장에 다녀본 적이 없는 그녀로서는 비교할 수 없는 부분이긴 하겠지만.

이만하면 행복하지 않니? 그녀의 말에 대답하듯 저 멀리서 인디고 색상의 넥타이가 다가오고 있다. 다시 봐도 저 색깔은 저 남자에게 어울린다. 백화점을 세 군데나 둘러보며 넥타이를 고르던 때에도 그녀는 행복했었다. 자신이 선물한 넥타이를 잊지 않고 매고 나오는 남자를 보면서 지금도 그녀는 행복하다.

점심시간을 활용해야만 하는 짧은 만남. 그만큼 그녀는 매번 애틋하다. 넥타이의 회사 가까운 곳에 모텔이 있다는 것조차 그녀에게는 의미심장하게 여겨진다. 경제적인 형편이 여전히 좋지 않을 텐데도 꼬박꼬박 숙박비를 계산하는 넥타이가 또 한 번 그녀에게 애틋해진다.

"어때? 예쁘지? 칵테일 슈가라는 거야. 커피에 넣어서 녹여 먹어봐. 날 생각하면서⋯⋯."

집안 형편이 극도로 나쁜 넥타이는 여전히 결혼을 하지 못하고 있다. 많은 여자들이 넥타이와 가까워졌다가 곧 도망치듯 떠났다. 예전에 그녀가 그랬던 것처럼. 하지만 그녀는 여전히 넥타이를 좋아한다. 남편이야 어떤 여자를 만나든 상관없지만 넥타이가 다른 여자를 만난다면 견딜 수 없을 것 같다.

"넌⋯⋯ 요즘 어때? 사는 게 행복하냐?"

칵테일 슈가를 받아 들고 멍하니 내려다보던 넥타이가 돌연 고개를 들어 그녀에게 묻는다. 아무래도 오늘 넥타이는 어딘가 달라 보인다. 이런 건 그녀가 정말 원하지 않는 상황이다. 그녀는 언제나 모든 것이 조용하게 굳어 있기를 바랄 뿐인데⋯⋯.

"그거, 모양이 느낌표를 닮았지? 느낌표의 달콤함만 즐겨봐. 심각한 물음표는 만들지 말고."

그녀가 바짝 다가와 벨트 버클에 손을 얹을 때 넥타이는 바지 주머니에 칵테일 슈가를 쑤셔 넣는다. 두 사람의 몸에서 불필요한 것들이 떨

어져 나가고 서로의 몸이 침대에서 빈틈없이 밀착되는 데에는 그리 오
랜 시간이 걸리지 않는다. 어차피 시간을 오래 쓸 수도 없는 두 사람이
므로.

　인디고 색상의 넥타이는 쇼윈도에 비칠 때 언뜻 검은색으로 빛난다.
연둣빛 스카프를 두른 여자는 약혼자의 넥타이를 바꿔줘야겠다고 생각
한다. 넥타이와 스카프가 금은방 안으로 들어서자 주인은 반색을 하며
자리에서 일어선다.
　"너무 초라한 걸 맞춰서 주인이 실망한 것 같더군."
　"내가 맘에 들면 되죠, 뭐. 난 수수한 게 좋아요."
　나처럼? 남자는 그 질문을 속으로 삼킨다. 결혼 시장에서 자신의 조
건은 분명 수수함보다 초라함에 가깝다. 그런데 이 여자는 왜 나와 결
혼하려는 것일까?
　"옛날에 많이 좋아했던 여자가 있었어. 그런데 반지 하나 제대로 사
주지 못한다고 날 떠났지."
　"바보 같은 여자였네요. 그렇게 반지가 갖고 싶으면 자기가 사면 될
텐데……."
　연둣빛 스카프의 여유는 어디에서 비롯되는 것일까. 넥타이는 다시
한 번 시비를 걸어본다.
　"옛날에 좋아했던 사람 없었어? 설마 없다고 말하진 않겠지?"
　그렇다고 해서 오늘 낮에 만난 그녀를 넥타이가 아직도 좋아하는 건
아니다. 그녀는 단지 오랜 독신생활에 지친 몸을 달래기에 적합한 존재
일 뿐이다. 안마시술소 따위에 돈을 쏟아 붓던 어느 날 문득 생각이 나
서 연락했을 때 감동에 겨운 표정으로 달려 나온 그녀의 얼굴을 넥타이
는 지금도 잊을 수 없다.

"무슨…… 문제라도 생겼나요?"

그녀에게 나의 결혼 사실을 어떻게 알려야 하나. 아니, 알리지 않아도 상관없지 않을까. 그런 생각들……. 그런 사소한 생각들이 문제라면 문제겠지.

"그래, 그만두자."

넥타이는 선언하듯 말한 뒤 바지 주머니에서 부스럭거리는 무언가를 꺼낸다.

"이거, 모양이 느낌표를 닮았지? 느낌표의 달콤함만 즐겨봐. 심각한 물음표는 만들지 말고."

그것을 불쑥 내밀면서 스카프에게 말하지만 넥타이는 자기 자신에게 더 또렷이 그 말을 거듭하고 있다. 같은 직장에서 만난 여자와 맞벌이를 하면서 살아가게 될 결혼생활, 그 충분한 행복에 대체 무슨 물음표 따위를 던진단 말인가.

"이건 뭐예요? 이름이 뭐죠? 이런 물음표는 심각하지 않죠?"

하지만 그렇다고 해서 한낮에 잠깐 갖는 만남마저 포기할 이유는 없겠지. 넥타이는 스카프의 얼굴을 바라보며 부드럽게 말해 준다.

"칵테일 슈가. 커피에 넣어서 녹여 먹는 거래."

이렇게 예쁜 걸 녹여버릴 수 있을까. 막대 끝의 동그란 나무 장식을 만지작거리면서 연둣빛 스카프의 여자는 생각한다. 무색투명한 작은 사탕 조각들을 들여다보고 있자니 한순간 몽롱한 기분마저 든다.

"결혼 준비는 잘돼 가고 있어?"

어느새 스카프의 곁으로 다가온 남자가 나직한 목소리로 묻는다.

"이 예쁜 설탕을 뜨거운 커피 잔 속에 집어넣는 건…… 너무 잔인한 일 아닐까요?"

잔인하게도, 남자는 여자의 맞은편에 자리를 잡고 앉는다.

"흔적도 없이 녹아버리겠군."

여자는 테이블 위로 손을 뻗어 칵테일 슈가를 그의 앞으로 밀어놓는다.

"난 차마 먹을 수 없을 것 같아요."

흔적도 없이 녹아버린 건 그녀 자신이었다. 그나마 남아 있는 막대를 부여잡고 그녀는 이제 곧 결혼을 하려 한다.

"그런데 왜 오늘 나한테 연락한 거니?"

"글쎄요, 왜 그랬을까요? 당신은 왜 나한테 다가왔었죠? 결혼도 했으면서……."

"넌 왜 그걸 알고서도 날 떠나지 못했니?"

"이제 떠나잖아요."

"글쎄……. 과연 그럴 수 있을까?"

차를 마실 때면 항상 옆에 앉아주던 남자가 오늘은 테이블의 맞은편에 앉아 있다. 뜻밖에도 여자는 이 상황을 받아들이기 힘들다.

"결혼은 겉으로만 견고한 제도일 뿐이야. 오히려 그 외적인 견고함 속에서 내적인 자유 의지는 더욱 강렬해지지. 제도가 너의 의지를 지배할 수 있다고 생각해?"

남자의 말을 들으면서 여자는 예전의 일을 씁쓸하게 기억해 낸다. 결혼했다는 사실을 밝히면서 남자는 지금과 거의 흡사한 말을 했었다. 진정한 연애는 결혼 제도 밖에서만 가능하다고도 했던가.

"내 도움을 필요로 하는 사람과 함께 살아가다 보면 결혼은 내적으로도 견고해질 거라고 믿어요. 적어도 그 사람에게 있어서 나는 꼭 필요한 존재가 될 거예요."

"그런 식으로까지 존재를 확인받아야 할 만큼 자아가 나약한 사람이었나?"

"그래요. 항상 궁금했어요. 나는 대체 뭔가……. 당신 삶의 들러리처럼 살아가는 나는……."

"외적으로는 절실하게 필요해도 내적으로는 전혀 필요하지 않은 존재가 될 수도 있어."

"괜찮아요. 적어도…… 집으로 돌아가는 남자의 뒷모습을 보면서 혼자 쓸쓸하게 발걸음을 돌려야 하는 일 따위는 겪지 않아도 되겠죠."

"결혼하면 그 쓸쓸함이 사라질 것 같니? 넌 내가 쓸쓸하지 않다고 생각해?"

여자는 비로소 깨닫는다. 자신은 지금 결혼이 아니라 일종의 이벤트를 준비하고 있는 것이라고. 그 누구도 아닌 바로 이 남자에게 자신의 존재를 일깨우기 위한 이벤트.

"그거, 칵테일 슈가라고 한대요. 모양이 느낌표를 닮았죠? 느낌표의 달콤함만 즐겨봐요. 심각한 물음표는 만들지 말고."

여자가 자리에서 일어설 때 남자는 마지못한 듯 칵테일 슈가를 가방에 넣는다. 여자라는 존재는 늘 이렇게 사람을 번거롭게 만든다고 생각하면서.

어두운 거리로 나섰을 때, 연둣빛 스카프가 여자의 뺨을 휘감으며 바람에 날렸다. 남자는 가방의 어깨끈을 단단히 잡으며 스카프의 뒤를 따라 걷는다. 길 건너 어두운 주택가에서 그녀의 반지하 원룸이 익숙한 포즈로 그들을 기다리고 있다.

그녀의 방을 나오면서 남자는 스카프를 밟았다. 반지하의 어둠 속에서 연둣빛은 잿빛으로 드러나 보였다. 등을 돌리고 누운 그녀의 실루엣도 흑백이었다. 모노톤의 소설 하나가 남자의 머릿속에 섬광처럼 떠올랐다가 사라졌다.

퇴색한 꿈도 가끔은 이렇게 눈을 뜬다. 하지만 그 꿈은 언제나 이미지로만 다가온다. 모노톤의 소설도 이미지만 떠올랐을 뿐 문장이나 이야기는 이어지지 않았다. 남자의 머릿속에서 소설은 늘 그랬다.

한 편의 짧은 소설로 소설가라는 이름을 얻은 남자. 하지만 이후로 단 한 편의 소설도 발표하지 못한 남자. 그의 책상서랍에는 수많은 소설이 미완성으로 처박혀 있다. 매번 새로운 소설을 시작하는 기분으로 만났던 여자들도 그 소설들처럼 지리멸렬이 되어 그의 주변에서 맴돌고 있다.

남자가 열쇠를 돌리며 현관문을 열었을 때, 거실 소파에 앉아 있는 아내의 모습이 파편처럼 눈에 들어왔다. 스탠드 불빛에 의지해서 책을 읽는 그녀의 자세는 남자가 들어서도 전혀 흐트러지지 않았다.

어느새 두 시를 가리키고 있는 벽시계를 일별한 뒤 남자는 소파 앞으로 뚜벅뚜벅 다가간다. 여전히 책을 들여다보고 있는 아내 앞에 우뚝 선 채로 남자는 가방을 뒤적여 무언가를 꺼낸다.

"이걸 봐. 이게 뭔지 알아?"

그의 목소리에 아내가 비로소 고개를 든다. 칵테일 슈가가 투명한 봉지 안에서 바스락거리며 희끗희끗 빛난다.

"걱정하지 마. 마약이 들어 있는 일회용 주사기 따위는 아니니까."

아내와 결혼할 때 그는 갓 데뷔한 소설가였다. 아이 둘을 낳은 지금 그는 다른 사람의 글을 다듬어주고 다른 사람 대신 글을 써주는 일로 생계를 이어가고 있다.

"별거 아냐. 커피 잔 속에 넣어서 놓여 먹는 설탕이라는군."

지나온 세월이 아내의 얼굴에 응축되어 있는 것 같아서 그는 자신도 모르게 시선을 돌린다.

"이걸 왜 칵테일 슈가라고 부를까?"

손에 든 막대에 시선을 둔 채로 그는 중얼거리듯 말한다.

"설탕이 커피에 녹아 들어가고 나면 막대만 남겠지. 우리처럼."

그들도 한때는 열렬히 사랑이라는 것을 했다. 서로가 서로를 절실히 원해서 결혼했다. 하지만 이제는 전설처럼 아득한 기억일 뿐.

"하지만 막대는 결코 녹지 않아. 당신처럼."

남편의 숱한 연애를 늘 소설처럼 흥미롭게 지켜보던 여자. 그녀는 지금도 남자의 독백을 지켜보고만 있다.

"이거, 모양이 느낌표를 닮았지? 느낌표의 달콤함만 즐겨봐. 심각한 물음표는 만들지 말고."

여전히 칵테일 슈가에 시선을 둔 채 남자가 소리 지르듯 말할 때, 마침내 그녀가 자리에서 일어서며 입을 열었다.

"왜 나한테 그런 말을 하는 거야? 난 아무것도 묻지 않았어."

어쩌다가 거실 소파에서 뒤엉키게 된 것일까. 지나치게 푹신한 가죽 소파는 여자의 허리를 점점 더 불편하게 만들더니 급기야 미묘한 통증까지 불러오고 있다. 남자를 적당히 밀어내야겠다고 생각하는 순간 오히려 남자의 몸이 강렬하게 덮쳐온다.

여자는 기다렸다는 듯 남자의 등을 끌어안는다. 거센 움직임이 멈추고 나니 소파에 파묻힌 자세도 그다지 나쁘지는 않다. 자신의 몸 위에 엎드린 채 숨을 고르는 남자의 머리카락을 천천히 쓰다듬다가 여자는 고개를 꺾어 벽시계를 바라본다.

"벌써 열두 시야."

급하게 몸을 일으키려는 여자 때문에 남자는 거실 바닥으로 굴러 떨어지고 만다. 차가운 바닥에 뺨을 댄 채로 남자는 투덜거린다.

"뭐 어때, 이 기회에 아이들하고 인사나 하면 되겠네. 옷만 걸쳐 입으면 되잖아."

"잘못하면 남편하고 인사해야 할지도 몰라. 공동작업실이라서 오후엔 번잡하다고 일찍 들어오거든."

"그럼 아예 밖에서만 만나야지, 여긴 왜 불러들였어?"

여전히 투덜거리는 남자의 눈에 한 뼘 크기의 투명한 비닐봉지가 잡힌다.

"맘대로 해. 지난주에는 저쪽 블록의 빌라 3층에서 어떤 남자가 뛰어내렸다던데⋯⋯."

"3층에서 왜?"

비닐봉지는 소파 밑에서 한동안 굴러다닌 듯 먼지를 뒤집어쓰고 있었다. 남자는 손을 뻗어 그것을 끌어당겼다. 봉지 안에서 울퉁불퉁한 느낌의 막대 같은 것이 손에 잡힌다.

"남편이 예상보다 일찍 들어오는 바람에 베란다에서 뛰어내렸대. 뒤꿈치 뼈가 다 으스러졌다지, 아마?"

비닐의 먼지를 쓸어내던 남자가 웃음을 터뜨린다.

"그게 요즘 이 동네 유행인가? 아무튼 덕분에 나도 오늘 즐거운 경험을 했군. 참, 여긴 몇 층이지?"

"여긴 더 높으니까 빨리 나가. 의외로 집이 안전하다는 얘기에 혹했는데 이렇게 협조를 안 하면 아무 소용이 없겠네."

여자에게 떠밀려 옷을 꿰어 입으면서도 남자는 비닐봉지를 손에서 놓지 않는다. 남의 집에 몰래 들어왔으니 뭔가 하나라도 손에 쥐고 나가고 싶은 것일까. 먼지를 털어낸 봉지 안의 투명한 막대 사탕이 생각보다 마음에 든 탓도 있었을 것이다.

현관문 앞에서 칵테일 슈가를 흔들어대며 남자가 사라질 때 여자는 불현듯 남편을 생각한다. 저 막대 설탕을 눈앞에 들이밀며 중얼거리다 소리 지르다 쓰러져 잠들었던 남편. 이후로 며칠 동안 잠잠한 건 무슨 일일까. 언제나 당당하게 자신의 연애에 대해서 말해 주던 사람이……

꿈을 잃은 소설가의 아내, 그녀는 아직도 모르고 있다. 남편이 얼마나 연애에 지쳐가고 있는지, 얼마나 삶에 지쳐가고 있는지. 남편에 대해서 이미 지쳐버린 그녀로서는 어쩌면 당연한 일일 것이다.

소설을 쓰는 데 도움이 되기 때문일 테지, 넘치는 감성을 주체하지 못해서일 테지, 뜻대로 글이 써지지 않아 괴로워서일 테지, 그렇게 갖가지 이유를 떠올려보아도 그녀는 남편의 연애를 도무지 이해하기 힘들었다. 그럼에도 불구하고 남편과 헤어질 수 없는 이유가 처음엔 아이 때문이라고 생각했었다. 하지만 이웃의 여자들도 다 비슷한 고민을 끌어안고 살아간다는 것을 알고부터는 이유 따위는 생각하지 않기로 했다.

남편의 마음을 객관적으로 알고 싶었기 때문일 테지, 연애에 빠진 남편의 모습이 부러웠는지도 모르지, 이런 게 남편에게 복수하는 방법이라고 생각했을 테지, 그렇게 갖가지 이유를 떠올려보아도 인터넷 채팅 사이트에 드나드는 자신을 이해하기는 힘들었다. 그럼에도 불구하고 닉네임 탈보를 만나게 된 이유는 남편의 예전 모습을 다시 만나고 싶은 욕망 때문이라고 생각했었다. 하지만 이웃의 여자들도 다 비슷한 비밀을 숨겨놓고 살아간다는 것을 알고부터는 이유 따위는 생각하지 않기로 했다.

학교에서 돌아온 아이들을 차례로 학원에 데려다 주고 곧이어 집으로 찾아오는 두 팀의 초등학생들에게 작문을 가르치고 난 뒤, 그녀는 비로소 컴퓨터 앞에 앉는다. 자신의 연애를 당당하게 말하는 남편과 달리 그녀는 모든 것을 숨겨야만 한다. 그것이 남편에 대한 애정 때문인지 여성들이 답습해 온 관습 때문인지 그녀는 알지 못한다.

'오늘 당신이 내 집에서 가져간 것, 칵테일 슈가라는 거야. 커피 잔에 넣어서 녹여 먹는다더군. 아마 그건 멋진 칵테일파티에서 쓰이겠지. 막대와 함께 설탕은 이 컵에서 저 컵으로 옮겨 다니고 파트너도 따라서 이리저리 옮겨 다니겠지. 화려한 독신들이 모여든다는 클럽 파티? 혹은 파트너를 교환한다는 스와핑 파티? 당신과 함께 있을 때면 난 늘 파티에 참석한 것 같아. 한순간이나마 삶이 즐거워지지. 오늘 쫓아내듯 보낸 거, 정말 미안해. 칵테일 슈가의 달콤함을 느끼는 동안만이라도 날 생각해 줘. 그런데 그것……, 모양이 느낌표를 닮았지? 우리, 느낌표의 달콤함만 즐기기로 해. 심각한 물음표는 만들지 말고.'

닉네임 탈보로부터 메일을 받은 지도 꽤 오래되었다. 뻔한 내용이지만 그녀의 마음을 움직였던 편지들이었는데……. 그녀는 꺼져가는 불씨를 되살리듯 정성껏 편지를 쓴다. 그들의 관계가 이미 바닥을 드러내고 있다는 것을 알면서도.

"이런 거 본 적 있어? 칵테일 슈가라는데……. 칵테일파티 때 쓰는 건가 봐. 커피에 녹여 먹는대. 홍차에도 녹여 먹을까?"

탈보는 오늘 샤토 탈보 대신 웨지우드 다르질링을 앞에 놓고 있다. 와인을 마시기엔 아직 이른 시각이다. 부드러운 홍차 향기가 그의 후각을 감미롭게 자극하고 있다.

"칵테일파티 때 차도 마시나?"

"와인 바 주인이 그런 것도 몰라?"

"부잣집 도련님이야말로 파티 경험이 더 많을 텐데……."

"난 그런 거 싫어해. 스와핑 파티라면 또 모를까."

탈보의 뇌리에는 결국 스와핑이라는 단어만 남은 셈이다. 소설가의 아내라는 닉네임답게 기나긴 편지를 보내온 그녀에게 그는 침묵으로 답하기로 마음먹었다. 아무리 가벼운 내용으로 채워져 있다 해도 그렇게 긴 편지는 부담스러울 수밖에 없다. 상대가 부담스러워지기 시작할 때는 서둘러 끊어내는 것이 상책이다.

"그런 데 관심 있어? 집에서도 관심 있어 해?"

"마누라한테는 얘기할 수 없지. 매장 관리, 임대료 관리에 우리 부모님 관리까지 얼마나 바쁜 사람인데……. 관리인하고 파티에 참석할 수는 없잖아. 어때? 하루만 내 파트너가 되어줄 생각 없어?"

어느새 아내보다 더 편안해진 여자이므로 가장 적절한 파트너가 되리라고 그는 생각했다.

"스와핑 파티? 글쎄, 굳이 그런 형식이 필요할까? 세상 사람들은 이미 뒤엉킬 대로 뒤엉켜 있는데……."

단골 와인 바의 주인, 그 이상은 기대할 수 없는 여자였던가. 탈보는 실망스러운 표정을 숨기지 못하며 자리에서 일어선다. 이제 그가 갈 곳은 룸살롱밖에 없다. 돈을 주지 않고 섹스를 할 수 있는 여자들은 한결같이 그에게 너무 복잡하고 예민하다.

"이 칵테일 슈가는 모양이 느낌표를 닮았지? 느낌표의 달콤함만 즐겨봐. 심각한 물음표는 만들지 말고."

어디서 이렇게 그럴듯한 말이 떠올랐을까. 아무튼 복잡하고 예민한 여자에게 어울리는 말이라고 생각하며 탈보는 자리에서 일어섰다. 하지만 몸을 돌리면서 손목시계를 바라보다가 다시 자리에 주저앉았다. 룸살롱을 찾기에는 아무래도 너무 이른 시간이었다.

"아까 그 남자도 이 방에 자주 드나들죠?"

은행원은 울 것 같은 표정으로 그녀에게 묻는다.

"당연하지. 분명히 말하지만, 그런 남자가 한두 명이 아니야."

와인 바의 한쪽에 숨어 있는 작은 방에서 그녀는 은행원을 몰아내듯 데리고 나왔다. 쓸데없는 소리를 지껄이며 한참을 앉아 있던 탈보가 나가자마자 그가 들어오는 모습에 너무 반가워한 것이 잘못이었다.

"이 자리는 싫어요. 아까 들어올 때 봤어요. 그 남자가 여기에서 일어서는 것……."

"그래서? 마시기 싫어? 여기 아니면 난 함께 앉을 수 없어. 이 자리가 카운터에서 가장 가까우니까."

"그럼 그 남자가 마시던 것과는 다른 걸로 줘요."

어린아이처럼 투정을 부리는 은행원을 그녀는 난감하게 바라본다. 은행 창구에서 친절히 응대하던 그에게 명함을 주었던 게 실수였을까. 하우스 와인 한 잔을 건네주면서 그녀는 그에게 나긋하게 묻는다.

"내 남편이라도 되고 싶어? 이혼할 수 있겠어?"

"……그건, 아니지만……."

나긋하게 굴수록 당연하게 돌아오는 대답이다. 거의 모든 남자들이 그랬다. 이쯤에서 못을 박아야 한다. 와인 바의 주인은 이제 단호하게 말한다.

"가능하다고 해도 내가 싫어. 난 시아버지에게 두드려 맞고 애들까지 버리고 이혼했어. 결혼은 지긋지긋해."

"나도 지겨워요. 내가 생각했던 결혼은 이런 게 아니었어요. 그 여자는 내가 그냥 만만해서 결혼한 거 같아요. 뭐든지 다 자기 맘대로만 하려고 해요. 우린 섹스도 안 해요. 하지만…… 그런 걸로 이혼을 할 수는 없겠죠? 내 심정이 어떤지 이해할 수 있겠어요?"

"이해할 수 있어. 여기 있다 보면 흔히 듣게 되는 얘기들이야. 그런 걸로 이혼할 수는 없지, 당연히."

"그럼 난 어떡하죠?…… 이렇게 질투하는 남자는 흔하지 않죠?"

그때까지 테이블 위에서 굴러다니고 있던 칵테일 슈가를 여자가 집어 든다.

"이건 칵테일 슈가야. 모양이 느낌표를 닮았지? 느낌표의 달콤함만 즐겨봐. 심각한 물음표는 만들지 말고."

그의 눈에 그것은 느낌표보다 남자의 성기를 닮아 보인다. 작은 방망이 모양의 사탕을 빨아먹는 금발 여자의 모습이 그의 눈앞에 겹쳐진다. 포르노 사이트를 너무 오래 들여다본 탓이라고 생각하면서 그는 칵테일 슈가를 얌전히 받아 든다.

오리엔탈 계열의 향수에 질린 그녀가 시트러스 향을 찾아 서랍을 뒤지고 있다. 그 흔한 미니어처마저도 시트러스는 보이지 않는다. 찾으려 하면 할수록 서랍 속은 점점 더 뒤죽박죽이 되고 만다. 집 안의 물건들을 정리한 지 너무 오래되었다.

습관처럼 남편에게 짜증을 내려는 순간, 그녀는 뜻밖의 물건을 발견했다. 아직도 이름을 정하지 못한 칵테일 슈가 시제품. 이게 왜 우리 집 장식장의 서랍 안에 들어 있는 것일까.

"이걸 내가 왜 여기 가져다 놨지?"

"그거, 내가 가져온 건데? 칵테일 슈가……."

"아냐, 이건 요즘 우리 팀에서 제품명을 개발하고 있어. 시제품이라서 아직 시중에 돌아다니진 않는다구. 이걸 어떻게 당신이 가져올 수 있어? 어디서?"

그제서야 은행원은 놀란다. 고개를 갸웃거리고 있는 아내를 향해서 그는 서둘러 말한다.

"이거, 모양이 느낌표를 닮았지? 느낌표의 달콤함만 즐겨봐. 심각한 물음표는 만들지 말고."

　향수를 좋아하는 여자, 이번에는 그녀가 놀란다. 그날 밤 매끈한 구두의 남자에게 자신이 한 말이 그대로 되돌아왔다. 칵테일 슈가와 함께.

　남자와 여자 사이에 돌연 긴장이 맴돈다. 은행원과 향수 사이에 침묵이 흐른다. 남편과 아내 사이에 의혹과 당황이 엇갈린다. 예사롭지 않은 일요일 오후의 풍경이다.

　"편의점에 좀 다녀올게."

　매끈한 구두의 남자가 떠오르는 순간, 여자는 몸을 돌리며 말한다. 주머니에 칵테일 슈가를 집어넣는 것도 잊지 않았다. 우선 이 자리를 피하고 볼 일이다.

　"그래, 다녀와."

　와인 바에서 들었던 말을 그대로 반복했을 뿐인데도 남자는 쉽게 위기에서 벗어났다. 자신도 그 말을 들었을 때에 더 이상 질문을 할 수 없었던 것을 떠올리며 남자는 가슴을 쓸어내린다. 어쨌든 들키지 않고 볼 일이다.

　현관문을 열고 복도를 걸어서 엘리베이터 앞에 서기까지 여자는 빠르게 생각을 정리했다. 자신의 말과 칵테일 슈가가 어떤 경로를 거쳐 되돌아왔든 일단 그 남자와는 끝내야 한다. 우연의 일치로 남편이 자신과 똑같은 말을 한 것이라 해도, 칵테일 슈가 시제품이 다른 직원이 갖고 있던 것이라 해도, 아무튼 매끈한 구두의 그 남자와는 끝내야만 한다.

　엘리베이터의 버튼을 힘주어 누르면서 그녀는 거듭 생각한다. 권태와 불만이 겹겹이 쌓여도 이만한 남편을 다시 만나기는 쉽지 않다. 다른 남자를 만난다 해도 무엇이 달라질 것인가. 그 남자도 처음에는 온갖 성의를 다하다가 점차 시들해질 것이다.

　외형적 조건 대신 자신의 편의를 먼저 생각하는 그녀로서는 이런 남편을 다시 구하기가 힘들다는 것을 스스로 잘 알고 있다. 분양 받은 아파트의 입주 날짜도 얼마 남지 않았다. 게다가 이혼녀로 살아가는 건 이 사회에서 너무나 번거로운 일이다. 그러므로 어딘가 의심스러운 요소를 지니고 있는 남자는 일단 정리해야 한다. 남자는 세상에 얼마든지 있으니까.

그렇게 모든 손익 계산을 끝내고 홀가분하게 거리로 나섰을 때, 그녀에게 돌진하듯 한 여자가 다가왔다. 눈 밑의 다크 서클이 더욱 짙어진 그 여자는 그녀의 고교 동창이었다. 같은 아파트 단지에 있는 친정에 다니러 온 사람치고는 지나치게 허술한 차림으로 여자는 소리치듯 말한다.

"도저히 집에 들어갈 수가 없어. 엄마한테 다 말하려고 했는데, 도저히……."

"왜? 대체 무슨 일이야?"

친구를 길 한쪽으로 이끌면서 그녀는 호기심 가득한 눈을 번득인다.

"이 인간이 날 완전히 바보로 만들었어. 내가 그동안 어떻게 살아왔는데, 그 심술궂은 노인들 비위 맞춰가면서……."

"일단 저기 카페로 들어가자. 여기서 이럴 게 아니라."

그녀가 이끄는 대로 친구는 말없이 카페 건물의 계단을 올랐다. 테이블을 사이에 두고 마주 앉아 차를 주문할 때까지도 침묵은 계속되었다. 친구의 탄식 섞인 푸념은 커피 잔을 앞에 놓고서야 터져 나왔다.

"남편의 이메일 박스를 열어봤더니 기막힌 편지가 들어 있었어. 유부녀의 집에까지 드나들면서 바람을 피우나 봐. 휴대폰 통화 목록에 자주 찍혀 있는 번호로 전화를 걸어봤더니 거긴 또 다른 여자야. 그쪽 남편한테 알리겠다고 했더니 이혼녀라지 뭐야. 게다가 자기 가게를 찾는 손님으로만 대한 거라고 발뺌을 하는데……."

"말도 안 돼. 어쩜 그럴 수가 있니?"

판에 박힌 말로 대꾸하면서 여자는 흥미롭게 친구의 말에 귀 기울인다.

"다 죽여버리고 싶어. 내 남편, 그 유부녀, 그 이혼녀, 모두 모두……."

친구가 흥분할수록 여자는 점점 더 차분해진다. 파릇파릇 화를 내며 악을 쓰는 친구의 모습이 문득 부럽기도 하다. 권태와 체념에 익숙한 그녀는 친구의 이글거리는 눈빛이 낯설고 두렵기까지 하다. 열정이든 분노든 그녀는 사람에 대해서 저런 눈빛을 잃어버린 지 오래다.

"남자들은 다 변해. 별 남자 있겠니? 평생 낭만적으로 사랑해 주는 남자가 세상에 어디 있겠어?"

"아냐, 이 남자가 그동안 나한데 얼마나 잘했는지 알아? 그래서 배신감이 더 큰 거야."

여자는 친구의 얼굴을 물끄러미 바라본다. 이윽고 한숨을 내쉬며 의자에 등을 기대자 주머니 속에서 부스럭거림이 느껴진다. 부스럭거리듯 여자는 조금씩 말을 이어가기 시작한다.

"그나마 양심은 있는 사람이네. 그 와중에 너한테 잘못하기까지 했다면 얼마나 몰염치하니? 네 남편은 결혼이라는 시스템을 제대로 받아들이는 사람 같아. 너도 그걸 받아들여 봐. 챙길 건 챙기고, 버릴 건 버리면서……. 그러면서 우린 진짜 어른이 되는 게 아니겠어?"

"그 큰 건물 임대관리에 골프숍까지 신경 써야 했어. 시부모 모셔가면서……. 난 너무 억울해."

"그러니까 절대로 이혼 같은 거 하지 말고 그 재산을 움켜쥐어야지. 솔직히 말해 봐. 너 결혼할 때 정말 시댁 재산에 관심 없었니? 네 남편은 일정한 직업도 없었잖아. 그래도 결혼한 거, 정말 사랑 하나 때문이었니?"

친구의 표정이 굳어가는 것을 여자는 알지 못한다. 여자는 지금 무언가 할 말이 넘쳐서 앞이 잘 보이지 않는다.

"어차피 모든 걸 다 가질 수는 없는 거야. 하나쯤은 포기해. 감정의 유희를 즐길 애인이야 다른 데서도 얼마든지 구할 수 있어. 너도 남편처럼 마음껏 돌아다녀 봐."

결혼에 대한 희망을 접는 동반자를 환영하듯 여자는 주머니에서 칵테일 슈가를 꺼낸다.

"커피가 쓰겠다. 이걸 넣어봐. 설탕의 일종인데, 모양이 느낌표를 닮았지? 자, 느낌표의 달콤함만 즐겨보는 거야. 심각한 물음표는 만들지 말고."

어디선가 들어본 듯한 말에 친구가 고개를 갸웃거리는 동안 여자는 비닐봉지를 뜯어 막대를 손에 쥔다.

"사탕수수를 몇 번이나 정제해서 만든 최고급 설탕이래. 칵테일 슈가라는 건데, 요즘 내가 이 제품 이름 짓느라고 고생하고 있어."

칵테일 슈가. 그 이름에서 친구는 마침내 기억해 낸다. 칵테일 슈가의 달콤함을 느끼는 동안만이라도 날 생각해 줘. 그런데 그것……, 모양이 느낌표를 닮았지? 우리, 느낌표의 달콤함만 즐기기로 해. 심각한 물음표는 만들지 말고.

"그러니까…… 칵테일파티를 즐기듯 가볍게 살아보라는 얘기니?"

친구의 잔에 칵테일 슈가를 넣어주면서 여자는 흔쾌히 대답한다.

"맞아, 바로 그거야. 세상은 생각보다 허술하고 인생은 생각보다 짧아. 한순간이나마 삶을 즐길 수 있어야지."

친구가 여자의 말에 동의하듯 칵테일 슈가를 손에 쥔다. 여자는 의자 등받이에 편하게 몸을 기대며 친구를 바라본다. 은행 열매 크기의 동그란 나무 장식이 친구의 손 안에서 으스러질 것만 같다. 설탕은 거의 다 녹았는데 막대를 쥔 친구의 손에는 점점 더 힘이 들어가고 있다. 하지만 여자는 그것을 눈치 채지 못한다.

"천천히 휘젓는 모습이 보기 좋구나. 난 왜 그걸 커피에 가만히 담가놓는다고만 생각했을까? 그렇게 휘젓는 행위가 네이밍의 좋은 모티프가 될 것 같아. 예를 들자면……."

그때 친구의 몸이 산처럼 일어서는가 싶더니 곧 여자에게로 무너지듯 기울어졌다. 그와 동시에 여자의 눈앞에 어둠이 덮쳤다. 번쩍이는 빛처럼 다가온 어둠이었다. 극심한 통증은 그 다음에 느껴졌다.

"내가 바보로 보이니? 너, 채팅 닉네임이 소설가의 아내지? 그딴 속임수로 몇 명이나 유혹했니? 닉네임 탈보가 바로 내 남편이야."

뭔가 착오가 생겼다. 그 착오의 경로는 알 수 없다. 어쩌면 그건 내 손에 저 칵테일 슈가가 되돌아온 것과 같은 경로일지도 모른다. 아니, 어쩌면 착오가 아닐 수도 있다. 나도 분명 누군가와 밀회를 즐겼으니까. 엇갈리는 생각을 헤치면서 여자는 가까스로 말한다.

"아냐. 그게 아냐. 뭔가 오해가……."

"아니라도 상관없어. 너 같은 애들은 눈을 뜨고 살 자격이 없어. 뭐? 감정의 유희를 즐길 애인? 그래, 그 꼴로 마음껏 만나봐."

몰려드는 사람들 사이로 친구의 뒷모습이 멀어지고 있다. 겨우 뜨고 있던 한쪽 눈마저 스르르 감기고 있다. 점점 더 아뜩해진다. 사람들의 목소리도 희미한 웅성거림으로 들려올 뿐이다.

눈을 감는다고 해서 보이지 않을까? 보이지 않는다고 해서 그 실체가 사라질까?

비명을 지르듯 친구에게 묻고 싶지만 여자는 도저히 입을 열 수가 없다.

어쩌다가 이런 일이 생겼을까? 이 상황을 대체 어떻게 수습해야 하지?

누군가에게 묻고 싶지만 여자는 아무래도 이제 곧 정신을 놓을 것만 같다. 심각한 물음표 따위는 역시 아무런 쓸모가 없다. 차라리 칵테일 슈가가 녹아 있는 저 달콤한 커피 한 모금이 여자에겐 도움이 될 것이다.

커피 잔이 놓인 테이블을 향해 손을 뻗다가 여자는 바닥에 완전히 쓰러지고 만다. 여자의 눈을 찌르고 내던져진 나무막대는 그 동그란 나무 장식으로 지저분한 궤적을 만들면서 어딘가로 열심히 굴러 가고 있다.

우·수·상수·상·작

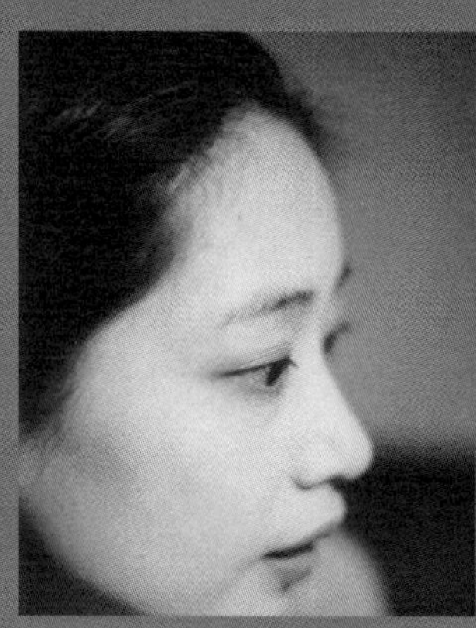

하 성 란

그림자 아이

1967년 서울 출생.
서울예대 문예창작학과 졸업.
1996년 《서울신문》에 소설 〈풀〉로 등단.
소설집 《루빈의 술잔》《옆집 여자》《푸른수염의 첫번째 아내》,
장편소설 《식사의 즐거움》《삿뽀로 여인숙》《내 영화의 주인공》 등.
동인문학상, 한국일보문학상 수상.

그림자 아이

팸플릿에는 야트막한 언덕들과 실오라기처럼 반짝이며 흘러가는 한강의 지류가 한눈에 보이는 전망 좋은 곳이라고 적혀 있었는데 막상 창가에서 내다보이는 건 거대한 삼발이 위에 얹힌 공 모양의 탱크들이었다. 회사의 심벌마크와 로고타이프가 그려진 커다란 여섯 개의 탱크들은 고속도로를 벗어난 후부터 요양소로 오는 내내 줄곧 시야에서 벗어나지 않았다. 요양소가 지어진 그 이듬해에 자회사를 여럿 거느린 대기업에서 이 일대 부지를 몽땅 사들였다고 했다. 요양소의 산책로가 있던 언덕을 밀고 그 자리에 공장 건물을 세웠다. 창가 맞은편에 일렬로 박은 대용량의 저장 탱크들 때문에 강도 보이지 않았다. 요양소에서는 경비 절감을 이유로 들어 새로운 팸플릿을 찍지 않았다.

어쩌면 더 잘된 일인지도 모른다고 아내가 트렁크를 열면서 어머니에게 속삭였다. 세 개의 트렁크 속에는 두 계절 뒤의 스웨터까지 들어

있었다. 속옷들을 서랍에 챙겨 넣으면서 연구소의 창밖으로 보이던 풍
경과 아주 흡사하다고 아내가 토를 달았다. 어머니는 창가에 붙어서 떨
어질 줄 모르는 남자에게 들키지 않도록 한숨을 길게 내쉬었다. "기억
해 내서 좋을 게 뭐가 있다고." 아내가 소리 나게 서랍을 닫았다. "어머
니의 바로 그런 점이 아들을 망치고 말 거예요. 좋은 조짐이에요. 저것
봐요. 아까부터 줄곧 탱크들만 뚫어져라 보고 있잖아요." 하지만 남자
가 보고 있는 건 탱크들이 아니라 공장 담을 따라 늘어선 수십 대의 자
전거들이었다.

눈을 뜰 때마다 침대에 누운 남자의 눈높이에 있는 탱크가 보였다.
삼발이 아래에서 주입구가 있는 탱크의 꼭대기까지 기역 자 모양의 철
제 사다리가 걸쳐져 있었다. 지난 2개월 동안 사다리 근처를 얼씬대는
사람은 없었다. 방향키처럼 생긴 주입구는 봉인된 것처럼 열리지 않았
다. 탱크의 둘레는 어림잡아도 성인 남자 스무 명이 아름으로 서야 할
만큼 넓어 보였다. 남자의 방 창으로 보이는 것은 커다란 비둘기가 그
려진 탱크였다. 감람나무 이파리를 부리에 문 노아의 비둘기가 대기업
의 심벌마크였다.

남자는 잠에서 깬 후에도 침대에서 뒤치락거리면서 대용량 탱크 속
을 채우고 있는 게 무엇인지 추측해 보았다. 어느 날은 검은 원유였다
가 어느 날은 곡식의 낟알로 바뀌기도 했다. 탱크 속이 무엇으로 차 있
는지 알 수 없듯이 남자는 자신의 머릿속이 무엇으로 채워져 있었는지
알지 못했다.

빗길에 미끄러지면서 도로를 벗어난 트럭은 인도로 뛰어들면서 가로
등 불빛에 길게 늘어난 남자의 그림자를 치었다. 남자는 손톱 끝 하나
다치지 않았다. 급브레이크를 밟은 트럭이 엎어지면서 허공을 향한 두
쌍의 바퀴가 공회전을 했다. 짐칸에 얼키설키 묶어두었던 궤짝들이 쏟

아져 내렸다. 나무 널빤지 두 개에 굵은 철사를 엮어 만든 닭장들이었다. 놀란 닭들이 홰를 치면서 튀어 올랐다. 순식간에 인도와 도로에는 브로일러의 흰 닭털들이 부옇게 날아다녔다. 닭들의 요란한 울음소리가 남자가 기억하는 것의 전부다. 남자는 제 어머니도 몰라봤다.

하얀 칠이 된 천장 쪽으로 팔을 들어 올린다. 흰 팔뚝 안쪽에 생긴 주삿바늘 자국은 채 가시지 않았다. 다섯 손가락을 움켜쥐었다가 활짝 펴 본다. 손바닥의 우묵한 곳, 생명선과 운명선들이 교차하는 그곳. 들고 있던 항아리를 놓쳐 깨뜨렸던 것일까 쥐고 있던 새를 날려버리고 만 것일까. 오른손에 꼭 쥐고 있던 무언가를 놓쳐버리고 만 아찔함과 허망함이 여전히 남아 있다. 하지만 손이 기억하고 있는 것이 무엇인지 남자는 알지 못한다.

방금 잠을 깨운 소음은 두 패로 나뉘어 멀어졌다. 또다시 정적이다. 왁자지껄한 사내들의 웃음소리와 흙바닥에 어지럽게 울리는 발짝 소리, 이따금 섞이는 자전거 요령과 체인 감기는 소리에 잠이 깨면 영락없이 아침 여섯 시가 조금 넘은 시각이었다. 야간 작업조인 3조가 퇴근을 서두르고 1조가 공장 안으로 들어서면서 공장 뒷마당은 잠시 동안 부산스러워진다. 공원들의 사옥이 공장 가까운 곳에 있었다. 공원들은 푸르스름한 작업복 차림 그대로 자전거를 몰고 출퇴근을 했다.

플라스틱 슬리퍼를 끄는 소리들이 휴게실과 세면장 쪽으로 천천히 움직인다. 언제 일어났는지 썬더보이의 침대는 비어 있다. 휴게실 쪽에서 썬더보이의 목소리가 도드라진다. 세면장으로 가려던 길에 휴게실 쪽으로 방향을 튼 게 틀림없다. "보이나? 적이 보이나?" 총소리를 흉내 내는 걸로 봐서 백마 11호 작전 때의 이야기를 늘어놓으려는 게 틀림없다. 한 방을 쓰는 동안 남자는 썬더보이의 무용담을 물리도록 들었다. 그는 때때로 칠십 노인이 되었다가 어느 날은 스무 살 청년처럼 하루 종일 팔팔하게 돌아다니기도 한다.

일인 다역을 하느라 썬더보이는 휴게실 바닥을 구르기도 하고 의자 위로 팔짝 뛰어 올라가 앉아 자신을 올려다보느라 고개를 뺀 사람들의 얼굴을 정찰병처럼 의심스러운 눈으로 내려다보기도 한다. 썬더보이는 1970년 3월, 캄란 서북방에서 30킬로미터 떨어진 바콤에 투입되었다. 아열대 기후 속에서도 방탄조끼에 완전군장을 했다. 방탄모 속에서 흘러내린 땀이 눈으로 흘러들어 제대로 눈을 뜨는 일조차 버겁다. 썬더보이는 적의 은거지를 찾아 가슴까지 흘러넘치는 계곡의 물을 도하하는 중이다. 그럴 때면 그는 밭장다리처럼 두 다리를 벌리고 어기적대면서 걷는다. 총이 젖지 않도록 두 팔을 어깨 위로 들어 올려야 했기 때문에 중심을 잡을 수 있는 건 두 다리뿐이다. 크고 작은 돌들과 갑자기 낮아지는 강바닥 때문에 균형을 잡는 일조차도 쉽지 않다. 30킬로그램을 훌쩍 넘는 완전군장이 물에 젖어 더욱 무겁게 사지를 붙들고 늘어진다. "자칫 방심했다가는 베트콩은 잡아보지도 못하고 붉은 흙물이 흘러넘치는 계곡 아래로 떠내려가 물고기 밥이 될 처지였지." 별안간 썬더보이는 휴게실 바닥에 배를 깔고 엎드려 낮은 포복 자세로 긴다. 지금 그는 벵골보리수와 칡, 빈랑나무 등이 우거진 아열대림을 적들에게 띄지 않도록 통과하고 있는 중이다. 그 모습을 보고 머리카락을 박박 민 청년 하나가 발작적으로 웃어댄다. 썬더보이는 아랑곳하지 않고 진지하다. 허리춤에 수통 두 개를 단단히 그러맨 후 손바닥으로 툭툭 쳐서 확인까지 한다. 베트남의 무더위에서는 물 없이 단 한 시간도 버틸 수 없다. 휴게실의 음료 자동판매기 쪽에서 헬리콥터들이 나타난다. 썬더보이는 과장되게 입 모양을 벌려대면서 벙긋거린다. 헬리콥터의 날개 소리에 말소리가 전혀 들리지 않는다는 걸 표현하기 위해서다. 썬더보이의 벌게진 얼굴을 보고 있으면 몇 번이나 그 이야기를 들은 적이 있는 남자도 웃지 않고는 못 배긴다.

　자전거 보관소도 담장을 따라 둥글게 휘었다. 스테인리스 고정대마다 자전거들이 묶여 있다. 수십 대의 자전거들은 스탠드의 위치에 따라 좌로 우로 비스듬하게 기울어 있다. 공장은 하루 3교대로 풀가동되었다. 하루 세 차례 교대 시간에만 십여 분 남짓 소란스러울 뿐 나머지 시간에는 넓은 마당에 햇빛만 고여 다글거렸다.

　텅 빈 마당을 내려다보고 있자면 거친 숨소리와 함께 족구를 하고 있는 젊은 남자들과 한쪽에 삼삼오오 모여 해바라기를 하며 잡담을 나누고 있는 젊은 여자들의 모습이 떠올랐다. 그 무리 어디에 자신이 있는지 어디에 아내가 있는지 확인할 틈도 없이 그림은 사라졌다. 아내는 이틀에 한 번꼴로 전화를 걸었다. 아내의 전화 목소리에 익숙해질 만한데도 남자는 매번 "실례지만 누구시죠?"라고 물었다. 대답 대신 아주 한참 만에 아내의 한숨 소리가 되돌아왔다. 남자는 아내의 부탁대로 탱크들을 보려 창가에 서 있게 되었다. 하지만 잠시 후면 남자의 시선은 탱크들을 떠나 어느새 자전거에게로 가 있었다.

　교대 시간은 아침 여섯 시와 오후 두 시, 밤 열 시였다. 교대 시간 십 분 전쯤이면 탱크들의 삼발이 아래로 자전거 떼가 모습을 보이기 시작한다. 늘 한두 대의 자전거가 다른 자전거들을 인솔했다. 그 자전거가 S자 모양으로 삼발이 다리를 통과하면 다른 자전거들도 따라했다. 맨 앞의 자전거가 보관소에 다 다다를 때쯤이면 반대편에서 어지러운 발짝 소리가 들렸다. 공장에서 작업을 마친 공원들이 퇴근을 하는 소리였다. 자전거 보관소 앞에서 백 명이 넘는 공원들이 뒤섞였다. 고정대에 묶인 자전거를 풀고 그것을 기다렸다가 다시 고정대에 자전거를 묶는 일이 마치 작업장에서처럼 일사불란하게 이루어졌다.

　어떤 공원들은 자전거에 올라타고 나서 자전거를 출발시키지 않았다. 자전거 옆에 서서 핸들을 잡고 자전거를 밀면서 달렸다. 어느 정도 속도가 붙으면 훌쩍 몸을 날려 안장에 엉덩이를 걸치고 반쯤 선 자세로 페달을 힘껏 밟아댔다. 페달을 밟는 쪽으로 자전거가 쓰러질 듯 휘청거렸다. 그들은 먼저 출발한 자전거들을 따라잡고 앞서 삼발이 아래를 통과했다. 자전거에 속도가 붙으면 그냥 두 발을 페달 위에 얹어두었다. 똑같은 작업복을 입은 수십 명의 공원들이 자전거를 타고 흩어지는 장면을 남자는 한참 동안 바라보고는 했다. 자전거 보관소 위에는 울긋불긋한 비닐 차양이 쳐져 있었지만 고작 자전거를 가릴 폭이어서 정오를 넘긴 어느 순간 자전거의 펜더들이 일제히 빛을 반사하는 때가 있었다. 그 자전거가 눈에 띈 것은 순전히 붉은 안장 때문이었다.

　목에 수건을 두른 채로 이 방 저 방을 기웃거리던 썬더보이는 아침 식사가 배식된 뒤에야 부랴부랴 방으로 돌아온다. 썬더보이는 남자보다 보름쯤 늦게 이곳에 도착했다. 머릿속이 보이도록 짧게 잘랐던 머리카락이 자라 귀를 덮었다. 남자가 주발 뚜껑에 발라놓은 콩을 보고 그냥 지나칠 썬더보이가 아니다. 핀잔 섞인 충고를 늘어놓을 게 뻔하다. "이봐, 이봐. 도련님. 8천여 명이나 되는 농민들이 왜 봉기했는 줄 아나?" 그 레퍼토리도 이미 여러 번 들은 바 있다. 썬더보이는 1894년 갑오농민전쟁에 대해 이야기하려는 거다. 밥에 묻혀 입으로 들어간 콩을 혀끝으로 골라내면서 남자가 선수를 친다. "가난 때문이지." 썬더보이는 식판 위에 놓인 밥과 반찬그릇의 뚜껑을 하나씩 열어 내려놓으면서 고개를 깊이 끄덕인다. 갑오농민전쟁 당시 썬더보이는 스물한 살의 혈기왕성한 젊은이였다. 흰 수건으로 머리를 질끈 동여매고 한 손에 죽창과 몽둥이를 든 농민들이 고부 관아로 물밀듯이 쳐들어갔다. 관아의 무기를 몰수하고 창고를 부쉈다. 불법으로 징수한 세곡이 산더미처럼 쌓여 있었다. 그들은 세곡을 풀어 빈민들에게 나누어 주었다. 그날의 함

성이 들리는지 아니면 음식의 간을 보는지 썬더보이는 입에 든 호박나
물을 한참 동안 물고 있다.

어머니가 밥뚜껑을 열어보고는, 어쩌나 이 앤 콩이라면 질색을 하는
데,라는 말을 하기 전까지는 그럭저럭 콩을 먹을 수 있었다. "콩 비린
내가 싫다, 콩에서 메주 냄새가 난다, 콩이 이 사이에서 서걱거린
다…… 넌 이런저런 변명을 다 둘러댔어. 너무 화가 치밀어서 그만 밥
풀이 묻은 숟가락으로 네 이마를 때리고 만 적도 있었다." 어머니가 웃
었다. "조그만 이마 중앙에 붉은 혹이 부풀어 올랐는데 거기 밥풀이 붙
어서…… 아무튼 조끄만 게 어찌나 고집이 세던지. 넌 입을 꾹 다물고
아무것도 먹으려 들지 않았어. 을러도 보고 달래도 봤지만 헛수고였지.
결국 넌 하루 만에 내 입에서 콩은 이제 먹지 않아도 좋다는 승낙을 받
아내고야 말았어. 전쟁이었다, 전쟁." 어머니는 그때 일은 생각하기도
싫은지 머리를 내저었다. "그때였을 거야. 난 이다음에 네가 뭐가 되든
될 아이라고 믿었다." 어머니는 밥그릇에서 골라낸 콩을 씹다 말고 입
을 다물었다. 어머니가 돌아간 그 다음 날 점심에도 콩밥이 나왔다. 밥
뚜껑을 열자마자 남자는 훅 끼치는 역겨운 냄새 때문에 뚜껑을 도로 닫
아야 했다. "지주들의 착취는 극에 달했지. 빈농의 토지를 담보로 해서
높은 이자로 곡식이나 자금을 빌려주고 이자나 원금을 갚지 못하면 토
지를 수탈해 가는 식으로 계속 농지를 집적할 수 있었던 거야. 많은 농
민들은 점차 농지에서 배제되어 소작농민으로 전락하고 말았지. 우리
도 한참 유민으로 떠돌았어……." 썬더보이는 누구에게랄 것도 없이
계속 중얼거린다. "자매自賣라고 아나? 말 그대로 스스로를 파는 거지.
우린 그야말로 더 이상 내다팔 게 없었어. 팔 거라곤 우리 육신뿐이었
지. 자진해서 부잣집으로 들어가 노비로 전락하는 거지……."

썬더보이는 이야기할 추억거리가 너무 많다. 그의 가장 오래된 추억

은 연산군 때로 거슬러 올라간다. 자신의 입으로도 5백 년을 살았다고 떠벌리고 다닌다. 썬더보이는 5백 년 동안 이런저런 일들을 보았고 겪기도 했다. 2주에 한 번, 썬더보이를 찾아오는 아내는 그가 기억하는 다섯 번째 아내다. 남자는 콩을 골라내다 말고 김민기, 하고 입엣말을 해본다. 자신의 이름에서 풋콩의 비린내가 난다. 얼굴을 들 때마다 탱크에 그려진 노아의 비둘기가 눈에 들어온다. 탱크를 보라던 아내의 충고는 별 효력을 발휘하지 못하는 듯하다. 대형 탱크의 주입구는 남자가 요양소에 온 그날부터 지금까지 한 번도 열리지 않았다. 주입구에는 붉은 녹이 슬었다. 그 탱크들도 자신의 머릿속처럼 텅 비어 있을 것 같다.

남자는 붉은 안장의 자전거를 눈여겨보았다. 그 자전거는 자전거 보관소의 왼쪽 끝에서 세 번째 고정대에 묶여 있었다. 교대 시간마다 다른 자전거들은 수시로 위치가 바뀌었지만 붉은 안장의 자전거는 늘 그 자리 그대로였다. 붉은 안장을 볼 때마다 사타구니가 불에 덴 듯 뜨거워지고는 했다. 안장과 핸들 사이의 프레임에 플라스틱 보조 의자가 얹혀 있었다. 서너 살배기 아이의 엉덩이가 쏙 들어갈 크기였다. 붉은 안장의 자전거 주인은 근무가 없는 휴일이면 플라스틱 의자에 아이를 태우고 자전거를 탔을 것이다. 교대 시간이면 백여 명의 공원들이 움직이지만 그 누구도 붉은 안장의 자전거에 손대지 않았다. 붉은 안장의 자전거 주인은 대체 어디로 간 것일까. 남자는 아예 탱크들에 눈길도 주지 않았다.

남자가 야구광이라는 것을 알려준 것은 이종 사촌들이었다. 남자와 한 살 터울이라는 일란성 쌍둥이들은 태어날 때와 마찬가지로 오 분 사이를 두고 한 명씩 문가에 나타나 남자를 당황하게 했다. 아주 오랜만에 보았는데도 그들은 한쪽 손만 살짝 들어 인사를 대신했다. 그 인사법으로 평소 그들과 남자와의 사이가 친밀했다는 것을 짐작할 수 있었다. 쌍둥이들은 보호자용 침상에 걸터앉자마자 투덕거리기 시작했다. 전화질을 하느라 사람을 현관에서 이십 분씩이나 기다리게 했다고 먼저 들어온 쌍둥이가 핀잔을 주었다. 바쁜 게 좋은 거 아니냐면서 뒤따라온 쌍둥이가 너스레를 떨었다. 남자는 이목구비가 똑같이 생긴 곱슬머리의 두 남자를 번갈아 바라보았다. 한눈에 봐서는 누가 형이고 아우인지 분간이 가지 않았다. 친척들 중 유일하게 남자만이 형과 아우를 알아보았다고 했다. 어떻게 알아보느냐고 친척 어른 중의 한 명이 물었는데 다 방법이 있다면서 알려주지는 않더라고 했다. 하지만 지금 남자의 눈에 쌍둥이는 너무도 똑같아 보였다. 쌍둥이들은 목소리도 비슷했다. 그들은 냉장고 안에 있는 여러 종류의 음료수 가운데 똑같이 섬유소 드링크를 골라 마셨다.

쌍둥이들은 동대문구장에서 있었던 프로야구 원년 개막전에 대해 상세히 기억하고 있었다. 전직 대통령이 양복조끼 차림으로 시구를 던졌고 공은 정확히 스트라이크존 안으로 날아갔다. 구장을 가득 메운 3만여 관중의 함성이 이어졌다. MBC와 삼성의 경기였다. "야, 10회 말 연장전까지 가는데 정말 손에 땀이 다 배더라." "맞아, 맞아. 이종도의 끝내기 한 방 정말 죽여줬지." "이종도가 유유히 홈플레이트를 밟을 때 이선희의 심정은 오죽했을까. 만루홈런을 맞았으니……." 쌍둥이들은 야구 이야기를 할 때만 호흡이 척척 맞았다. 갑자기 큰쌍둥이의 얼굴이 굳어졌다. "형, 기억나? 이 자식이 늦게 오는 바람에 우리가 발을 동동 굴렀던 거. 이 자식이 티켓을 다 가지고 있었잖어. 시장통이라 짐자전거들은 쉴 새 없이 돌아다니고 자전거를 피하느라 이리저리 움직여대야 했지. 길게 줄을 섰던 사람들도 거의 다 입장을 하고. 난 경기장 앞에까지 다 와놓고 그 경기를 놓치는 줄로만 알았다니까. 아무튼 이 자

식은 예나 지금이나 능장을 부린다니까." 작은쌍둥이는 그 말에도 헐
헐 웃기부터 했다. "그런 일이 있었나? 하도 오래된 이야기라 아무 생
각도 안 나는데." 만약 남자가 쌍둥이를 분간할 수 있었다면 그건 바로
너무도 상반된 쌍둥이들의 성격 때문이었을 것이다.

　1982년 3월 27일. 중학교 3학년이었고 새 학기가 시작된 지 얼마 되
지 않은 때였다. 남자는 쌍둥이들과 동대문구장에 있었다. 손가락으로
셈을 해보았다. 벌써 20년이 넘은 옛날 일이다. 손가락으로 셈을 하는
버릇은 여전하다면서 어머니가 웃었다. 유난히 셈이 느려 어머니의 속
을 태웠다고 했다. 덧셈에서 열이 넘는 수가 나오면 열 손가락으로 부
족해 열 발가락까지 끌어다 셈을 해서 젊은 어머니는 걱정이 되면서도
터지는 웃음을 참을 수 없었다고 했다. 3월 말의 날씨처럼 변덕스러운
날씨도 없을 것이다. 멋을 내느라 벗어두고 간 점퍼 때문에 돌아오는
길에는 선득했을 것이다.

　쌍둥이들은 십대의 사내아이들처럼 서로의 옆구리나 배를 치고받으
면서 장난을 쳤다. 남자는 연장전 10회 말 이종도가 친 홈런 장면을 그
려보았다. 관중들의 함성이 저 먼 곳에서 들려왔다. 펜스를 넘은 흰 공
이 점점 남자 쪽으로 다가오고 있었다. 공을 잡으러 앞좌석에 앉은 사
람들이 우르르 일어서며 팔들을 뻗었다. 공은 정확히 남자를 향해 날아
왔다. 남자는 벌떡 일어서면서 날아오는 공을 향해 손을 벌렸다. "니들
생각나냐? 내가 이종도의 그 공을 잡을 뻔했지. 아깝게도 다 잡았다가
놓쳤잖아." 남자가 아쉬운 듯 무릎을 쳤다. 분명 야구공은 남자의 손에
들어오는 듯싶었다. 야구공을 손에 넣었다고 생각한 순간 어이없게도
공은 남자의 손에서 벗어나 아래로 굴러 떨어졌다. 몇 계단 아래에서
서로 공을 잡으려는 사람들이 한데 뒤섞이면서 아수라장이 되었다.

　남자는 무릎 위에 올린 텅 빈 두 손을 내려다보았다. 이 오른손의 허

전함은 야구공을 잡았다 놓친 그때 그 느낌일까. 쌍둥이들은 눈을 끔벅거리면서 남자의 얼굴과 자신들의 얼굴을 번갈아 바라보았다. "무슨 소리야, 형. 그때 그 공은 우리 쪽으로는 오지도 않았어. 공은 분명히 경기장 밖으로 날아갔어. 안 그래?" 큰쌍둥이가 작은쌍둥이의 옆구리를 팔꿈치로 쿡쿡 찔렀다. 작은쌍둥이가 우물거렸다. "글쎄, 사람들이 함성을 지르고 자리에서 일어나 뛰어대는 통에 난 공이 날아가는 건 보지도 못했어. 아이고, 그게 벌써 20년 전이야. 우리는 열다섯이었고." 20년 전으로 거슬러 올라가는지 쌍둥이들의 눈빛이 멀어졌다. 큰쌍둥이가 입맛을 다셨다. "그때 칼라텔레비가 나왔었냐 안 나왔었냐?" 작은쌍둥이가 대답 대신 남자를 올려다보았다. "형, 나왔었어?" 큰쌍둥이가 이번에도 남자의 눈치를 살피며 팔꿈치로 작은쌍둥이의 옆구리를 찔러댔다. 작은쌍둥이가 입을 꾹 다물었다.

쌍둥이들의 대화는 다시 그룹 송골매로 옮겨졌다가 송골매의 열렬팬이던 앞집 동갑내기 여자애의 이야기로 이어졌다. 여자애 이야기가 나오자 쌍둥이들의 목소리가 더욱 커졌다. 여자애가 좋아하는 것은 큰쌍둥이였는데 작은쌍둥이가 큰쌍둥이인 척하면서 여자애에게 말을 걸었다는 것이다. 작은쌍둥이도 지지 않았다. 애시당초 그 여자앤 큰쌍둥이처럼 똑같이 생긴 데다 성격도 좋은 작은쌍둥이에게 호감을 가지고 있었다고 했다. 쌍둥이들은 남자의 방에 들어선 후부터 과거 이야기로만 한 시간이 넘게 이야기를 이어가고 있었다.

썬더보이가 들어서면서 쌍둥이들의 대화는 잠시 중단되었다. 인기척에 뒤를 돌아본 큰쌍둥이가 썬더보이를 알아보았다. 큰쌍둥이를 따라 작은쌍둥이가 고개를 돌려 썬더보이를 올려다보았다. 쌍둥이가 동시에 말을 내뱉었다. "어? 박성배다!" 하지만 정작 박성배라고 불린 썬더보이는 똑같이 생긴 곱슬머리 남자들을 요모조모 뜯어보느라 정신이 없는 듯했다.

자신이 응원하던 팀의 역전을 고대하던 204호 사내는 극적인 만루 홈런 장면을 보지 못하고 그새 소파에 머리를 기댄 채로 잠이 들었다. 이곳 사람들은 시도 때도 없이 잠에 빠져 든다. 남자는 어느새 자신이 야구 경기에 열중하고 있다는 것을 깨달았다. 펜스를 넘어간 야구공은 비교적 비좁은 구장 탓인지 훌쩍 경기장 밖으로 날아가 버렸다. 불펜에 서, 이긴 팀의 선수들이 마운드로 쏟아져 나오면서 환호성을 질러댔다. 그 화면 위로 엔딩 크레디트가 천천히 올라갔다.

썬더보이는 머리를 박박 민 청년에게 빗자루를 들려주고는 검술 시 범을 해 보이는 중이다. 본국검이니 금계독립세, 맹호은검세에 대해 열 심히 설명을 해준다. 청년은 열심히 고개를 끄덕거린다. 썬더보이가 먼 저 실연을 해 보인다. 왼발이 뛰어나가고 오른발이 뒤따르면서 검을 든 두 손이 위를 찌른다. 오른발이 뒤로 물러서고 왼발을 끌어당기면서 검 으로 상대방의 엄지와 집게손가락 사이를 내리친다. 청년은 자꾸 순서 를 잊어버린다. 이번에는 썬더보이와 청년의 대련이다. 청년이 머리를 내리치면 썬더보이가 옆으로 살짝 물러난다. 이번에는 썬더보이가 청 년의 머리 위에서 허리 쪽으로 칼을 내휘두른다. 청년이 방어를 하면서 두 칼이 허공에서 번쩍 빛을 내며 부딪친다. 남자는 두 개의 빗자루가 부딪치면서 내는 둔탁한 소리를 듣는다.

좁은 휴게실 안을 두 사람이 겅둥거리며 휘젓고 다니는 통에 텔레비 전을 보던 사람들 몇이 방으로 돌아갔다. 청년은 순서를 자꾸 혼동한 다. 순서라고 해봐야 다섯 동작뿐이다. 썬더보이도 그 이상은 기억하지 못한다. 청년은 머리를 내리쳐야 할 부분에 칼을 대각선 방향으로 휘젓 는다. 그 바람에 칼을 피하려 한 발짝 옆으로 갔던 썬더보이가 기습적 으로 옆구리를 맞고 만다. 통증과 화를 누르느라 썬더보이의 얼굴빛이

울그락불그락이다. 청년은 빗자루를 든 채 엉거주춤 서 있다. 썬더보이
가 다시 청년이 선 자리로 가서 청년이 해야 할 동작들을 짚어준다.

　텔레비전 옆의 안락의자에서 뜨개질을 하고 있던 중년 여자가 빗자
루에서 떨어지는 먼지를 피해 남자와 204호 사내 사이로 자리를 옮겼
다. 중년 여자는 만두처럼 시접을 여민 굽 낮은 신발을 신고 있었다. 남
자의 옆에서 여자는 한동안 뜨개질에 열중했다. 여자의 무릎에 놓여 있
던 실뭉치가 또르르 굴러 남자의 발에 와 멈췄다. 여자가 깜빡 존 모양
이었다. 실뭉치를 잡으려 손을 뻗었다. 실의 까실까실한 촉감이 좋았
다. 실뭉치는 손아귀를 꽉 채우고 넘쳤다. 손이 기억하고 있는 그 느낌
은 아니었다. 남자는 손이 기억하는 것을 찾아 이것저것을 만져보았다.
지갑은 너무 컸고 문고리는 차가웠다.

　인기척에 여자가 잠에서 깼다. 부르르 몸을 떨더니 다시 뜨개질을 시
작했다. 이번에는 한 줄을 뜰 때마다 남자의 등에 반쯤 떠진 스웨터의
몸통 부분을 대보았다. 스웨터의 품은 남자의 등보다 훨씬 작았다. 중
년 여자는 스웨터의 사방을 늘여 남자의 등에 맞춰보려다가 투덜거렸
다. 대바늘을 뽑고 빠른 손놀림으로 떴던 스웨터를 풀기 시작했다. 여
자의 치마 앞자락이 금세 구불구불 풀린 실로 넘쳐났다. 코에 대바늘을
꿰던 여자가 중얼거렸다. 남자는 그 말이 자신에게 하는 말인 줄 알지
못했다. 여자가 조금 목소리를 높였다. "넌 영락없이 네 아빠를 닮았
어. 세상에 어쩜 그렇게 빼다 박을 수가 있는지……." 코를 꿰다 말고
여자가 남자의 옆얼굴을 흘깃거렸다. "얘, 넌 네 아빠를 닮아 등이 너
무 길어. 이것 봐라. 표준 사이즈대로 스웨터를 떴는데 터무니없이 작
잖니?" 코를 다 꿴 여자는 다시 부지런히 손을 놀려 스웨터를 떠가기
시작했다. 옷 양쪽에 꽈배기 무늬가 들어간 흰색 스웨터였다. "목이 따
갑다고 스웨터를 안 입고 서랍 속에서 썩히면 안 된다, 알겠지?" 남자

는 아무 대답도 하지 않았다. 여자가 남자를 나무라는 듯 혀를 찼다. "그 버릇은 여태 고치지 못했구나. 입에 침이 마르도록 타일렀건만. 어른이 말씀하면 재빨리 예, 하고 대답해야 하는 거다!" 남자는 엉겁결에 네, 하고 대답했다. 중년 여자가 고개를 획 돌려 남자를 쏘아보았다. "고얀 것. 이젠 어른을 놀리려 들어?"

여자가 벌떡 일어섰다. 흰 실꾸러미가 바닥으로 굴러 떨어졌다. 여자는 잔뜩 화가 난 사람처럼 어깨를 들먹거렸다. "그래, 넌 네 아빠를 빼닮아서 걸핏하면 손찌검이냐? 엉? 나쁜 것." 허공으로 올라간 여자의 손이 남자의 뺨을 찰싹 내리쳤다. 남자가 뭐라고 말할 틈도 없었다. 뜨개질감을 두 손으로 쥔 여자는 종종걸음으로 휴게실을 나가버렸다. 여자가 흘린 실뭉치가 조금씩 풀리면서 여자의 뒤를 돌돌 따라 굴러갔다. 작은 덩치에 비해 손맛이 매웠다. 뺨이 얼얼하고 눈물이 핑 돌았다. 청년에게 또 옆구리를 공격당한 모양인지 썬더보이도 옆구리를 비벼대며 펄쩍펄쩍 뛰어오르고 있었다.

어머니는 사과 껍질이 끊기지 않도록 길게 깎았다. 사과에서 늘어진 껍질이 얼추 어머니의 무릎에 가 닿았다. 밤새 내린 빗물이 마당 곳곳에 웅덩이를 만들었다. 차양 아래로 빗물이 들이쳐서 붉은 안장의 자전거도 흠뻑 젖었다. 출근할 때 자전거를 가져왔던 공원들 가운데 몇은 거센 빗줄기 때문에 아예 자전거 없이 퇴근을 했다. 우비를 쓴 공원들이 자전거로 퇴근을 했지만 눈으로 흘러내리는 빗물 때문에 다른 날처럼 속력을 내지는 못했다. 붉은 안장의 자전거는 아무도 타지 않았다. 양옆의 고정대에 다른 자전거들을 넣고 뺄 때마다 붉은 안장의 자전거를 툭툭 건드렸다. 남자는 플라스틱 의자에 서너 살배기 아이를 앉히고 자전거를 달리는 자신의 모습을 상상해 보았다. 솜털 같은 아이의 머리카락이 바람에 날리고 살짝 살이 접힌 뒷목이 보인다. 자전거 바퀴가 돌을 밟을 때면 아이의 엉덩이가 플라스틱 의자 위에서 가볍게 튀어오른다. 아이가 간지럼을 타듯 까르륵 웃어댄다. 그런 상상 끝에는 얼토당토않은 노래 가사가 떠올랐다. 아빠하고 나하고 닮은 데가 있어요. 눈 땡, 코 땡, 입 딩동댕.

"난 어떤 아들이었어요?" 어머니가 사과를 깎다 말고 창가에 선 남자를 올려다보았다. 야구광에 콩을 싫어하고 어릴 적 엄마의 생일 선물로 뽀뽀를 선물했던 아이는 어머니의 바람대로 연구소에 취직을 했다. 하지만 어머니 몰래 어머니의 지갑에 손을 댄 적도 있었을 것이다. 패싸움을 하고 찢어진 상처를 넘어져 생긴 거라고 둘러대기도 했을 것이다. 공부를 한다고 독서실에 자리를 잡아두고서 여자애의 집 앞에서 밤을 새운 적도 있을 것이다. 아내를 때리는 아버지를 보고 자라 결혼을 해서 자신의 아내를 구타하는 못된 남편일 수도 있었을 것이다. 놀란 닭들이 요란하게 홰를 치고 하얀 닭털들이 날아올랐다. 남자가 기억하는 것은 그것이 전부다. "넌 착한 아이였다." 어머니가 한숨을 쉬었다. 남자가 어머니를 몰라봤을 때도 어머니는 놀라지 않았다. 다른 사람은 몰라도 제 엄마는 알아볼 거라고 했다. 하지만 남자는 어머니와 관계된 그 어떤 기억도 하지 못한다. 남자는 두 손을 내려다보았다. "엄마, 혹시 내가 손에 무언가 쥐고 있었어요? 뭔가를 놓친 것 같은데. 그것 때문에 너무도 절망스러워요." 어머니는 아무런 대답도 하지 않았다. 어머니가 들고 있던 칼이 어긋나면서 사과 껍질이 끊겨 바닥에 떨어졌다.

공장은 스물네 시간 풀가동이다. 한밤중에도 방 안까지 공장의 불빛이 어울거린다. 썬더보이는 이마에 손을 얹고 잠이 들었다. 왜 그렇게 자느냐고 물었더니 생각이 너무 많아서라고 대답했다. 얼굴을 돌리면 바로 썬더보이의 뒤통수가 보인다. 공장의 불빛 때문에 정수리에서 목덜미까지 난 수술 자국이 선명하다. 그 자국이 번개 모양 같아서 썬더보이라고 부르기 시작했는데 어느새 그 별명이 이곳 사람들 입에 붙었다. 수술을 하면서 짧게 자른 머리카락이 귀를 덮었지만 흉터 자국에는 머리카락이 자라지 않았다. 머리를 잘 빗어 내려도 흉터는 가르마처럼 머리카락을 이등분했다. 내일은 집에 가는 날이라고 밤늦게까지 쌌던 짐을 몇 번이나 풀러대더니 어느새 잠이 들었다. 남자는 생각이 많은 사람처럼 이마에 손을 얹어보았다. 손이 돌덩어리처럼 너무 무거웠다.

복도에 울리는 이 발짝 소리는 방문객의 발짝 소리다. 플라스틱 슬리퍼를 끌고 다니는 이곳 사람들의 발짝 소리 가운데에서 확연하게 구분할 수 있다. 뾰족한 굽 소리는 남자의 방 앞에 와 멈춘다. 눈을 뜨지 않아도 누군지 알 수 있다. 발짝 소리가 침대로 다가온다. 화장품 냄새와 고른 숨결이 남자의 콧잔등까지 와 닿는다. 아내다.

아내는 창가에 선 채 전망부터 살폈다. 창틀에 두 팔을 얹고 엉거주춤 엉덩이를 뒤로 뺀 채 서서 한참 동안 입을 열지 않았다. 두 눈에 생기라곤 없어 보였다. 복도에서 종종 마주치는 이곳 여자들과 크게 달라 보이지 않았다. 숱이 적은 머리카락이 부석부석 들떠 있었다. 아내는 좀처럼 웃지 않았다. 저 여자와 사는 동안 난 행복했을까. 남자는 아내를 볼 때마다 죄책감을 느꼈다. 피가 뜨거워지지 않을까 봐 안아볼 엄두가 나지 않았다. 아내가 어머니처럼 한숨을 내쉬었다.

아내가 손가락으로 창밖의 무언가를 가리키면서 핏 웃었다. "칫, 자전거 따위……." 남자가 창가로 바라보는 게 탱크들이 아니라 자전거라는 것을 알아채기라도 한 것일까. 한참 만에 아내가 다시 입을 열었다. "춘천 갔던 일 기억나?" 결혼하기 1년 전쯤이었다고 했다. 삼일절이었다. 배로 십여 분 들어가야 하는 젊은 사람들이 즐겨 찾는 유원지였다. 섬의 입구에서부터 눈에 제일 많이 띈 것이 자전거 대여소였다. 자전거로 섬을 일주하는 데 한 시간이 채 걸리지 않았다. 연인들은 죄다 자전거를 빌렸다. "이상하게 당신이 우물쭈물 빼더군. 그때까지 난 자전거를 못 타는 남자란 생각해 본 적이 없었어. 수영이나 테니스, 못하는 게 없어서 만능 운동선수라고 연구소 내에 소문이 자자했었거든." 자전거를 빌리자고 아내가 억지를 썼다. "유독 못하는 게 자전거 타기라고 당신이 말했는데 난 장난인 줄 알고 웃어댔어." 남자는 아내가 모는 자전거의 짐칸에 올라탔다. 키 낮은 자전거라 두 다리가 땅에 질질 끌렸다. 모깃소리 같은 아내의 웃음소리가 이어졌다. "생각보다 당신은 너무 무거워서 난 그날 종아리에 알이 뱄어."

덩치가 큰 남자를 짐칸에 태우고 낑낑대며 자전거 페달을 밟는 여자란 금세 눈에 띄었다. 자리가 바뀐 남자와 여자를 보고 사람들은 장난을 치는 거라고 생각했다. 급경사에서 속도를 줄이지 못한 자전거가 강쪽으로 쏜살같이 밀려 내려가기 시작했다. 남자가 두 다리를 땅에 대고 버텼지만 헛수고였다. 자전거는 두 사람을 태운 채로 강물에 빠지고 말았다. "3월의 물은 너무 찼어. 심장이 졸아붙는 줄 알았지. 바닥에 발이 닿지 않을 땐 공포감이 밀려왔어. 팔을 허우적댈수록 괜한 강물만 삼켰지." 강은 물풀들과 관광객이 버린 오물로 더러웠다. 남자는 축 늘어진 아내를 강가로 끌어냈다. "아마 당신이 수영을 잘하지 못했다면 난 그 강에서 죽고 말았겠지. 그 뒤로 난 두 번 다시 자전거를 타지 않았어. 당신은 무거운 당신을 태우는 게 벅차서냐고 놀려댔지만, 사실 난 물이 너무 무서웠어. 자전거를 보기만 해도 자꾸 물속으로 빠질 것 같았어."

남자는 아내 곁으로 다가가 아내의 손을 쥐었다. 냉장고에서 깡통 음료수를 꺼내는 듯한 느낌이었다. 남자의 손 안에서 아내의 손이 조금 움찔거렸다. 아내의 손이 미끄러지듯 남자의 손에서 벗어났다. 아내가 한숨을 뱉어냈다. "하지만 난 자전거를 다시 탈 생각이었어. 자전거포에서 자전거도 미리 봐뒀는데……." 아내의 손 또한 남자의 손이 기억하고 있는 그 무언가는 아니었다.

썬더보이는 오지 않고 썬더보이의 아내만 왔다. 서랍 속에서 자꾸 잡동사니들이 나왔다. 한밤중에 바로 윗집에서 들린 아이의 울음소리가 화근이었다. 발작을 하듯 울어대는 아이의 울음소리는 삼십 분이 넘도록 멈추지 않았다. 윗집으로 올라가 벨을 눌렀지만 아무도 문을 열어주지 않았다. 썬더보이는 자신의 집 베란다로 나갔다. 베란다의 가스관을 타고 윗집으로 올라갈 작정이었다. 그런 일이라면 이미 경험이 있었다. 실수 없이 잘해 낼 자신이 있었다. 아내가 말렸지만 썬더보이는 귓전으로 흘려들었다. 지난 5백 년 동안 자신은 아무 일 없이 살아남았다. 베란다 난간으로 올라가 간신히 가스관을 붙잡았다. 하지만 베란다의 난간에서 남은 한 발을 떼는 순간 기억과는 달리 두 손에 너무 힘이 없다는 것을 깨달았다. 썬더보이는 3층 아래의 화단에 떨어지면서 머리를 부딪쳤다. 아이의 부모는 아이가 잠든 틈을 타 잠깐 밤외출을 했었다고 했다.

"알고 계셨어요?" 화장을 하지 않은 썬더보이의 아내는 터진 만두 같은 눈꺼풀을 끔벅이면서 눈물을 훔쳤다. 썬더보이는 훌륭한 배우였다. 그가 자신의 경험이라고 기억하는 것의 대부분이 그가 극에서 맡았던 배역이었다. 교통사고로 머리를 다쳤을 때 자신이 영화배우라는 사실만 지워졌다. 그의 머릿속에 남은 건 그가 맡았던 다양한 역할이었다. 수술은 순조롭게 끝났지만 예후에 대해서는 의사들도 장담하지 못한다고 했다. 분명한 건 이번에는 저번보다 아주 오랫동안 병원 신세를 져야 할 것 같다고 썬더보이의 아내가 한숨을 쉬었다. "그나저나 이번에 깨면 저번과는 반대였으면 좋겠어요. 그럼 말썽을 일으키진 않을 테죠. 맡은 배역이 환자 역이다 생각하면 지루하지 않을 테죠. 수없이 주사를 맞고 검사도 해야 하는데 극중이다 생각하면 아프지도 않을 거 아녜요.” 썬더보이의 아내가 희미하게 웃었다.

머리를 돌리면 텅 빈 침대가 보였다. 꿈에서 남자는 썬더보이의 머리통을 보았다. 썬더보이의 머리통은 여러 조각으로 기워져 있었다. 썬더보이가 자신의 머리통을 쓰다듬으면서 웃었다. 도련님, 이젠 축구공이라고 불러줘.

누군가 자전거의 붉은 안장을 떼어 달아났다. 자전거 보관소의 자전거들을 샅샅이 뒤졌지만 붉은 안장은 보이지 않았다. 안장이 떨어져 나간 자리에 녹이 슨 스프링 몇 개가 삐죽이 솟아 있었다. 어제저녁 교대 시간에도 분명히 붉은 안장은 그대로 있었다. 그렇다면 새벽반인 3조가 퇴근을 할 때 그들 중 한 명이 안장을 떼어 달고 갔을 것이다. 3조는 저녁 열 시나 돼야 공장에 나타날 것이다.

기억허나,로 종숙의 말은 시작되었다. 문병을 온 많은 친척들이 그렇게 말을 꺼냈다. 그런 말을 들을 때마다 남자는 자신이 다른 사람들의 기억으로 기워진 허수아비 같았다. 종숙의 손은 마른 나뭇잎처럼 버석거렸다. 종숙은 남자의 손을 오랫동안 붙잡고 있었다. 땅 밑으로 흐르는 지하수처럼 흐릿하게 뛰는 맥박이 느껴졌다. 종숙은 아버지의 장례식을 떠올렸다. 장례식 내내 어린 상주가 의젓했노라고 했다. 종숙을 따라온 어린아이는 썬더보이의 침대에 올라가 텀블링을 하듯 뛰어댔다. 이야기 중간중간 종숙이 아이에게 주의를 주었지만 그때뿐이었다. 아이가 뛸 때마다 침대 스프링이 삐걱거렸다. 아이는 뛰어오를 때마다 창밖에 보이는 비둘기에 대고 혀를 빼물었다. 어머니와 아내는 종숙모와 복도에서 소곤대고 있었다.

“네가 아마 열여덟이었을 거다.” 종숙은 복도 쪽에 대고 목소리를 높였다. “야가 열여덟 살 때 맞지요? 우리 집에 왔던기.” 복도에서 그렇다는 어머니의 대답이 들려왔다. 종숙이 다시 말을 이었다. “그때 니가 누구드라. 그래, 니 이종인 쌍둥이들하고 우리 집에 안 왔나. 기억나제?" 종숙은 다시 복도의 어머니를 향해 그 쌍둥이들은 지금 뭐하면서 살고 있냐고 물어보았다. 어머니는 "밥 걱정은 안 하고 삽니다"라고 대답했다. 천렵을 하러 종숙의 자식들과 남자, 이종 쌍둥이들이 강가로 나갔다. 비가 온 직후라 개천의 물이 불어 있었다. 개천을 건너 물이 깊은 곳을 찾았다. 물 묻은 살갗이 금방 벌겋게 탔다. 고기는 한 마리도 잡지 못했다. 개천을 건널 때는 물살 때문에 종아리가 저릿저릿했다. 나이가 든 아이들이 먼저 건너고 초등학교 저학년에 다니던 계집애 둘이 손을 잡고 뒤따라 나오던 참이었다. 계집애 하나의 몸이 물에 떴다. 작은 계집애들이 감당하기에 물살이 너무 거셌다. 몸이 물에 뜬 계집애가 떠내려가면서 곁에 서 있던 계집애의 몸을 떼밀었다. 순식간에 개천 물속으로 계집애들의 모습이 사라졌다. 이쪽 개천가로 건너와 있던 남자애 하나가 소리쳤다. "저기 떠내려간다!" 누구 하나 선뜻 개천 속으로 들어가려 하지 않았다. 그때 개천으로 텀벙텀벙 들어간 게 남자였다. 남자는 물속에 잠겨 있는 계집애들의 목덜미를 잡아 하나씩 물 밖으로 건져냈다. 물에 흠뻑 젖은 계집애들이 뒤늦게 입을 벌리고 울기 시작했다.

복도에 있던 종숙모가 이야기에 끼어들었다. "갸가 아니고요, 종기 아닙니꺼. 얼라들을 건지낸 건 민기가 아니라 종깁니더, 종기." "종기?" "야. 큰집 둘째 머스마 안 있습니꺼." 종숙이 멋쩍은 듯 웃었다. "그럼 이 이야긴 없었던 걸루 치고 지와뿌리라마." 종숙에게서는 약초 달이는 냄새가 났다. 종숙은 수많은 이야기를 했지만 수많은 이야기를 없었던 이야기로 만들기도 했다.

종숙을 배웅하기 위해 택시 정거장까지 함께 걸었다. 종숙네 아이는 매점 앞을 기웃거리느라 어른들의 걸음을 뒤처지게 했다. 과자봉투를 찢다가 로비에 과자를 절반이나 쏟아 부었다. 택시가 와서 서고 어른들이 탔지만 가지 않겠다고 저만큼 달아나는 바람에 할 수 없이 남자가 뒤쫓아 가 손목을 붙들었다. 아이의 손에는 과자 가루가 묻어 있었다. 아이의 주먹 쥔 손이 손아귀 안에 쏙 들어왔다. 택시에 아이의 몸이 들어가면서 남자의 손에 있던 아이의 손이 물처럼 새어 나갔다. 택시가 떠난 뒤에도 남자는 한동안 자신의 빈손을 내려다보았다. 자신의 손이 기억하고 있는 게 꼭 아이의 손인 것만 같았다.

남자는 하루 종일 자신의 손을 들여다보았다. 복도에서 어머니와 아내가 속삭였다. 어머니는 여전히 기억해서 좋은 게 없다고 했고 아내는 정말 하나뿐인 아들을 망칠 셈이냐고 따지듯 물었다. 남자는 자신의 오른손이 잡았던 아이의 손을 떠올린다. 대체 아이의 손은 어디서 놓아버린 것일까. 어머니와 아내는 아이에 대해 한마디도 해주지 않았다. 빗길에 미끄러진 트럭은 남자의 그림자를 치었다. 놀란 닭들이 홰를 쳤다. 순식간에 하얀 닭털들이 날아다니기 시작했다. 남자는 황급히 고개를 저어 불길한 생각을 지웠다. 아내와 어머니에게는 아무 말 하지 않기로 했다. 아직 가을이 깊지도 않았는데 아내는 트렁크 가득 겨울 내복과 코르덴바지 등을 챙겨 왔다. 올겨울은 이곳에서 나야 할 게 분명했다.

남자는 안장 없는 자전거로 다가갔다. 공장의 담을 타 넘는 건 어렵지 않았다. 몇 개월 동안이나 아무도 타지 않은 자전거는 녹이 슬어 제대로 페달이 돌려지지 않았다. 핸들과 가까운 스탠드에 비뚤배뚤하게 흰 글씨가 씌어 있었다. 남자는 손가락 끝으로 그 글자를 쓰다듬었다. 신념. 신념은 중학교 때부터 남자가 가장 좋아하던 말이었다. 이렇게 표시도 있으니 붉은 안장의 자전거는 틀림없이 자신의 자전거였다. 바퀴 하나와 고정대를 묶어놓은 줄도 이미 삭아 굵은 철사 하나만 간당거리고 남아 있었다. 아이를 태우는 의자에도 먼지가 잔뜩 내려앉았다. 집에 가지 않은 지 얼마나 되었을까. 혹시 이 의자에 태우지 못할 정도로 아이가 커버린 것은 아니겠지. 줄칼로 철사를 갈면서 남자는 마음이 조급했다.

붉은 안장은 붉은 안장의 자전거로부터 네 번째 고정대에 있었다. 안장을 당기자 쉽게 자전거로부터 분리되었다. 아무도 자전거를 타지 않자 주인 없는 자전거라고 생각한 모양이었다. 붉은 안장을 떼어 도로제 자전거에 붙였다.

땅에서 발을 떼자마자 자전거는 휘청 흔들렸다. 재빨리 발을 뻗어 쓰러지려는 자전거를 고정했다. 다시 페달 위에 두 발을 얹어놓았다. 바퀴가 두 바퀴를 돌기도 전에 자전거와 함께 땅바닥으로 넘어졌다. 흙에 쓸린 빰이 화끈거렸다. 다시 페달을 밟았다. 다섯 바퀴에서 스무 바퀴쯤으로 늘었다. 비뚤배뚤하지만 자전거가 앞으로 나가게 되자 탱크들 앞으로 보이는 흰 건물에 대해 아예 다 잊었다.

밤을 새운 3조팀들의 얼굴은 백지장 같다. 입을 벌릴 때마다 군내가 물씬 풍긴다. 밤새 입을 꾹 다물고 작업을 했을 것이다. 사내들은 자전거를 풀면서 음담패설을 늘어놓는다. 삼발이 건너로 1조팀의 자전거가 보이기 시작한다. 자전거들이 요령을 울려댄다. 고정대에서 자전거를 풀던 3조팀 공원 하나가 안장이 없어졌다고 신경질을 부린다. 옆의 누군가가 받아친다. 조심해라. 엉덩이 찔릴라.

3조팀의 자전거가 하나, 둘 움직이기 시작한다. 자전거 경주라도 벌이듯 공원들은 열심히 페달을 밟는다. 남자는 몇 번 이리저리 비틀거리다가 간신히 중심을 잡지만 맨 뒤로 한참 처진 후다. 자전거 무리를 따라잡기 위해 핸들을 움켜쥐었다. 플라스틱 의자가 덜컹거렸다. 손아귀에 핸들이 쏙 들어왔다. 어쩌면 손이 기억하는 것이 자전거의 핸들일지도 모른다고 생각했다. 선두를 달리는 자전거가 삼발이 아래를 통과한다. 거대한 원형 탱크에는 노아의 비둘기가 그려져 있다. 늘 그 그림을 바라보던 남자는 더 이상 그곳에 없다. 남자는 힘껏 페달을 밟는다. 3조에 섞여 자전거를 타고 가다 보면 저절로 사옥까지 도착할 것이다. 집을 찾는 일은 그 후에 생각할 일이다. 휴일이면 자전거의 플라스틱 의자에 아이를 태우고 도로를 질주할 것이다.

　수십 대의 자전거가 여섯 개의 거대한 탱크 아래를 지나친다. 잠시 뒤에 삐걱거리면서 한 대의 자전거가 비뚤빼뚤 그 뒤를 쫓아간다. 신념이라는 이름의 자전거다.

우·수·상·수·상·작

정 미 경

발칸의 장미를 내게 주었네

1960년 경남 마산 출생.
이화여대 영문학과 졸업.
1987년 《중앙일보》에 희곡 〈폭설〉로,
2001년 《세계의 문학》에 소설 〈비소여인〉으로 등단.
장편소설 《장밋빛 인생》 등.
오늘의 작가상 수상.

발칸의 장미를 내게 주었네

　—가장 좋았던 건 뭐였어요?

　재이는 커피메이커에서 포트를 꺼내며 물었다. 그 순간 열판 위에 커피 한 방울이 떨어졌다. 치익. 재이는 뜨거운 커피가 떨어진 게 제 이마이기라도 하듯 미간을 살짝 찌푸렸다.

　—비가 왔었어. 항구도시들은 다른 모습을 가지고 있다가도 비만 오면 모두 비슷한 표정으로 바뀌는 거 같아. 함부르크, 샌프란시스코, 여수, 시모노세키. 맑은 날 보면 그토록 다른 도시들이 비가 오면 같은 표정을 짓거든. 비 냄새, 바다 냄새, 바다 위로 빗방울이 스미는 풍경, 그런 것들 때문일까. 피셔먼스 워프에 나갔었어. 해안가의 시푸드 레스토랑에서 먹었던 크램차우더 수프야. 비 오는 피셔먼스 워프에서 먹었던 크램차우더 수프. 그게 제일 좋았어.

　재이는 약간 뜻밖이라는 표정을 지었다. 지난 여행에서 무엇이 가장 좋았던가 하는 건 개인적인 취향의 문제이긴 하지만, 대체로 무심코 했던 비슷한 질문에 수프 따위를 말한 사람은 없었던 것 같다.

하긴 사람들이 지난 여행에서 기억하는 게 완벽한 아름다움을 자랑하는 고딕 성당의 실루엣이나 비명 같은 탄성을 자아내던 풍경만은 아닌가 보다. 이름 모를 거리를 걸어가다 부딪친 낡은 돌담 사이에 피어 있던 노란 들꽃 한 송이, 혹은 버스가 모퉁이를 돌 때 스쳤던 찻집의 올리브빛 테이블클로스의 기억, 그런 것들을 얘기했던 사람들도 있었던 것 같다.

─크램차우더 수프가 뭐지?

─얇은 밀가루 반죽 속에 수프를 넣고 오븐에 구운 요리야. 가리비나 랍스터 같은 해산물이 듬뿍 들어 있지. 뚜껑을 포크로 여는 순간, 여전히 바다 내음을 간직한 신선하고 뜨거운 수프의 향을 처음 맡는 순간을 행복이라고 부를 수 있을까. 그래도 괜찮을 거 같아. 갈색이 도는 빵의 뚜껑을 터뜨릴 땐 정말 조심해야 해.

─왜요?

─향에 매혹돼서 얼굴을 박고 있으면 좁은 곳에 갇혀 있다 터져 나오는 뜨거운 김에 코를 데거나 시력을 상실할 수 있어. 그때 덴 자국이야.

그는 코 옆의 한 곳을 손가락으로 짚으며 장난스럽게 웃었다. 오래된, 손톱자국과 섞인 여드름 흉터였다.

─우리 음식이 생각날 땐 그것보다 좋은 게 있어. 파리 몽마르트르 언덕의 노천에서 파는 시원하고 담백한 국물 맛이 일품인 홍합 요리도 괜찮아. 요리라고 부르기엔 좀 그렇지? 싱싱한 홍합을 그냥 삶은 거니까. 여기서의 포장마차 홍합탕에 비해 비싸다는 생각이 들면 입이 활짝 열린 걸로만 골라 반쯤 먹다 웨이터를 부르면 돼. 심각한 표정으로, 조개가 싱싱하지 않다는 생각이 들어요, 하고 클레임을 걸면 한 접시를

새로 받을 수 있지. 중학생 때, 먹다 남은 자장면에 미리 준비해 간 파리를 한 마리 집어넣어 새로 자장면을 얻어먹은 적이 있는 사람이라면 아련한 추억에 젖게 되면서 즐거움은 두 배가 될 거야.

—해산물 요리를 좋아하나 봐요.

—그래. 해물 요리라면 방콕의 컴컴한 야시장에서 먹었던 볶음국수도 놓칠 수 없지. 죽순과 해산물을 넣어서 볶은 국수, 돌아오는 길에 먹었던 여러 가지 곤충 볶음의 고소함도.

—바퀴벌레?

—글쎄, 그건 잘 모르겠고 메뚜기, 전갈, 뭐 그런 것들. 선물을 못 사와서 미안해. 일정이 너무 빡빡했고 동행이 있었어. 면세점에서까지 가이드를 해줘야 했지. 다음에 러시아 출장을 가게 되면 마트로시카를 사다 줄게.

—그래요.

마트로시카라면, 재이의 서랍 속에도 한 세트가 들어 있다. 러시아가 아니라 동구의 어느 도시로 여행 갔던 친구가 사다 준 것이었다. 커다란 목각 인형을 열면 똑같이 생긴, 조금씩 작은 사이즈의 인형들이 여러 개 들어 있는 기념품. 재이는 마트로시카를 서랍 속에 가지고 있다는 얘긴 하지 않는다. 이 사람은 선물 같은 걸 사다 주는 성격은 아니니까.

—아니야. 재이한텐 그것보다 다른 선물이 어울려.

그는 눈을 가늘게 뜨고 짧은 생각에 잠기는 척하더니 단정적으로 말했다.

—베니스에 가게 되면, 가면을 하나 사다 주지. 산마르코 광장 옆, 곤돌라 선착장의 뒷골목으로 걸어가면 수백 년의 역사를 자랑하는 핸드메이드 가면을 취급하는 가게들이 있어. 공장에서 찍어낸 싸구려 가면과는 다른 느낌을 주지. 내가 다른 사람이 된 듯한? 뭐 그런 거야. 종이

로 된 걸 원해? 아니면 석고?

　—석고는 좀 무거울 거 같네요.

　—아무래도 그렇지? 크램차우더 수프라면 거기보단 못하지만 괜찮게 하는 델 알고 있어. 내가 언제 한번 사주지.

　—그래요.

선선히 대답하지만 재이는 알고 있다. 이 남자와 굳이 바깥에서 만나는 일은 없을 것이다. 서로에게 필요한 건 이 작고 익숙한 공간 속에 모두 있으니까. 일주일에 한 번쯤 그가 여기로 와서 일용할 양식처럼 섹스를 하고 커피를 마시며 서로의 은닉된 삶의 한 조각씩을 이토록 풍요롭게 이토록 인색하게 보여주는 것 이상은 원하는 게 없으니까.

　—시차 때문에 피곤하지 않아요?

　—제트랙? 그런 건 내 사전에 없어.

후루룩 소리를 내며 커피를 마시는 동안만은 조용하다.

처음엔 지독히 수다스러운 그를 보며 재이는 그가 원하는 게 친밀함이라고 생각했었다. 그리고 그의 의도는 성공하지 못할 거라는 냉정함으로 그를 지켜보았다. 수다스러움이 두 사람을 가깝게 밀착시켜 주는 건 아니니까. 사람 사이엔 수다스러울수록 멀어지는 지점도 있다. 그런데 어느 날 침을 튀기며 떠들어대는 그를 보며 재이는 자신이 잘못 알고 있을 수도 있다는 생각을 했다. 그가 수다스러운 건 결코 어느 선 이상으로 가까워지진 않겠다는 본능적인 거리 두기인 것 같다는 생각. 어느 순간 말을 멈추고 싸늘히 식어버린 커피를 마시는 수그린 그의 이마에서 감추어진 영혼의 자락이 얼핏 보이면서, 커피를 마시기 전에 떠들었던 모든 말들이 사실은 무의미했음을 말없이, 그러나 완강하게 주장하는 것처럼 보였다.

보고 싶었어, 목소리를 낮추어 중얼거리며 코스 요리의 마지막인 듯 그가 재이의 머리카락을 어루만질 때 재이 역시 어쩐지 뜨거운 크램차 우더 수프를 막 먹은 듯했다.

*

  카드 키로 현관문을 열고 들어설 때 어둠이 차갑고 커다란 손처럼 자신의 온몸을 어루만지는 느낌이 싫다는 생각 같은 건 이제 하지 않는다. 시차 때문에 머리는 멍했고 부족한 수면상태에서 재이와 나누었던 섹스의 피로는 묽은 커피 한 잔으로는 가시지 않았다. 가시지 않는 건, 육체의 피로만은 아닐 것이다. 재이에겐 출장이라고 했지만 휴가를 몰아서 샌프란시스코엘 다녀왔다.

  일주일 동안의 여행이 짧거나 혹은 아주 긴 한 편의 연극 같다는 생각이 그곳에 머무는 동안 머릿속에서 떠나지 않았다. 한 편의 연극을 보러 그곳까지 간 건 아니었다. 그러나 어쩐지 공항에 마중 나온 아내와 아이들을 껴안는 순간부터 자신이 우연히 공연을 보러 갔다 무대 위의 누군가와 눈이 마주치고 그의 손에 이끌려 나가 물을 뒤집어쓴 채, 고소공포증이 극대화된다는 높이에서 외줄을 타며 입으로는 활짝 웃어야 했던 즉흥 공연의 어리둥절한 관람객처럼 생각되었다.

  공항의 환영객들 틈에 서 있던 아이들을 꼭 껴안았던 그 순간 등 뒤에서 웃고 있던 아내가 지독히 낯설어 보였던 건 너무 노랗게 물들인 머리카락 때문이었을 것이다. 하지만 색색깔의 아트지로 I LOVE YOU DADDY라고 장식해 놓았던, 작지만 온기 가득한 그 아파트에서 지낸 며칠 동안 내내 누군가가 캠코더로 찍고 있기라도 하듯 행동한 것 같다는 느낌을 가진 건 지나친 나의 예민함 때문이었을까.

  처음, 아이들을 데리고 아내가 6개월쯤 친정 오빠가 있는 샌프란시스코에 가 있겠다고 했을 때, 나로서도 나쁘지 않은 방법이라는 생각을 했었다. 연년생인 오누이는 저희들끼리라도 보내달라고 옆에서 졸라댔다. 방학 한 달 연수 다녀와서는 영어 실력의 향상 같은 건 기대할 수 없다는 아파트 여자들의 중론에 따라 공부가 더 힘들어지기 전에 한 학기 동안만 다녀오겠다는 아내의 말에, 생각해 보자며 몇 달을 뭉기적거릴 때였다. 그러다가 모든 사소한 문제들을 접어버리고 헤어져 지내기로 한 건 두 해 전 어느 일요일 오전이었다.

늦은 아침을 먹고 깨끗하게 정돈된 식탁에서 주간지를 읽고 있을 때 아내는 금방 갈아서 뽑은 블루마운틴 커피를 들고 와 맞은편에 앉았다. 시나몬이나 헤이즐넛 같은 향커피를 아내는 좋아했지만 그따위 인공 향으로 위로받아야 할 만큼의 상처가 내 인생에 있다는 생각은 하지 않았으므로 나는 블루마운틴만을 고집했다. 커피는 더할 나위 없이 훌륭했다.

당신 커피는 이제 예술이야.

예술적인 커피에 어울리는 짧은 미소를 보여준 후 아내는 말했다.

애들 방학 시작하면 바로 떠날 거야.

어딜?

6개월만 다녀올게. 애들도 애들이고.

멜로드라마에서 어려운 얘기를 꺼내기 전에 사람들이 그러는 것처럼 아내도 말을 끊고 커피를 한 모금 마셨다.

애들도 애들이지만, 더 이상 견딜 수 없어.

입에 커피가 들어 있지 않았다면 난 뭐? 하고 되물었을 것이다. 아내와 같이 있는 시간이면, 모든 게 연극처럼 느껴지는 건 그때부터였던 것 같다. 나는 아내의 눈을 바라보았다. 아내도 시선을 피하지 않았다.

말해야 할 것 같아. 당신을 견딜 수 없어. 모든 걸. 국을 떠먹는 모습도, 수그린 머리의 가르마도, 웃는 모습도, 잠든 모습도, 엎드려서 신문을 들여다보는 것도, 그 모든 게. 당신을 보고 있으면 나라는 여자와 살고 있는 당신이 불쌍해. 그 불쌍한 모습도 이젠 견딜 수가 없어.

실내에 브람스가 흐르고 있는 걸 그때야 알았다. 음악이 없었다면 이 침묵의 무게를 어떻게 견뎌냈을까. 나는 아내의 고백을 심각하게 받아들였다. 술을 마시고 아무 데나 토한 거라든가, 새로 산 리넨 시트에 담뱃재를 떨어뜨린 일이라든가, 아내의 배 위에서 트림을 한 일, 또 함부로 방귀를 뀌는 따위, 아내가 늘 화를 내던 일에 대해 못 견디겠다고 그랬다면 그토록 심각하진 않았을 것이다. 그런데 가르마라니, 내가 웃고 있을 때조차 마음속으로 견딜 수 없어, 중얼거려야 했다니. 아내의 진술은 충격이었다. 아내가 견딜 수 없다는 점들은 모두 변경될 수 없는 것들이었다. 그러므로 아내가 견딜 수 없다는 것은 결국 나 자신이었다. 그렇다면 남은 건 한 가지뿐이었다. 헤어져 있는 시간. 그렇게 생각하자 6개월의 시간이 두 사람에게 가장 필요한 것처럼 절실해졌다.

나는 나를 견딜 수 없다고 말하는 아내의 입술을 바라보며 표정을 무너뜨리지 않고 커피를 마지막 한 방울까지 마셨다. 끝없이 운동하고 변화하며 모양을 바꾸어가는 것들로 이루어진 삶 속에서 절대 변하지 않을 굳건한 어떤 것들의 범주 속에 분류해 놓은 것이 한순간 어이없이 무너짐을 보면서, 내 껍데기의 표정만이라도 굳세게 붙들고 있어야 했다. 거목의 뿌리가 헤집어도 와해되지 않는 돌의 사원처럼 굳센 껍데기 말이다. 나는 이후로 브람스를 다시는 듣지 않았다.

6개월은 금방 지나갔다. 무심코 웃다가도 아내가 했던 말이 떠오르기도 했지만 10년 이상을 한 공간에서 지내고도 가르마가 보기 싫어지지 않는다면 그것도 이상하지 않은가 하는 생각을 할 만큼 나는 아내의 의견에 대해 이해하려는 태도를 가지려 애썼다.

아이들은 자주 메일을 보내왔다. 아빠, 한 달이나 아빠를 못 보다니. 그 다음에도 메일이 왔다. 두 달이나 아빠를 못 보았어. 또 메일이 왔다. 아아, 세 달이나 아빠를 못 보다니, 만나면 꼭 안아줄 거야. 그 다음부턴 아이들은 날짜를 세지 않았다. 언제부턴가 메일의 끝에 아이들은 낯선 이름을 적어놓기 시작했다. 아들아이가 마이클, 딸년이 에밀리였다. 마이클, 에밀리, 차 안에서도 서류를 검토하면서도 틈틈이 중얼거리며 나는 아이들의 얼굴과 그 이름을 연결시켜 보려 애썼다.

6개월이 되자 아내는 전화선 속에서 말했다. 1년은 채워야 될 거 같아. 이제야 아이들이 친구들과 떠듬떠듬 대화를 나누기 시작해. 지금 돌아가긴 너무 아까워. 당신 식사는 잘 챙겨 먹고 있는 거지? 굶지는 마.

엄마의 말을 증명하듯 그날 마이클의 메일엔 그렇게 적혀 있었다. 아빠, 오늘은 친구 녀석과 싸웠는데 영어가 막 나오는 거 있지. 그전엔 더듬다가 화가 나면 한국말로 욕했거든. 야, 이 새끼야. 근데 오늘은 신나서 마구 싸웠어. 아빠, 요즘 우리 학교 매점엔 떡볶이가 새로운 메뉴로 등장했어. 한국에서 먹는 것처럼 맵진 않은데 나도 이젠 이게 더 맛있어. Daddy I miss you. 마지막 문장을 보자 케첩으로 색깔을 낸 떡볶이의 맛을 짐작할 수 있을 것 같았다.

이번에 갔던 건, 세 사람이 잘 지내는지 보러 간 게 아니라 이제 그만 귀국하기를 설득하려는 것이었다. 크램차우더 수프 같은 건 없었다. 그날 넷이서 피셔먼스 워프에 갔을 땐 너무 햇살이 따갑고 무엇보다 지독하게 건조해서 비라도 왔으면 좋겠다는 생각을 간절히 했을 뿐이다. 바닷가에 죽 늘어선 가게에서 찐 게를 사먹었다. 치과 도구처럼 보이는 길고 날렵한 기구를 사용하여 게살을 파먹으면서도 나는 계속 누군가가 그 장면을 촬영하고 있는 것 같았다. 언젠가 봄날 서해안에 놀러 가서 꽃게를 쪄 먹었을 때의 어지러운 달콤함이 떠올랐다. 금문교 아래를 오가는 유람선을 타자는 아이들에게는 비행기 멀미가 아직 가라앉지 않았다며 엄살을 부렸다. 따가운 햇살 때문에 아내는 서투른 치과기공사처럼 손을 움직이면서도 선글라스를 벗지 않았다. 선글라스를 쓴 채 게를 먹는 아내는 컬트영화의 주인공처럼 보였다. 선글라스를 쓰고 화장실에 앉아 있는 것 같은. 햇살은 내 얼굴 위에서만 가벼운 통증을 유발했다. 재이에게 얘기를 하고 났을 땐 진짜 비 내리는 피셔먼스 워프에서 크램차우더 수프를 먹은 게 아닐까 하는, 생각이 들기도 했다.

떠나기 전 마지막 받은 이메일에 딸아이는 그렇게 말했다. 아빠, 엄마와 오빠가 꼭 돌아가야 한다면 난 혼자서라도 여기 남아 있을 거야. 아빠가 여기 와서 같이 살면 안 돼? 샌드위치 가게를 하든 야채 장사를 하든. 난 돌아가고 싶지 않아. 아빠가 보고 싶긴 하지만 죽어도, 돌아가지 않을 거야. 죽어도, 라는 단어는 열 살짜리가 내뱉을 말은 아니었다. 메일을 보낸 건 딸아이지만 그 메일 속엔 세 사람의 목소리가 메아리쳤다.

배가 고팠다. 냉장고 속은 텅 비어 있었다. 라면을 끓여서 냄비째 들고 와 바닥에 신문을 깔고 마감뉴스를 보면서 먹었다. 김치라도 있으면 좋겠는데.

라면을 먹고 빈 냄비를 들어 올리니 신문이 들러붙어 같이 따라왔다. 라면 국물로 얼룩진 신문에는 화물선의 창고에 숨어 영국으로 밀입국하려던 중국인 스물아홉 명이 고온과 산소 부족으로 전원 사망한 외신이 짤막하게 적혀 있었다. 나는 라면 냄비를 든 채 그 기사를 오래 들여다보았다. 죽어도, 라는 딸아이의 목소리가 라면 국물처럼 신문지에 배어 있었다.

아내에게도 아이들에게도 돌아오라는 말은 끝내 하지 못했다. 목숨을 걸고 밀입국하려던 중국인들처럼, 아내는 여기만 아니면 그곳이 어디든 상관없는 것처럼 보였고 아이들에게 그곳은 좀더 일찍 발견하지 못한 게 한스러운 낙원이었다.

*

　퇴근하면 습관처럼 켜놓기만 할 뿐 잘 보지는 않는 텔레비전 앞으로 재이가 간 건 낯익은 음색과 억양의 목소리 때문이었다. 그렇지 않았다면 프라이팬에 찬밥을 볶다 마루로 달려가진 않았을 것이다.
　그 남자였다. 비 오는 피셔먼스 워프에서 먹었던 크램차우더 수프.
　화면 위의 제목은 '자발적인 이산, 기러기 아빠'였다. 기러기 아빠라면, 아이들과 아내를 유학 보내고 여기서 혼자 지내는 남자들을 얘기하는 게 아닌가. 재이로선 약간 놀라긴 했지만 충격적일 것까진 없었다. 벗은 등을 어루만지던 남자를 화면에서 보자니 언젠가 실제로 가보았던 여행지를 텔레비전으로 보는 것 같은 그런 기분이 들었다. 에로스와 우정을 오가는 듯한 이런 관계에서 중요한 건 질문하지 않는 거라는 걸 재이는 알고 있다. 너무 많은 걸 알려 하면 관계는 삐걱이기 시작한다. 질문하지 않았으므로 그는 대답하지 않은 것일 뿐이다.
　재이는 부엌으로 달려가 자작거리는 소리를 내는 프라이팬을 들고 와서 바닥에 앉았다. 그는 푸른 폴로셔츠를 입고 있었다. 화면 속에서도 그는 밝았고 여전히 수다스러웠으며 몇 번인가 보기 좋게 웃었다.
　물론 외롭죠. 빈방들 틈에서 불 꺼진 거실에 앉아 있는 게 너무 외롭고 싫어서 살던 집은 세주고 원룸으로 옮겼어요.
　재이는 옷을 입은 것보다 알몸이 더 익숙한 남자를 순간 낯설게 바라보았다. 다만 외로움 때문에 좁은 원룸으로 옮겼다는 남자는 쿨해 보인다. 그가 외롭지 않았다면 이 원룸의 엘리베이터에서 우리가 만났을 리가 없을 것이니.

괜찮아요. 사랑하니까 감수하는 거죠. 무얼 위해서 이렇게 헤어져 살아야 하나, 싶다가도 한 번씩 가보면 자식이라도 이런 환경에서 교육을 받게 하고 싶다는 생각이 절로 들어요. 돈이 있어도 여기선 누릴 수 없는 것들, 승마라든가 강변을 따라 달리는 조정 같은. 여기 과외비 생각하면 학비가 그렇게 비싼 것도 아니구요.

재이는 손에 들고 있던 숟가락에서 굳은 밥풀을 하나씩 떼어 먹고 있었다. 하긴 지금 강남에선 다 큰 새끼와 와이프 끼고 사는 사내들이 모자라는 인간으로 오르내린다지. 폼나려면 텔레비전에 출연해서 눈물 한 방울 섞어 이렇게 말해야 해. 애들도 보고 싶고 집사람 없으니 사는 게 아니죠. 언제 시간 내서 아이들한테 가서 아버지 노릇도 하고 싶어요. 쿨한 남자답지 않게 화면 속의 그는 미간에 약간의 끈적이는 감정을 드러내며 고개를 떨군다.

가장 외로울 때요?

늘 사무친 정서인 듯 그의 대답은 금방 나온다.

안방불을 켜기 전에 현관등이 꺼질 때, 혼자 밥 먹을 때, 누군가의 목소리가 그리워 보지도 않는 텔레비전을 늘 켜놓은 자신을 보면서, 서랍에서 아내의 속옷을 보았을 때. 사랑이요? 아이들 때문에 헤어져 있긴 하지만 아내는 날 너무나 사랑하죠. 모르겠어요. 언제까지 헤어져 있을진.

그가 거짓말을 했다고는 생각지 않는다. 다만 말하지 않았을 뿐이다. 재이 역시, 그에게 일상의 모든 걸 말해 주는 건 아니니까. 그러니 배신감 같은 걸 느낄 이유도 없다. 그의 감춰진 부분을 끝내 모르는 채로 그리고 모르는 체하며 살고 싶다. 타인의 외로움이나 공허감까지 같이 껴안고 싶진 않으니까. 그의 현실 속으론 절대, 엉기며 들어가고 싶지 않으니까.

과장된 것처럼 보이기도 하는 그의 쾌활함, 밝음, 기어이 웃게 만드는 현학 취미. 재이는 그 모습만을 보면 된다. 굳이 그가 보여주지 않는 부분은 자신과는 상관없는 일일 뿐이다. 달의 이면裏面처럼.

뜨거운 물에 샤워를 하고 일찍 잠자리에 들었다. 까닭 없이 좀 울적했다. 깜빡 잠이 들었는데 휴대폰이 울렸다. 그였다. 재이는 리모콘으로 오디오를 끄고 전화를 받았다.

나야. 커피 마시러 가도 돼?

여기, 병원이에요.

그래? 조용하네?

그럴 시간이잖아요.

귀찮은 환자들에게 수면제를 주사했군. 그렇지? 다음엔 케타민 앰플을 하나씩 주사해 줘.

케타민?

악몽을 꾸게 하는 약물이지. 끈끈하고 진저리 나는 악몽과 불쾌한 환각에 시달리게 하는 마취제야. 그 주사를 맞고 잠들었다 깨어나면 현실이 얼마나 아름답고 평온하며 따스한 곳인지 뼈저리게 깨닫게 돼. 불친절하네 어쩌네 사소한 불평 따윈 안 할 거라구.

그럴 게요. 케타민.

거짓말을 하고 싶진 않은데 오늘은 만나고 싶지 않았다. 다국적 제약 회사에 근무하며 두 달에 한 번꼴로 해외 출장을 간다고 말했지만 이번 여행은 개인적 여행이었을 것이다. 그는 샌프란시스코를 다녀왔다고 말했고, 그의 가족이 있는 곳은 샌프란시스코라고 텔레비전에서 말했다. 혹은 출장길에 가족을 만나고 왔을 수도 있을 것이다. 그렇게 궁금하지도 않았다. 궁금한 건 그의 아내의 얼굴이었는데 프로그램이 끝날 때까지 그 여자의 얼굴은 보이지 않았다. 끔찍이 남편을 사랑하지만 아이들 때문에 샌프란시스코에 가 있는 그 여자는.

*

재이는 지금 집에 있을 것이다. 너무 가까이 사는 게 좋지 않은 건 이럴 때이다. 늦게 들어오면서 올려다본 그녀의 창엔 불이 켜져 있었다. 하긴 오늘은 보고 싶지 않아,라고 말하는 걸 듣는 것보단 병원이라고 거짓말하는 게 나을지도 모른다. 보고 싶지 않다거나 당신을 견딜 수 없다는 말을 대놓고 한다는 건 말하는 사람의 짐작보다 훨씬 더 가혹한 폭력이다.

퇴근길에 들른 할인점에서 쇼핑을 하면서 전처럼 보이는 것마다 이것저것 집어서 카트에 담진 않았다. 다섯 개씩 묶인 라면도 선반에 적힌 가격을 비교하며 골랐다. 식품 코너에선 덤이 붙은 것을 집는 게 습관이 되었다. 살던 아파트를 세주고 지금 살고 있는 원룸을 얻고 나서 은행에 넣어둔 돈은 눈에 띄게 줄어들었다.

샌프란시스코에 가면 오빠네 있다 올 거예요, 했던 아내는 한 달도 안 되어 오빠네를 나갔다. 세 가지 이유를 들면서. 올케 눈치가 보인다는 것과 사촌들 간의 미묘한 감정 대립에서 아이들을 기죽이고 싶지 않다는 것, 그리고 아이들이 사촌들과 한국말만 해서 도대체 왜 여기 왔는지 모를 지경이라는 것이었다. 세 가지 전부, 가르마나 웃는 모습처럼 내가 어찌할 수 없는 것들이었다. 샌프란시스코의 집세는 테헤란로 임대료 못지않았고 게다가 월세였다.

처음 혼자 지내게 됐을 땐 그래도 자신이 그 생활을 약간은 즐겼다는 생각이 들었다. 가끔 나이트클럽에 들렀고 스물몇 살짜리 여자애들과 술을 마시고 함께 자는 건 어렵지 않았지만 모텔에 갔을 때의 비용이 부담스럽게 느껴지기 시작했다. 무엇보다도 섹스가 끝난 후면 거대한, 지루한 고깃덩어리처럼 느껴지기 시작하는 낯선 여자와 깨고 싶은 연대감 속에서 모텔의 복도가 너무 길다는 생각을 하며 걸어 나오는 일도 곧 지겨워졌다. 지하 주차장이나 자동차 극장에서 카섹스를 해본 적도 있다. 몰래카메라에 찍혀 졸지에 포르노 배우로 데뷔하고 싶진 않아, 말했지만 나로서는 그때도 은행 잔고를 생각하지 않을 수가 없었다. 차에서 하면 흥분된다는 건 사실이 아니다. 호기심으로 한번 해볼 때가 아니면 좁고 불편하고 끊임없이 신경이 쓰일 뿐이다.

재이를 만나기 전엔 그런 생활을 꽤 오래 했다.

토요일 오전이었다. 집 근처의 마켓에서 몇 가지 생필품을 고를 때 스쳤던 재이와 다시 엘리베이터 앞에서 마주치자 나는 약간 웃으며 목례를 했다. 둘이서만 엘리베이터를 탄 적도 있고 다른 사람들과 섞여 탄 적도 몇 번 있었다. 늘 혼자였다. 혼자 살면서 특별한 연인도 없는 싱글들에게 토요일은 삶이 파삭거리는 모래처럼 발가락 사이로 흘러내리는 시간이다. 아무래도 1년은 채워야겠어, 아내가 그렇게 통보했을 무렵이었다. 숫자판에 눈을 준 채 물어보았다.

영화 보러 가실래요? 티켓이 있는데.

티켓이 있다는 건 사실이 아니었다. 좋아하는 감독의 영화제가 끝나가고 있었는데 대중성이 있는 영화는 아니라 표는 언제라도 살 수 있을 것이었다. 여자가 대답도 하기 전에 엘리베이터는 7층에 멈추었다.

아니에요.

여자는 거절한 게 미안한 듯 살짝 웃었다. 그래서였을 것이다. 열림 버튼을 누른 채 말했다.

놓치면 후회할 영화예요. 한 시간 후에 현관 앞에서 봐요.

대답을 듣지 않고 버튼에서 손을 떼었다. 여자의 입이 약간 벌어졌다. 혼자 살면서 늘어난 건 여자에게 작업할 때의 순발력뿐이다. 열두 시가 조금 지나서야 여자가 나타났다. 샤워를 했는지 피곤한 기색도 없어지고 씻은 배추처럼 싱싱해져 있었다.

좀 자야 되는데. 퇴근하는 길이었어요.

병원에서 근무하시죠?

어떻게 아세요?

귀 옆에 실핀이 꽂혀 있더군요. 너스캡을 보면 늘 그걸로 고정돼 있던데요.

관찰력이 대단하시네요.

아무나 관찰하는 건 아니죠.

실핀이 아니라 여자에게서 나는 설핏한 소독약 냄새 때문이었지만 낯선 여자 옆에서 코를 킁킁대는 남자로 보이고 싶진 않았다. 프랑스 영화가 대개 그렇듯 영화는 공부하듯 보면 재미를 느낄 수도 있었지만 대체로 지루했다. 여자는 중간에 내 어깨에 머리를 기대고 잠시 졸았다. 잠이 든 순간에 젖내 같은 게 살짝 맡아졌다. 나올 때 OST 시디를 사서 여자에게 주었다. 복잡한 로비에 잠시 멈추어 서서 여자는 포스터 속의 여자 얼굴을 쳐다보았다. 극장 근처에서 국물이 지나치게 달콤한 일본 우동을 먹고 집으로 돌아왔다. 차 안에서 재이가 물었다.

프랑스 영화를 좋아하세요?

그다지. 그냥 같이 영화를 보고 싶었을 뿐이에요.

재이는 시디를 꺼내 오디오에 넣었다. 생이 자신에게 던진 수수께끼를 이해할 수 없다는 표정으로 마켓에서 쇼핑을 하던 여주인공의 모습 위로 흐르던 음악이다. 이 음악이 흐를 때 재이는 내 어깨에 기대어 자고 있었다.

멜로디가 슬프고도 아름답네요. 가사의 뜻이 뭐예요?

나도 불어는 몰라요. 아까 자막에선 그렇게 나오던데. ……여름의 끝이 이토록 아름다웠던 적은 없었네. 헤어지기에 이토록 아름다운 순간은 없었네…….

여자는 앞을 쳐다보며 나지막이 중얼거렸다.

여름의 끝이 이토록 아름다웠던 적은 없었네. 헤어지기에?

그러면서 질문하듯 나를 돌아보았다. 나는 웃으며 한 번 더 일러주었다.

헤어지기에 이토록 아름다운 순간은 없었네.

고개를 끄덕이며 재이는 중얼거렸다.

헤어지기에 이토록 아름다운 순간은 없었네.

갑자기 두 사람이 오래된 연인처럼 느껴졌다. 서로에 대한 탐색의 열의가 사라진. 그 노래 때문일까. 이후의 우리의 관계의 내면은 대체로 그러했던 것 같다. 그건 장점이 많은 관계이다. 열렬한 집중 대신 여유를 가질 수 있는. 날카로운 칼에 쓸데없이 마음을 찔릴 일은 없는.

*

—아, 정말 맛있어. 하루키는 뜨거운 우동 국물을 먹는 어느 순간에 세상이야 어떻게 되든 상관없다는 생각이 든다는 고백을 했는데 말이야. 이 김치찌개야말로 바깥세상이 어떻게 돌아가든 상관없단 생각이 들게 하는데?

자주는 아닌데 이 남자는 전화를 해서 뭔가가 먹고 싶다는 얘길 한다. 솔직히 귀찮다. 내가 지 마누라야. 김치찌개 해놓고 기다리게, 하는 생각이 들긴 하지만 그렇게 특별한 비용이나 수고가 드는 요리를 원하는 것은 아니어서 재이는 대체로 들어주는 편이었다. 이를테면 얼리지 않은 갈치를 붉은 고추를 듬뿍 썰어 넣어 조린 것이라든지 두부를 넣은 매운탕, 혹은 깻잎을 넣은 김치볶음 따위. 결코 요리를 잘하지도 않는 재이가 해놓은 음식들을 호들갑스러운 감탄사를 연발하며 먹는 그를 보고 있노라면 잠깐 안쓰럽다는 생각이 들기도 했다.

—작년 가을에 파리에 일주일간 출장을 갔었는데 대학 동기가 마침 한국에 다니러 가서 비어 있는 친구네 아파트에 묵게 해주었어. 한기가 뼛속으로 스미는데 그렇게 라면이 먹고 싶을 수가 없더라구. 걔보고 야, 라면 몇 개 갖다 줘, 전화했는데 응 해놓고는 올 때까지 모르는 척하는 거야. 라면 몇 개에 인간이 그렇게 분노할 수 있다는 걸 그때 알았어. 그래, 이놈아 한국 가면 나는 박스로 사다 놓고 먹을 거야, 이를 갈았지. 지금도 그놈 생각하면 열 받아.

—잊어버렸겠지.

—아니야. 아까워서 안 줬을 거야.

—아침은 굶는 편이에요?

—그렇진 않아. 마늘 냄새를 풍기면 안 되니까 영국식 아침식사를 하지. 바싹 구운 토스트 한쪽, 달걀프라이, 블루마운틴 그리고 브람스.

—아침에 듣는 브람스는 어때요?

—브람스는 그랬지. 고독하되 스스로는 자유롭다고. 난, 고독해야만 자유로움을 느껴. 고독은 내 일상의 에너지야.

안방불을 켜기 전에 현관등이 꺼질 때, 혼자 밥 먹을 때, 누군가의 목소리가 그리워 보지도 않는 텔레비를 늘 켜놓은 자신을 보면서, 서랍에서 아내의 속옷을 보았을 때. 그의 수다 위로 또 다른 그의 목소리가 겹쳐진다. 식탁을 훔치고 재이는 커피포트를 뽑아 물고기 모양의 나무판 위에 내려놓았다.

—블루마운틴은 아니에요.

—사람들은 블루마운틴이 제일인 줄 알지. 세상에는 다양한 커피가 있어. 커피의 물질적인 분류에 대해 알고 싶어? 아니면 형이상학적인 분류?

이 남자, 그냥 놔두면 한 시간도 좋을 것이다. 원래는 아라비아의 비약의 재료였다는 커피의 기원에서부터 알려지지 않은 그로테스크한 용도. 그것도 이미 두어 번씩 들은 것들.

—제일 맛있는 커피는 뭐예요?

—제일 맛있는 커피. 그건 너무나 어려운 질문이야. 커피의 취향이란 이성에 대한 기호만큼 주관적이고 다양하니까.

—가장 비싼 커피는?

—기호식품을 가격으로 등급 매기는 건 개장수들이나 하는 짓이지. 하노이에 가게 되면 말이야, 여우똥 커피란 걸 마셔봐.

—여우똥이라면 베트남어?

—아니. 그야말로 여우의 배설물 속에서 골라낸 커피원두를 볶은 거야.

—왜 그게 맛있을까?

—내 추측으로는.

그는 오래 생각해 온 문제라도 되는 듯 심각한 표정으로 얘길 했다.

—여우란 놈이 약아서 아주 잘 익은 원두만 골라서 먹기 때문이라는 게 하나의 추측이고, 긴 소화기관을 지나면서 원두가 미묘한 성분 변화를 일으켰기 때문일 수도 있어. 어쩌면 둘 다 독특한 커피 맛의 원인일 수 있지. 어쨌거나 베트남에 가서 이 커피를 사려면 가격이 비싼 걸 사도록 해. 요즘은 그놈들이 약아져서 무조건 포장지에 여우 그림을 찍어

넣기 시작했거든.

그는 지난주에 하노이의 커피 가게에 다녀오기라도 한 것 같다.

—비슷하지만 더 귀한 게 있어. 수마트라의 고양이똥 커피. 이건 고양이 배설물에서 골라낸 거지. 이게 세상에서 제일 비싼 커피원두야. 파리에 갔을 땐데 채식주의자를 위한 레스토랑에서 마셔봤어. 알로에 칵테일과 장미꽃 샐러드도 거기서 처음 맛보았지.

—이상한 냄새가 배어 있진 않았어요?

—노.

단호한 그의 목소리를 듣자니 너무도 평범한 커피를 내놓은 게 미안해졌다.

똑같은 한 사람에게서 사람들은 제각기 다른 면을 볼 것이다. 누구는 그 사람의 맑은 눈빛을, 유난히 긴 팔다리를, 자잘한 주름으로 기억되는 웃음을, 혹은 돈을, 권력을, 숨겨진 냉혹함을 읽어낼 수도 있을 것이다. 재이가 그에게서 처음 본 건 외로움이었다. 엘리베이터의 열림 버튼을 누르고 영화 보러 가실래요? 물었을 때 아니라고 끝내 거절하지 못했던 건 그의 웃음 띤 눈빛 뒤의 외로움이었다. 이후에 그에게서 많은 다른 것들을 보게 되었지만 그를 생각할 때면 처음 보았던 순간의 감춰진 외로움이 맨 먼저 떠올랐다. 다만 그 커피 찌꺼기 빛깔의 외로움 앞에 이토록 현란한 지적 허영심과 포즈로서의 삶이 베일처럼 드리워져 있으리라고는 알지 못했다.

커피를 마시던 그가 갑자기 찌푸리며 고개를 숙였다.

—왜? 왜 그래요?

고통을 참는 그의 표정은 낯설다. 조심스럽고 길게 숨을 내쉬며 그가 물었다.

—여기가 아픈 건 왜지?

손바닥으로 가슴을 짚고 있었다.

—어떻게 아파요?

—조이는 것 같기도 하고 뻐근하기도 하고 따끔거리는 것 같기도 해.

—언제부터?

—두어 달 전에도 한 번 그랬었는데.

—검진 한번 받아봐요. 심장 때문일 수도 있고 위산이 식도 쪽으로 역류했을 때도 비슷한 증상이 나타나니까.

—그래? 어떤 게 더 치명적이지?

—물론 심장이지.

—그럼 그걸로 할래.

재미있는 농담이라도 한 듯 그는 갑자기 크게 웃어댔다. 이마에 엷게 땀이 밴 채 터뜨리는 그의 폭소는 마음속의 어떤 것을 감추기 위한 것처럼 약간 서투르게 들렸다.

*

현관문 틈으로 불빛이 새어 나왔다. 아침에 나가면서 불을 켜놓고 나온 모양이다. 문득 내 목소리가 귓속에서 울렸다. 안방등을 켜기 전에 현관등이 꺼질 때. 그 프로그램은 방영이나 했을까. 언제라고 얘기해주었는데 기억나지 않는다.

재이의 집에서 커피를 마시고 있을 때 가슴이 심하게 아파왔다. 격통이었다. 통증을 참으며 미소를 짓는 건 쉽지 않았다. 나는 한 번도 마셔보지 않은 수마트라 고양이똥 커피에 대해 얘기하고 있었다. 미간을 찌푸린 채 입으로만 웃는 나를 재이가 근심스러운 표정으로 쳐다보았다. 등에 차가운 땀이 배어났다. 통증이 오래가진 않았다. 섹스를 할 기분이 아니었지만 커피를 마시고 나서 재이의 목에 입을 맞추었다. 식사와 커피, 섹스는 고정된 스케줄이었으니까. 다행히 재이는 중년 남성의 숨겨진 사망 원인 중 복상사가 의외로 많다며 냉정하게 내 손을 밀어냈다. 오늘은 안 돼. 그런 깜찍함과 냉정함이 좋다. 물론 재이는 절대 제 집에서 재워주지도 않는다.

통증은 사라졌는데 이마는 여전히 차가왔다. 뜨거운 물로 샤워를 하고 컴퓨터를 켰다. 아이들은 아빠 잘 도착하셨어요? 하는 안부 이후로는 메일이 없다. 그만 돌아오라고 얘기할 것 같은 아빠가 두려워지는지도 모르겠다. 죽어도, 돌아가지 않을 거야. 죽어도,라는 말을 쓴 건 그 아이가 죽음을 모르기 때문이다. 메일 화면을 지워버리고 나는 이것저것 생각나는 단어를 검색칸에 써본다. 마추픽추. LA에서 에어로페루를 타고 가야 하는 잉카제국의 마지막 도시. 쿠스코에서 협궤열차를 타고 우르밤바 강 옆의 피삭에 도착하면 사라진 공중도시로의 여행이 시작된다. 태양에 바쳐진 제물처럼 산의 정상에 펼쳐진 놀라운 고대의 영화榮華. 산 사람의 가슴을 예리한 칼로 갈라 심장을 뜯어내서 제단에 바치는 제사. 희생 제물로 선택되는 것을 젊은이들은 지고의 영광으로 알았다. 여전히 뜨겁게 펄떡이는 젊은이의 심장을 뜯어내는 부분에서 재이는 약간 눈썹을 찌푸릴 것이며 언젠가는 마추픽추에 가보고 싶어, 중얼거릴 것이다. 쿠스코에 가면 한국인이 하는 라면 가게가 있다는 얘기도 들려줘야지.

모든 검색어에 대해 컴퓨터는 친절하고 자상하게 알려준다. 파리의 채식주의자 식당도, 샌프란시스코의 크램차우더 수프도, 파도가 미친 년처럼 머리채를 풀어헤치고 달려든다는 그 바닷가, 히피들의 천국이라는 코사무이 해변도 모두 인터넷이 알려준 것들이다. 출장을 자주 가긴 하지만 그런 곳까지 들를 여유는 없다. 시간도 돈도. 밤의 인터넷에는 외로운 인간들이 머리채를 풀어헤치고 달려든다. 혼자 있는 밤마다 인터넷 서핑을 하다 보면 천일야화인들 재이에게 못 들려줄까.

재이에게 가면을 사주기로 했었지. 가면 카니발을 검색해 보았다. 베니스. 4백여 개의 다리. 카사노바의 활동 무대였던 불륜의 도시. 이 도시에는 유곽이 없다. 온 도시가 유곽이니까. 곤돌라 선착장 옆의 오래된 골목길로 들어서면 가면 가게들이 있다. 진열장 아래 얌전히 누워 있는 가면들. 눈은 검게 열려 있고 입술은 닫혀 있어. 외로운 영혼을 부르는 표정으로 귀와 귀를 맞대고 나란히 누워 있지. 제 외로움의 주파수와 맞는 가면을 고르면 돼. 냉정하면서도 앙큼한 재이에겐 눈언저리가 황금분으로 치장된 창백한 석고 가면이 어울릴'거야. 그 가면을 쓰고 길게 휘어진 황금 손톱을 손가락마다 붙이고 치렁한 망토를 걸친 채, 습기에 부식되어 가는 낡은 건물의 입구에 앉아 손톱을 펼친 채 키스를 한다면 모든 남루한 과거를 잊을 수 있을 거야. 재이. 이 이야기가 마음에 들어?

내게 어울리는 가면은 어떤 것일까. 온통 검은, 뚫린 눈 부분이 오히려 희게 보이는 우울한 표정의 가면. 아니면.

아내는 내가 있는 동안 잘해 주려 애를 썼다. 그런 아내가 연극배우처럼 느껴졌다. 팬들의 성원에 보답하기 위해 틈을 내서 지방 공연을 내려온 여배우 같은. 오래전에 식탁에 앉아 내뱉었던 자신의 말들, 나의 모든 것을 견딜 수 없다던 말들을 하나도 기억하지 못하는 그 표정. 일주일의 끝 날엔 무대막이 천천히 내려올 듯했던 하루하루. 오죽했으면 배 위에서 아내가 허리를 움직이고 있을 때 한 군데도 닮지 않은 샤론 스톤을 떠올렸을까. 사정하기 전에 나도 모르게 쓰다듬었던 아내의 등은 오전 열 시에 신문을 읽고 있을 때처럼 차갑게 굳어 있었다.

금박이 화려한 이 가면은 아내에게도 어울릴 것이다. 하긴 썩은 물이 출렁거리는 베니스의 뒷골목, 어두운 건물 계단에 앉아 이 가면을 쓰고 두 번 휘어진 황금 손톱을 달아준다면, 아내와 재이가 다를 게 무엇인가. 이 도시를 살아가는 사람들에게 가면은 설탕보다, 화장지보다, 혹은 와인빛 루즈보다 더 필요한 것일 텐데.

*

—누구세요?

—꽃 배달 왔습니다.

그의 목소리였다. 현관문을 여니 사람보다 먼저 장미꽃 다발이 코앞으로 쑥 다가왔다.

—어머.

식탁에 앉으며 그는 자신이 가져온 장미를 탐색하듯 지그시 노려보았다.

—발칸의 장미야.

—발칸?

—존재가 바로 고통인 땅이지. 아이로니컬하지 않아? 미식가들이 수마트라 고양이똥 커피를 최고로 친다면 장미의 여왕은 단연 발칸의 장미야. 알바니아. 겨울엔 비와 진흙 때문에, 여름엔 먼지 때문에 숨을 쉴 수가 없는 곳이지만 그것보단 어디서 저격병의 총탄이 날아와 몸에 박힐지 모르는 처절한 내전의 땅이지. 그 발칸 반도의 어둠이 흩어지기 전, 무거운 공기가 흔들리기 전, 자정부터 새벽 사이에 줄기를 자른, 강한 향기가 고스란히 가두어져 있는 그곳의 장미가 지상에서 가장 귀하게 대접받는 거야.

길거리 좌판에서 샀음이 분명한, 이미 끝이 검게 변색하기 시작한 장미 다발은 겉모습만은 비와 진흙으로 범벅된, 처절한 내전의 땅에서 온 것처럼 보였다. 종이 다발은 찢어져 있었고 오늘이 지나면 쓰레기통으로 가야 할 꼴이었다. 화병에서는 제대로 목도 가누지 못할 것 같아 재이는 현관에 있는 빈 못에 꽃다발을 거꾸로 걸어두었다.

　―드라이플라워로 만들어야겠어.

　처음 사온 선물치곤 심했어, 라는 말을 삼키며 재이는 그렇게 말했다.

　―장미는 여성의 은밀한 부위를 상징하지. 조지 오키프의 장미 그림을 본 적이 있어? 그의 장미는 여성의 뜨거움과 파괴성과 습기와 매혹, 슬픔과 손대고 싶은 유혹을 성기보다 적나라하게 드러내고 있어. 너의 그것처럼.

　재이의 목을 쓰다듬는 그의 눈빛이 은근해진다.

　―나 오늘 나이트야.

　―언제 나갈 거지?

　―지금.

　―그래? 그럼 데려다 줄게.

　그는 금방 표정을 바꾼다. 끈적거리지 않는 그의 태도를 좋아하지만 이토록 쉽게 포기되는 열정도 아쉽다. 핸드백을 들고 형광등 스위치를 내리기 전 잊었다는 듯 재이는 말했다.

　―뒤에서 할래? 머리를 망가뜨리기 싫어서.

　엉덩이 주사를 맞을 때처럼 이마를 약간 찌푸리며 재이는 스커트를 조심스럽게 걷어 올렸다. 오른손으로 재이의 팬티를 내리며 그는 스위치를 내렸다. 여자가 가장 아름다울 땐 달빛 아래서야, 중얼거리며. 베란다 창으로 달이 보이진 않았지만 어둡지도 않았다. 그가 몸을 움직이자 재이의 마음속에 희미했던 친밀감이 조금씩 커졌다.

　―달은 없어.

─달은, 네 눈 속에 있어. 공주의 엄지손톱만 한 작고 노란 달이 네 눈 속에.

깊은숨을 들이쉴 때 장미향이 비로소 느껴졌다. 발칸의 장미? 그러고 보니 장미향 속에는 따스한 피에서 나는 비릿한 냄새가 섞여 있는 것 같기도 했다.

여름이 지나가고 있는지 아니면 채 식지 않은 몸 때문인지 바깥으로 나오자 뺨에 닿는 바람이 서늘했다. 신도시의 외곽에 있는 병원에 다다랐을 땐 가녀린 비가 뿌리기 시작했다.

─소독약 냄새보단 페인트 냄새가 더 강하게 날 것 같아.

─지은 지 얼마 되지 않았어. 내부도 호텔 수준이야.

─파리 캉봉 거리에 샤넬이 죽을 때까지 살았던 리츠호텔이 있어. 다이애나 왕비가 죽기 전 연인과 마지막 만찬을 즐겼던 곳이지. 헤밍웨이는 그랬어. 천국의 꿈을 꿀 수 있다면 그곳은 리츠호텔이다. 하지만 아무리 리츠호텔의 스위트룸 같아도 난 병원에선 한시도 머물고 싶지 않아.

─간단해. 아프지 않으면 돼.

─넌 별걸 다 아는구나.

재이의 코를 그는 아프지 않게 살짝 눌렀다.

─나른해?

─나른하긴. 기운이 넘쳐.

재이는 남자의 얼굴을 돌아보았다. 조금 전에 제 속의 정액을 다 쏟아 부은 여자에게까지도 끝내 지친 표정은 보이지 않는 남자. 마지막 순간에도 포즈를 의식할 것 같은 남자. 돌아서 달려가는데 차창을 내리고 그가 외쳤다.

─잊지 마. 케타민. 귀찮게 구는 환자들에게 사흘만 주사하면 전부

퇴원해 버릴 거야. 악몽보단 육체의 통증을 선택하는 게 인간이지.

*

오래전에 읽은 책을 펼쳐보면 붉은 색연필이나 심이 두터운 연필로 밑줄을 그은 문장을 만날 때가 있다. 어떤 건 다시 읽어보아도 왜 밑줄을 그었을까 이해할 수 없는 그런 문장도 있다. 사람도 그러하다. 이전에 좋아했던 사람을 다시 우연히 만나게 되었을 때 내가 이 사람의 어떤 면을 좋아했던 걸까, 도무지 알 수 없는 그런 일도 있다. 아내도 아마 그랬을 것이다. 한때는 내가 운명처럼 느껴진 순간도 있었을 것이다. 그러다가 언젠가부터 막이 내리기만을 기다리는 지친 배우처럼 우울한 얼굴 위에 웃음 띤 가면을 쓰고 견디기 시작했을 것이다. 더 이상 견딜 수 없어, 말하기 전까지. 우리 둘의 관계의 끝 어디쯤 두터운 무대막이 내려올 것을 예감하고 있긴 했지만 이토록 상투적인 반전까지 준비되어 있을 줄은 몰랐다. 아내는 묻고 있었다. 이메일 속에서.

……무얼 위해서 이 상태를 견뎌야만 하는가, 하는 생각이 들어. 더 이상 뭐가 두려운 거지? 짐작하고 있겠지만 이런 상황을 정리하고 그 사람과 새로 시작하고 싶어. 당신에게 원하는 건 아무것도 없어. 나로선 헤어져 지내는 동안 뭔가 긍정적인 변화가 있길 바랐는데 지난번 당신이 여기 왔을 때, 당신의 얼굴을 봤을 때 깨달았어. 바뀔 수 있는 건 남아 있지 않다고.

*

초인종 소리를 듣고 나간 재이는 현관문 밖에 서 있는 사람이 그라는 걸 알고는 얼굴을 찌푸렸다. 약속 없이 제멋대로 드나드는 건 싫다. 버릇을 가르치기 위해서라도 현관 앞에서 돌려보내려 했는데 문 앞에 서 있는 그의 얼굴을 보고 재이는 현관문을 조금 더 열어주었다. 감추기엔 너무 커다란 돌이 가슴에 얹혀 있는 얼굴이었다. 그래도 룰을 어겼다는 걸 깨우쳐주긴 해야 했다.

―무슨 일이에요?

―커피가 마시고 싶어서.

―난 수마트라 고양이가 아닌데.

―그러고 보니 재이는 고양이를 닮았어.

그뿐 그의 수다는 더 이상 이어지지 않았다. 커피를 갈고 여과지에 담아 스위치를 누르고 다시 식탁에 앉을 때까지도 그는 조용했다. 이건 익숙하지가 않아. 재이는 그가 입고 있는 셔츠를 화제에 올려본다.

―버버리 셔츠네. 늘 명품만 입어.

―집사람이 보내줬어.

재이는 그의 얼굴을 쳐다보았다. 무슨 얘기가 하고 싶은 것일까, 오늘. 내 앞에서 한 번도 아내 얘기를 한 적이 없는데.

―미국에 있어.

―그래요? 떨어져 살아보니 어때?

―집사람은 내 열렬한 팬이야. 아침저녁으로 메일을 보내지. 계절이 바뀔 땐 이렇게 옷도 보내고.

그가 원하는 건 나의 질투심일까. 커피를 가지러 일어나며 재이는 그의 셔츠 뒤쪽을 뒤집어보았다. 셔츠는 이미테이션이었다. 아니, 유사상 표일 뿐이었다. 버버리의 로고는 알파벳 대문자로만 되어 있다. 앞부분의 세 글자만 대문자로 된 건 이미테이션 축에도 못 낀다. 재이는 모른 척하기로 한다.

—그래, 이런 건 선물이 아니면 선뜻 사긴 어려워. 예쁘네. 자긴 어때?

—뭐가?

—당신 와이프.

—좋지도, 나쁘지도 않아.

그 말은 아내에 대한 얘기가 아니라 방금 한 모금 마신 커피에 대한 품평처럼 들렸다. 익숙하지 않은 침묵을 지키며 앉아 있던 그는 커피잔을 내려놓고 성급하게 재이를 껴안았다. 몸속으로 들어오기 전, 그는 팔을 펴서 몸을 버틴 채로 재이의 눈을 들여다보며 진지하게 물었다.

—너, 나 사랑하니?

이런 질문은 정말 싫다는 걸 왜 모를까. 자기답지 않게. 재이는 대답 대신 그의 목을 끌어안는다. 그는 다만 섹스가 하고 싶어 찾아온 사람처럼 손이 미끄러지도록 땀을 흘리며 재이의 몸속으로 파고들었다. 사랑을 나눈다기보다 불안하게 쫓기는 것 같았다.

—차가운 물 좀 가져다줄래요?

죽은 사람처럼 엎드린 그가 너무 무거워 물을 가져다 달라고 말할 때까지 그는 재이의 가슴 위에 젖은 빵처럼 엎드려 있었다. 재이는 냉장고로 걸어가는 그의 벗은 뒷모습을 보았다. 큰 키에 비해 어깨도 좁고 엉덩이도 무척 작았다. 연민을 느끼고 싶지 않아 재이는 베개에 얼굴을 묻었다. 재이가 물을 다 마시기를 기다려 그는 조심스럽게 물었다.

—자고 가도 돼?

재이는 떨어지는 꽃잎처럼 고개를 저었다.

*

어둠 속을 걸어가다 책상에 부딪치자 모니터가 환하게 밝아왔다. 나는 몰래 도망가다 들킨 아이처럼 의자에 털썩 주저앉았다. 재이의 집에서 자고 싶었던 건 아니다. 집으로 돌아와 아내의 질문 앞에 다시 서기가 두려웠을 뿐이다. 뭐가 두려운 거지? 혼자 남는 것? 언제부터 혼자였는데. 아이들과의 이별? 죽어도, 죽어도 돌아가고 싶지 않아. 그때부터 이별이었다. 나는, 그저 너무나 넓은 바깥에 쫓겨나 있을 뿐이다. 아내와 아이들이 있는, 튀김 기름과 찌개 냄새가 밴 그 작은 아파트의 바깥, 이토록 넓은 바깥에.

차가운 물을 한 잔 들고 부엌 유리창에 비친 내 얼굴을 바라보며 웃어보았다. 누군가에겐 견딜 수 없는 웃음. 손가락으로 오른쪽 눈썹 위쪽의 머리카락을 왼쪽으로 넘겨보았다. 가르마는 바꿀 수 있을지도 모르겠다. 손을 떼자 머리는 원래 자리로 돌아온다. 손바닥에 스치는 이마가 싸늘하다.

다시 통증이 시작되었다. 커피 때문일 것이다. 혹은 커피를 마신 후의 격한 섹스 때문일 것이다. 누군가가 강철 기구로 가슴을 조이는 듯했다. 보이지 않는 그 기구를 뜯어내기라도 하듯 나는 손을 뒤로 휘저었다. 아무것도 잡히지 않았다. 그러지 마, 제발. 나는 의자에서 일어서려 했다. 마음은 일어서는데 몸은 조금 더 웅크려 책상에 엎드린다. 몸은 작게 오그리고 싶은 듯하다. 비명조차 지를 수 없었다. 머릿속이 점액질의 액체처럼 불규칙하게 출렁거렸다. 고통은 짧은 순간에 극심해졌다. 견딜 수 없어, 당신의 모든 것을. 웃는 모습도, 가르마도. 마이클과 에밀리. 죽어도, 죽어도 돌아가고 싶지 않아. 내게만 쓰라렸던 피셔먼스 워프의 햇살. 안방등을 켜기 전에 현관등이 꺼졌을 때 나를 덮쳐오던 어두움. 가슴을 쥐어뜯으면서도 나는 의아했다. 어쩌면 이토록 짧은 순간에, 이토록 많은 기억들이 밀려올 수 있는 걸까. 파도가 미친년처럼 머리를 풀고 달려드는 코사무이 해변의 격랑처럼. 모든 파도가 일

순에 덮쳐오듯 비일상적으로, 현실감 없이.

그렇게 모든 기억들이, 그리고 알 수 없는 것들에 대한 후회가 밀려오는군.

어쩔 수 없이.

*

위쪽을 향해 일제히 등을 돌린 사람들이 재이의 집 앞까지 서 있었다. 재이는 키를 꽂으며 위쪽을 올려다보았다. 사람들이 안쪽을 들여다보지 못하게 막고 있던 경관이 재이를 쳐다보더니 안에 대고 뭐라고 얘기를 했다. 숱이 적은 머리에 재이보다 키가 작아 보이는 남자가 나와 손짓을 했다. 계단에 서 있던 사람들이 갈라지며 길을 내주었다.

—아래층에 사십니까?

—그런데요.

—며칠 사이 위층에서 무슨 이상한 기척을 못 느꼈어요? 비명 소리나 다투는 소리 같은.

—무슨 일인데요?

—혼자 살고 있었던 것 같은데. 마루에 쓰러져 있었습니다. 사흘째 연락 없이 출근하지 않아 회사에서 나와본 모양이에요.

마루에 놓인 들것에 그는 눕혀져 있었다. 자고 가도 돼? 그날 밤 입었던 버버리 셔츠를 입은 팔이 흰 시트 틈으로 보였다. 재이는 고개를 저었다.

—모르겠어요.

사실은 아무것도 궁금해하지 않는 듯한 표정의 머리숱 적은 경관과 공허한 질문과 대답을 주고받는 동안 재이는 오래전에 보았던 프랑스 영화가 생각났다. 젊은 날의 말론 브란도가 나왔던 영화. 까맣게 잊고 있었던 영화의 장면이 어쩜 이렇게 생생하게 기억날까. 난 몰라요. 그 남자를 몰라요. 고개를 젓던 여자의 깜찍한 표정. 삶과 영화는 어느 순간부터 서로를 표절하는 것 같다.

모른다는 게 터무니없는 거짓말은 아니다. 재이는 함께 지내지 않을 때의 그에 대해선 거의 몰랐다. 마지막 입었던 셔츠가 그를 무척 사랑하는 아내가 보내준 선물이라는 것, 그리고 그 셔츠가 유사상표일 뿐이라는 것, 그 외에는 특별히 알고 있는 것이 없었다. 그는 셔츠가 오리지널이 아니라는 사실을 몰랐을까. 그런데 그날 밤 그 셔츠가 진짜가 아니라는 걸 자신은 왜 말하지 않았을까. 말한다면 그가 재이에게 퍼부었던 길고도 현란했던 진술들이 대부분 진실이 아님을 알고 있는 것처럼 보일까 봐 그랬던 건 아닐까. 남루한 삶을 이어가기 위해서는 생각보다 많은 비밀이 필요하니까.

현관문을 열고 들어오자 마른 장미 다발이 보였다. 장미와 마찬가지로 인생의 알싸한 향기도 어둠과 고통 속에서 축적되는 것일진대 향기로 응축되기엔 너무 독한 어떤 것이 그의 생에 있었을까.

현관등이 어느 순간 꺼져버렸다. 어둠 속에 가만히 서 있자 뭔가가 가슴 밑바닥에서 희미하게 출렁거리기 시작했다. 잘 몰랐었는데 그가 있음으로 해서 생의 순간이 풍요로웠던 적도 있었다는 생각이 들었다. 현관등이 꺼지고 안방등이 켜지기 전, 어둠 속에서 그의 마음도 이렇게 조금 추웠을까. 천일야화의 셰에라자드는 긴 이야기 끝에 목숨을 건졌는데 그의 적은 술탄보다 더 냉혹한 것이었는지. 그가 했던 무수한 말들을 웃음 끝에 잊어버리곤 했지만 그가 없는 지금은 그것들이 꼭 거짓은 아니었다는 생각이 들기도 한다. 하긴 알바니아에서 가져와야만 발칸의 장미일까. 짙은 안개가 낀 날이면 안개에 몸을 가리고 눈물도 가리고 노래하며 춤을 추다 저격병의 총탄에 피를 흘리며 쓰러지는 것, 웃고 있는 등뒤로 누군가가 총을 겨누고 있는 것, 소멸의 시점을 알 수 없는 것, 먼지와 안개와 결핍을 익숙하게 받아들여야만 하는 것, 그건 그곳이나 여기나 마찬가지일 것이다.

재이는 마른 장미 다발을 못에서 내려 쓰레기통에 넣었다. 여름의 끝이라 해도 날씨는 더웠다. 미약한 부패의 냄새가 번지고 있었다. 날카롭고 차가운 느낌이 머릿속을 꿰뚫고 지나갔다. 자고 가도 돼? 그날 밤이었을 것이다. 저격용 베레타를 들고 있지 않은 제 손을 재이는 물끄러미 내려다보았다. 그가 쓰러지기 전까지 무수하게 박혔던 보이지 않는 총탄 중 하나가 이 손에서 날아간 건 아니었을까.

재이는 불을 켜고 시디 케이스를 뒤져보았다. 처음 그와 영화를 보았던 날 샀던 시디를 플레이어에 올려놓았다. 영화를 보는 중간에 살짝 졸았는데 그는 그걸 알고 있었을까. 그 영화는 재미가 없었다. 기억나는 건 밤의 주차장을 빠져나가는 두 살인자의 모습뿐. 졸음에 겨워 눈을 반쯤 뜬 채로 텅 빈 밤의 주차장이 뜻밖에 아름답다는 생각을 했을 뿐이다.

질문을 할 수 없는 곳으로 가버린 후에야 그의 수다스러웠던 생의 이면이 약간은 궁금해졌다. 가사를 들려주었던 그의 목소리도 조금은 그리워진다. 그가 몸속으로 들어와 천천히 움직이기 시작할 때면 생겨나던 희미한 친밀감이 뜬금없이 사물거린다. 재이는 어쩐지 밤마다 그가 들려주던 이야기의 끝을 알고 있었던 것 같은 생각이 든다. 잊은 줄 알았는데 노래의 가사가 선명하게 떠올랐다.

여름의 끝이 이토록 아름다웠던 적은 없었네.
헤어지기에 이토록 아름다운 순간은 없었네.

박민규

고마워, 과연 너구리야

1968년 경남 울산 출생.
중앙대학교 문예창작학과 졸업.
2003년 문학동네 신인작가상에 《지구영웅전설》로 등단.
장편소설 《삼미 슈퍼스타즈의 마지막 팬클럽》 등.
한겨레문학상 수상.

고마워, 과연 너구리야

존경스럽다

존경스러워. 삼 분째 이어진 B의 비아냥을 존경스러워,에서 딸각 끊어버린 것은 B가 싫어서여도, 비아냥의 수위가 분을 넘쳤기 때문도 아니었다. 세 개의 책상 열列과 사무기기군群을 넘어서, 손정수 팀장의 목소리가 들려왔기 때문이다. 〈네〉라고 힘차게 대답하며 뛰어가는 나는—이곳 월 커뮤니케이션의 인턴사원이다. 4개월째다. 내가 생각해도

존경스럽다. 잘도 이따위 일을 4개월째 하고 있으니 말이다. 인턴은 모두 여덟 명. 즉 일곱 명의 경쟁자가 나와 함께 일하고 있다. 월급이라고는 말 못하겠고, 그저 왔다 갔다 차비 정도를 받고 있다. 일은 거의 날밤을 새는 수준, 6개월의 연수기간이 끝나야 그중 한 명이 정식사원

으로 발탁된다. 그럼 나머지는? 글쎄다. 이곳의 인사부장은 〈좋은 경험으로 여기세요〉라고 말했지만, 떨어지기만 해봐라.

나머지 일곱 명도 필사적이다. 그래서 미치겠다. 쉴 수가 없는 것이다. 개중 두 명의 여자애들은 토익이 높기로 유명한 데다, 하여간에 지독하다. 목숨이라도 건 분위기. 네 명은 그런저런 도토리, 또 한 명은 바보지만 다들 열심이긴 마찬가지다. 이거야 원, 하고 탓할 수도 없는 일이다. 이미, 세상이 이렇게 생겨먹어 버린 걸

어쩌겠어. 학교에선 록그룹 〈샘즈 선〉의 싱어로 날리는 나도, 그래서 어쩔 수가 없다. 온종일 자료를 찾고, 카피를 하고, 파일을 정리하고, 전화를 걸고, 조사를 하고, 커피 심부름을 해야 한다. 어제는 과장의 민방위 훈련을 대신 가서 받았다. 도대체 이것이 싱어가 할 짓이란 말인가. 존경스럽다 존경스러워. 드럼을 치는 B는 분명 울면서 웃고 있었다.

부르셨습니까?

응, 자네가 이런 걸 잘할 것 같아서 말이지. 손팀장이 웃으며 말했다. 요컨대 이 프로그램을 실행하고 싶은데 안 된다. 어떻게, 꼭 좀 되게 해달라는 것이다. 내심 안심이다. 손팀장은 지나치게 완고한 표정이라 늘 대하기가 어려웠다. 게다가 오늘 이곳의 분위기는 암흑 그 자체. 중요한 경쟁 프레젠테이션에서 손팀장의 팀이 탈락한 것이다.

이것은

오래된 오락의 일종인 것 같군요. 오래된 오락의 일종이지. 일단 에

뮬레이터를 깔아야 합니다. 에뮬레이터라니. 말하자면 깁니다. 나는 인 터넷을 뒤져 쉽게 〈MAME〉를 찾았고, 쉽게 그것을 설치한 후 손팀장 이 얘기한 프로그램을 실행시켰다. 쉽게, 프로그램은 실행되었다.

이것은

뭡니까? 이것은 너구리지. 너구리라구요? 그래 너구리. 아닌 게 아니 라 귀신 씻나락이라도 까먹는 듯한 음악이 울려 퍼지더니, 화면 모퉁이 에 귀신 씻나락이라도 까먹은 듯한 한 마리의 너구리가 나타났다. 손팀 장은 그렇지?라는 표정으로 한 번 미소를 짓더니 곧장 오락에 몰입했 다. 오락은 대개 너구리를 움직여 무슨 과일인지를 따먹고, 또 무슨 벌 레 같은 것들이 잡으러 오면 도망가고, 그러다 떨어져 압정에 찍혀 죽 는, 터무니없는 것이었다.

어떤가? 잘은…… 모르겠습니다. 그렇지? 네. 내가 중학교 때 하던 오락일세. 그때는 이 너구리 기계가 연달아 열 대까지 놓여 있던 오락 실도 있었지. 애들은 줄을 섰고 말이야. 너 나 할 것 없이 다들 너구리 에 빠져 있었어.

좋은 시절이었지.

그럴 수도, 라고 나는 생각했다. 너구리와 중학생이 그토록 친했다면 확실히 나쁜 시절은 아니었을 테지. 그러나 그런 생각을 하면서도, 〈어 떤가 자네도 한번 해볼 텐가?〉라는 손팀장의 물음에는 〈아니오, 괜찮 습니다〉로 답해 버린다. 과거야 어쨌건 간에, 지금은 너구리와 인턴사원이 친하다는 얘기 따위 들어본 적도 없다. 확실히, 말이다.

섭섭하군.

네? 뜻밖의 말에 나는 깜짝 놀라 반문했다. 섭섭하다고. 뭐가 말입니까. 자넨 분명 너구리를 좋아할 거라 여겼거든. 여전히 얼굴은 모니터를 향해 있고 손은 오락에 열중한 터여서, 마치 다른 사람의 목소리라도 들은 듯한 기분이다. 죄송합니다. 어쨌거나 그렇게 답하면서 나는 자리를 물러난다. 세 개의 책상 열을 지나는 일이 세 개의 산맥을 넘는 일처럼 아득하게 느껴진다. 팀장이 너구리를 좋아할 줄은, 또 어찌 알았겠는가. 참으로 어려운 회사생활!

여전히 정신없는 오후를 보내는데 이번엔 인사부장의 호출이다. 여전히 〈네〉라고 힘차게 대답하며 달려간다. 질투의 시선이 화살처럼 날아와 내 뒤통수에 꽂힌다. 토익에서 고득점을 받은 두 명의 여자애들이다. 화살촉의 끝에 독이 묻어 있다. 쳇, 영문도 모르면서.

이봐, 무슨 일을 저지른 거지?

뻔히, 다 안다는 투로 부장이 물었으나 도무지 무슨 일을 저질렀는지 알 길이 없다. 뭐가요? 저기, 손팀장 말이야. 손팀장을 쳐다보니 맙소사 그는 여전히 너구리 오락에 열중이다. 저 모니터에 너구리를 풀어준 게 너라며? 그게 아니라…… 에뮬레이터라든지 〈MAME〉라든지 여러 단어들이 생각났지만, 쉰 살을 넘긴 인간에게 그런, 설명을, 어떻게, 한단, 말인가. 또 이미, 부장은 변명 따위 안중에도 없는 얼굴이다. 벌써

세 시간째야. 그 사이 야채크래커 두 봉지, 감자칩 세 봉지를 먹어치웠
어. 증상이 완벽해. 증상이라뇨?

너구리 광견병.

네? 이미 물렸어. 미국에선 저 병의 퇴치를 위해 연간 2억에서 10억
달러를 쏟아 붓고는 하지. 비행기로 구강백신을 오하이오 전역에 뿌린
적도 있단 말이야. 어쨌거나 이거 골치 아프군. 내 관리 영역 속에 너구
리가 들어오다니. 설령 자네가 몰랐다 하더라도 너구릴 풀어놓을 정도
의 일이라면 나와 상의 정도는 했었어야지. 안 그런가?

이런 식이라면 곤란하다. 그건 내 잘못이 아니니까. 또 너구리 광견
병이라니. 뭔 소리란 말인가. 잘 들어. 오래전 너구리는 농가의 창고를
축내는 짐승이었어. 그리고 이제는 기업의 이곳저곳을 축내고 있지. 즉
간첩보다도 더 위험한 것이 너구리야. 도대체 대학에선 뭘 배웠나. 너
구리는 모든 기업들의 적, 인간의 적이야. 알겠나?

네.

앞으론 조심하게, 얼굴은 귀여워가지고 말이야. 내 턱을 만지며 어
르는 꼴이 마치 〈자넨 아웃이야〉라는 말을 하는 것 같아 기분이 무지
나빴다. 도대체 어떻게 된 회사란 말인가. 절로 한숨이 나올 뿐이다.
부스럭 부스럭. 손팀장은 지금 세 봉지째의 야채크래커를 뒤적이는 중
이다.

아쉽군

아쉬워. 좋은 일꾼이었는데 말이야. 손팀장의 컴퓨터를 포맷하면서 부장은 그런 얘길 했다. 마치 비행기로 오하이오 전역에 백신을 뿌리는 것처럼, 벌써 세 번째의 포맷이다. 절대로 평범한 성격이 아닌 것이다.

손팀장이 회사를 떠난 것은 어제였다. 그 일이 있은 지 불과 이주일 만의 일이다. 대외적인 명목으론 프레젠테이션의 실패에 대한 책임이지만, 부장과 나만이 알고 있는 진짜 이유는 너구리 광견병 때문이다. 세상에 이토록 아쉬운 이유가 또 있을까?

분명 이상하다고 여긴다면 이상한 일이었다. 손팀장은 온종일 너구리 오락에 빠져 살았고, 급격히 살이 쪘다. 물론 끊임없이 뭔가를 먹어댔으므로 살이 찐 건 당연한 일이지만, 그럼 저 눈 주변의 줄무늬는 어쩔래?라고 묻는다면 도무지 답할 엄두가 나지 않는 것이다. 확실히 손팀장의 눈 주변엔 거무스름한 기미 같은 것이 잔뜩 끼었고, 또 그것이 멀리서 보면 정확한 대칭의 줄무늬로 보이기도 했다. 뭐야, 이건 흡사

너구리잖아.

사람들은 수군거렸다. 물론, 어쩌면 오락을 너무 많이 해서 생긴 기미일 수도 있겠지만—어쨌거나 말이다. 결국 사람들은 손팀장을 피하기 시작했다. 날이 갈수록 눈의 기미는 짙어갔고, 날이 갈수록 그는 너구리에 가까워졌다. 치료책은 없나요? 없어, 아쉽지만 말이야. 부장의 답변은 언제나 심플했고, 그런 심플한 이유로 손팀장은 완전한 열외가

되었다.

　손팀장의 유일한 말상대는 나였다. 그를 뺀, 우리끼리의 회의가 끝나고 나면, 그는 어김없이 나를 불러들였다. 나는 〈네〉라고 외치며 뛰어가서는, 〈네〉라며 뛰어간 게 무색할 만큼 터무니없는 얘기들을 들어야 했다. 물론, 처음부터 끝까지 너구리에 관한 것이었다.

　잘 봐, 여기가 스테이지 23인데 말이야. 여기 사다리를 내려오면 넓은 간격이 벌어져 있고 그 끝에 딱 점 한 칸 크기의 착지점이 있잖아. 여기까진 점프가 가능해. 그런데 그 다음이 문제야. 이곳에서 다음 구역으로 점프를 하면 어김없이 압정 위에 떨어지거든. 이곳을 어떻게 건넜는지 도무지 기억이 안 나. 옛날엔 분명 건넜었는데 말이야. 그것 참.

　절 왜 부르신 겁니까?
　아, 자네라면 그 방법을 알고 있을 것 같아서.
　왜 제가 알 거라고 생각하시는 거죠?
　자넨 너구리와 친하잖아.
　친하지 않습니다, 친하지 않다구요.
　섭섭하군.
　또 뭐가 섭섭하십니까? 그런 걸 아는 사람은 어디에도 없다구요.
　그래? 거 참 아쉽군.

　아쉬워, 와 같은 식이었다. 결국 나 역시도 그를 기피하기 시작했다. 또 그런 대화를 나눴다 싶으면 어김없이 부장의 호출이 있었다. 〈네〉라며 뛰어가는 것도 다 좋은데, 방금 손팀장이 뭐라고 그랬지?라며 붙어 앉아 허벅지를 만지는데는—도무지 미치지 않을 수 없는 노릇이었다. 알고 보니, 인사부장은 이미 소문난 남색가男色家였다.

쉬쉬해도

세상은 엉망이다. 너구리로 변해 가는 인간이 있는가 하면, 회사의 인사권을 한 손에 쥔 남색가가 있고, 그 인사권이 무서워 허벅지를 내주고도 묵묵히 참고 있는 록그룹의 싱어가 있다. 더 이상은 나쁠 게 없다는 생각이다.

결국 그런 스트레스가 화근이었다. 어젯밤 송별회에서 나는 필름이 끊어졌고, 정신을 차려보니 지하철역 구내의 춥고 퀴퀴한 바닥에 누워 있었다. 필름이 끊어진 것도 처음, 지하철역에서 잠을 잔 것도 처음이었다. 주변에는 여러 무리의 노숙자들이 누워 있었고, 새벽이라 통로 양끝의 셔터는 굳게 잠겨 있었다.

차가운 벽에 몸을 기댄 채 나는 정신을 가다듬었다. 2차까지의 술자리가 기억났고, 사람들과 헤어지면서 손팀장의 귀가를 책임진 것이 나였다. 손팀장의 집이 인천이라 이곳까지 왔고, 아마도 이 근처의 포장마차에서 소주를 한잔 더 마신 걸로 기억한다. 그리고 필름이 끊어졌다. 아무것도 기억나지 않는다. 둘러보니 손팀장의 모습도 보이지 않았다.

자네, 괜찮나?

깜짝 놀라 돌아보니 생면부지의 아저씨가 날 쳐다보고 있었다. 오지

랗 한번 넓어 보이는, 사십대 중반의 노숙자였다. 아, 네. 나는 고개를
숙이며 얼굴을 붉혔다. 젊음이 좋긴 좋군. 그렇게 많이 마시고서도 이
토록 멀쩡한 걸 보면 말이야. 참, 자네 지갑은 무사할 걸세. 한번 확인
해 보게나. 깜짝 놀란 나는 양복 상의의 안주머니에 급히 손을 넣었다.
말 그대로, 지갑은 무사했다.

걱정 말게나. 우린 너구리와 함께 온 사람은 절대 손대지 않으니까.
너구리라뇨?
모르나? 어제 자네를 부축해 온 건 너구리였는데.
아, 네…… 그분은 어디로 가셨나요?
너구리니까, 아마 지하로 내려갔겠지.
지하라구요?
그래 지하. 저 아래 전철이 다니는 터널 속 말일세.
저기. 그분은 사실 인간인데……
알아. 하지만 거의 너구리가 다 됐던걸. 그 정도면 지하에서 살아야지.
무슨 소린지 알 수가 없군요.
혹시 그 친구도 스테이지 23에서 막힌 게 아닌가?
그걸 어떻게 아셨죠?
내 말이 맞지? 누구나, 그래서 너구리가 되는 걸세.
저는 병으로 알고 있습니다.
너구리 광견병? 그건 지어낸 얘기야.
그럴 수가.
이보게, 세상은 자네의 생각과는 전혀 다른 곳일세.
그럼 어떤 곳이죠?
〈스테이지 23〉. 이 세상의 실제 이름이지.

말도 마라

　말도 마. 어제 지하철역에서 잤는데 말이야. 하하하 거긴 왜? 낚시터의 밤은 고요했다. 마침 그날은 손님이 없어, B와 나는 아무 거리낌 없이 이런저런 얘기를 나눌 수 있었다. 오랜만의 만남이었고 오랜만의 낚시였다. 오래도록, 찌는 흔들리지 않았다.

　그래서, 그렇게 된 거야.

　그랬구나. B는 고개를 끄덕였다. 듣고 보니 보통 일은 아니네. 그래서 고민이 많다니까. 여하튼 깊이 생각해 봐야 할 문제인 거 같아. 깊은 생각이라도 하려는 듯, B는 담배를 꺼내 물었다. 나는 피던 담배를 던져버리고 떡밥을 재차 반죽하기 시작한다. 찌는 아예 움직이지 않아, 마치 긴 못 하나가 수면에 박혀 있는 모습이다.

　저러다 녹슬지,

　녹슬어. 쇠로 치자면 녹이 슬 만큼 B와 나는 오랜 친구다. B가 두 살이 더 많지만, 어쩌다 보니 친구가 되었다. 우리가 처음 만난 것은 대학 1학년 때였다. 오리엔테이션 현장이었는데 교수인지 교직원인지가 올라와 가물가물 뭔가를 한참 얘기하던 참이었다. 이상하게도 그 시절엔 늘 만사가 짜증스러웠다. 물론 그래서, 별 얘기가 아닌데도, 아무튼 나는

　닥쳐 개새끼야!

라고 큰 소리를 질렀다. 갑자기 좌중은 웃음바다가 되었고, 그래서 엉망이 된 행사가 끝이 날 무렵 누군가가 나를 찾아왔다. 〈개새끼〉가 누구야? 누가 한 거지? 몇몇 아이들이 눈빛으로 나를 지목하자 그가 내 앞으로 다가왔다. 우리 같이 밴드를 해보지 않을래?

그것이 B였다.

그 후 우리는 학교에선 꽤 알아주는 록그룹이 되었다. 〈샘의 아들〉이란 뜻의 샘즈 선(Sam's Son)이란 이름을 붙였지만, 물론 학생들에겐 〈닥쳐 개새끼야〉의 샘즈 선으로 더 유명했다. 거 참, 욕도 잘하고 볼 일인걸. 열광하는 아이들을 바라보며 B는 언제나 웃음을 터뜨렸다. 좋은 시절이었다. 욕만 잘해도 로커가 되던 시절이었고, 그저 두들기면 사람들이 열광하던 시절이었다. 돌이켜보니, 마치 거짓말 같다.

철학을 전공해서인지는 몰라도, B는 매사를 깊이 생각하는 친구였다. 적어도 나보다는 아는 것이 훨씬 많았고, 이런저런 삶의 경력들이 꽤나 다채로운 친구였다. 가정관리학과의 유일한 남학생이었던 나로서는, 그저 모든 점이 존경스러울 뿐이었다. B가 삼수를 했고, 나보다 두살이 많다는 걸 알게 된 것은 두 명의 베이스가 바뀌고, 두 번의 학기가 지나고 난 가을의 일이었다. 말을 높이기에는, 이미 서로가 너무 친해져 있었다.

찌와 바늘처럼

우리는 함께 다녔다. 함께 술을 마시고, 함께 여자를 만나고, 함께 공

연을 하고, 함께 낚시를 했다. 당연히 함께 졸업을 하고, 함께 음악을
계속할 줄 알았던 우리의 계획이 어긋난 것은—내가 제대를 하면서였
다. 이상하게도, 군대를 다녀오니 매사가 긍정적으로 여겨졌다. 짜증은
눈 녹듯 사라지고, 나는 취업을 준비하는 성실한 학생으로 변해 있었
다. 뭐야, 음악 같은 거 하고 앉아 있을 때가 아니잖아. 나는 벌떡 일어
섰다.

그래서, 그렇게 된 거야.

그랬구나. 그때도 B는 고개를 끄덕였다. 그것이 끝이었다. 실질적으
로 밴드는 해체되었고, 나는 이곳의 인턴사원이 되었다. 그저 미안할
뿐이었고, 지금도 미안할 뿐이다. 그 사이 전화로 안부를 묻는 것도 B
였지 내가 아니었으며, 오늘 낚시를 제안한 것도 B였지 내가 아니었
다. 나라는 인간은—겨우 기어 나와 너구리 따위의 고민을 늘어놓는
게 고작이다.

내 생각엔 말이야.

깊은 생각을 끝낸 B가 드디어 입을 열었다. 수면에 박혀 있던 긴 못
하나가 갑자기 찌인 양 몸을 뒤척였으나 나는 힘을 주거나 줄을 당기거
나 하지 않았다. 인간이 너구리로 변하는 세상이다. 찌가 못이 되거나
그 못이 다시 찌가 된다 한들 뭐가 대수란 말인가.

그건 〈즐거움의 문제〉가 아닐까 싶어.
즐거움의 문제?

즉 너구리란 것은 말이야.
어려운걸.

그저, 너의 삶이 그런 시기에 도달했다고 생각해. 그러니까 넌 지금 스테이지 1의 문턱에 서 있는 거야. 그래서 이 세상이 너구리를 얼마나 싫어하는지를 비로소 알게 된 거지. 방법은 두 가지야. 너구리인 채로 도망을 다니거나, 아니면 쉽게 너구릴 포기하거나. 너의 팀장은 아마도 너구릴 숨긴 채 살아온 인간이었을 거야. 물론 힘들었을 테지.

숨겨?

물론 처음에는. 그런데 스테이지가 거듭되면서 자신도 모르게 너구릴 분실한 거야. 그리고 곧 한계가 닥친 거지. 하지만 압정의 포인트가 문제였던 그 함정은 이미 뛰어넘었을 거라고 생각해. 누가 뭐래도 이젠 그도 어엿한 한 마리의 너구리가 되었으니 말이야.

뭐가 뭔지 알 수가 없어. 그럼 왜 너구리가 세상의 적이 된 거지?
쉽게 말해 줄게. 예를 들어 농경사회를 생각해 봐. 모두가 부지런히 밭을 갈고 있는데 돌연 한 마리의 너구리가 나타난 거야. 앗 너구리다. 누군가 소리치면서 일손이 중단되게 마련이지. 귀엽다. 이리 온, 해피 해피 쫑쫑.

잠깐, 농경사회 때도 영어를 썼나?

그런 느낌이란 거지. 원래 너구리는 즐거움 그 자체였으니까. 그리고 한 두어 시간은 온통 너구리가 사람들의 혼을 빼놓는 거야. 그럼 그 텃밭 1팀의 팀장은 어땠겠어? 너구릴 죽이고 싶었겠지. 그 미움의 감정이 오래도록 누적이 된 거야. 그리고 세월이 흘렀지. 자, 후기자본주의의 산업사회가 됐어. 세상을 휘어잡은 것은 텃밭 1팀의 팀장 같은 놈들이지.

그런 일이 있었구나.

놈들은 점차 너구리를 멸하기 시작했어. 마치 인디언을 멸하듯 말이야. 오하이오 전역에 뿌린 적이 있다는 그 백신은 실은 너구리를 죽이는 독약이었을 거야. 왜? 너구리 광견병 따위는 애초부터 없었던 거니까. 그건 교묘한 작전이었어. 그런 한편으론 또 너구리를 보호한 것이 놈들이니까. 멸종 위기의 동물로 말이야.

그건 왜지?

사람들에게 너구리는 원래 희귀한 것이라는 인식을 주기 위해서지. 동물원에 가야 겨우 볼 수 있는, 또 야생의 너구리라면 평생 가야 한 번 볼까말까 한 것이란 인식 말이야. 또 혹시나 너구릴 만났다 하더라도 절대 만져서는 안 되는 것으로 각인시킨 거지.

사회란 무서운 것이구나.
너도 곧 어떤 선택을 해야만 할 거야. 이 〈즐거움의 문제〉에 대해.
미안해, 이따위 걱정이나 끼쳐서.
아냐. 실은 나도 많이 생각해 온 문제였어. 안 그래도 오늘은 그 얘길

할 참이었거든.

무슨 얘기?

나, 실은 너구리가 될까 싶어.

너무 힘들지 않을까?

일단은 도망부터 다녀야겠지. 하지만 실행이 힘들 뿐 의외로 간단한 문제야. 〈너구리〉의 실행에는 에뮬레이터가 필요한 것이니까. 그래도 신이 인간을 위해 내려준 것은 결국 너구리뿐이라는 생각이야. 그것만은 확실해.

그럼, 이제 각자 다른 삶을 살겠구나.

쓸쓸해?

쓸쓸해.

그래도 이 세상에 너구리가 있다는 걸 잊지는 마.

그래, 고마워.

또 한번 찌가 흔들렸다. 나는 힘차게 낚싯대를 잡아당겼다. 그것은 작고, 어린 한 마리의 붕어였다. 입에서 바늘을 빼낸 후, 나는 말없이 놈을 망 속에 내려놓았다. 파닥. 스테이지 1에 막 진입한 인간처럼, 놈은 몹시도 떨고 있었다.

그 이상한 발광체를 본 것은 그때였다.

낚시터 맞은편의 아카시아 숲 위에 그것은 둥실 떠 있었다. 분명 어떤 비행체임이 확실했지만, 마치 그 속에 부레와 같이 것이 존재하는 것처럼 그것은 대기 속에 둥실 떠 있었다. 눈이 부실 정도의 아름답고 푸른 섬광이 반구형半球形의 기체 전체를 둘러싸고 있었다.

뭐야, 그야말로 일반론적인 UFO가 아닌가.

라는 생각이 들자마자 그것은 어느새 저수지를 가로질러 우리의 머리 위에 머물러 있었다. 거대했다. 그리고 그 거대한 기계는 마치 살아 있는 유기체처럼 느리고 무거운 호흡을 하고 있었다. 아아, 우리는 일반론적인 탄성을 질렀다.

몇 번의 호흡과 더불어 우리는 그 반원의 중심에 작은 구멍이 열리는 것을 볼 수 있었다. 기체를 에워싼 섬광과는 다른 성질의 불빛이, 그 구멍을 통해 일직선으로 하강해 왔다. 그리고 그 빛의 기둥이 땅 위에 닿았다고 느껴진 순간, 엄청난 굉음과 함께 UFO는 이동했다. 정신을 차리고 보니 이미 UFO는 사라진 후였다.

그리고 우리는 보았다. 불과 5,6미터 앞. 즉 빛의 기둥이 닿았던 그 자리에 어떤 물체가 서 있는 것을. 그 물체는 한참을 멀뚱히 서 있더니 결국 아장아장 우리가 켜놓은 랜턴의 불빛 앞으로 걸어 나왔다.

그것은 한 마리의 너구리였다.

축하해요

축하해. 클릭만 해주세요. 150명 추첨. 오늘 하루만 무료로 당신의 동물점을 봐드립니다. 엔조이멀닷컴. 자 당신의 생년월일을 기입해 주세요. 네 감사합니다. 4월 27일 탄생하신 당신의 수호동물은 네, 바로 너구리군요. 귀엽고 깜찍한 당신의 마스코트 너구리. 자 그럼 너구리인 당신의 운명을 한번 알아볼까요? 클릭해 주세요.

사교적인 성격의 당신은 교제 범위가 매우 넓습니다. 따라서 연령을 불문하고 많은 친구를 사귀게 되죠. 친구로는 당신처럼 재주가 많고 즐거움을 추구하는 원숭이가 제격입니다. 또 사소한 일에 얽매이지 않는 페가수스도 어울리는 상대죠. 그러나 양과 아기사슴은 멀리하는 것이 좋습니다. 약속을 철저히 지키는 도덕주의자 양은 당신을 꾸짖기 일쑤니까요. 물론 순진하고 요령 없는 아기사슴도 당신과는 어울리기 힘들답니다.

너구리인 당신은 경험과 실적을 중요하게 여깁니다. 따라서 골동품 같은 오래된 물건에 특히 사족을 못 쓰는 타입이죠. 또 당신은 남의 이야기를 마치 자신의 체험처럼 말할 수 있는 특별한 능력의 소유잡니다. 본 적도 없는 영화에 대해, 그 영화를 본 사람보다 더 생생하게 말할 수 있는 사람 ― 그가 바로 당신이죠.

당신은 변화에 잘 대처합니다. 물론 그것도 너구리가 가진 탁월한 재능 중의 하나. 당신은 어떤 상황에도 쉽게 적응하고, 무엇이든 시도하고, 남들보다 더 많은 수확을 거둬들입니다. 그러나 유독 음식을 고르는 데 있어선 절대 변화를 용납하지 않습니다. 주변에는 언제나 몇 군데의 단골집이 정해져 있고, 주문은 늘 〈항상 먹는 걸로〉입니다. 이는 맛있는 걸 좋아하고, 경험과 실적을 중시하는 너구리만의 습성이죠.

당신은 역할 분담에 능숙합니다. 어떤 역할이라도 쉽게 소화해 내며, 각각의 캐릭터가 지닌 장점들도 충분히 파악하고 있습니다. 각자의 역할을 분담해 일의 능률을 높이는 것도 너구리가 가진 가장 큰 장점 중의 하납니다. 그러나 그 반면 무책임한 사람으로 여겨지기도 쉽습니다. 그건 바로 너구리 특유의 건망증 때문이죠. 건망증은 너구리의 비극. 물론 본인은 별로 아랑곳하지 않겠지만 말입니다.

또 당신은 근거 없는 자신감의 소유자입니다. 이 근거 없는 자신감에 대해서는 열두 가지 캐릭터 중에서도 단연 일등이라 말할 수 있죠. 늘 자신감에 넘쳐 있고 명랑하고 적극적인 당신은, 그래서 늘 남에게 좋은 인상을 심어줍니다. 게다가 〈알겠습니다〉, 〈네〉, 〈맡겨만 주세요〉 시원시원 늘 큰 목소리로 대답하기 때문에 언제나 믿음직스럽습니다. 그런데 사실 당신의 대답은 대답만으로 끝나버리는 경우가 대부분이죠.

너구리는 윗사람의 귀여움을 듬뿍 받습니다. 대답을 잘하는 긍정적인 태도와 애교 넘치는 캐릭터이기 때문이죠. 〈경험과 실적〉을 중요하게 생각하는 성향 역시 연장자들의 마음에 쏙 드는 점이랍니다. 또 무책임해 보이거나 아첨을 잘하는 것처럼 보여도, 끝끝내 미워할 수 없는 묘한 매력을 당신은 지니고 있습니다. 그것은 일부러 그런 행동을 하는 것이 아님을 모두가 알고 있기 때문입니다. 결국, 어떤 짓을 해도 끝끝내 용서할 수밖에 없는 너구리만의 매력은—나머지 캐릭터 모두의 부러움을 살 만한 것이지요.

편지가 왔습니다.

편지의 발신자는 인사부장이었다. 편지의 제목은 〈축하하네〉였고, 내용은 다음과 같았다.

늦어도 내일 중으로 상반기 사원 임용이 정식으로 결정될 것 같군. 이 문제에 대해 자네와 상의를 좀 했으면 싶은데 자네 의향은 어떤가. 시간은 오늘밤 아홉 시 정도. 장소는 무교동의 〈클라이막스〉라네. 참, 제목에 대해선 크게 신경 쓰지 말게나. 그저 장난으로 적어본 것뿐이니. 그럼 기다리겠네.

부장의 메일은 바이러스를 동반한 것이었다. 내용을 확인하고 창을 닫는 즉시 프로그램 전체가 다운되었다. 아마도, 포맷을 해야겠지? 나는 담배를 꺼내 물었다. 쓸쓸했다.

아무리 쉬쉬해도
언젠가 인간은 세상이 엉망이란 걸 알게 된다.

아무리 쉬쉬해도
결국엔 너구리가 있다는 걸 알게 되듯이.

고맙군

고마워. 이렇게 나와줘서 말일세. 부장은 나보다 먼저 도착해 혼자 맥주를 기울이고 있었다. 환하지도 어둡지도 않은, 그저 그런 카페였다. 해보니 어떻던가, 회사생활은? 술을 따라주며 부장이 물었다. 좋았습니다. 간단하게, 내가 대답했다.

마시게.

자네는 특이하게도 가정관리학을 전공했더구먼. 네. 거 참, 까다로운 전공이라 생각되는데 자네 생각은 어떤가? 까다로운 전공입니다. 그래 내 생각도 그렇다 이 말씀이야. 자

마시게.

어떤가 여기서 정식사원으로 일해 보고 싶은 마음은 있나? 솔직히, 뽑혔으면 좋겠습니다. 좋아, 좋아. 남자라면 포부가 있어야지. 자네가 하기에 따라 내가 최대한 힘을 써볼까 하는데 자네 생각은 어떤가. 써 주신다면 감사하겠습니다. 좋아

마시게.

나는 그렇게 어려운 걸 바라진 않을 걸세. 그저 사회생활을 하다 보면 누구나 겪을 수 있는 그런 일이라고 생각하면 쉽지 않을까? 뭔가를 얻기 위해선 자신도 뭔가를 내줘야 하는 게 인생의 법칙이라네. 심각한 문제가 아니란 얘기지. 자

마시게.

사는 게 별건가? 다들 그렇게 사는 거라네. 내가 보기엔 자네는 이해력도 빠르고 아주 전도가 유망할 것 같아. 또 얼마나 젊고 건강한가 말이야. 누군가 뒤에서 조금만 손을 받쳐준다면 그야말로 두려울 게 없는 거지. 자

마시게. 부장은 계속해서 술을 권했고 자신도 제법 많은 양의 술을 들이켰다. 나는 느낄 수 있었다. 시간이 흐를수록 마치 맥주가 익어가듯 조금씩 효모가 퍼져가는 부장의 숨소리를. 그리고 그 알코올 기운이 번져가는 심장의 떨림을.

카페를 나온 것은 자정을 넘겨서다. 부장은 택시를 잡았고, 택시 기사에게 어딘가를 부탁했고, 택시 안에서 내 손을 잡거나 허벅지를 쓰다듬거나 했고, 택시는 어딘지 알 수 없는 동네의, 어딘지 알 수 없는 대로변에 우리를 내려놓았다. 그곳에는 큰 건물의 지하에 딸린 사우나가 있었고, 그 입구에는 24시간 영업이라는 큰 입간판이 세워져 있었다.

사우나는 텅 비어 있었다. 아니, 손님 모두가 탈의실 옆의 휴게실에서 잠을 자는 게 목적인 듯한 사우나였다. 아니, 어쩌면 이곳은 모이는 사람과 용도 자체가 특이한 사우나일 수도 있다. 나는 잠깐 생각에 잠겼다가, 다시 생각을 포기했다.

잠깐만 참으면 돼.

샤워를 하고 있는 내 몸을 뒤에서 부장이 껴안았다. 이상하게도 아무 느낌이 없었으며 나는 말 그대로 잠깐만 참자는 결심을 했다. 부장은 내 몸의 이곳저곳을 더듬더니 나를 목욕용 의자 위에 가만히 주저앉혔다. 미끈미끈한 부장의 손이 나의 페니스를 일으켜 세우려 갖은 시도를 다하였다. 이상한 일이었다. 도저히 발기할 것 같지 않던 페니스가 발기한 것은 왜였을까. 그리고 그 순간 〈스테이지 23〉이 눈앞에 펼쳐진

것은 왜였을까. 왜 세상은 스테이지 1에서부터 차근차근 시작되지 않
는 것일까.

 멋지군. 부장은 크게 한숨을 쉬며 발기한 나의 페니스를 바라보았다.
그러더니 잠시 칸막이 뒤편으로 목을 뻗어 아무도 없음을 확인한 후,
내 다리 사이에 무릎을 꿇고 앉았다. 가만히 있어. 명령조로 말을 바꾼
부장의 입이 내 페니스를 빨기 시작했다. 부장의 오른손이 천천히 자신
의 페니스를 흔들기 시작한다.

 잠깐이다. 후회는 없다. 돌이켜보면 딱히 하고 싶은 일도 없었던 청
춘이다. 경쟁자는 많고 취업은 힘들고, 세상은 엉망이었다. 잠깐이다.
잠깐이다. 잠깐이다. 이제 잠깐 후면 나는 저 허공 너머―점 한 칸 크
기의 착지점 위에 무사히 착지해 있을 것이다.

 아주 잠깐 동안, 나는 부장의 페니스가 흰 액체를 쏟아내는 걸 본 듯
하고, 부장이 샤워기로 자신의 정액을 씻어 내리는 걸 본 듯도 하고, 다
시 한숨을 쉬며 내 어깨에 손을 얹는 걸 느낀 듯하고, 무척 많은 걸 의
미하는 〈수고했네〉라는 말을 들은 듯도 하고, 지친 듯 사우나의 문을
나서는 그의 뒷모습을 본 듯도 했다.

 나는 그 거대한 욕탕의 바닥 위에 말없이 주저앉았다. 그리고 피부가
견딜 수 있는 가장 뜨거운 수치의 온수를 머리끝부터 뒤집어쓰기 시작
했다. 증기가 피어오르는 그 물줄기 속에서 나는 갑자기 혼자란 느낌이
들었고, 쓸쓸했고, 눈물이 났다.

그때였다.

등뒤의 인기척이 느껴진 것은. 돌아보니 안개처럼 자욱한 수증기 속에 여태껏 본 적 없는 크고 거대한 너구리가 이태리 타월을 들고 서 있었다. 갈색의 털과 좋은 대비를 이루는 훌륭한 연두색의 이태리 타월이었다. 희뿌연 수증기 속에서 너구리는 모든 것을 지켜봤고, 또 모든 것을 이해한다는 표정으로 나를 향해 고개를 끄덕였다. 나도 고개를 끄덕였다. 천천히 의자를 내밀며 너구리가 말했다.

앉아.

새벽의 사우나는 고요했고, 그 고요 속에서 나는 마치 친구와도 같은 한 마리의 너구리에게 편안한 마음으로 등을 맡겼다. 참으로 등을 밀어본 지는 몇 년 만의 일이었고, 너구리는 무척이나 등을 많이 밀어본 솜씨였다. 이상한 일이지만, 등의 때를 밀면서 나는 아주 조금씩 기분이 좋아지기 시작했다. 그리고 너구리의 마지막 손질이 끝났을 무렵에는, 비교적 즐거운 마음이 될 수 있었다. 이제 그만 일어서려는데 너구리의 묵직한 손이 내 어깨를 누른다.

아직.

뭐가 아직이지? 의아했으나, 곧 그 이유를 알 수 있었다. 그것은 비누칠이었다. 너구리는 말끔히 때를 민 내 등의 전역全域에 시원스레 비누칠을 먹였다. 이럴 수가. 그것은 말하자면 너무나 환상적인 플레이여서, 마치 비행기를 타고 오하이오 주의 창공을 날고 있는 기분이었다. 아아, 나는 그만 감격에 겨워 눈물을 흘릴 뻔했지만. 결국 나라는 인간은—그래서 울컥 뒤를 돌아보며, 겨우 이런 말이나 하는 게 고작 이지만.

고마워, 과연 너구리야.

제28회 이상문학상 선정 경위와 총평

— 김성곤(《문학사상》 편집주간 · 문학평론가)

화장 _ 삶의 무거움과 가벼움을 그려낸 대작
늙으신 어머니의 향기 _ 세대 간 갈등과 힘의 강약 탐색한 감동적 작품
밤이 지나다 _ 신선한 감각으로 현대인의 방황의식 그린 작품
진흙 파이를 굽는 시간 _ 현대인의 자화상을 새로운 형태로 작품화
존재의 숲 _ 삶의 여정과 성인으로의 입문 그린 상징적 소설
칵테일 슈가 _ 샤레이드 게임처럼 정교하게 구축한 구성
그림자 아이 _ 세련된 문체와 상징으로 독자를 매료케 하는 작품
발칸의 장미를 내게 주었네 _ 예술적으로 형상화한 인간의 고독과 고립
고마워, 과연 너구리야 _ 색다른 서사기법 보여준 희소가치적 작품

제28회 이상문학상 심사는 2003년 6월 말과 12월 15일에 마감한 2차에 걸친 예비심사를 거쳐 2004년 1월 4일 6시부터 조선호텔 호경전 별실에서 7인의 심사위원(이어령, 김윤식, 서영은, 윤후명, 권택영, 권영민, 김성곤)이 참석한 가운데 열렸다. 한 차례의 무기명 투표를 거쳐 대상 작품을 압축한 후, 심사위원들은 약 세 시간의 토론 끝에 대상에는 김훈의 〈화장〉을, 특별상에는 문순태의 〈늙으신 어머니의 향기〉를 전원 일치의 찬성으로 선정하였다. 이어 우수상 심사로 들어가 본심에 회부된 16편의 작품 중에서 7편을 선정했다. 심사 절차는 이 작품집의 전말에 공개한 '이상문학상 운영 규정'에 따라 실시되었다.

대상 수상작 〈화장〉 김훈
삶의 무거움과 가벼움을 그려낸 대작

김훈의 〈화장〉은 본심에 회부된 16편 중 가장 긴 작품이었고, 그 소재와 내용도 비교적 무게 있는 작품으로, 심사 벽두부터 심사위원들의 관심을 집중케 했다. 특히 보기 드문 유려한 문장으로 주인공이 아내의 화장火葬과 은근한 애정을 보내고 있는 젊은 여인의 화장化粧을 절묘한 표현기법으로 오버랩시키면서, 모든 소멸해 가는 것과 소생하는 것들의 사이와 그 틈새에서 삶의 무거움과 가벼움을 동시에 그려내며 인간 존재의 내면을 심오하고 신비스러운 기법으로 그려내어, 심사위원 전원 일치로 대상 작품으로 선정되었다.

대기만성형大器晩成型의 작가로서, 불혹의 나이를 넘어 작품활동을 시작하여 첫 장편 《칼의 노래》로 '동인문학상'을, 첫 본격적인 단편인 〈화장〉으로 '이상문학상'을 수상함으로써, 한국문학상의 최고봉으로 평가되는 장편소설상과 중·단편소설상을 2년 만에 독점한 예는 한국 문단 100여 년의 역사상 처음 있는 일이며, 이 기록은 앞으로도 좀처럼 깨지기 어려울 것으로 생각된다.

특별상 수상작 〈늙으신 어머니의 향기〉 문순태
세대 간 갈등과 힘의 강약 탐색한 감동적 작품

특별상 수상작인 문순태의 〈늙으신 어머니의 향기〉는 늙은 어머니와 젊은 아내의 냄새를 통해 세대 간 권력의 갈등과 대립, 그리고 힘의 팽창과 몰락 과정을 탐색한 감동적인 작품이다. 아내와 자신이 그렇게도 싫어했던 어머니의 냄새가 사실은 남편에게 소박맞은 어머니가 자식들을 위해 희생하며 살아온 기나긴 세월의 냄새라는 사실을 어머니가 떠나간 이후에야 비로소 깨닫게 되는 이 소설의 말미는, 궁극적으로는 부모 자식 간의 관계를 떠나 모든 가치관의 대립과 역사의 순환에 대한 성찰로 확대된다. 그런 맥락에서 이 소설은 최근 전례 없는 세대 간 갈등을 겪고 있는 우리 사회에 대한 작가의 예리한 통찰처럼 보이기도 한다.

우리에게는 누구나 잊어버리고 살거나 잊고 싶은 어두운 과거가 있다. 그러나 작가는 늙은 어머니의 냄새가 왜, 그리고 어떻게 숭고한 '여인의 향기'로 승화되는가를 추적하면서 과거의 소중한 가치를 재발견한다. 과거가 없는 현재란 없다. 그럼에도 우리는 애써 과거를 부인하고 스스로의 뿌리를 부정하고 싶어한다. 작품의 마지막에 화자가 자신의 근원인 원초적 고향으로 돌아가는 이유도 바로 거기에 있다. 〈늙으신 어머니의 향기〉는 독자들로 하여금 자신들의 과거와 미래, 그리고 현재 위치를 살펴보게 해주는 주목할 만한 작품이다.

우수상 수상작 〈밤이 지나다〉 구효서
신선한 감각으로 현대인의 방황의식 그린 작품

금년에는 여러 작가들이 새로운 스타일을 시도하고 있는데 이는 반가운 소식이 아닐 수 없다. 작가들은 한 번쯤 자신의 전형에서 벗어나 새로운 양식의 창작을 시도해 볼 필요가 있기 때문이다. 구효서 역시 〈밤이 지나다〉에서 신선한 감각의 새로운 소설을 시도해 독자들을 기쁘게 해주고 있다.

천체 관찰을 소재로 한 이 소설은 자신의 결혼과 일상을 낯선 행성에 잘못 불시착한 경우에 비유하며, 단지 혜성처럼 스쳐 지나가는 낯선 남자에게 이끌리는 여주인공의 심리상태를 통해, 일상에서 일탈해 새로운 세계를 경험해 보고 싶어하는 현대인의 방황의식을 잘 드러내주고 있는 돋보이는 수작秀作이다.

현대인의 자화상을 새로운 형태로 작품화

김승희의 〈진흙 파이를 굽는 시간〉은 드물게 보는 새로운 형태의 특이한 소설이다. IMF 위기로 인해 닥친 경제적 위기를 극복하려고 전화방에 일자리를 얻어 외로운 남자들의 외설적인 폰팅 상대를 해주고 있는 여자들끼리의 독백과 대화로 이루어진 이 소설은 현대인들의 단절되고 왜곡된 교류를 상징적으로, 그러나 극명하게 묘사한 작품이다. 동시에 이 작품은 화자로 등장하는 여인들의 과거와 현재의 대비를 통해, 물질주의와 쾌락주의에 물들어 있는 최근 한국 사회의 바람직하지 못한 세태를 예리하게 비판하고 있다. 〈진흙 파이를 굽는 시간〉은 서로의 상처를 어루만져 주고 고독을 달래줄 수 있는 진정한 대화와 교류가 결핍되어 있는 현대인들의 자화상을 독특한 구성과 세련된 감각으로 그려낸 새로운 기법의 주목할 만한 소설이다.

삶의 여정과 성인으로의 입문 그린 상징적 소설

전성태의 〈존재의 숲〉은 시골 오지에 내려가 여름과 가을 두 철을 보내게 된 어느 실패한 개그맨의 이야기다. 세상을 웃기되 울면서 웃게 만드는 것이 소원이었던 화자는 그 시골 오지에서 수많은 사람들을 만나는데, 그들로부터 홀로 살다가 죽은 어느 실성한 여인네와 그의 아들에 대한 이야기를 듣는다. 그리고 집을 나와 떠돌아다니는 개 누렁이를 만나는데, 결국 누렁이는 동네 잔치를 위한 제물로 죽임을 당한다. 그러한 일들을 겪은 후, 화자는 그곳을 떠나 원래 출발했던 곳으로 되돌아온다. 그의 시골 오지 여행은 마치 김승옥의 《무진기행》처럼 일상으로부터의 일탈이면서 자신의 근원으로의 여행을 상징하는 것처럼 보인다. 그리고 거기서 깨달음과 눈뜸의 과정을 경험한 화자는 다시 현재로 되돌아온다. 〈존재의 숲〉은 바로 그러한 삶의 여정과 성인成人으로의 입문을 그린 다분히 상징적인 소설이다.

우수상 수상작 〈칵테일 슈가〉 고은주
샤레이드 게임처럼 정교하게 구축한 구성

소설이라면 으레 장편을 의미하는 영미권英美圈에서는, 단편이란 삶의 한 편린이나 하나의 사건만을 다루며, 극적인 반전으로 끝나는 것이 보통이다. 그러나 단편 전통이 강한 한국 작가들은 짧은 단편 속에 장편에 들어갈 모든 것을 압축해 집어넣으려 하는 경향이 있다. 그래서 한국의 단편들은 무거운 작품들이 많다. 그런 의미에서 보면, 고은주의 〈칵테일 슈가〉는 한 편의 훌륭한 영미식 단편이라고 하겠다. 정교하게 구축된 하나의 사건이 마치 샤레이드 게임처럼 서로 긴밀하게 연결되어 있는 데다가 마지막에 극적인 반전이 오기 때문이다. 최근 국내에서 문제가 된 부부 스와핑을 모티프로 한 이 작품은, 셰익스피어의 희극처럼 서로 얽히고설킨 여러 쌍의 연인들이 벌이는 해프닝을 통해, 마치 칵테일 슈가처럼 달콤하고 편리하며 덧없이 녹아버리는 현대인들의 일회용 사랑놀이를 풍자하고 있는 대단히 인상적인 작품이다.

세련된 문체와 상징으로 독자를 매료케 하는 작품

빗길에 미끄러진 트럭이 인도로 뛰어들어 손을 잡고 있던 아버지와 아이를 덮친다. 아버지는 멀쩡했지만 아이는 트럭에 치이고, 그 광경을 본 아버지는 그만 정신이상이 된다. 아버지는 아무것도 기억하지 못하지만, 자신의 손을 잡고 있다가 놓친 것이 무엇인가를 기억할 수가 없어 늘 의아해하고 허전해한다. 남자는 요양원에 들어가 갇혀 지내지만, 언제나 창가에 서서 자전거로 출퇴근하는 건너편 공장의 종업원들을 지켜본다. 그러다가 아이의 보조 좌석이 달린 빨간 안장의 자전거를 발견하고, 희미한 기억의 실마리를 통해 자신의 아이를 생각해 낸다. 어느 날 남자는 요양원을 빠져나와 그 자전거를 타고 공원들 사이에 섞여 그곳을 탈출한다. 집을 찾아가 아이를 태우고 도로를 질주하기 위해서 그는 '신념'이라고 쓰인 그 자전거의 페달을 밟는다. 하성란 특유의 세련된 문체와 고도로 집약된 상징으로 서술되는 〈그림자 아이〉는 강렬한 흡인력으로 독자들을 끌어들이는 잘 써진 작품이다.

예술적으로 형상화한 인간의 고독과 고립

1990년대 여성 작가들이 즐겨 써낸 소재여서 이제는 진부해져 버린 '이혼과 불륜'이라는 소재가 정미경이라는 역량 있는 작가의 손을 거치면 금세 신선하고 참신한 신개념 소설로 그 모습을 드러낸다. 작가 특

유의 새로운 감수성과 뛰어난 감각, 세련된 서사기법은 별거나 불륜 같
은 일상의 일탈행위도 한 편의 훌륭한 문학작품으로 변환시키는 뛰어
난 솜씨를 보여주고 있다. 아무리 비극적인 사건이나 이별을 다루어도
그의 작품에는 끈끈한 정이나 헤픈 눈물이나 청승맞은 넋두리가 없다.

　원룸 아파트에서 만난 기러기 아빠와 간호사 재이의 짧은 사랑은 자
칫 신파조 불륜이 될 수도 있으련만, 마법사 같은 작가의 솜씨는 그 두
사람의 관계를 진정한 교류가 단절된 현대를 읽어내는 문학작품의 훌
륭한 소재와 주제로 변용시키는 데 성공하고 있다. 인간의 생래적 고독
과 고립을 예술적으로 형상화하는 데 성공한 〈발칸의 장미를 내게 주
었네〉는 대상작大賞作으로도 손색없는 작품이라고 생각되었다.

우수상 수상작 〈고마워, 과연 너구리야〉 박민규
색다른 서사기법 보여준 희소가치적 작품

　천편일률적인 스토리텔링이 지배적인 한국 문단에서 박민규의 〈고마
워, 과연 너구리야〉는 색다른 서사기법을 보여준다. 다분히 심각하고
중후한 주제를 대단히 유희적인 문체로 풀어나간 이 소설은 우선 재미
있게 잘 읽힌다. 잘 안 읽히는 전통적인 기법의 소설들보다는 이렇게
새로운 발상과 기법의 소설이 훨씬 더 낫다는 생각이 들 만큼, 이 소설
은 우화적이고 신선하며 새롭게 느껴진다. 너구리가 상징하는 것의 의
미도 좋았고, 회사나 동성애나 사우나 모티프도 적절했다고 느껴졌다.
앞으로 이러한 형태의 참신한 소설들이 더 많이 나와 소설 문학의 지평
을 확대해야만 할 것이다.

각 심사위원들의 중점적 심사평

이어령 _ 두 여체女體의 대위법과 생명의 심연 넘기
김윤식 _ 어떤 신석기인新石器人의 세 단계 글쓰기론
서영은 _ 수상 작품 8편의 8인 8색 다양성
윤후명 _ 형이상학과 형이하학의 승화
권택영 _ 문순태의 특별상 작품에 보내는 찬사
권영민 _ 육체의 담론과 소멸의 미학 그린 획기적 작품
김성곤 _ 인간 존재에 대한 성찰의 심오함과 묘사의 탁월성

두 여체女體의 대위법과 생명의 심연 넘기
—소설의 한계를 뛰어넘은 통합적 감동을 자아내는 대작

> 김훈의 상상력과 유추작용은 예사스럽지 않고, 머리카락에서 질의 이미지에 이르
> 기까지 여체를 통한 인간의 실존적 의미는 에로스와 타나토스를 넘어 '보리' 라는
> 불교적 의미론의 세계로까지 침잠해 간다.

이어령(李御寧, 문학평론가)

김훈의 〈화장〉은 소설의 한계를 뛰어넘은 예술의 통합적 감동을 준
다. 죽어가는 아내의 육체와 직장 신입 여사원의 육체— 이 두 개의 몸
을 축으로 전개되는 이야기는 흡사 대위법으로 잘 구성된 음악을 듣고
있는 느낌이다.

동시에 그것은 여러 가지 색채와 형태들이 마법의 조화를 이루고 있
는 한 폭의 그림을 연상시킨다. 그림으로 그려진 시체가 이미 진짜 시
체처럼 흉하지가 않은 것처럼 소설 첫머리에 죽음을 알리는 심전도 묘
사나 반짝이는 종양을 찍은 사진의 영상들은 오히려 아름답기까지 하
다. 암울한 죽음의 색조들이 울트라 마린블루의 밝고 투명하게 화장한
여체와 얽혀 있기 때문이다.

"당신의 아기의 분홍빛 입속은 깊고 어둡고 젖어 있었는데 당신의
산도産道는 당신의 아기의 입속 같은 것인지요"라는 대목에서 보듯이

작가의 상상력과 유추작용은 예사스러운 것이 아니다. 머리카락에서
질의 이미지에 이르기까지 여체를 통한 인간의 실존적 의미는 에로스
와 타나토스를 넘어 보리라는 불교적인 의미론의 세계로까지 침잠해
간다.

　이렇다 할 사건의 기복이나 드라마가 없는데도 화장化粧과 화장火葬
사이, 이미지로서의 육체와 실체로서의 육체 사이— 그 사이사이에 끼
어 있는 언어의 밀도는 마치 숨은그림찾기처럼 독자들의 마음을 긴장
시키고 홀리게 한다.

　김훈의 〈화장〉 외로 본심에 오른 좋은 작품들이 많았다. 다만 이 작
품의 키가 너무 커서 다른 작품들이 작아 보였을 뿐이다.

어떤 신석기인新石器人의 세 단계 글쓰기론
—21세기 한반도에 나타난 신석기인, 김훈

아무리 우리와 같은 복장, 목소리 또 직업을 갖추었지만 그는 신석기인이다. 신석기인이기에 신석기인다워야 하는 법. 무엇이 신석기인답게 하고 있는가. 소설 〈화장〉이 바로 그것이다. 〈화장〉은 신석기시대의 다이아몬드처럼 빛이 난다.

김윤식(金允植, 문학평론가)

자주는 아니지만 문학사적인 의미에서 기억해 둘 만한 사건들이 있다. 《빗살무늬 토기의 추억》(1995)의 출현도 그러한 사례의 하나이다. 작가는 김훈. 오랫동안 신문 문화부 문학 담당 기사를 써온 김씨의 작가적 변신이 지닌 경이로움은 씨가 그동안 써온 혹은 익숙해 온 이 나라 문학판과는 썩 다른 모습이었음에서 왔다. 그것은 "인간은 벌레가 아니다"라는 이 나라 근대문학의 주춧돌과는 너무도 동뜬 것이었으며 동시에 또 그것은 "인간은 연어이다"라는 또 다른 대들보와도 아주 다른 표정과 모습을 지니고 있었다.

벌레도 아니고 연어도 아닌 문학이란 어떤 것일까. 신석기인의 문학이 그 정답이다. 한반도에 신석기시대가 열린 형국이었다. 바야흐로 마제석기를 들고 등장한 이 신석기인의 글쓰기는 어떠했을까. 《빗살무늬 토기의 추억》이 그 물건이다. 빗살무늬 토기를 빚던 솜씨의 글쓰기란 과연 어떠했을까. 이런 물음이란 실상 성립될 수 없는데, 글자가 없던 시대의 글쓰기였기 때문이다. 글자 없던 시대의 글쓰기란 구체적으로 는, 새김일 수밖에 없다. 토기에다 빗살무늬로 줄긋기가 그것이다. 진흙에다 빗살무늬를 새기고 이를 불에 구워내기. 그렇다, 문제는 불에 있었다. 그 불이 빗살무늬에서 떠나 맹렬한 기세로 바야흐로 20세기 문명 도시를 휩쓸고 있다면 어떠할까.

목숨을 건 소방대의 출현에도 불구하고 모든 것은 초토화될 수밖에 없다. 신석기인의 출현과 그의 글쓰기란 처음부터 새로 시작함이 아닐 수 없다. 가진 것이라곤 진흙과 불과 손밖에 없었던 까닭이다.

이 신석기인이 15세기 한반도에 나타났다면 어떻게 될까. 막강한 왜적 앞에 백의종군하는 한 무장武將의 모습이 아닐 수 없다. 빈손으로 전장에 선 이 무장은 칼 대신 노래를 부를 수밖에 없었다. '칼' 과 '노래' 가 아니라 '칼의 노래' 일 수밖에 없다는 사실을 이 신석기인은 충무공 의 《난중일기》에서 엿들었던 것이다. 귀 기울이면 들려왔던 것이다. 신석기인이여, 백의종군의 의미를 아는가, 라고. 또 들려왔다. 그것은 노래다, 라고.

이 신석기인이 드디어 21세기 한반도에 나타났다면 어떻게 될까. 우리와 꼭 같은 복장을 하고, 꼭 같은 직업과 삶의 행태를 갖추고 등장했다면 어떠할까. 이 물음 하나에 천금의 무게가 실려 있다.

아무리 우리와 같은 복장, 목소리 또 직업을 갖추었지만 그는 신석기인이다. 신석기인이기에 신석기인다워야 하는 법. 무엇이 신석기인답게 하고 있는가. 〈화장〉이 그것이다. "죽은 아내의 몸은 뼈와 가죽뿐이었다"에 신석기인다움이 있다. 아내의 엉덩이, 성기, 대음순 등의 낱말이란 기능어에 지나지 않는 것. 어떤 성적인 감정 유발도 극도로 억제되어 있다. 이 드라이한 글쓰기는 젊은 부하 직원인 추은주의 육체 묘

사에서도 꼭 같다. 인간(여성) 신체의 '가벼움'에 문명 전체의 무게를
걸고 있는 오늘의 이 지구촌이 우리의 신석기인으로 하여금 전립선염
을 앓게 했다.

수상 작품 8편의 8인 8색 다양성
─〈화장〉은 한국문학사에 유례없는 비장하고 잔혹한 소설

육체로 사는 모든 산 것들이 무無로 환원하는 대역정. 그 시작과 끝, 겉과 속, 앞과 뒤를 사회학적으로 생태학적으로, 메스처럼 날카로운 금속성 문체로 저미고 파헤쳐서, 한 점 연기로 기화할 때까지 몰아가는 〈화장〉은 차라리 존재의 근원을 고찰한 보고서라고도 하겠으며, 한국 소설을 통틀어 유례를 찾아볼 수 없는 비장하고 잔혹한 소설이다.

서영은〈徐永恩, 소설가〉

대상과 우수상 작품으로 선정된 8편의 작품에서는 8인 8색의 다양한 시도들이 감지된다. 그 시도들은 현대인의 닫힌 삶, 병든 삶을 읽어내는 새롭고 독창적인 코드를 제시한다는 점에서 긍정적으로 읽힌다. 대상을 포함한 2,3편은 형식과 내용 면에서 한국문학의 발전을 견인하는 수작秀作으로 자리 매김 해도 좋을 것 같다. 그러나 유장한, 그러면서도 끝없이 변전하는 삶의 서사敍事는, 현학적 지식의 토설, 말의 공허한 수사修辭, 이미지의 난삽한 조립, 시간의 인위적 병치, 그 너머에서 작가의 보다 더 예리한 통찰력에 의해 전체로서 파악되기를 기다리고 있다는 것도 유념할 점이다.

하성란의 〈그림자 아이〉는 특이하고 독창적인 구성이 주목된다. 대기업의 연구소에 근무하던 남자가 어느 날 아이의 손을 잡고 길을 가던 중 사고를 당한다. 그는 다치지 않았으나 아이는 트럭에 치여 목숨을 잃는다. 그 충격으로 남자는 요양원에 입원한다. 남자의 머리는 빈 탱크처럼 기억이 모두 증발해 버린 데 반해, 사고 당시 손을 잡고 가던 아이의 기억만은 따뜻한 촉감으로 손에 남아 있다. 요양원을 찾은 친인척들이 자기들의 그에 대한 기억으로 그의 텅 빈 머리를 퍼즐처럼 짜 맞추어 주려고 애쓰지만 그의 관심은 손에 남아 있는 촉감에만 집중되어 있다. 그 촉감은 남자의 삶이 공중분해된 뒤에도 유일하게 남아 있는 의미이다. 남자가 창밖의 공장 뒤뜰에 놓여 있는 붉은 안장을 가진 자전거를 바라보는 동안, 그 촉감은 점점 그의 상실된 기억의 뿌리를 적시고, 어느 날 그 자전거를 타고 달려봄으로써, 핸들을 잡은 손 안에서 분명한 존재감으로 되살아난다.

이 소설은 이야기로 보면 단순 평범하지만, 독창적인 기법에 의해 현실과 초현실이 중첩되어 그 울림이 의미심장하다.

구효서의 〈밤이 지나다〉는 존재의 시원始原에 대한 그리움 또는 기시감旣視感을 주제로 다루고 있다.

초등학교 5학년인 주인공의 아들은 컴퓨터 속의 천문학 사이트를 열심히 뒤져가며 메모를 하는 좋은 습관을 가지고 있다. 자신을 행복한 가정주부로 여기는 주인공의 일상이, 내면에서부터 기우뚱하게 된 것은, 아들이 켜놓은 컴퓨터 화면에서 혜성의 자취와 그에 대한 사진 설명을 보고 난 뒤부터였다.

목전의 삶을 전부로 여기며 단란한 꿈을 키워온 여자는 '3천만 년', '다시 돌아오지 않는 혜성', '루나 프로스펙터호에 실려 달의 분화구에 묻힌 천체 지질학자 슈메이커' 등 천문에 대해 잡다한 앎이 열리면서, 자신이 발 딛고 있는 세계의 엄청난 팽창을 경험하게 된다. 이 소설의 묘미는 주인공이 빠져 든 존재의 아득한 미궁이, 정서적 당혹감 내지 그리움으로 독자에게 전달되고, 그것이 일상에 갇혀 지내는 독자로 하여금 주인공과 동일한 우주 체감을 하게 한다는 것이다.

마침내 여자는 자기 눈으로 직접 아득한 세계 저쪽을 관측하고픈 열망을 품고 가족과 함께 천문대를 찾게 된다. 그곳에서 우연히 조우한 낯모르는 남성에 대해 강렬한 기시감을 품게 되는 것은, 그녀의 내면이 그만큼 초시간, 초공간으로 깊이 열린 결과이다. 그가 눈앞에서 사라졌을 때 그 이별의 사무침은 그녀의 현재적 육신에 새겨진 어느 먼 시간에서 이미 겪었던 아픔, 슬픔의 확인이다.

신비하고 모호하고 불확실한, 그러면서도 엄연히 실재하는 느낌을 이처럼 또렷이 형상화해 낸 작가의 향상된 기량을 보며 다음 작품을 기대하게 된다.

전성태의 〈존재의 숲〉은 우선 은유와 비유가 풍성한 문장에 매혹당하지 않을 수 없다. 그의 문장은 마술에 견줄 만하다. 쉼표도 없는 한 문장이 마침표를 찍기까지 빚어내는 의미의 현란한 뒤적임. 시공간을 자유자재로 넘나들고 아우르는 대화. 그런가 하면 작품의 줄거리 역시도 현실에서 신화로 신화에서 현실로 넘나들며 몸바꿈을 한다.

작품 속의 주인공이 그렇듯, 산 사람이 사는 세상에 죽은 사람이 와서 생시처럼 섞여 사는 '헛것'까지도 가려보는 경지에 든 작가에게 아낌없는 찬사를 보내고 싶다.

김훈의 〈화장〉은 지금까지 써진 한국소설을 통틀어 유례를 찾아보기 어려울 만큼 비장하고 잔혹한 소설이다. 그 잔혹함은 작가의 덕목인 산문 정신의 다른 이름이다. 그렇기에, 신기루와 아비규환을 하나의 얼굴로 가진 삶이란 저 오묘한 수수께끼를 이토록 여지없이, 명징하게 파헤칠 수 있었을 것이다. 육체로 사는 모든 산 것들이 무無로 환원하는 대역정. 그 시작과 끝, 겉과 속, 앞과 뒤를 사회학적으로 생태학적으로, 메스처럼 날카로운 금속성 문체로 저미고 파헤쳐서, 한 점 연기로 기화할 때까지 몰아가는 이 소설은, 차라리 존재의 근원을 고찰한 보고서라고 하는 것이 옳겠다.

죽어가는 아내라기보다, 질병에 파먹혀 급격히 붕괴하는 살덩어리의 고통을 곁에서 지켜보며, 자신 또한 요도병으로 붕괴가 시작된 살덩어리임을 절감하는 처연한 순간에, 회사의 신입 여사원을 향해, '사랑해, 사랑해'라고 건네보지도 못할 독백을 절박하게 중얼거리는 것이야말로, 삶이 숨기고 있는 잔혹한 비밀이 아니겠는가.

이 소설은 허허로운 삶을 수시로 돌아보며 옷깃을 여밀 수 있도록 무릎 가까이 두어야 할 것 같다.

형이상학과 형이하학의 승화
—소설을 향한 정열이, 문학을 향한 도전이 이루어낸 성과

절망의 구렁텅이에서 몸부림치면서도 일상의 삶은 몸서리쳐지게 진행되는 가운데

자아내는 소설 미학의 향기가 심금을 울린다.

윤후명(尹厚明, 소설가)

구효서 작가의 〈밤이 지나다〉는 무엇보다도 아름다운 작품이었다. 가족과 함께 천문대에 간 여자의 그리움과 외로움이 신비한 혜성처럼 우주의 어두운 하늘에서 빛을 보내고 있는 느낌이었다. 꿈일까, 생시일까 하면서 읽는 동안 생의 원초적인 슬픔마저 곁들여져서 몇억 광년 저쪽에 있을지 모를 생의 묘의妙意를 엿보기라도 한 듯, 오랫동안 망연하였다.

김훈 작가의 작품은 그의《빗살무늬 토기의 추억》이래로 내게는 화두 가운데 하나였다. 그러다가 이번 작품을 보며 비로소 화두의 바위를 깨고 나오는 열熱을 보았다. 형이상학과 형이하학을 이토록 처절하게 절실하게 버무려 승화할 수 있을까, 놀라지 않을 수 없었다. 소설을 향한 정열이, 문학을 향한 도전이 이루어낸 값진 성과였다.

죽어가는 아내를 통해 우리에게 전달되는 환생의 뜻은 마지막 결구의 깊은 정적 속에 아름답게 조영照影된다. 여기서 그의 문장은 거대하

고 오래 산 나무에서 돋는 새싹이다. 새싹들은 삶, 삶, 삶, 삶, 노래한다. 절망의 구렁텅이에서 몸부림치면서도 일상의 삶은 몸서리치게 진행되지 않으면 안 된다는 노래 구절이 절절하게 울려온다. 그 사이에서 그가 자아내는 소설 미학은 우리의 심금을 울린다.

오래전 그를 만났을 때, 우리는 서해안의 작은 포구에 있었다. 그 만남이 다시금 새로운 만남으로 이어지는가. 그의 지독한 내공이 돋보이는 작품의 수상을 축하한다.

문순태의 특별상 작품에 보내는 찬사
—여러 이야기를 한 줄기로 모아, 미묘하고 정교하게 처리한 대작

어머니의 냄새는 고약하지만 어머니가 살아온 질곡의 삶이요, 역사인 동시에 기구한 세월의 냄새다. 그 냄새는 서구적 향기가 묻은 새로운 문화에 전 달콤한 향기와 다투지만, 결코 소멸되지 않고 강인하게 살아남는 이야기 속에, 노련한 이 작가는 유머와 추리가 살짝 양념처럼 곁들여져 미학적인 조리를 적당히 유지하는 품격 높은 작품을 빚어냈다.

권택영(權澤英, 문학평론가 · 경희대 교수)

"한 세대가 지나면 또 다른 세대가 오지만 태양은 다시 떠오르고 땅은 영원하다." 헤밍웨이는 성서의 한 구절을 빌려 그의 첫 번째 장편을 썼다. 실험적인 기법으로 모던 시대의 허무주의를 그린 작품이지만 주제는 '땅은 영원하다' 였다.

시간이 흐르고 삶의 양식은 달라지지만 그래도 역사 속에서 변치 않는 것이 있다. 설렁탕이나 빈대떡집 대신에 패밀리 레스토랑이나 피자 가게 앞에 줄지어 서 있는 젊은이들을 보면 그들의 아버지 세대는 이상하게 느낀다. 저 앞에 경찰서가 보이면 머리가 긴 장발족은 골목을 찾아 빙 돌아가고, 노인 앞에 앉을 때는 스커트 앞자락을 찢어질 듯이 잡아당기면서도 악착같이 아슬아슬한 미니스커트를 입었던 자신들의 젊

은 시절을 까맣게 잊은 듯이.

그들이 어머니의 문화를 이해 못했듯이 자신들은 지금 자식 세대의 문화를 이해 못한다. 그러나 문순태의 작품이 보여주듯이 어머니와 자식 세대의 문화 사이에서 주인공은 어머니의 손을 들어준다. 새로운 문화는 그것이 외국에서 들어왔든 자생했든 언제나 있기 마련이다. 내일이면 다시 또 태양이 뜨듯이 새로운 문화가 없으면 젊음이란 존재하지 않는다. 그러나 젊음이 지나고 아버지가 되면 우리는 땅은 영원하다는 진리를 깨닫게 된다.

어머니의 냄새는 고약하지만 그것은 그녀가 살아온 질곡의 삶이요, 역사다. 그 냄새는 서구의 영향을 받은 새로운 문화를 상징하는 아내의 달콤한 향기와 다투지만, 결코 소멸되지 않고 강인하게 살아남는다. 피자집은 잠시 머무는 쾌락의 장소이지만 밥과 김치와 나물은 우리가 돌아갈 고향이요, 역사의 뿌리이기 때문이다. 우리의 삶은 결국 고향을 떠나 조금씩 다시 고향을 찾아가는 과정이 아닐까. 떠나옴이 없이는 돌아옴도 없기에 어머니의 냄새는 고약하지만 향기롭다.

너무 많은 이야기를 할 수도 없고 그렇다고 너무 단순해서도 안 되는 것이 단편이다. 노련함이란 바로 이 분량의 조절이 아닐까. 소박하면서도 여러 이야기가 들어 있고 그러면서도 한 줄기로 모아지는 미묘함을 작가 문순태는 보여준다. 치마폭을 겹겹이 들추고 허리춤에서 맛있는 사탕을 꺼내 주시던 할머니의 요술 주머니처럼, 그렇게 주름 진 이야기의 골에서 알맹이가 나온다. 독자를 너무 힘들게 하지도 않고, 그렇다고 기대감을 배반하지도 않는 노련한 솜씨 속에 젊은 작가들이 지닐 수 없는 영원한 어머니의 향기가 숨어 있다.

자연스럽게 펼쳐지는 문장 속에 유머와 추리가 양념처럼 살짝 곁들여져, 먹으면 몸에 좋은 토박이 음식 같다. '미학적인 거리'를 적절히 유지하는 품격 높은 작품에 찬사를 보낸다.

그리고 김훈의 〈화장〉은 모든 생명체의 파괴와 탄생이 섬뜩하게 그려진, 몸에 대한 진지한 탐구이다. 아내의 처절한 아픔 때문에 젊은 여자를 그리워하는 주인공은 생성과 소멸이 공존하는 것을 경험한다. 김훈은 노련한 직관으로 생명체에 잠재한 선과 악의 갈등을 예리하게 직시하고, 그것을 강렬한 필치로 빈틈없이 엮어나간다. 진지한 글쓰기가 다시 태어나는 느낌이다.

육체의 담론과 소멸의 미학 그린 획기적 작품
—주제 해석하는 기법과 문체의 힘이 뒷받침된, 치밀한 구도가 돋보인 작품

김훈의 〈화장〉은 인간의 죽음을 육체의 소멸이라는 새로운 소설적 주제로 형상화한 획기적 작품이며, 다른 우수상 작품들도 예년에 비해 젊은 작가들의 작품이 주목을 받았고, 다채로운 경향을 보인 가운데 소재와 기법의 참신성이 돋보였다.

권영민(權寧珉, 문학평론가 · 서울대 교수)

2004년 이상문학상 대상 수상작의 최종 심사에 오른 후보작들은 예년에 비해 그 경향이 매우 다채롭다. 김훈의 〈화장〉, 김승희의 〈진흙 파이를 굽는 시간〉, 구효서의 〈밤이 지나다〉, 하성란의 〈그림자 아이〉, 정미경의 〈발칸의 장미를 내게 주었네〉, 고은주의 〈칵테일 슈가〉, 박민규의 〈고마워, 과연 너구리야〉, 전성태의 〈존재의 숲〉 등을 보면, 소재와 기법의 다양성도 문제이거니와 작가들의 연령도 폭이 넓다. 특히 문단 경력 3,4년에 불과한 작가들의 작품이 다수 후보작에 오른 점이 눈에 띈다. 문학의 영향력이 좁아지고 있다는 것에 불안해하는 사람도 많이 있지만, 역량 있는 젊은 작가들의 진지한 소설적 노력이 지속되고 있다는 것은 참으로 다행한 일이다.

최종 단계에서 내가 지목한 작품은 〈밤이 지나다〉(구효서), 〈그림자 아이〉(하성란), 〈화장〉(김훈) 등이다. 이 작품들은 모두가 기법적인 완

결을 통한 서사의 미학을 추구하고 있다는 공통점을 지니고 있다. 간결하면서도 긴장을 유지하고 있는 문체, 주제를 형상화하는 섬세한 기법, 그리고 이야기의 형식에 어울리는 적절한 무게의 주제가 한데 어울려 있는 것이다.

〈화장〉(김훈)은 인간의 죽음을 육체의 소멸이라는 새로운 소설적 주제로 형상화하고 있다. 이 소설의 이야기는 사흘 동안의 장례의 시간에 묶여 있지만, 한 생명이 암으로 죽어가는 과정을 서사 내적 시간으로 확대하여 치밀하게 그려내고 있다. 여기서 서사의 중심을 이루는 것은 인간의 육체이다. 주인공의 아내는 암으로 죽는다. 서서히 생명의 불빛이 사위어가면서 육체는 생기를 잃고 한없이 가벼워진다. 그리고 결국은 한 줌의 재로 바뀌며 소멸한다. 그런데 이러한 서사의 하강 구조를 지탱하는 육체의 소멸 과정에 서로 다른 몇 가지 모티프가 병치된다. 그 가운데 먼저 지적해야 할 것은 육체의 생명력과 풍만함을 암시하는 한 여성에 대한 기억이다. 주인공의 기억 속에 등장하는 여성은 젊음을 자랑하면서 결혼하고 아이를 생산한다. 이 여성의 이미지는 죽음의 과정을 보여주는 아내의 경우와는 상반되게 육체와 생명의 살아 있음을 상징한다. 여기서 죽어가는 아내의 허망한 육체와 대비되는 살아 있는 여성의 몸 이미지가 아이러니의 효과를 위해 동원된 것임을 알 수 있다. 그런데 이 아이러니의 구조를 더욱 긴장감 있게 이끌어가도록 고안된 것이 살아 있는 자들의 삶을 확인할 수 있는 일상의 생활이다. 아내의 죽음은 일상적으로 되풀이되고 있는 주인공의 생활 속에 마치 평범한 일상의 한 부분으로 끼어들어 있는 것처럼 처리되고 있다. 이러한 소설적 방법은 주제를 해석하는 기법과 문체의 힘이 뒷받침되어야만 가능한 일이라는 점에서 더욱 그 치밀한 구도가 돋보인다.

〈밤이 지나다〉(구효서)의 경우는 서정적 아름다움을 이야기 속에 담고 있다. 한 여성 주인공의 내적 욕망을 섬세하게 그려내고 있는 이 작품은 환상적인 별들의 이야기를 통해 그 욕망의 크기와 거리를 암시한다. 영원성의 의미와 순간의 충동을 병치시키고 있는 이야기 구조에서 궁극적으로 도달하게 되는 것은 내면성의 미학이라고 할 수 있으리라. 감각의 실체를 욕망의 늪에서 건져 올리는 작가의 섬세한 문체가 일품이다. 주제의식에 무게를 두어왔던 이 작가가 새롭게 시도하고 있는 소설적 변화가 이채롭다.

〈그림자 아이〉(하성란)의 경우도 기법적인 성취가 돋보이는 작품이다. 이 소설의 이야기는 교통사고로 인해 기억을 상실한 주인공이 요양소에서 점차 기억을 되찾아가는 과정을 치밀하게 묘사한다. 요양소로 문병을 오는 주변 인물들의 다양한 반응과 함께 주인공이 희미하게나마 되찾아가는 기억의 실마리를 긴장감 있게 이끌어간다. 사고 당시 함께 있었던 아이의 죽음을 이야기의 결말에 이르기까지 끝내 암시적으로 처리하고 있는 부분은 매우 인상적이다.

〈화장〉을 대상 수상작으로 결정하면서 심사위원들은 모두 이 작품의 소설적 미학의 성취를 높이 평가하였음을 밝힌다. 김훈 씨에게 축하를 보낸다.

이상문학상 특별상에는 〈늙으신 어머니의 향기〉(문순태)가 수상작으로 선정되었는데, 중량감 있는 필치를 자랑하는 이 작품에 대해서 심사위원 전원이 일치된 공감을 표시하였다. 우수상 수상작으로 선정된 작품들이 예전에 비해 고른 수준을 보이고 있다는 것은 이상문학상을 기다려온 독자 여러분과 함께 모두 축하할 일이다.

인간 존재에 대한 성찰의 심오함과 묘사의 탁월성
—한국문학의 미래에 대한 희망을 갖게 한 대작인 김훈의 〈화장〉

〈화장〉은 모든 소멸해 가는 것들과 소생하는 것들 사이에서 삶의 무거움과 가벼움을 동시에 느끼며 살아가는 인간 존재에 대한 심오한 성찰이자 탁월한 묘사이다. 병들고 시들어가는 인간의 몸에 대한 이처럼 적나라하고 섬뜩하리만큼 리얼한 묘사는 아직 없었으며; 그런 면에서 이 작품은 한국문학사의 커다란 성과 중 하나로 남게 될 것이다.

김성곤(金聖坤, 문학평론가 · 서울대 교수)

문학이 시대의 유행을 좇아 경박하고 찰나적인 엔터테인먼트로 변질되거나, 아니면 급변하는 시대의 변화를 읽어내지 못하고 속절없이 고사枯死해 가기 쉬운 이 암울한 시대에, 김훈의 〈화장〉은 다시 한 번 우리를 예술의 본질로 데려가며, 문학의 영생과 소생을 확인시켜 주는 보기 드물게 빼어난 작품이다. 이 새로운 감각의 소설에서 작가가 천착하고 추구하는 것은 종래의 문학적 주제인 영혼이나 정신이 아닌 '몸'이다.

그동안 영혼과 정신만 강조해 온 전통적인 예술관과 가치관에 반발해 '몸' 또한 영혼이나 정신만큼 중요하다는 최근의 '몸 담론'을 소설화한 것 같은 이 작품에서, 작가는 모두 네 개의 '몸'을 고도의 상징 속에 긴밀하게 병치시키고 있다. 뇌종양으로 죽어가는 병들고 시든 아내의 몸, 전립선염으로 소변이 잘 나오지 않아 늘 노폐물로 가득 차 있는 오십대 중반 화자의 몸, 아내의 몸과 병치되어 더욱 환상적으로 느껴지는 젊고 아름다운 여인의 몸, 그리고 아내가 사랑하는 진돗개 '보리'의 몸.

결국 뼈만 남은 아내의 현실적인 몸은 사멸하고, 환상 속에서만 그리워했던 젊은 여인의 이상적인 몸도 떠나간다. 그리고 그 와중에 화자는 존재의 무거움과 가벼움 사이에서 고뇌한다. 자신이 상무로 있는 회사의 사활이 걸린 화장품 광고 카피인 '여성의 내면여행'(무거움)과 '여름에 여자는 가벼워진다'(가벼움) 중 하나를 선택해야만 하는 화자는 결국 두 여인이 다 떠나간 다음에 '가벼움'을 선택한다. 그러고는 병원에 가서 늘 자신을 무겁게 했던 소변을 뽑아내고, 아내가 남겨놓고 간 개 '보리'를 동물병원에 데리고 가 안락사시킨다.

그러나 〈화장〉에서 무거움과 가벼움은 부단히 자리바꿈을 반복한다. 예컨대 뼈만 남은 해부학 교실의 표본 같은 아내의 몸은 자신의 미래 모습이자 무거운 현실의 상징이면서도 점점 가벼워지다가 결국 한 줌의 잿더미로 남는다. 반면, 한 마리 나비처럼 날아왔다가 덧없이 사라져간 한없이 가벼운 환상의 여인 추은주는 현실 속에서 화자가 이미 상실한 젊음의 표상이자 결코 소유할 수 없는 인식론적 무거움의 상징이 된다. 끊임없이 비뇨기과에서 소변을 뽑아내야만 하는 화자의 몸 또한 무거움과 가벼움의 반복을 계속하며, 그가 광고 카피 때문에 작품 내내 고민하는 여름 화장품 역시 여성들에게는 무거우면서도 금방 날아가 버리는 가벼운 것이다. 그래서 이 작품에서 죽음과 소멸을 상징하는 화장火葬과, 아름다움과 소생을 의미하는 화장化粧은 서로 환치될 수 있는 이중의 의미를 갖는다. 그리고 의사의 말대로, 종양과 생명 또한 궁극적으로는 하나이며 부단한 자리바꿈을 계속한다.

　〈화장〉은 모든 소멸해 가는 것들과 소생하는 것들 사이에서 삶의 무거움과 가벼움을 동시에 느끼며 살아가는 인간 존재에 대한 심오한 성찰이자 탁월한 묘사이다. 병들고 시들어가는 인간의 몸에 대한 이처럼 적나라하고 섬뜩하리만큼 리얼한 묘사는 아직 없었으며, 그런 면에서 이 작품은 한국문학사의 커다란 성과 중 하나로 남게 될 것이다. 그러나 독자들로 하여금 뼛속 깊이 고통을 느끼게 하는 끔찍한 묘사들이 작가 특유의 고도의 감정 절제와 고도의 상징성, 그리고 세련된 문체로 인해 전혀 거부감이 느껴지지 않는다는 데 이 작품의 묘미가 있다. 젊은 여인의 몸에 대한 세밀하고 정치한 묘사 또한 작가의 탁월한 역량을 잘 보여주고 있다. 전혀 관능적이지 않으면서도, 여성의 몸을 이렇게 생생하고 아름답게 바라보고 묘사할 수 있다는 것은 경이로운 발견이자 놀라운 깨달음을 가져다준다.

　김훈의 〈화장〉은 근래에 보기 드문 한국문학의 쾌거이며, 이상문학상이 발굴한 또 하나의 소중한 문학적 성과이다. 이런 작품들이 지속적으로 산출될 때 한국문학의 미래는 밝을 것이다. 모처럼 문학에 대한 희망을 갖게 해주는 작품을 발견한 기쁨으로 나는 김훈의 〈화장〉을 주저 없이 이상문학상 대상 작품으로 추천했다.

대상 수상자 김훈의
수상 소감과 자전적 에세이

수상 소감 _ 스스로 두려운 마음으로 늘 신인으로 살고 싶다
"살아 있는 것들은 기어이 스스로 아름다운 운명을
완성한다는 것을 알았습니다. 감사합니다.
저도 새들처럼 스스로의 운명을 완성하겠습니다."

자전적 에세이 _ 가건물假建物의 시대 속에서
"자전거를 타고 땅에 붙어서 굴러 가듯이
그렇게 언어를 사물에 밀착시켜 가면서
글 위에 올라타서 흘러가고 싶다."

스스로 두려운 마음으로 늘 신인으로 살고 싶다
—일본의 한 깊은 산속에서 수상 소식을 듣고……

맑은 강이 흐르고 대숲이 서걱이는 마을에서 원양을 건너온 겨울 철새들을 바라보며, 살아 있는 것들은 기어이 스스로 아름다운 운명을 완성한다는 것을 알았습니다. 감사합니다. 저도 새들처럼 스스로의 운명을 완성하겠습니다.

2003년 겨울에, 또 조금만 더 쓰기로 작정을 하고 연필과 미숫가루를 챙겨서 일본 교토 서쪽의 깊은 산속으로 들어왔습니다. 맑은 강이 흐르고 대숲이 서걱이는 마을에서 원양을 건너온 겨울 철새들이 날개를 퍼덕거렸습니다. 제 몸에 달린 날개를 흔들어서 날아가는 그것들의 목숨은 쓰라리고 또 감미로워 보였습니다. 키 크고 목 긴 새들이 한쪽 다리로 서서 부리를 죽지 밑에 틀어넣고 한나절 동안 꼼짝도 하지 않았습니다. 그 새들의 자태는 혼자서 세상을 감당하는 자의 엄격함이었습니다. 살아 있는 것들은 기어이 스스로 아름다운 운명을 완성한다는 것을 새를 들여다보면서 알았습니다. 저는 책을 많이 읽은 사람이 아닙니다. 저는 학교에서 배운 것이 별로 없습니다. 그런데 새를 들여다보던 저녁에, 젊어서 읽은 어떤 서양 사람의 글이 생각났습니다. 아, 새들은 빠홀parole의 힘으로 원양을 건너가는구나, 삶이란 광고가 아니다, 저는 새의 빠홀을 알 만했습니다. 알 만했으나, 본래 그러한 것들을 향해 말을 걸 수는 없었고, 말은 여전히 무참하고 불우했습니다.

이게 아닌데, 이게 아닌데 하면서 서너 줄을 겨우 쓰던 밤에 이상문학상의 수상을 알리는 전화를 받았습니다. 권영민 선생님이 전화를 주셨는데, 저는 선생님, 이게 아닙니다, 라고 말하고 싶었습니다. 전화를 끊고 나서 저는 또 별수 없이 그게 아닌데, 그게 아닌데, 라고 중얼거리고 있었습니다.

감사합니다. 이 마을의 새들처럼, 스스로의 운명을 완성하겠습니다.

여러 심사위원들께서 읽어주신 저의 졸작은 별것이 아니고, 슬픔을 그저 슬퍼하는 글일 뿐입니다. 희망 없는 중생의 글이지요. 거기서 몇 글이라도 읽을 만한 문장이 있다면, 그것은 오직 저의 슬픔의 맑은 힘이 작동되었기 때문일 것입니다.

삶의 불가능, 사랑의 불가능, 가치를 건설하는 일의 불가능은 본래 그러한 것처럼 분명했으나, 그 불가능한 삶을 단념할 수 없는 운명 또한 분명해 보였습니다. 그래서 삶은 곧 기갈인 것인데, 시간은 돌이킬 수 없고 거스를 수 없으며 피할 수 없고 붙잡을 수 없고 만질 수 없고 그 앞에서 멈칫거릴 수 없는 것이어서, 그 배고픔과 목마름이 돌이킬 수 없는 생로병사의 길이라 하더라도, 문학은 저 불가능들의 편이 아니라 기갈의 편이라야 마땅할 것입니다. 그리고 저의 졸작은, 그 성취는 고하간에, 어쨌든 그 기갈의 편에 서는 글일 것입니다.

중생으로 살기 위하여, 생로병사에 밟히기 위하여, 시간이 몰고 오는 온갖 수모를 견디기 위하여, 목마름을 목말라하기 위하여, 그리고 인간에게 허용된 말의 범위 안에 머무르기 위하여 저는 기어이 한 글 한 글의 글을 쓰겠습니다. 그래서 저의 글은 아마도 좁고 가난한 영역 안에 갇히게 될 터인데, 저는 그 부자유를 수락할 수밖에 없습니다.

　지난 1년 동안, 저는 허송세월하였고 무위도식하였습니다. 언어가 시대의 8부능선 위로 기어 올라가 참호를 구축하고 있는 풍경을 저는 감당하기 어려웠습니다. 한 시대의 언어가 소통이 아니라 단절을 완성해 가는 이 풍경은 저주받은 역질疫疾이거나, 거족적 규모의 치매처럼 보였습니다. 저는 말하는 자가 아니라 듣기만 하는 자가 되려고 작심을 했는데, 들리는 소리는 없었습니다. 결핍을 공유하는 방식의 소통은 영영 불가능해 보였습니다. 저는 슬픔을 슬퍼할 수밖에 없었습니다.

　저는 오십이 넘은 나이에 겨우 글쓰기를 시작한 신인입니다. 남은 생애를 아껴서 두어 편의 글을 더 쓰다 가려 합니다. 그래서 그 결과로, 제가 이른바 '소설가'로서 내 당대나 후대에 기억될 수 있을런지는 내 알 바 아닙니다.

　며칠 전부터 이 마을에는 눈이 많이 쌓여가고 있습니다. 한 닷새 먹을 것을 미리 사다 놓았습니다. 스스로 두려운 마음을 잃지 않고, 늘 신인으로 살아가겠습니다.

2004년 1월

김　훈

가건물假建物의 시대 속에서
— "나는 현실과 문장 사이에서 잔혹하게 시달려왔다"

자전거를 타고 땅에 붙어서 굴러 가듯이 그렇게 언어를 사물에 밀착시켜 가면서 글 위에 올라타서 흘러가고 싶다. 글을 쓰지 말고, 흘러가는 글의 뒤를 따라가며 다만 그 궤적을 그리고 싶다. 글이 사물들 속에서 빚어져서 사물들을 끌고 가는 풍경을 글로 드러내 보이고 싶다.

내 유년의 뜰 부산 피난 시절의 판자촌 생활

나는 피난지 부산에서 유년 시절을 보냈다. 전쟁이 끝나고 정부가 서울로 돌아간 후에도 한동안 부산에서 살았다. 내가 살던 마을은 전국 각지의 피난민들이 모여 있던 대신동大新洞 판자촌이었다. 내가 살던 집은 미군의 레이션박스에 압정을 박아서 지은, 종이 집이었다. 우리 집 방바닥은 생선 상자를 뜯어낸 널빤지였고 우리 집 굴뚝은 미군의 포환 껍질을 길게 이은 것이었다. 연료가 무엇이었는지는 기억이 없다. 판자촌에 불이 자주 났다. 한 두어 시간 타면 종이 집 수백 동이 재가 되었다. 한 줌의 삶이었다. 어느 해 겨울밤 마을에 또 불이 났다. 어머니가 잠든 나를 두들겨 깨워서 밖으로 끌고 나왔다. 바다 쪽에서 바람이 불어와, 불길은 삽시간에 마을 전체에 번졌다. 어머니는 나를 어딘지 높은 곳으로 데리고 갔다. 불타는 마을이 내려다보였다. 그날은 보름이었고 날이 맑았다. 바다 쪽으로 보름달이 중천에 솟아 있었다. 어머니는 말했다. "훈아, 불타는 동네를 보지 말고, 저 달을 쳐다봐라." 나는 엉엉 울었다.

서울로 돌아와 학교에 가보니, 무너진 교실을 아직 짓지 못했고 빈 운동장 가장자리에 천막이 쳐져 있었다. 교무실은 미군들이 지어준 퀸셋 건물이었다. 찢어진 천막이 바람에 너덜거렸고, 초겨울에 언 발은 봄이 되어야 녹았다. 미군 지프차 뒤꽁무니를 따라다니며 초콜릿과 껌을 얻어먹었다. 나는 아주 잘 달리는 아이였다. 다른 아이들보다 훨씬 더 많은 초콜릿을 얻어먹을 수 있었다.

삶이 더럽다고 느껴져 견딜 수 없이 슬퍼질수록 강인한 투지를 발휘

부산에서는 늘 바다가 무서웠다. 산동네에서 내려다보면, 허연 거품을 일으키는 물결들이 쉴 새 없이 뭍으로 달려들었다. 그래서 도시 전체가 어디든지 떠내려가는 느낌이었다. 나는, 그 도시의 시청, 구청, 경찰서에서는 어른들이 모여서 세상이 물에 떠내려가는 사태에 대해 가망 없는 대책을 논의하고 있는 것으로 알고 있었다. 그 떠내려가는 불안감은 내 유년의 근원적 정서였다. 나는 늘 마음의 밑바닥이 불안했고 두려웠다.

천막 교실은 추웠다. 석탄가루를 물에 이겨서 달걀만 한 크기로 뭉쳐 낸 조개탄이라는 연료를 땠다. 화력은 약했고 불붙이기는 힘들었고 연기가 많이 나왔다. 천막 교실 안에는 조개탄 난로를 피웠다. 교실 뒤쪽은 천막이 찢어져서 추웠다. 난롯가에 앉는 아이들은 늘 난롯가에만 앉았고, 찢어진 천막 옆에 앉는 아이는 늘 그 추운 자리에 앉았다. 나는 아직도 그 까닭을 모른다. 나는 너무 추웠다. 집에서 깡통을 가지고 학교에 가서, 난로에서 불붙은 조개탄 몇 개를 집어내 깡통에 담아서 끼고 앉아 있었다. 훨씬 견딜 만했다. 그랬더니 그 다음 날부터 천막 뒤쪽에 앉은 아이들이 너도나도 깡통을 들고 와서 불을 담아 갔다. 그러자 난롯가에 앉았던 아이들이 불을 가져가지 말라고 막았다. 그래서 패싸 움이 벌어졌다. 나는 천막 뒷자리에 앉아 있는 아이들을 인솔하고 운동 장으로 나가서 난롯가에 앉은 아이들을 불러냈다. 돌로 찍고 각목으로 때리고 발길로 복부를 지르는 잔인한 싸움이 벌어졌다. 나는 결사 항전 했다. 삶이 더럽게 느껴져서 슬퍼 견딜 수가 없었는데, 삶이 더럽게 느 껴질수록 나는 더욱 맹렬하게 주먹과 발을 휘둘렀다.

이가 끓었다. 옷 솔기와 머리카락에 쌀알만 한 이가 득시글거렸다. 미군 담요를 덮고 잤는데, 담요를 털면 이가 쏟아져 내렸다. 아이들마 다 속옷이나 머리에 디디티라는 살충제를 뿌렸다. 하얀 가루약인데, 지 금은 맹독성 때문에 사용이 금지된 것으로 알고 있다. 어머니는 디디티 를 넣은 작은 주머니를 두 개 만들어주셨다. 나는 양쪽 겨드랑 밑에 그 주머니를 차고 다녔다. 학교나 집이나, 아이들이 모여 노는 마당에서 나, 어디서나 디디티 냄새가 자욱했다. 나는 이 세상의 냄새는 디디티 냄새라고 생각했다. 그 냄새는 세상이 물에 떠내려가는 사태에 대한 불 안감과 함께 내 유년의 밑바닥에 깔려 있었다. 나는 그렇게 나의 시대 와 세계를 느꼈다.

대학 시절 19세기 낭만주의 문학에 심취하고 문학에 눈을 떴으나……

나는 1966년에 대학에 입학했다. 대학에서 무얼 배웠는지 아무런 기 억도 없다. 나는, 모든 가난한 시절의 젊은이들이 그러하듯이 인문주의 에 굶주려 있었다. 대학이 제발 뭘 좀 가르쳐주기를 바랐다. 그러나 그 시대의 대학은 젊은이들의 소망을 받아들여 주지는 못했다. 대학은, 고 교를 졸업하고 아직은 사회에 진출할 수 없는 젊은이들을 모아놓는 수 용소와 같았다. 선거가 잦았는데, 선거 때마다 부정이 판을 쳤다. 개표

장에 전기를 끊고 암흑 속에서 표를 빼돌리며 개판을 쳤고, 투표함에 밀가루를 쏟아 부어 무효표를 만들어버렸고, 개표 종사자들이 손가락에 인주를 묻혀서 상대편의 표를 무효로 만들었다. 이것을 밀가루표, 올빼미표, 피아노표라고 불렀다. 선거가 한 번 지나면 전국의 대학들은 부정선거를 규탄하는 시위에 휘말렸다. 시위는 거의 1년 내내 계속되었고 강의는 거의 이루어지지 않았다.

가끔씩 강의가 열리기도 했다. 19세기 낭만주의를 겨우 배웠다. 워즈워스, 셸리, 키츠, 바이런 그리고 딜런 토머스, 예이츠를 읽었다. 가끔씩 밀턴과 초서도 배웠다. 밀턴은 꽤 읽었는데 초서는 어려워서 많이 읽지 못했다. 찰스 램도 읽었고, 에드워드 기번도 읽었다. 처음으로 책의 세계를 깊이 알게 되었다. 공부는 주로 집에서 혼자 했다. 학교에서는 늘 최루탄 냄새가 났다. 대학은 재미없었고, 집에 돈도 없었다. 나는 대학을 중도에서 집어치웠다.

그 가난하고 열정적인 시절에, 19세기 낭만주의 문학은 한바탕의 찬란한 경이였다. 한마디로 줄여 말하자면, 인간은 아름답고 세계는 조화롭다는 것이었다. 인간의 앞날에는 자유와 이성이 꽃피고 산천은 본래 그 스스로 아름다운 것이며 시간은 늘 새롭다는 얘기였다. 나는 놀라움에 떨면서 그 문학을 읽었다. 19세기 낭만주의는 내 유년의 불안과 박탈감 그리고 청년의 결핍을 달래고 메워주었다. 나는 그 책들 속으로 깊이 빠져 들었고, 가끔씩 영어로 시를 쓰는 흉내도 내보았다.

대학 중퇴 후 《난중일기》에 충격받고 30년 후 《칼의 노래》 완성

나는 또 그 무렵에 《난중일기》를 읽었다. 이것은 내 생애의 사건이었다. 도서관에서 우연히 그 책이 눈에 띄어 가져다 읽었다. 문학도 역사도 아니었고 다만 진중 일지였다. 나는 경악했다. 아, 낭만주의는 그야말로 낭만일 뿐이로구나……. 내 경악은 절망에 가까웠다. 그 무미건조한 책 속에는, 이 희망 없는 세계의 참상이 아무런 수사도 없이 알몸뚱이로 피를 흘리고 있었고, 이순신이라는, 거대하고 암울한 내면을 가진 사내가 그 희망 없는 세상을 희망 없이 통과하고 있었다. 그의 문장은 세상을 가차 없이 내리치는 단문이었다. 칼은 한번 긋고 지나가면 그뿐이어서 칼은 돌이킬 수 없고 칼은 빌려줄 수 없고 칼은 머뭇거릴 수 없는 일회성一回性의 운명으로 차가웠다. 나는 그 책을 읽으면서, 벌벌 떨었고 때때로 울기도 했다. 희망 없는 세상에서, 기어이 희망을 말한다는 것은 타락이며 비굴이라고 생각했다. 그때 내 마음은 막연했으나, 내가 더 나이 먹고 더 갖추어졌을 때, 이순신이라는 사내에 관하여 무언가를 쓰게 될지도 모른다는 예감을 느꼈다. 그 후 30년이 훨씬 더 지나서 나는 졸작 《칼의 노래》를 완성할 수 있었다.

그 30년에 가까운 세월 동안, 나는 신문기자 노릇을 해서 밥을 벌었다. 내가 신문사에 입사하던 해에 박정희는 유신을 선포했다. 길고도 어둡던 세월이었다. 언론 행위는 근본적으로 불가능했다. 기자는 정보의 안쪽으로 접근할 수 없었고 언론은 시대의 외곽을 겉돌았다. 그 시대 전체가 실패한 정도만큼, 나의 기자생활은 실패였다. 시대가 인간의 이성의 힘에 따라 진전한다는 믿음을 나는 확보할 수 없었다.

나는 사건기자가 되었다. 경찰서 감방 안에는 고문으로 팔다리가 비틀린 젊은이들이 서로 몸을 포개고 쓰러져 있었다. 기자는 그 감방에 대하여 쓰지 못했다. 나는 동물원으로 가서 호랑이가 흘레붙는 얘기며 곰이 새끼 낳은 얘기를 주워다 신문에 썼다. 그것이 나의 시대였다. 나는 살인, 강도, 방화, 강간, 자살, 화재, 붕괴, 충돌, 침몰, 가뭄, 홍수, 폭발의 현장에서 수없이 많은 밤을 새웠다. 나는 현실과 문장의 틈새에서 잔혹하게 시달렸다. 그 현실의 핵심부를 육하六何의 문장에 담기는 불가능했다. 사건의 핵심은 신기루와도 같았다. 15킬로그램짜리 바위로 제 아비를 내리찍어 죽인 자의 내면을 나는 육하의 문장으로 옮길 수 없었다. 나는 육하를 폄하하지는 않았다. 그러나 육하를 모두 갖추는 일은 언제나 불가능했고, 육하를 모두 갖추어놓아도 사물의 핵심은 여전히 포착되지 않았다. 나는 결국 육하를 떠나기로 했다. 육하를 버리는 것이 아니라, 육하에 패배해서 도주하는 형국이었다. 나는 매우 주관적인 문장을 쓰기 시작했다. 육하를 존중해 온 언론사 선배들과 때때로 갈등이 벌어졌다. 나는 계속 그대로 밀고 나갔다. 나는 결국 나의 문장을 언론사에서 통용시킬 수 있었다. 그러나 나의 주관적인 문장이 육하에 대한 패배의 소산이라는 슬픈 사실을 아는 사람은 아무도 없었다.

이상과 현실의 갈등에 고민하며 직장과 문학 사이를 방황

나는 수없이 직장을 때려치웠고 수없이 복귀했으며 여러 언론사를 전전했다. 내가 지금 이걸 자랑이라고 하는 말은 아니다. 나의 거듭된 퇴사와 좌충우돌은 내 생애의 상처이며 불우이다. 나는 불화를 그냥 불화인 채로 놓아두고 사는 편이 훨씬 더 건강한 삶이라고 생각했다. 나에게 간절한 것은 나의 편견과 편애였지, 보편이나 객관은 아니었다. 삶은 늘 일인 대 만인의 싸움이었다.

젊어서는 산을 좋아했는데 나이 들어서는 자전거 타기를 더 좋아하게 되었다. 내 글쓰기의 삶 속에서 가장 소중한 것은 책이 아니라 산과 자전거다. 나에게, 산은 마약이고 자전거는 영양제다. 자연은 무의미하다. 산이 도덕적 가치를 지니고 있을 리 없다. 자연은 영원히 인과법칙

의 지배를 받는 객관물일 뿐이다. 그러한 자연이 인간을 위로하는 사태
는 삶의 신비다. 산의 아름다움은 내가 그 아름다움과 사소한 관련도
없다는 소외감으로 다가오곤 했다. 나에게, 그 소외감은 글과 사물 사
이의 극복할 수 없는 괴리와도 같은 것이었다. 산은, 김소월풍으로, 늘
저만치 혼자서 있었고 나는 그 산으로부터 저만치 떨어져 혼자 있었다.
　자전거는 나에게 몸과 세상 사이의 직접성의 아름다움을 가르쳐주었
다. 두 다리로 자전거 페달을 돌릴 때 나는 내 몸이 땅에 들러붙어서 흘
러가고 있음을 확인한다. 자전거를 타고 땅에 붙어서 굴러 가듯이 그렇
게 언어를 사물에 밀착시켜 가면서 글 위에 올라타서 흘러가고 싶다.
글을 쓰지 말고, 흘러가는 글의 뒤를 따라가며 다만 그 궤적을 그리고
싶다. 글이 사물들 속에서 빚어져서 사물들을 끌고 가는 풍경을 글로
드러내 보이고 싶다. 그럴 수가 있을까……. 아마 그럴 수는 없을 것이
다. 그래서 나는 또 쓰던 글을 밀쳐놓고 자전거를 끌고 강가로 나가 바
람 속을 달린다.

김훈의 작품세계와
작가 김훈을 말한다

〈화장〉과 김훈의 작품세계 _ 신들의 황혼
"김훈은 장편과 단편의 첫 작품 두 편으로,
당대의 가장 으뜸가는 두 문학상을 석권한 최초의 작가이다."
—김인환(문학평론가 · 고려대 교수)

작가 김훈을 말한다 _ 여성 작가들의 꽃밭에 뛰어든 맹수의 포효
"그는 우리의 옹색하고 비루한 삶에 대한
선전포고를 앞둔 장수將帥 같다."
—박철화(문학평론가)

신들의 황혼
—〈화장〉과 김훈의 작품세계

김훈은 장편과 단편의 첫 작품 두 편으로, 당대의 가장 으뜸가는 두 문학상을 석권한 최초의 작가이며, 어쩌면 앞으로도 좀처럼 그 유례를 찾아보기 어려운 전무후무한 기록을 오래 보유하게 될지도 모른다.

김인환(金仁煥, 문학평론가 · 고려대 교수)

무의식의 리비도는 언제나 신神들을 창조한다

사고가 안 나는 젊음은 없다. 사람들은 모두 밤새워 괴로워하고 두려움에 떨며 아슬아슬하게 젊음의 고비를 넘기지만, 사고가 날 걱정을 안 하게 되자마자 늙음이 찾아온다. 심장이 약해지고 전립선이 딱딱해지고 혈압과 당뇨가 오기 전에 무의식의 동력이 먼저 활기를 상실한다. 억압과 억제가 내면화되어 꿈속에서도 위반을 보지 못하게 된다. 질서와 무질서가 변증법적 긴장 속에서 사인 곡선을 그리는 대신에 무질서가 배제된 채 질서에서 벗어나지 못하며 직선의 궤적을 그리는 것이 이른바 안전한 삶의 모습이다.

제임스 프레이저는 로마 근처에 있는 네미라는 마을의 관습을 보여주며 그의 명저《황금가지》를 시작하였다. 그 마을에는 숲의 여신 디아나를 섬기는 신전이 있었다. 네미의 성소 안에는 가지를 꺾으면 안 되는 나무가 있었다. 신전에 있는 성스러운 나무에서 황금가지를 꺾는 데 성공한 남자는 사제와 결전을 벌일 수 있는 자격을 얻었고, 사제를 죽이면 숲의 왕이라는 칭호를 얻었다. 황금가지란 겨울 숲에서 털가시참나무 줄기에 기생하며 푸른 잎새와 노란 열매를 자랑하는 겨우살이를 가리켰다. 프레이저는 노쇠한 신이 죽고 새로운 신이 태어나는 이야기를 찾아 온 세계를 돌았다. 《황금가지》에는 겨울이 오면 오시리스의 조상을 깨뜨려 밭에 뿌린 애급의 신화에서부터, 흉년이 들면 왕을 죽여 그의 시체를 밭에 묻은 부여의 설화까지 지상의 재생설화가 거의 전부 수집되어 있다. 그들의 시체에서 싹이 트는 것이 봄과 풍년이라고 믿었기 때문이다. 무의식의 리비도는 언제나 신들을 창조한다. 노년의 예이츠는 〈조용한 처녀〉라는 시에서 겉으로는 조용하나 안으로는 활기에 차 있는 소녀를 보면서 그녀를 우주의 중심에 있는 여신으로 묘사하였다.

팥빛 모자 까닥이며
조용한 처녀 어디를 가나?
별들을 깨운 바람은
내 피 속으로 불고 있네.
그녀 가려고 일어설 때
내 어찌 태연할 수 있으랴?
번개를 부르는 소리
이제 내 가슴속 파고드네.

인간은 모두 신을 만나고 신을 이별하고 새로운 신을 찾는다

이야기는 단순하기 그지없다. 어린 여자아이 하나가 늙은 시인의 앞에 앉아 있다가 어디론가 걸어간다. 그 외에는 아무런 일도 일어나지 않았다. 시인은 소녀의 현존 자체를 우주적인 사건으로 묘사한다. 그녀로 인해서 여태까지 따로 놀던 별과 바람과 나의 피가 서로 통하여 작용한다. 인간은 모두 신을 만나고 신을 이별하고 새로운 신을 찾는다. 신이 들어오는 문은 점점 작아지다가 끝내 바늘구멍만큼 남아 있게 된다. 그 문이 완전히 닫히면 죽음이 찾아온다. 김훈의 소설 〈화장〉에 작중 인물이면서 작중 화자로 등장하는 오상무의 전립선염으로 막힌 요도가 바로 그 바늘구멍을 나타낸다. 전립샘이 커져서 오줌발이 약해지면 신들의 황혼이 시작되는 것이다. 그러나 김훈의 오상무에게도 여신을 만나고 알아볼 능력이 남아 있다.

　당신의 이름은 추은주. 제가 당신의 이름으로 당신을 부를 때, 당신은 당신의 이름으로 불린 그 사람인가요. 당신에게 들리지 않는 당신의 이름이, 추은주, 당신의 이름인지요.

　제가 당신을 당신이라고 부를 때, 당신은 당신의 이름 속으로 사라지고 저의 부름이 당신의 이름에 닿지 못해서 당신은 마침내 3인칭이었고, 저는 부름과 이름 사이의 아득한 거리를 건너갈 수 없었는데, 저의 부름이 닿지 못하는 자리에서 당신의 몸은 햇빛처럼 완연했습니다. 제가 당신의 이름과 당신의 몸으로 당신을 떠올릴 때 저의 마음속을 흘러가는 이 경어체의 말들은 말이 아니라, 말로 환생하기를 갈구하는 기갈이나 허기일 것입니다. 아니면 눈보라나 저녁놀처럼, 손으로 잡을 수 없는 말의 환영일 테지요.

죽어가는 아내와 싱싱한 젊은 추은주와의 대립

추은주는 5년 전에 그의 회사에 입사한 젊은 여자다. 그는 신입사원의 인사서류에서 그녀의 이름을 보는 순간에 잃어버린 고대국가를 연상하였다. 5년 동안에 그녀는 시집을 갔고 아이를 낳았다. 그는 그 5년 동안 그녀에게 아무런 내색도 하지 않았다. 다만 풋풋한 사과 냄새가 들척지근한 젖 냄새로 바뀌는 것을 느끼고, 서류를 정리하는 그녀, 볶음밥을 먹는 그녀, 아기를 돌보는 그녀를 보면서 '살아 있는 것'을 느꼈을 뿐이었다. 그녀의 몸 구석구석이 그에게 온갖 연상을 불러일으킨다. 그녀의 밥을 받아먹는 아이의 입을 보고 그는 음식이 넘어가는 길을 모두 상상하고, 아이가 세상에 나올 때 거쳐온 그녀 몸속의 길들을 연상한다. 그녀는 쉰다섯 살 된 남자의 바늘구멍을 통하여 들어온 그의 마지막 여신이었다. 오줌을 내보내지 못하는 방광은 언제나 무거웠다. 방광을 가볍게 하려면 매일 병원에 가서 오줌을 빼내야 했다. 그에게 방광의 무게는 죽음의 무게였다.

그는 상상 속의 그녀에게 뇌종양으로 죽어가는 아내의 이야기를 경어체로 자세하게 들려준다. 신에게는 아무것도 속일 수 없기 때문이다. 그는 그녀에게서 닿을 수 없는 것이 존재함을 본다. 그녀는 그에게 생명의 상징이 되고 성사聖事와 성례의 뿌리가 된다. 부서진 아내가 지리는 똥의 악취를 이야기하고 목욕시키면서 그가 씻어준 아내의 성기와 항문의 모습을 이야기하고 닦기를 마치고 나자마자 아내가 흘린 똥물의 냄새를 이야기한다. 그가 그녀를 처음 볼 때 느낀 고대국가란 다름 아니라 젊었을 적의 아내를 말하는 것이라고 보아야 할 듯하다. 그의 아내는 잡지 기자를 해서 그의 대학원 학비를 대었고 추은주처럼 딸을 낳았다. 그러므로 젊은 아내와 아내가 낳은 딸, 그리고 추은주와 추은주가 낳은 딸은 모두 한 여신의 다른 모습이다. 그 여신은 살아 있는 것이라고 불린다.

아내는 2년 동안에 세 번 수술을 받았다. 그때마다 병세는 더욱 악화되었다. 두통이 나면 위액까지 토하고 정신을 잃었다. 실신하면 항문

괄약근이 열려서 똥이 오랫동안 비실비실 흘러나왔다. 두 번째 수술 후 아내는 아무것도 먹지 못했다. 음식에서 구린내가 나서 입에 댈 수 없다고 했다. 그러나 아내는 제 똥이 발산하는 지독한 악취에는 아무런 반응도 보이지 않았다. 후각중추가 교란된 아내는 완전히 뒤바뀐 냄새의 세계에서 죽어가고 있었다. 아내를 돌보는 사이에 그도 그가 맡는 냄새가 음식의 본래 냄새라는 것을 확신할 수 없게 되었다. 몸속에 종양이 존재하듯이 음식 속에 원래부터 구린내가 숨어 있는 것은 아닌가 하고 의심하게 되었다.

영정 앞에서 딸은 죽은 엄마에게 "이제는 안 아프지"라고 말한다. 몸이 겪는 어떤 아픔은 죽음보다도 괴롭다. 어떤 이에게 죽음은 돌연한 사고이고 어떤 이에게 죽음은 삶의 완성이지만, 대부분의 경우에 죽음은 고통의 극한에서 환자의 육체가 삶을 포기하고 선택하는 몸의 출구다. 아마 죽는 순간에도 그의 의식은 내일을 염려하고 있을지도 모른다. 몸이 포기한 삶을 여전히 설계하다 몸과 같이 소멸하는 마음은 또 얼마나 한심한 영혼일 것인가.

병사한 아내 앞 그리고 장례식장서도 감도는 광고 문안

아내의 마지막을 지켜보는 동안에도 오상무에게는 여름에 출시될 상품 다섯 종의 광고 문안을 결정해야 할 일이 맡겨져 있었다. '여름에서 가을까지—여자의 내면여행'과 '여름에 여자는 가벼워진다' 중에서 하나를 고르는 작업이었다. 기초화장품 광고를 담당하는 박진수 과장은 내면여행을 주장하고 색조화장품 광고를 담당하는 정철수 과장은 가벼워진다를 주장하였다. 그들은 장례식장에 와서도 논의를 계속하였다. 그는 어느 쪽으로 결정하기 어려웠다. 무엇이든 어쩔 수 없게 될 때까지 미루는 것이 그의 습성이었다. 광고 문안의 방향에 대하여 논의하

는 그들의 담화 속에 관념성, 사인화私人化, 존재전환 같은 전문 철학용
어들이 너무나 자연스럽게 등장한다.

A: 내면여행은 관념적이고 스모키하다.

B: 영상연출로 관념성을 극복할 수 있다. 사인화私人化와 내면여행에
는 도시의 개방성과 익명성에 반대하는 효과가 있다.

A: 내면은 아무래도 폐쇄적이다. 화장품은 내면사업이 아니라 외면
사업이다.

B: 존재의 전환을 강조해야 한다. 내면여행을 영상으로 잘 연출하면
낯설게 하기와 설레게 하기의 효과를 낼 수 있다.

A: 내면여행은 도발성이 모자란다. 무덥고 질퍽거리는 여름에 '가벼
워진다'가 오히려 존재의 전환을 암시할 수 있다.

B: 그러나 어느 정도의 중량감이 필요하다.

냉동실과 소각로는 아내가 평생 겪어낸 증오와 분노의 표상

젊은 과장들은 어느 한 편을 택할 경우에 거기에 적합한 모델들의 이
름을 열거하면서 머리카락의 촉감, 눈동자의 깊이, 눈두덩의 높이, 눈
썹의 긴장감, 아랫입술의 늘어진 정도, 아랫입술과 윗입술이 만나는 두
점의 긴장감, 어깨의 각도가 주는 질감 등을 분석하였다. 박진수가 들
고 온 가방 속에는 모델들의 신체부위를 찍은 사진이 수십 장 들어 있
었고 정철수가 정리한 바인더에는 지난 1년 동안 드라마, 영화, 가요,
패션, 무용 등에 나타난 여자들의 이미지가 체계적으로 수집되어 있었
다. 인간은 과학적 경영의 교환 가능한 대상이 된 지 오래고 회사에서
만나는 모든 관계는 능률전문가들의 틀에 박힌 예식이 된 지 오래다.
상가에서 슬픔에 대하여 말하는 것은 세상에 뒤떨어진 자들의 못난 짓
이 되고 만 것이다. 상품이 요구하는 개성은 피상적이고 착각적인 개별

성이다. 그것은 부속, 포장, 형태, 색채의 미리 정해진 다양성에 지나지 않게 되었다. 유형들의 하나를 개성이라고 부르고 있을 뿐이기 때문이다. 목적으로부터 수단이 분리되었다. 인간은 분화된 직업, 또는 전문화된 지식 이상의 어떤 것도 될 수 없다.

　병원비는 3천만 원쯤 들어갔다. 병원비 이외에 병원에 다니면서 한 천만 원 더 썼을 것이다. 그는 마지막 치료비와 병실료와 빈소 사용료 150만 원을 지불하였다. 염이 끝난 아내의 몸은 나무토막 같았다. 소각에는 두 시간이 걸렸다. 그는 대기실 TV에서 이라크 전쟁 뉴스를 보았다. 피란민들이 노새에 짐을 싣고 국경을 빠져나가고 있었다. 뉴욕 증시에서 주가가 폭락했고 코스닥 지수도 내려앉았다. 이라크 전쟁은 죽은 아내의 몸처럼 아무런 주석도 없이 진술된다. 이라크 전쟁도 죽고 있는 것이지 살아 있는 것은 아니기 때문일 것이다. 그렇다면 온 세상이 죽음으로 덮여 있는 셈이다. 염을 한 직후에 아내의 시신은 다시 병원 냉동실 속에 보관되었다가 아침에 다시 꺼내 화장장으로 싣고 와서 소각로에 넣었다. 그는 얼음과 불 사이를 가깝게 느꼈다. 로버트 프로스트도 얼음과 불 사이를 가깝다고 생각했다.

어떤 이는 세상이 불로 망할 거라고 하고
어떤 이는 얼음으로 끝날 거라고 하는데
욕망의 무서움을 맛본 것으로 미루어보면
불로 망할 거라는 것이 그럴듯하나
세상이 만일 두 번 멸망한다면
파괴에는 얼음으로도 충분하다고 말할 수 있을 만큼
나는 증오의 맛도 톡톡히 봤다.

—〈불과 얼음〉

냉동실과 소각로는 아내가 평생 겪어낸 증오와 분노의 표상이 된다. 조상꾼들 사이에서 병든 남편이 그리던 여인을 만난 것도 그녀는 관대하게 감싸 안을 수 있게 되었을 것이다. 살아서 서러웠으니 죽어서는 서러워하지 않게 되었을 것이다. 몸과 함께 욕망과 증오도 소멸하였을 것이기 때문이다. 딸은 두 달 후에 유학 가는 남편과 함께 뉴욕으로 떠나고 추은주는 회사를 그만두고 외무공무원인 남편을 따라 워싱턴으로 떠난다. 추은주의 퇴사서류를 결재하면서 그녀의 근무성적이 중하였고 그녀의 퇴사를 회사의 아무도 섭섭해하지 않고 있다는 것을 알게 된다.

만인의 여신은 사라졌다. 현대는 하나의 신이 아니라 신들이 다스리는 시대이고 현대 사회는 하나의 신을 섬기는 신전이 아니라 수많은 신들이 서로 싸우는 전쟁터다. 이라크 전쟁도 결국은 신과 신의 싸움이라고 볼 수밖에 없을 것이다. 아내는 실신했다 깨어날 때에도 개밥을 걱정했다. 다음 세상에서는 사람이 되라고 이름을 보리라고 지어준 진돗개였다. 딸이 출근한 후에 집 안이 허전하다고 아내가 키운 개였다. 납골당에 유골함을 맡기고 돌아온 날 그는 개를 데리고 동물병원에 가서 안락사를 부탁했다. 광고 문안은 '가벼워진다'로 결정하였다. 아내도 딸도 여신도 개마저도 멀리 보냈으니 가벼워졌다고 할 수도 있을 것 같기는 하다. 그러나 무거워지기만 하고 가벼워질 줄 모르는 병든 방광의 무게는 죽는 날까지 견딜 수밖에 없을 것이다.

그날 밤, 그는 모처럼 깊이 잠들었다. 그의 "모든 의식이 허물어져 내리고 증발해 버리는, 깊고 깊은 잠이었다". 진정한 가벼움이란 죽음만이 우리에게 줄 수 있는 선물일지도 모른다는 생각을 하자 소설을 읽고 나서 나는 조금 처량해졌다. 죽음을 생물학적 사실로는 받아들이되 죽음이 억압의 도구가 되지 않도록 무의식의 동력을 보존하는 길은 없을까? 죽음이 해방의 징표가 되게 하는 삶은 불가능한 것일까?

〈화장〉과 김훈의 작품세계가 지향하는 것

김훈의 첫 소설《빗살무늬 토기의 추억》과 두 번째 소설《칼의 노래》그리고 이번 이상문학상 대상을 받은 〈화장〉은 공통적인 큰 특징을 공유하고 있다. 그것은 사람들이 다치고, 죽고, 집이 무너지고 하는 매우 심각한 위기의 순간에, 그 상황을 판단하고 그 대응책을 강구하는 인간의 고독과 비애 또는 허무와 같은 것을, 그의 독특한 표현기법과 당대의 가장 탁월한 명문장가의 솜씨를 유감없이 구사하여 표현한 점이라고 하겠다.

김훈의 문학적 성과와 특징에 대한 평가는, 보는 이에 따라 시각을 달리할 수 있고, 아직은 시기상조라고 볼 수도 있을 것이다. 그러나 누구도 부인할 수 없는 것은 문학의 근본 바탕과 그 표현수단이며 그 기량의 핵심적 전제라고 할 문장력에 있어 그는 당대 제일의 산문가라는 게 일반적 평가라는 것이다. 그리고 그것과 더불어 대기만성형의 진지하고 심오한 창작을 향한 불꽃같은 열정으로 미루어, 앞으로도 계속 좋은 작품을 발표, 한국문학사에 큰 발자취를 남길 것으로 기대하면서, 그의 이상문학상 대상 수상을 거듭 축하해 마지않는다.

여성 작가들의 꽃밭에 뛰어든 맹수의 포효

―김훈의 내면에 깃든 폭력 속에서 아름다움 꿈꾸는 반항의 영웅주의

그는 우리의 옹색하고 비루한 삶에 대한 선전포고를 앞둔 장수將帥 같다. 비록 많이 쓰진 않지만, 계속 힘찬 언어로 좋은 작품을 써나갈 것이다. 〈화장〉은 죽음으로서의 화장火葬이 동시에 삶으로서의 화장化粧과 겹쳐, 죽어간 아내의 간병과 장례의 기록이 젊은 부하 여직원에 대한 절절한 애모의 기록과 교차하며 너무 재미있고, 자연스러운 표현기법을 구사했다. 그 안에는 피할 수 없는 죽음과 삶의 드라마를 자신의 존재 안으로 끌어들여, 과장도 회피도 없이 상황과 정면으로 부딪쳐 나가는 인물― 일상 속의 드러나지 않는 영웅이 있다.

박철화(朴喆和, 문학평론가)

18년 전 살벌했던 그날에 불꽃처럼 각인된 김훈

내가 처음으로 김훈을 기억하는 것은 1986년 5월 18일이다. 일요일이었다. 햇살은 화창했고, 대학가의 아침은 고요했다. 하지만 그 고요엔 숨죽인 폭발 직전의 에너지가 가득했다. 저 5공화국 말기의 살벌했던 5·18이었기 때문이다. 그날 나는 일어나자마자 잠을 깨기 위해 신문을 사러 나갔다. 오늘 또 하루가 길겠구나! 신림동 언덕을 타고 5월의 밝은 햇살 사이로 걸어 내려가는 마음은 착잡했다. 내 이십대의 청춘이 짙은 최루탄 가스와 요란한 발사음에 짓눌려 신음하는 풍경이 확

연하게 그려졌기 때문이다.

거기에 반항하듯 나는《한국일보》를 샀다. 당시 일요일판에는 문화부의 두 기자가 번갈아가며 〈문학기행〉이란 글을 연재하고 있었다. 그 꼭지는 당시 어렴풋이 문학적 행로를 그리고 있던 청춘들에게는 거의 오아시스나 마찬가지인 공간이었다. 5공화국의 잔인한 언론 검열은 신문을 아주 재미없는 것으로 만들어놓아서, 학생들은 어쩔 수 없이 '행간 뒤집어 읽기'를 통해 진실을 찾아 헤맬 때였다. 그런데 이 〈문학기행〉만큼은 거기서 자유로웠다. 우리는 숨 쉬듯 그 글을 읽고 또 읽었다. 그 꼭지를 써나가던 기자 가운데 한 사람이 김훈이었고, 마침 그날 신문에는 그의 글이 실려 있었다.

그날 그가 서 있던 곳은 갈대밭과 방죽이 펼쳐져 있는 순천만이었다. 바로《무진기행》의 무대다. 나는 거기서 김승옥의 손가락을 따라 망막한 개펄의 바다를 보고 있는, 지금의 내 나이쯤 되었을 김훈의 얼굴을 처음으로 보았다. 숨이 '턱' 막혔다. 86년 5·18의 그날, 〈무진기행〉이라는 그렇게 슬프고도 아름다운 청춘의 글이라니! 나는 거기서 남도 바다의 갯내음을 들이마시며 오래오래 '문학 공화국'으로의 망명을 꿈꾸었다. 내가 이렇게 김훈과의 첫 만남의 날짜를 기억하는 것은 그 때문이다. 아마도 그 이전에, 역시 같은 신문에서 그의 얼굴을 본 적이 있을 것이다. 그 꼭지의 애독자였으니. 하지만 그 기억은 지금 내게 없다.

폭력과 아름다움의 대립 갈등에서 솟구치는 글의 힘

지금부터 18년 전의 그 살벌했던 날에 내가 숨 쉬었던, 김훈의 〈무진기행〉만큼은 두고두고 잊지 못한다. 그것은 폭력으로 물든 정치에 대한 문학적 반항의 불꽃이다. 지금도 나는 그날의 그 신문을 내 청춘의 기록 사진첩처럼 통째로 보관하고 있다. 그래서 김훈은 내게 불꽃처럼 각인된 얼굴이다. 아름다움이 폭력을 견뎌내고, 결국 폭력을 넘어서야 한다는 목소리로서의 불꽃 말이다. 정치가 문학의 수준이 되어야만 한다는 명제를 생각할 때마다 내게 떠오르는 몇 사람의 얼굴 가운데 김훈이 있음을 말할 수 있는 지금 이 자리가 그래서 나는 좋다.

사실 《풍경과 상처》《자전거 여행》《밥벌이의 지겨움》 같은, 그 뒤로 이어지는 그의 빛나는 기록은 모두 삶과 현실 속에서 폭력과 아름다움이 부딪치는 자리의 흔적들이다. 김훈 글의 힘은 바로 그 대립의 긴장에서 나온다. 어느 한쪽이 없으면 타락하고 말 것들. 현실과 일상 속에 웅크리고 있는 폭력의 씨앗을 알지 못하는 아름다움은 공허하다. 하지만 그 폭력에 대해 단순한 고발의 외침을 질러대는 것은 저속하다. 그 폭력을 아름다움의 수준으로 고양시킬 수 없다면, 그 고발의 함성 또한 현실의 소음으로 변할 것이기 때문이다. 그의 비유를 조금 바꿔 표현하자면, 밥벌이는 분명 지겨운 것이지만, 그럼에도 불구하고 우리는 눈물겹게 애쓰며 일해서, 결국 밥을 아름다운 것으로 만들어야 한다.

밥이 애초부터 아름답거나 추한 것이 아니듯이, 우리의 삶과 현실은 그것 자체로 아름답거나 추하지 않다. 우리는 단지 그것을 아름답게도, 또 추하게도 만들 수 있을 뿐이다. 한 가지 전제가 있다면, 밥 없이는 살 수가 없듯이, 누구도 일상과 현실을 떠날 수는 없다는 것이다.

김훈 문학의 핵심인 고독하고 허무한 싸움 속의 영웅

상황은 물론 주어지는 것이다. 우리는 그 상황 '안'에서 선택과 행위를 통해 아름다움을 만들어야 한다. 그것은 고독하고 무서우며 허무한 싸움이다. 결국 혼자 짊어지는 것이기에 고독하며, 순간순간 독버섯처럼 유혹하는 욕망의 지뢰를 밟고 가는 것이기에 무섭고, 또 끝이 없기에 허무하다. 하지만 그 싸움을 그만두는 순간, 우리는 마치 페달 밟기를 멈춘 자전거처럼 짐승의 시간으로 떨어지고 만다.

나는 김훈 문학의 핵심이 그것이라고 생각한다. 거기에는 폭력 속에서 아름다움을 꿈꾸는 반항의 영웅주의가 견고하게 자리 잡고 있다. 그의 불세출의 명작이자 새로운 세기의 우리 문학의 축복인《칼의 노래》가 그것을 가장 잘 보여준다. 그리고 이번 이상문학상 대상 작품인 〈화장〉도 그 연장선에 있다.

얼핏 보면 김훈이 이런 소재를 다룬 것이 의아스럽기까지 하다. 하지만 그 안에는 피할 수 없는 죽음과 삶의 드라마를 자신의 존재 안으로 끌어들여, 과장도 회피도 없이, 상황과 정면으로 부딪쳐 나가는 인물이 있다. 일상 속의 드러나지 않는 영웅 말이다.

그래서 이 〈화장〉은 아주 흥미 있는 작품이다. 죽음으로서의 '화장'이 동시에 삶으로서의 '화장化粧'과 겹치기 때문이다. 뇌종양으로 죽어간 아내의 간병과 장례 기록이, 같은 회사의 젊은 부하 여직원에 대한 절절한 연모의 기록과 교차하는 것이다. 어쩌면 상투적인 불륜의 고백일 수 있지만, 그런 상투적인 추측을 뒤집는 데에 이 소설의 놀라운 면모가 있다.

화자話者는 국내 굴지의 화장품 회사에서 상무의 자리에 올라 있는 오십대의 중년 남성이다. 뇌종양에 걸려 몇 번의 수술을 받고도 끝내는 숨져가는 아내를 바라보아야 하는 그의 시선은 냉철한 객관적 관찰자의 그것이다. 아내의 토사물과 배설물을 치우고, 악취를 풍기는 몸을 씻어주기까지 하지만, 그의 시선을 통해 드러나는 아내는 삶으로부터 죽음으로 건너가는 하나의 생명체일 뿐이다. 이것이 이 소설의 죽음, 즉 '화장火葬'의 실체를 이룬다.

반면에 그는 회사에서 5년 전부터 새로 입사한 부하 여직원에 대한 연모의 정을 느낀다. 오십대의 임원이 이십대의 신입사원에게 느낀 감정이 얼마나 강렬한 것인지, 아예 존칭을 사용할 정도다.

화장化粧으로 상징되는 절절한 삶의 욕구가 빚어낸 추은주에의 애모

추은주가 다른 남자와 결혼을 하고, 아이를 낳은 뒤에도 그것은 조금도 달라지지 않는다. 그렇다고 화자의 마음이 여자에게 전해진 것은 아니다. 그녀가 사직서를 내고 회사를 떠나기까지 오직 혼자서만 그 마음을 간직하고 되뇐다. 하지만 그것이 화자의 절절한 삶의 욕구, 즉 '화장化粧'을 상징하는 것은 분명하다. 추은주를 처음 보았을 때의 화자의 마음의 파문이 그 점을 잘 나타내고 있다.

'죽어가는' 아내와 '살아 있는' 추은주 사이를 오가는 화자의 마음이 이 소설에 지워지지 않는 무늬를 남긴다. 그런데 그 무늬는 일상을 배경으로 하고 있기에 더욱 강렬하다. 그때의 일상이란, 아내의 장례가 진행되는 동안에도 회사의 광고 콘셉트를 잡아야 하고, 장례를 마치고 돌아와서는 지극히 사무적으로 추은주의 사직서를 결재해야 하는 무서운 일상이다. 소멸의 어둠과 환한 빛의 삶 모두 일상의 질서를 이루는 무심한 현실일 뿐이다. 그렇게 무심하다 못해 냉혹한 일상 속에 화자의 말 못할 순정은 파묻힌다. 소설의 마지막은 그래서 이렇게 끝난다. 두 가지 일에 모두 결정을 내리고 돌아온 "그날 밤, 나는 모처럼 깊이 잠들었다. 내 모든 의식이 허물어져 내리고 증발해 버리는, 깊고 깊은 잠이었다".

그런데 그가 깨어 일어나 어떤 모습을 보일까? 나는 그게 궁금하다.

김훈다운 절제와 중용 그리고 안으로 잘 갈무리된 그의 글

자주는 아니지만 김훈과 나는 거의 정기적으로 만난다. 저녁 시간 그가 사는 일산에서 함께 식사를 하거나, 술을 마신다. 놀라운 것은, 날이

다르고 해가 다르고 장소가 달라져도 그는 언제나 변함이 없다는 사실이다. 늘 김훈스러운 지점에서 그는 움직인다. 절대로 과식하는 법이 없고, 또 취해서 비틀거리는 모습도 보이지 않는다. 알고 있던 모습만큼 웃고, 예상했던 지점에서 끝을 낸다. 김훈 특유의 화려한 수사修辭가 만발하는 순간에도 절대로 자신을 내버려두지 않는, 안으로 잘 갈무리된 그의 글이 그러하듯이 말이다.

지난 가을의 어느 날, 나는 그의 집 가까운 카페에서 혼자 커피를 마신 적이 있다. 오후이긴 하지만 이른 시간인 데다 밀린 일이 있어 그에게 따로 연락을 넣지 않았다. 그런데 어느 순간 고개를 들어보니, 그가 길 건너편에서 평상복 차림으로 걸어가고 있었다. 아마도 산책을 나온 것 같았다. 문을 열고 나가서 부르려다가, 그가 사라질 때까지 가만히 보고 서 있었다. 그는 정해진 속도와 보폭으로 자기의 영역을 걷고 있었다. 마치 고요한 긴장이 흐르고 있는 전선戰線을 순찰 중인 병사처럼 보였다. 아니, 침묵 속에 잠겨 걸으며 작전을 짜고 있는 장수將帥였다. 모든 것을 왜소하고 거칠게 만드는 우리의 옹색하고도 비루한 삶에 대한 선전포고를 앞두고 있는 장수 말이다. 비록 과작寡作이나 그치지 않고 이어질 그의 힘찬 언어를 기다리는 것은 그 때문이다. 여성들의 목소리가 두드러졌던 90년대 우리 소설의 꽃밭에 성큼 뛰어든 맹수 김훈의 포효를 반긴 사람은 그래서 나만이 아닐 것이다. 그 증거가 바로 여기 이상문학상의 수상에 있다.

그가 지금 머물고 있는 일본 경도京都에 축하 전화를 넣어야겠다.

'이상문학상'의 취지와 선정 방법
—알기 쉽게 풀이한 이상문학상 제도

1. 취지와 목적 : 1. 취지와 목적 : 〈문학사상〉(이하 주관사라고 한다)이 1972년에 제정한 '이상문학상(李箱文學賞)' (이하 '본상' 이라고 한다)은 요절한 천재 작가 이상(李箱)이 남긴 문학적 유산과 업적을 기리며, 매년 가장 탁월한 소설 작품을 발표한 작가들을 표창하고, 《이상문학상 작품집》(이하 '작품집' 이라고 한다)을 발행하여 널리 보급함으로써, 한국 문학의 발전에 기여할 것을 목적으로 한다.

2. 수상 대상 작품 : 전년도 〈본상〉 심사 대상(對象) 작품의 마감 이후인 발행일자를 기준으로 하여, 당해년도 1월부터 12월 말 사이에 발표된 작품을 모두 심사와 수상의 대상에 포함한다. 문예지(월간지의 경우 당해년도 1월 초부터 12월 말일 이전 일자에 발행된 것으로 하고 계간지도 포함한다)를 중심으로 해서, 각종 정기간행물 등에 발표된 작품성이 뛰어난 중·단편소설을 망라하여 본심에 회부한다. 예비심사 과정에서는 심사 대상에 오른 작품이 대상 또는 우수작상으로 선정될 경우, 본상의 규정에 따른 수락 의사 유무를 직접 또는 간접적으로 확인한다. 중·단편소설을 시상 대상으로 하는 까닭은, 문학의 중심이 장편소설에서 점차 중·단편소설로 이행하는 추세를 감안하고, 작품 구성과 표현에 있어서의 치밀성과 농축성으로, 짙고 강렬한 소설 미학의 향기와 감동을 자아내게 한다고 믿기 때문이다.

3. 상의 종류 : 본상은 가장 뛰어난 작품에 대한 대상(大賞) 1명과, 10명 이내의 대상(大賞)에 버금하는 작품에 대한 우수상을 선정하여 시상한다.

4. 예심 방법 : 예심은 월간 〈문학사상〉 편집진이 매 연도에 각 매체에 발표된 작품을 선별하여, 주관사의 편집위원과 편집주간 및 편집임원으로 구성된 이상문학상 운영위원회에서, 저명한 대학교수·문학평론가·작가·각 문예지 편집장·일간지 문학담당 기자 등 약

200명에게 추천을 의뢰하여 비밀리에 예비심사를 진행한다. 3회 이상 우수상을 받은 작가
는 추천을 거치지 않고도 당해년도에 발표된 작품 중 뛰어난 작품을 선정하여 본심에 회부
할 수 있다.

이와 같은 독특한 예심 방법은 소수의 예심 및 본심의 심사위원이, 짧은 시일 내에 수많
은 작품 속에서 본심에 회부할 작품을 선정하고 본심 심사위원이 단시간에 여러 작품을 심
사하고 수상 작품을 선정하는 일반적인 문학상 심사제도의 단점을 보완하고, 되도록 문학
발전에 관심이 깊고, 전문 지식을 지닌 다수의 전문가에 의해 장기간에 걸쳐 많은 작품을
수시로 검토하여 심사 대상에 망라함으로써, 신중하고 세심한 예심 과정을 밟기 위한 것이
다.

5. 본심 방법 : 예심을 거쳐 본심에 회부된 작품은, 권위 있는 탁월한 평론가와 작가로
구성된 5인 이상 7인 이내의 심사위원회에 넘겨져, 수일간 개별적인 검토를 거친 후 본심
위원 회의에서 최종 결정을 한다. 본심 회의는 대체토론을 통해 본심에 회부된 작품 가운데
10편 내외의 작품을 먼저 선정한다. 이 작품 속에서 1편의 대상(大賞) 작품을 선정하고, 나
머지 작품 중에서 우수상 작품을 선정한다. 수상 작품 결정에 있어 심사위원의 의견이 일치
하지 않을 경우에는, 3인의 연기명 비밀 투표로써 다수결 원칙에 따라 최종 결정을 한다.

6. 저작권 : 대상(大賞) 수상 작품(이하 ‘대상 작품’ 이라고 한다)의 저작권은 본상의 규
정에 따라 주관사가 갖는다. 단, 주관사의 작품집 발행 후 3년이 경과한 이후부터, 동 대상
작품을 대상을 받은 작가의 작품집에 한해서 수록할 수 있다. 다만, 어떤 경우에도 본 작품
집의 표제(대상 작품명)와 중복되거나, 혼동의 우려가 없도록 하기 위하여 대상 수상작가
가 발행하는 작품집의 서명(書名, 표제작)으로는 쓰지 않기로 한다.

7. 이상문학상 작품집 발행 : 이 작품집은 본상의 공정성과 권위를 광범위한 독자에게 널
리 알리고, 수록된 작품과 그 작가들에 대한 표창과 영예의 뜻을 담고 있다.

8. 이상문학상 운영위원회 : 주관사의 발행인을 위원장으로 하고 월간 〈문학사상〉의 편
집주간 및 이사회가 선임한 위원으로 구성되며, 본상의 운영에 관한 모든 업무를 관장한다.

9. 이상문학상 심사위원회 : 이상문학상 운영위원회는 매 연도마다 5~7인의 본상 심사
위원을 위촉하여 심사위원회를 구성한다. 동 심사위원회는 본상의 대상(大賞)과 우수상을
수여할 작품을 심의 결정한다.

제28회 이상문학상 작품집

1판 1쇄 2004년 1월 26일
1판 27쇄 2021년 6월 7일

지은이   김훈 외
펴낸이   임지현
펴낸곳   (주)문학사상
주소   경기도 파주시 회동길 363-8, 201호(10881)
등록   1973년 3월 21일 제1-137호
전화   031)946-8503
팩스   031)955-9912
홈페이지 www.munsa.co.kr
이메일   munsa@munsa.co.kr

ISBN   978-89-7012-624-1 (03810)